Varg Gyllander
Tote reden nicht

Roman

*Aus dem Schwedischen
von Holger Wolandt und Lotta Rüegger*

btb

Die schwedische Originalausgabe erschien 2011 unter dem Titel
»Det som vilar på botten« bei Bra Böcker, Malmö.

Verlagsgruppe Random House FSC-DEU-0100
Das für dieses Buch verwendete
FSC®-zertifizierte Papier *Lux Cream*
liefert Stora Enso, Finnland.

1. Auflage
Deutsche Erstveröffentlichung Mai 2012
Copyright © 2011 by Varg Gyllander
Copyright © der deutschsprachigen Ausgabe 2011
by btb Verlag in der Verlagsgruppe Random House GmbH, München
Published by agreement with Grand Agency
Umschlaggestaltung: semper smile, München
Umschlagmotiv: mauritius images/Anders Ekholm
Satz: Uhl + Massopust, Aalen
Druck und Einband: CPI – Clausen & Bosse, Leck
SL · Herstellung: BB
Printed in Germany
ISBN 978-3-442-74360-5

www.btb-verlag.de

Besuchen Sie unseren LiteraturBlog www.transatlantik.de

Greger Minos war auf seine gerade und nicht ganz so weit wie bei vielen seiner Verwandten hervorspringende Nase stolz gewesen.

Jetzt war nicht mehr viel von ihr übrig.

Der Fisch, der an seiner Nase herumkaute, war etwas größer als eine Handfläche. Sein Maul bewegte sich. Die herabhängenden Mundwinkel verliehen ihm ein säuerliches Aussehen. Seine Artgenossen, die ebenfalls fieberhaft an dem unerwarteten Festmahl nagten, wirkten genauso griesgrämig.

Dann füllte sich das letzte Luftkämmerchen in dem maßgeschneiderten Anzug mit Wasser, und Greger Minos sank langsam mit dem augenlosen Gesicht voran in die Tiefe. Er traf mit den Knien auf dem Grund auf und blieb vornübergebeugt stehen, als betete er.

Die Fische hatten Augen, Augenbrauen und Wangen verspeist und widmeten sich jetzt ganz und gar der Nase. Der Serrasalmo piraya, besser bekannt als Piranha, riss die Haut mit seinen scharfen Zähnen vom Knorpel und schlug sich mit den anderen um jeden Bissen, obwohl es Nahrung im Überfluss gab. Der Schädelknochen war hier und da bereits freigelegt, und von dem Profil, das Greger selbst als klassisch schön zu bezeichnen pflegte, war nicht mehr viel übrig.

Dieses hektische Gewimmel wühlte das Wasser auf. Ein Kaiman, der am Ufer döste, öffnete seine gelben Augen, schloss sie jedoch rasch wieder und schlief weiter.

Das Sonnenlicht, das durch die dichte Vegetation fiel, verschwand rasch und wich glänzendem Mondlicht, das sich wie eine dünne Schicht Silber auf den großen, grünen Blättern spiegelte. Ein dumpfes Donnern aus der Ferne schwoll an, und wenig später peitschte ein harter Regen auf die Wasserfläche.

Blitze erleuchteten den kleinen Teich. Die Luft roch faulig und nach Chlorophyll und wurde durch das vorüberziehende Unwetter kaum aufgefrischt.

Genauso schnell, wie das Gewitter gekommen war, war es vorbei, und innerhalb weniger Sekunden verwandelte sich die Gewitternacht wieder in Tag. Ein Geräuschteppich aus Vogelgezwitscher legte sich über den Tümpel.

Die Fische hatten den raschen Wetterumschlag nicht bemerkt, sondern kauten weiter, als wäre dies ihre letzte Mahlzeit.

Mercedes Nunes bog eine kräftige Bougainvillea zur Seite. Sie sah sich im Dunkeln um und atmete die feuchte, modrige Luft ein. Erinnerungen an ihre Kindheit erwachten. Es war jedoch lange her, dass sie das Dorf am Amazonasufer verlassen hatte. Nicht einmal dieser Dschungel konnte das Gefühl vertreiben, dass ihr das Leben einen Streich gespielt hatte. Oder ungerecht gewesen war. Es war überhaupt nicht so verlaufen, wie sie gehofft hatte. Es war zwar besser, sich in sicherem Abstand von dem Dorf zu befinden, in dem sie zur Welt gekommen war, statt in ständigem Schrecken vor den Launen des Militärs zu leben, aber dort hatte sie zumindest gelebt. So richtig. Selbst mit viel gutem Willen konnte man das, was sie jetzt hatte, nicht als Leben bezeichnen.

Mercedes tauchte den Putzlappen in den Eimer, den sie

mitgebracht hatte, wrang ihn aus und ging zögernd über die wacklige Hängebrücke.

Der Kaiman regte sich wieder an seinem Plätzchen und drehte seinen platten, rauen Kopf in Richtung des Geräuschs. Seine gelben Augen betrachteten den Menschen auf der Brücke.

»Guten Morgen, Igor.« Der Kaiman reagierte nicht auf den Gruß, sondern ließ seinen Kopf wieder auf die Erde sinken.

Mercedes Nunes wickelte langsam und methodisch den Putzlappen um den Schrubber. Etwas lag dort schräg unter der Brücke im Tümpel. Das Wasser schäumte aufgrund der regen Tätigkeit der Fische. Sie kniff die Augen zusammen, atmete tief ein und betrachtete eine Weile das nasse Kleiderbündel. Dann legte sie den Schrubber beiseite und verließ eilig den Dschungel.

Ulf Holtz legte die Gabel beiseite, kaute langsam, schluckte und verzog das Gesicht. Er trank einen großen Schluck Wasser aus dem Glas vor sich und versuchte erfolglos, den Geschmack hinunterzuspülen. Die drei übrigen Wurstscheiben lagen wie ein höhnisch lächelnder Mund im Halbkreis auf seinem Teller. Holtz lächelte nicht. Die Wurst schmeckte säuerlich, und er fragte sich, ob sie alt war oder ob es sich um ein ihm unbekanntes Gewürz handelte. Er kam zu dem Schluss, es müsse sich um das Gewürz handeln. Drei Scheiben hatte er runtergekriegt, aber dann war Schluss. Die kleisterähnliche Masse, Makkaroni in Mehlschwitze, hatte er gar nicht erst probiert.

Das Restaurant war fast leer. Es war kurz vor halb drei, und er sah, wie die Kellnerin, die ihm eine Viertelstunde zuvor mit der Bemerkung: »Lassen Sie es sich schmecken!« den Teller gereicht hatte, die Nachbartische abwischte. Vermutlich hoffte sie, er würde gehen, damit sie schließen konnte.

Er erhob sich, nickte ihr zu und ging langsamen, schweren Schrittes zur Tür.

Vor ein paar Stunden hatten ihn seine Kollegen gefragt, ob er mit ihnen mittagessen wolle, aber er hatte nur den Kopf geschüttelt. Er hatte in seinem Borgholm-Sessel in seinem Büro gesessen, in der roten Zone im sechsten Stockwerk des Polizeipräsidiums, in dem große Teile der Forensischen Abteilung untergebracht waren. Dort war er sitzen geblieben, bis ihn der Hunger dann trotzdem ins Freie getrieben hatte.

Es war ein schöner Tag, obwohl es in dem auffrischenden Wind kalt war. Der Winter hatte seinen eisigen Griff endlich gelockert, aber an einigen Stellen auf der Straße kämpften noch Schneehaufen ums Überleben. Mit etwas gutem Willen konnte man behaupten, dass sich der Frühsommer endlich näherte. Eigentlich hätte er gute Laune haben müssen. Nichts Unerledigtes lag auf seinem Schreibtisch. Ellen Brandt hatte ihm vorgeschlagen, freizunehmen, Urlaub zu machen, solange so wenig zu tun sei. Mehrere komplizierte Mordermittlungen waren abgeschlossen worden, die Unterlagen mussten nur noch zusammengestellt und an die Staatsanwaltschaft weitergeleitet werden.

Die Aufklärung eines Mordes an einem bekannten Neonazi hatte Monate in Anspruch genommen, die Ermittlung war nun aber fast beendet. Er war von einem Mitbürger, der das Gesetz in die eigenen Hände genommen hatte, mit einem Pfeil in den Hals ermordet worden. Holtz hatte den Mörder selbst verhaftet. Die Festnahme war undramatisch verlaufen, aber sein Selbstvertrauen hatte einen Knacks erlitten, da er bis zuletzt keinen Verdacht gegen den Täter gehegt hatte. Einige kriminaltechnische Zusatzuntersuchungen standen vielleicht noch aus, aber das brauchte ihn als Chef der Abteilung nicht zu interessieren. Er wollte die Sache einfach hinter sich lassen, und es gab andere, die sich um die verbleibenden Kleinigkeiten kümmern konnten.

Aber Urlaub? Nein. Er wusste nicht, was er mit freier Zeit anfangen sollte. Er trug ein Gefühl in sich, das er nicht näher benennen konnte. Vermutlich war es Einsamkeit. Linda und Eva, seine Töchter, waren vollauf mit ihren eigenen Angelegenheiten beschäftigt, und Nahid war in den Iran verschwunden, um dort ein forensisches Labor einzurichten. Sie fehlte ihm, und er ertappte sich ständig dabei, dass er an sie dachte. An ihre blauen Augen, ihr schwarzes Haar, das ihr immer vor die Augen fiel, ihre Lebendigkeit.

Nahid Ghadjar war ein Jahr zuvor plötzlich in sein Leben getreten und ebenso rasch wieder daraus verschwunden. Er seufzte, als er an ihre letzte Begegnung dachte. Genau das war es gewesen: das allerletzte Mal. An jenem folgenschweren Abend im Hotelrestaurant, an dem er sie hatte verlassen müssen, da an einem Tatort, für den er zuständig war, ein Brand ausgebrochen war.

Seither hatten sie keinen Kontakt mehr gehabt.

Seit sie abgereist war, war dreimal eine iranische Telefonnummer im Display seines Handys aufgetaucht. Er hatte nie abgenommen. Beim ersten Mal war es unmöglich gewesen, weil er ausgerechnet in diesem Augenblick erfahren hatte, dass er dem Mörder des Neonazis gegenüberstand. Die beiden anderen Male war er einfach zu langsam gewesen. Er hatte nicht versucht zurückzurufen. Er wusste nicht, warum. Vielleicht war es leichter, der Passive zu sein, als umgekehrt.

Ja, vermutlich fühle ich mich einsam, dachte er und schlug den Weg Richtung Präsidium ein. Die Sonne verschwand hinter einer Wolke. Er schaute in den Himmel, der sich zunehmend verdüsterte, und verfolgte mit Erstaunen, wie schnell das Wetter umschlug. Aus einem Impuls heraus entschloss er sich, einfach nach Hause zu fahren.

Mika Hassinen verzog das Gesicht und riss die Augen ganz weit auf, um nicht einzuschlafen. Die Wärme und die Dunkelheit in seinem Büro machten es ihm schwer, die Konzentration aufrechtzuerhalten.

Es war der letzte Tag seiner Schicht, und wie immer war er

müde, wenn diese sich ihrem Ende näherte. Aber dieses Mal war es schlimmer als sonst. Er rieb sich die Augen. Die Bildschirme vor ihm trugen nicht gerade dazu bei, ihn wacher zu machen.

Nichts geschah. Die Überwachungskameras im Hafen registrierten keine einzige Bewegung. Nicht einmal die kleine Fuchsfamilie war zu sehen. Die Füchse waren unter dem Magazin 4 eingezogen. Ihre nächtlichen Streifzüge im Hafen lösten die Bewegungsmelder aus, woraufhin eine kleine orangefarbene Lampe auf seinem Kontrollpult zu blinken begann. Das war eine von fünfzig Lampen, die Bewegung, Temperaturschwankungen, Rauchentwicklung oder Einbrüche anzeigten. Auch wenn sich jemand dem Tor näherte, gab es ein Warnsignal.

Jetzt blinkte jedoch kein Lämpchen.

Die Überwachung im Hafengebiet war in den letzten Jahren nach und nach ausgebaut worden, da sich hier immer mehr lichtscheues Gesindel eingefunden hatte, um mit allem zu handeln, womit sich Geld verdienen ließ: Menschen, Drogen, Elektronikschrott, Waffen und technische Ausrüstung bekannter Marken undurchsichtigen Ursprungs.

Der Hafen des kleinen Ortes auf der steuerbefreiten Insel war zum Umschlagplatz für Waren geworden, die von Ost nach West strömten und manchmal auch in umgekehrter Richtung. Die Polizei führte einen aussichtslosen Kampf gegen diesen Handel. Die örtlichen Beamten, die den illegalen Waren- und Menschenfluss bremsen sollten, hatten gegen das organisierte Verbrechen mit seinen unbegrenzten Mitteln keine Chance. Die Überwachungskameras und Tore zeitigten wahrscheinlich überhaupt keine Wirkung, aber es war gut, den Eindruck zu erwecken, dass man durchgriff.

Die Fuchsfamilie ließen sie in Frieden. Dafür hatte Mika gesorgt. Teils, weil sie ihm dabei half, der Monotonie standzuhalten, teils, weil er sich nichts Schlimmeres vorstellen konnte, als sie zu töten. Mika liebte Tiere. Zwar nicht so sehr wie Menschen, aber dennoch. Er wusste nicht genau, warum, glaubte jedoch, es könnte daran liegen, dass er sich in ihnen wiedererkannte. Sie waren listig, vorsichtig und kümmerten sich um ihre Familien. Sie nutzten jede sich bietende Gelegenheit. Genau wie er.

Es war nicht ganz klar, wo die Fuchsfamilie herkam. Das Weibchen war ungewöhnlich klein. Sie hatte auch einen dunkleren Pelz. Vielleicht war sie aus einer der vielen Pelzfarmen ausgebüxt. Nichts regte ihn so sehr auf wie diese Pelztierzüchter, die den unersättlichen Markt im Osten mit dem Rohmaterial für die Garderobe der Neureichen versorgten. Insgeheim sympathisierte er mit den Tierschutzaktivisten, die in letzter Zeit immer mehr Tiere aus ihren engen Käfigen befreit hatten.

Aber er dachte weder an Füchse noch an Menschen, als er darum kämpfte, sich wach zu halten. Er dachte an das Meer. Mika hatte fast sein ganzes Leben auf dem Binnenmeer verbracht, auf das er jetzt jeden Tag blickte. Als Kapitän eines der größten und einträglichsten Kreuzfahrtschiffe hatte er seine ständige Sehnsucht stillen können.

Bis vor anderthalb Jahren.

Der Arzt war unerbittlich gewesen. Das Ergebnis der jährlichen Gesundheitskontrolle, die die Reederei von sämtlichen Offizieren verlangte, war niederschmetternd gewesen. Sein Herz machte Ärger. Er wusste, dass er kämpfen konnte, um bleiben zu dürfen, dass es Wege und Schlupflöcher gab, aber nachdem er einen Abend zu Hause am Küchentisch gesessen und aufs Meer geblickt hatte, hatte er sich entschlossen, das Angebot der Reederei anzunehmen.

Eigentlich war an der Arbeit als Hafenmeister nichts auszusetzen. Sie war recht gut bezahlt, und die Arbeitszeiten ähnelten denen an Bord. Einige Wochen Arbeit, darauf ebenso viele Wochen frei. Aber die Sehnsucht nach den Wogen des Meeres war groß, und das Gefühl, betrogen worden zu sein, nur wenige Jahre vor der Pensionierung an Land gezwungen worden zu sein, abgeschoben in ein warmes und einsames Büro im Hafen, quälte ihn. Weggeworfen, unerwünscht.

Aber gänzlich unerwünscht war er doch nicht gewesen, wie sich gezeigt hatte.

Mika zuckte zusammen, als sein Kopf nach vorne kippte. War er eingeschlafen? Er stand auf, reckte sich, ging etwas in seinem Büro auf und ab. Warf einen besonders eingehenden Blick auf die Monitore. Immer noch genauso öde. Er setzte eine Kanne Kaffee auf und beschloss, eine Runde über das Hafengelände zu drehen, während das Wasser durch den Filter lief.

Ein kalter Wind zerrte an seiner dicken, orangefarbenen Jacke. Mit auf die Erde gerichteter Taschenlampe ging er einige Male auf dem Kai hin und her und sah übers Meer.

Sie müsste bald zu sehen sein, dachte er. Jede zweite Nacht tauchten immer um dieselbe Zeit die Leuchten der MS Vega am Horizont auf. Erst das weiße Topplicht, dann die Seitenlichter, rot und grün.

Mika blickte auf die Uhr. Es hatte den Anschein, als würde das Schiff sich an diesem Abend verspäten. Vielleicht macht es weniger Fahrt, weil das Wetter schlechter geworden ist, dachte er. Pflichtschuldig ließ er auf dem Rückweg zum Büro den Lichtkegel seiner Taschenlampe schweifen, konnte aber nichts Außergewöhnliches entdecken.

Der Kaffeeduft und die Wärme hoben seine Laune. Als er seine Jacke auszog, sah er etwas auf dem Kontrollpult blinken. Die Lampe zeigte an, dass er von einem Schiff angerufen wurde. Er drückte den Knopf.

»Hafenmeister Mika Hassinen, was kann ich für Sie tun?«

Er hörte lange zu und bat dann darum, zurückrufen zu dürfen. Langsam legte er den Telefonhörer beiseite. Dann griff er zu seinem Handy und wählte eine Nummer, die er hatte auswendig lernen müssen. Nach dreimaligem Klingeln wurde abgehoben.

Während er mit dem Mann am anderen Ende sprach, sah er, wie die orangefarbene Lampe aufleuchtete. Einige Sekunden später tauchte die Fuchsfamilie auf einem der Monitore auf.

Ulf Holtz schlief an diesem Abend rasch ein. Als er mit Nahid zusammengewesen war, war sein wiederkehrender Traum immer seltener geworden. Jetzt war er zurück. Seine geliebte Angela lud ihn in diesem Traum ein, sie stand von Licht umgeben da und streckte beide Hände nach ihm aus. Dies war die Methode seines Gehirns, seine Qualen zu steigern. Wenn er ihre Gesichtszüge genau erkennen, ihre weiche Haut und ihre Wärme spüren und ihren Duft wahrnehmen konnte, verwandelte sich das Bild in etwas Schwarzes, Gefährliches. Den Tod. Er versuchte, sie festzuhalten, aber sie entglitt ihm. Sie wurde durchsichtig, und ihre Brust begann zu bluten. Rot und schwarz.

Sie sah ihm geradewegs in die Augen. Aber es war nicht Angela.

Es war Nahid.

Er setzte sich abrupt im Bett auf. Das Laken war schweißnass und lag zerknüllt unter ihm. Er atmete rasch und stoßweise.

Was hatte ihn geweckt? Klingelte es?

Das Geräusch war leise, aber die Vibrationen des Handys, das auf dem Nachttisch lag, pflanzten sich über den Fußboden zum Bett hin fort. Nahid war immer noch in seinem Bewusstsein, als er die Hand ausstreckte und den Anruf annahm.

Eine halbe Stunde später saß er in seinem kalten Auto. Er fuhr schnell und konzentriert. Die roten Ziffern am Armaturenbrett zeigten 4:45 Uhr. Auf dem Weg über die hohe Brücke ins Zentrum nahm er wie immer den Fuß vom Gas und blickte über die schlafende Stadt. Während die Temperatur im Auto anstieg, wich der Traum immer weiter zurück. Als er wenig später in die Tiefgarage unter dem Präsidium fuhr, war er ganz auf den Auftrag konzentriert, nur ein Hauch der Düsterkeit war geblieben.

Kommissarin Ellen Brandt erwartete ihn im Foyer des Präsidiums. Sie trug enge Jeans, ein weißes Hemd und einen dunklen Blazer, und ihr sonst so gelassenes Gesicht wirkte gestresst. Wie immer hielt sie ihr Handy ans Ohr. Holtz sah, dass sie mit ihrem Gesprächspartner nicht einig war. Er verlangsamte seinen Schritt.

Ellen sah ihn kommen.

»Er ist jetzt hier. Ja, ich rede mit ihm.« Sie unterbrach die Verbindung. »Hallo, Ulf. Gut, dass du so schnell kommen konntest.«

»Was ist passiert?«, fragte Holtz.

»Das war C. Sie will, dass wir sofort zu ihr hochkommen.«

Ulf Holtz spürte ein leises Unbehagen in sich aufsteigen. Seine düstere Stimmung verflog und wurde von Wachsamkeit abgelöst. Zu Charlotte Högberg, die von allen nur C genannt wurde, gerufen zu werden war nie eine Freude. Oft musste man sich Vorhaltungen anhören, entweder weil das Budget überschritten oder weil bei einer Ermittlung geschlampt worden war. Niemand hatte Charlotte Högberg je etwas Positives sagen hören, sofern sie nicht von sich selbst sprach. Niemand benutzte das Wort »ich« so oft wie sie.

Holtz konnte die Wirkung seiner obersten Vorgesetzten auf ihre Umgebung nicht begreifen. Erwachsene, gut ausgebildete Menschen mit Lebenserfahrung wurden in ihrer Gegenwart zu unsicheren Pennälern. Er selbst war in dieser Hinsicht keine Ausnahme. Und er hasste das.

Um fünf Uhr morgens zu ihr gerufen zu werden war allerdings etwas Neues.

»Was ist passiert?«

»Internationale Verwicklungen. Dafür braucht sie dich.«

»Internationale Verwicklungen? Kannst du nicht etwas konkreter werden?«, meinte Holtz, aber Ellen Brandt hatte ihm bereits den Rücken zugekehrt, gab ihren Code ein und verschwand rasch durch die Drehtür. Holtz zog seinen Dienstausweis aus der Tasche, hielt ihn vor das Lesegerät, tippte ebenfalls seinen Code ein und folgte ihr.

Sie eilte zu den Fahrstühlen.

»Nicht so schnell«, rief er, bereits etwas außer Atem.

»Komm schon. Du wirst doch Ihre Majestät nicht warten lassen wollen?«

Zwei der drei Fahrstühle wurden wie immer gerade repariert, und trotz der frühen Stunde hatte sich vor dem funktionierenden bereits eine Schlange gebildet. Alle schwiegen und starrten auf die roten Ziffern über der Fahrstuhltür, als ginge es dadurch schneller.

Nichts geschah. Jemand seufzte. Ein anderer murmelte etwas. Der Fahrstuhl schien sich aus der dritten Etage nicht wegbewegen zu wollen.

»Sollen wir die Treppe nehmen?«, flüsterte Brandt. Sie schien die Stille vor den Fahrstühlen nicht stören zu wollen.

Holtz sah sie müde an.

»Wir müssen ganz nach oben«, erwiderte er resigniert.

»Komm schon. Wir können hier nicht ewig stehen bleiben.« Sie öffnete die Tür zum Treppenhaus.

Holtz folgte ihr. Es roch muffig nach kaltem Beton. Ich renne jedenfalls nicht acht Stockwerke hinauf, dachte er und begann gemächlich den Aufstieg, während Ellen Brandts durchtrainierte Rückseite aus seinem Sichtfeld verschwand.

Der weiche beige Teppichboden im Gang dämpfte alle Geräusche. An den dunkelgrauen Wänden hing eine lange Reihe von Porträts. Cs Vorgänger, ausschließlich Männer, die die Besucher, die sich bis ins Stockwerk der Polizeiführung vorwagten, finster anblickten. Junge, energische Menschen, überwiegend Frauen, eilten normalerweise auf diesem Gang hin und her.

Jetzt lag er still und öde da.

Holtz holte ein paar Mal tief Luft, um seinen Atem zu beruhigen. Sein Puls lief Amok. Seine Wangen waren gerötet, und er schwitzte. Er presste die Arme an den Körper und hoffte, dass keine Flecken zu sehen sein würden.

Ellen Brandt bedachte ihn mit einem schiefen Lächeln. Nichts an ihr verriet, dass sie die Treppen im Dauerlauf zurückgelegt hatte.

»Ihr könnt direkt reingehen, sie wartet auf euch«, sagte Cs Sekretärin. Es war seltsam, dass sie trotz der frühen Stunde dort war.

Die Schiffsmotoren gewährleisteten gerade einmal, dass das Schiff nicht aus dem Ruder lief, die Geschwindigkeit genügte, um den Wogen die Stirn zu bieten, die in den letzten Stunden immer höher geworden waren. Der Wind kam in schnellen, peitschenden Böen und köpfte die weiß schäumenden Wellenkämme. Die Farbe des fast gänzlich toten Binnenmeeres wechselte zwischen schwarzen und dunkelblauen Schattierungen.

Die MS Vega verkehrte auf dieser Strecke jetzt schon seit drei Jahrzehnten, und es wurde gescherzt, dass sie den Weg zwischen den beiden Ländern auch ohne menschliche Hilfe finden würde. Bei voller Kraft voraus hätte sie von der Hauptstadt zur Insel jenseits der Grenze fünf Stunden benötigt. Aber so schnell ging es nie. Hin- und Rückfahrt inklusive eines kurzen Aufenthalts dauerten immer genau vierundzwanzig Stunden. Das reichte aus, damit die Passagiere mehrmals speisen, in den Bars trinken, sich auf der Tanzfläche amüsieren und in den Kabinen ihren Rausch ausschlafen konnten.

Und vor allem, um zollfreie Waren zu kaufen, Spirituosen, Wein und Zigaretten.

In den letzten Jahren war die Zahl der Passagiere auf der MS Vega stetig gesunken. Die neuen großen Fähren, die mit ihren Boutiquen, Restaurants und sogar künstlichen Stränden mit Sonne und Palmen schwimmenden Luxushotels glichen, übernahmen einen immer größeren Teil des lukrativen Verkehrs.

Die MS Vega stammte aus einer anderen Zeit.

Die Reederei, der das Schiff gehörte, versuchte, das Schiff unter dem Motto »Kreuzfahrten mit Tradition« an den Mann zu bringen, jedoch ohne größeren Erfolg. Ein letzter verzweifelter Versuch, Passagiere an Bord zu locken, war der Einbau des Tropikariums mit dem Kaiman, den Piranhas und den Fröschen gewesen. Früher hatte sich hier der Spa-Bereich des Schiffes befunden. Der neue PR-Mann der Reederei hatte die Geschäftsführung davon überzeugen können, dass ein Regenwald an Bord sowohl für Tagungsteilnehmer als auch für Familien mit Kindern attraktiv sei. Jedenfalls hatte nie jemand die Sauna und den winzigen Pool mit dem kalten Wasser benutzt. Das Interesse an Maniküre und Massage war so gering gewesen, dass die Spa-Abteilung geschlossen worden war.

Bislang hatte sich der Dschungel jedoch noch nicht auf die Anzahl der Passagiere ausgewirkt, und immer hartnäckiger zirkulierte das Gerücht, dass die Kreuzfahrtlinie eingestellt werden sollte.

Sinkende Passagierzahlen waren jedoch im Augenblick Kapitän Svanbergs geringste Sorge. Er hatte andere Probleme. Einen toten Passagier, einen unmöglichen Hafenmeister und ein aufziehendes Unwetter.

»Aber Sie können uns nicht am Einlaufen hindern. Dazu haben Sie kein Recht...«

Wütend knallte er das Telefon auf die Gabel und starrte auf das Meer und den Streifen Land, der am Horizont auftauchte. Ab und zu rissen die Wolken auf und ließen das Mondlicht durch. Das Wasser wirkte bedrohlich dunkel. Nachdenklich strich er sich mit der Hand über seinen dichten grauen Bart.

Von der Kommandobrücke aus konnte er die kleine Hafenstadt erahnen, die man ihm anzulaufen verboten hatte. Niedrige Häuser in hellen Farben rahmten den Fährhafen ein, und die langen verglasten Gänge, die zu dem neugebauten Hafenterminal führten, funkelten im Mondschein. Sie schienen sich von dem Gebäude zu erstrecken wie Arme, die den Schiffen die Hand reichen oder sie umfangen wollten.

Durch diese Gänge hätten einige seiner Passagiere vielleicht sein Schiff verlassen. Neue wären möglicherweise an Bord der MS Vega gegangen. Aber niemand würde das Schiff verlassen oder an Bord gehen dürfen. So war entschieden worden.

Kapitän Svanberg fuhr mit dem Finger über die beschlagene Scheibe. Ein Strich wurde sichtbar. Er zog einen neuen mit wütendem Endschnörkel.

Der Bug der MS Vega sank in ein Wellental, und Kapitän Svanberg hielt sich unwillkürlich an einer Stange unter dem Fenster fest. Sein Körper parierte die nächste Welle instinktiv, als sich der Bug hob. Das Wasser schäumte um den Steven und schlug über dem Vordeck zusammen. Er sah mit zusammengekniffenen Augen wieder auf den Horizont. Wenn es einen Sturm gab, würde ihn niemand daran hindern können, sein Schiff in Sicherheit zu bringen und den Hafen anzulaufen, ganz gleich, wie viele Tote an Bord gefunden worden waren. Einstweilen bestand für die MS Vega jedoch keine Gefahr, obwohl die Passagiere vermutlich anderer Meinung waren. Er spannte seine Muskeln an, als die nächste große Welle das Schiff traf.

Hafenmeister Mika Hassinen hatte sehr bestimmt geklungen. Bleiben Sie in Erwartung weiterer Anweisungen der Polizei auf der Reede. Kapitän Svanberg fluchte laut. Ein Steuermann, der den Ausdruck der Wetterprognose studierte, blickte erstaunt hoch. Noch nie hatte man den Kapitän die Stimme erheben oder fluchen gehört. Kapitän Svanberg befehligte mittels seiner natürlichen Autorität und beruhigenden Ausstrahlung, nie aber mit harten Worten.

Die Kommandobrücke war altmodisch und mit Teakholz getäfelt. Die Radarmonitore hatten einen Blendschutz aus schwarzem Gummi, damit das huschende, kreisende grüne Licht deutlicher zu sehen war. Die Brücke hatte mit den Aussichtstürmen neuer Fähren, in denen es moderne Bildschirme und andere teure technische Wunderwerke gab, nichts gemein. Die MS Vega stammte aus einer anderen Zeit. Es gab sogar noch ein Steuer aus Holz statt eines Joysticks. Mit zwei Maschinentelegrafen aus poliertem Messing wurde mit dem Maschinenraum kommuniziert. Natürlich gab es auch einen Autopiloten und GPS, aber Kapitän Svanberg war ein großer Freund der alten Technik, und die Besatzung folgte seinem Beispiel. Alles, um das Gefühl zu haben, sich auf einem richtigen Schiff, auf einer richtigen Fähre zu befinden.

Svanberg liebte seinen Arbeitsplatz. Er verbrachte fast seine gesamte wache Zeit auf der Kommandobrücke. Er stand dort oder saß auf einem hohen Stuhl und betrachtete stundenlang die Bewegungen des Meeres. Manchmal, wenn die Nacht schwarz und sternenklar war, griff er zu seinem alten Sextanten, um die Position zu bestimmen. Seit seiner Jugend hatte er die Weltmeere befahren, mit Ausnahme einiger Jahre auf einem Kanaldampfer, auf dem er angeheuert hatte, weil ihn seine Frau näher bei sich hatte haben wollen. Die Meere waren sein Leben. Sowohl die Ehefrau als auch der Dampfer auf dem Kanal gehörten mittlerweile der Vergangenheit an.

»Backbord 5, Kurs 236«, sagte er zu dem unerfahrenen Matrosen am Steuer.

»Kurs 236, verstanden, Kapitän«, antwortete der junge

Mann zögernd, als wollte er überprüfen, dass er auch richtig gehört habe.

»Fahrt fünf Knoten.«

»Sehr wohl, Kapitän.«

Das Schiff änderte langsam in weitem Bogen die Richtung und befand sich fast fünfzehn Minuten später auf Gegenkurs.

»Bleiben Sie auf diesem Kurs, ich verlasse eine Weile die Brücke. Rufen Sie mich, wenn wir fünf Seemeilen zurückgelegt haben.«

»Jawohl«, erwiderte der Matrose, der den Ernst der Lage erkannt hatte und deswegen entgegen seiner Gewohnheit auf jede lustige Bemerkung verzichtete.

Der Kapitän stieg mit drei Schritten die steile Leiter hinunter, den letzten Meter ließ er sich mit den Füßen auf der Metallschiene, die die Treppenstufen flankierte, hinabgleiten.

Die Kapitänskajüte war im gleichen Stil gehalten wie die Brücke. Sie war mit einer eingebauten Koje, einem kleinen an der Wand befestigten Schreibtisch, zwei mit dunkelrotem Stoff bezogenen Stühlen und einem Schrank eingerichtet. Svanberg setzte sich und griff nach einer Birne, die in einem Korb auf dem Tisch lag. Die Birne war überreif. Er legte sie zurück. Sein Handy klingelte.

Svanberg zog es aus der Tasche und hörte kurz zu. Die Falte zwischen seinen Augen wurde immer tiefer.

»Ich vermute, dass ich dagegen nichts unternehmen kann? Okay, aber die Sache gefällt mir nicht. Überhaupt nicht. Aber ich sorge dafür, dass wir bereit sind«, sagte er und unterbrach die Verbindung.

Ulf Holtz hatte schon vieles erlebt, aber das hier war dann doch die Krönung.

Ellen Brandt lachte nur.

Das Treffen mit C war sehr kurz gewesen. Ein Toter war an Bord eines Ostseekreuzfahrtschiffes gefunden worden. Die Umstände deuteten auf ein Verbrechen hin. Vermutlich war der Mann gestorben, als sich das Schiff noch in schwedischen Gewässern befunden hatte. Deswegen und weil das Schiff unter schwedischer Flagge fuhr, waren Cs Beamte zuständig. Dass die Leiche gefunden wurde, als sich die MS Vega in den Territorialgewässern eines anderen Landes befand, sei bedeutungslos, hatte sie erklärt.

»Fahr nach Hause und pack ein paar Kleider zusammen, ich schicke dir einen Wagen«, sagte Brandt.

»Kleider? Mir ist meine Ausrüstung wichtiger. Ich habe einen Pullover und ein paar Sachen in meinem Büro, das muss reichen. Wir werden schon nicht so lange wegbleiben.«

»Wer weiß. Vielleicht bleiben wir ja auf See.«

»Hör schon auf.«

»Mach, was du willst. Ich habe mit der Leitung gesprochen. In einer Stunde geht's los. Bis nachher auf dem Dach«, meinte Brandt und ging. Holtz begab sich mit raschen Schritten in seine Domäne in der roten Zone.

Er packte alles, was er zu benötigen glaubte, in zwei stabile zu diesem Zweck konstruierte Rucksäcke und lief dann im Dauerlauf zu seinem Büro am anderen Ende des Korridors. In dem Moment, in dem er es betrat, klingelte sein Telefon. Er griff zum Hörer.

»Holtz«, sagte er und hörte zu, während er ein paar Sachen zusammenraffte.

»Aha, erweiterter Suizid. Ja, ich bin zwar hier, aber ich habe keine Zeit. Sag Pia Bescheid. Sie soll sich darum kümmern, wenn sie kommt. Sie können ja nicht verschwinden, wenn sie sich in dem von dir beschriebenen Zustand befinden.« Er legte auf.

Verdammt, jetzt kriege ich auch noch Hunger, dachte er. Ich hätte diese Wurst doch aufessen sollen. Dann stellte er sich vor, was ihm bevorstand: Es wäre wohl doch keine gute Idee gewesen. Er versuchte, nicht mehr daran zu denken.

Bevor er die Abteilung verließ, betrat er rasch noch Pia Levins Büro, schrieb eine Haftnotiz und pappte sie an ihren Bildschirm. Dann nahm er den Fahrstuhl aufs Dach.

Es war unerträglich warm, und der Lärm war ohrenbetäubend. Der Gehörschutz war etwas zu groß, und der Lärm der Motoren drang zwischen dem warmen, klebrigen Plastik und der Haut hindurch. Er hatte den hinteren, engsten Platz zugewiesen bekommen. Die Rucksäcke hatte ihm der Pilot auf den Schoß gepackt. Irgendetwas scheuerte ihn im Kreuz. Ellen Brandt hatte sich zwischen die beiden Piloten geklemmt. Ab und zu drehte sie sich zu ihm um und hob zuversichtlich den Daumen. Er beachtete sie nicht weiter und versuchte, an etwas anderes zu denken.

Die MS Vega beschrieb ein paar Seemeilen vor der Insel jenseits der Grenze einen weiten Bogen. Holtz fand, dass sie für ein Kreuzfahrtschiff klein wirkte. Außerdem schaukelte sie bei dem starken Seegang beunruhigend. Wie ein Spielzeugboot, das von den Wellen hin und her geworfen wurde.

Er hatte protestiert. Das sei keine Angelegenheit für die schwedische Polizei. Den internationalen Konventionen gemäß müsse das Nachbarland eine eventuelle Ermittlung leiten. So deutete jedenfalls Holtz die Regeln. Aber C hatte erklärt, sie habe sich um alles gekümmert. Alle Genehmigungen seien eingeholt worden. Außerdem solle das Schiff, sobald sie ein erstes Gutachten erstellt hätten, entweder in den Heimathafen zurückkehren oder wie geplant seine Fahrt auf die andere Seite fortsetzen.

Ergab sich ein Verdacht auf ein Verbrechen, so musste das Schiff in den Heimathafen zurückkehren.

Holtz konnte das nicht verstehen. Gewiss konnten sie die Ermittlung unterstützen, indem sie Erkennungsdienstler und Kriminalbeamte zur Verfügung stellten, aber die Ermittlung leiten, warum das?

Ellen Brandt drehte sich zu ihm um und hob den Daumen. Schon wieder! Er gab sich Mühe, ihr Lächeln zu erwidern. Der Hubschrauber flog eine Kurve und neigte sich dabei zur Seite. Holtz schloss ganz fest die Augen.

Hoppe, hoppe, Reiter, wenn er fällt, dann schreit er.

Pia Levin summte das Kinderlied vor sich hin, aber es dauerte eine Weile, bis es ihr auffiel und sie damit aufhörte. Dann schloss sie das rechte Auge und schoss.

Die Einschusslöcher gruppierten sich in der Mitte. Der Waffenausbilder, der die Schießscheibe kontrollierte, nickte anerkennend.

»Das genügt. Bestanden.« Er schrieb etwas in ein schwarzes Buch. Dann nickte er ihr ein weiteres Mal zu und ging zum nächsten Schützen, einem leicht übergewichtigen Mann in Anzug und mit rotfleckigem Hals. Levin vermutete, dass er dem Dezernat für Wirtschaftsverbrechen angehörte. Irgendetwas an seinem Aussehen legte diesen Schluss nahe. Er stand breitbeinig da und hielt die Waffe falsch. Der Ausbilder rückte sie ihm zurecht und forderte ihn auf zu schießen. Levin verließ den Schießstand, ohne das Ergebnis abzuwarten.

Sie hatte mit der Schießprüfung bis zuletzt gewartet, aber jetzt hatte es sich nicht länger hinauszögern lassen, und sie war früh am Morgen direkt zum Schießstand gegangen, um es hinter sich zu bringen. Viermal hatte sie eine E-Mail erhalten, sie müsse ihre Waffe abgeben, falls sie die Prüfung nicht erfolgreich ablegte. Etliche ihrer Kollegen von der Forensik hatten absichtlich auf den Schießtest verzichtet, damit sie keine Dienstwaffe mehr tragen durften. Ihre Abteilung hatte in dieser Beziehung den schlechtesten Ruf. Nirgendwo sonst gab es so viele Beamte, die nicht zum Tragen einer Waffe berechtigt waren. Der Plan war nicht schlecht, aber C hatte ihn durchschaut. Sie verabscheute Polizisten, die keine Waffe trugen. Sie hatte verfügt, dass Leute, die die Schießprüfung nicht bestanden, keine weiteren Lohnerhöhungen erhalten sollten.

Alle inklusive Levin hatten dies für eine leere Drohung gehalten, aber die Gewerkschaftsvertreter waren erstaunlicherweise auf einer Linie mit C, denn sie hatten keinen Widerspruch erhoben. Somit herrschte plötzlich reges Interesse am Übungsschießen, und die verfügbaren Termine in der Schießhalle waren knapp geworden.

Pia Levin zerlegte ihre Waffe, reinigte sie, ging auf die andere Seite des Korridors und legte sie auf ihren nummerierten Platz im Waffenschrank. Der Stahlschrank roch nach Pulver und Waffenfett. Dort kannst du jetzt bis zur Prüfung im nächsten Jahr bleiben, dachte sie. Sie ahnte jedoch, dass sie gezwungen sein würde, vorher etwas zu üben. Vom Schießen war ihr warm geworden, ihr Herz klopfte, und die Haut kribbelte. Sie warf noch einen Blick auf die Waffe, lächelte und schloss ihr Fach.

Der Weg aus der unterirdischen Schießbahn führte durch mehrere gepanzerte Türen. Die Waffen der Kriminalpolizei wurden, da man sie so selten benutzte, in dem von den Fahrstühlen am weitesten entfernten Teil des Kellergeschosses aufbewahrt. Diese entlegene Aufbewahrung war wiederum einer der Gründe, warum sie so selten zum Einsatz kamen, obwohl es manchmal Gelegenheiten gab, bei denen man sie besser mitgenommen hätte. Das wurde oft seufzend und mit hochgezogenen Brauen festgestellt, wenn sich die Wege der Kriminalpolizei und der Ordnungspolizei kreuzten. Vereinzelt wurde auch höhnisch gelächelt. Die Waffen der Ordnungspolizei lagen in Schränken in unmittelbarer Nähe der Umkleide. Die Beamten holten sie sich zu Beginn jeder Schicht und schlossen sie danach wieder dort ein. Niemand durfte eine Waffe mit nach Hause nehmen, falls nicht außergewöhnliche Umstände vorlagen. Im Gegensatz zu den Kriminalern verbrachten die Ordnungspolizisten viel Zeit auf dem Schießstand.

Pia Levin erinnerte sich, dass sie zu Beginn ihrer Karriere viel geschossen hatte, aber irgendwann hatte ihr Interesse abgenommen. Sie wusste nicht, wann oder warum.

Drei junge, sehr kräftige Kollegen mit nachlässig zugeknöpften Uniformen kamen auf sie zu. Zwei Männer und eine Frau. Sie strahlten, wie sie fand, Übermut und Arroganz aus. Keiner der drei schien ihr ausweichen zu wollen. Levin blieb stehen und drückte sich mit dem Rücken an die Wand, um sie vorbeizulassen. Sie ärgerte sich insgeheim, weil sie nicht einfach weitergegangen war, um sie zu zwingen, sie durchzulassen und ihr damit Respekt zu zeigen. Sie hörte sie lachen und war sich sicher, dass sie sich über sie amüsierten. Sie schüttelte genervt den Kopf. Ich habe ja keine Ahnung, worüber sie lachen, dachte sie.

Levin nahm den Fahrstuhl in die sechste Etage, und ihre Laune hob sich, sobald sie ihren eigenen Korridor betrat. Der Automat mit den Süßigkeiten führte sie in Versuchung. Sie kaufte sich eine Tafel Schokolade und eine Schachtel mit Veilchenpastillen.

In ihrem Büro roch es schwach nach Reinigungsmitteln, und eine Frau in hellblauem Kittel wischte gerade ihren Schreibtisch ab, als sie eintrat. Pia Levin kannte sie nicht.

»Hallo«, sagte Levin und schielte auf den Ausweis, der an einem Halsband zwischen den ausladenden Brüsten hing.

Die Frau hieß Jolanda. Sie sah Levin durch das Haar, das ihr in die Augen fiel, schüchtern an.

»Ich bin gleich fertig«, sagte sie.

»Danke. Meinetwegen brauchen Sie sich nicht beeilen«, erwiderte Levin und blieb in der Tür stehen. Sie betrachtete die Frau, die langsam und methodisch ihre Flaschen und Lappen einsammelte und auf verschiedene Fächer ihres Putzwagens verteilte, sich vorbeugte und die fast leere Plastiktüte aus dem Papierkorb nahm, sie zuknotete und durch eine leere Tüte ersetzte. Ihr Kittel saß wie maßgeschneidert. Schweigend beobachtete Levin ihre Bewegungen.

Jolanda lächelte, warf die zugeknotete Tüte in ihren schwarzen Müllsack und schob ihren Wagen auf den Korridor. Levin folgte ihr mit dem Blick, bis sie im nächsten Büro verschwand. Als sie sich umdrehte, bemerkte sie den Zettel an ihrem Computermonitor. »Erweiterter Suizid. Du koordinierst. Die Ermittler wissen mehr. Muss weg. Melde mich später. U.H.«

Pia Levin drehte die gelbe Haftnotiz hin und her. Die Mitteilung war ungewöhnlich kurz. Noch nie hatte Holtz sie gebeten, die gesamte Tatortkoordination zu übernehmen. Sie freute sich über diese verantwortungsvolle Aufgabe, fragte sich aber auch, ob sie ihr wirklich gewachsen sei. Levin fluchte leise, weil sie nicht gleich ins Büro gegangen war, dann hätte sie den Zettel früher gesehen. Zeit war ein entscheidender Faktor, wenn es um die Aufklärung von Verbrechen ging. Jetzt hatte sie wertvolle Minuten mit der Schießprüfung vergeudet. Hätte er sie nicht anrufen und vorwarnen können?

Während sie mit einer Hand die Kurzwahlnummer der Ermittler wählte, öffnete sie mit der anderen die Schachtel Veilchenpastillen und schüttelte sich die Hälfte des Inhalts in den Mund.

Die Pastillen verwandelten sich in ihrem Mund in einen riesigen, süßen Klumpen. Sie kaute auf der Masse herum, die an den Zähnen kleben blieb. Als der Chef der Ermittler an den Apparat kam, verstand er erst nicht, dass es Levin war.

»Entschuldige, ich habe was im Mund.« Sie schob den Klumpen in die Wange und versuchte, so deutlich wie möglich zu sprechen. »Ich habe einen Zettel wegen eines erweiterten Suizids vorgefunden«, sagte sie. Das Gespräch fiel kurz aus, aber sie benötigte mehrere Minuten, bis sie den ganzen Klumpen Veilchenpastillen geschluckt hatte.

Der Hubschrauber schwebte zwanzig Meter über dem Deck und hielt die gleiche Geschwindigkeit wie das Schiff, fünf Knoten. Der Wind des Rotors peitschte das Wasser in einem großen Kreis um den Schiffsrumpf herum auf. Kapitän Svanberg stand selbst am Steuer, um die Dünung so gut es ging zu parieren und das Schiff im Wind zu halten. Er hatte schon früher Passagiere von Hubschraubern übernommen und wusste, wie wichtig es war, dass das Schiff dieselbe Geschwindigkeit hatte. Falls das Schiff im Augenblick der Übernahme gerade in ein Wellental glitt, konnte die abgesetzte Person mehrere Meter tief fallen. Ebenso schlimm war es, wenn das Schiff in diesem Moment von einer Welle gehoben wurde. Der Aufprall hatte im günstigsten Fall gebrochene Beine zur Folge.

Der Pilot gab das Zeichen zum Abseilen. Ellen Brandt setzte sich in die Türöffnung, als wäre das die natürlichste Sache der Welt. Der Wind pfiff ihr um die Nase und fuhr in ihren orangefarbenen Survival-Overall. Der Motor der Drahtseilwinde surrte. Eine rote Lampe zeigte an, dass sie arretiert war. Ihre Beine baumelten über die Kante. Der Kopilot kontrollierte, dass alles wie vorgeschrieben saß, gab dem Piloten ein Zeichen und schwenkte dann den stabilen Metallarm aus. Ellen Brandt hing jetzt unmittelbar unter dem Hubschrauber. Holtz glaubte sie lachen zu hören, war sich aber nicht ganz sicher, da ihm der Wind die Tränen in die Augen trieb und er den Kopf abwenden musste. An dem Drahtseil hing ein Karabinerhaken, der in einen Stahlring der Rettungsweste eingehakt war, die Ellen Brandt über ihrem Überlebensanzug trug. Der Kopilot machte mit dem Zeigefinger eine kreisförmige Bewegung, die rote Lampe erlosch, und eine grüne ging an. Langsam wurde Ellen Brandt zum Achterdeck abgeseilt. Drei Männer standen auf dem grünlackierten Metall bereit, um sie in Empfang zu nehmen. Sekunden später war sie von dem Stahlseil losgehakt, das rasch wieder nach oben verschwand. Sie wurde schnell an eine windgeschützte Stelle gebracht und sah zu dem von den Böen hin und her geworfenen Hubschrauber hinauf.

Ulf Holtz war übel. Er versuchte, an andere Dinge zu denken, und hörte nicht, wie ihm der Kopilot zurief, er solle sich zur Tür begeben. Er geriet in Panik, atmete flach und stoßweise und bekam kaum Luft. Der Geruch von Kerosin war überwältigend.

Er zuckte zusammen, als er eine Hand auf seiner Schulter spürte, die ihn in die Wirklichkeit zurückrief. Seine Beine bewegten sich langsam, und er beugte sich vor, um nicht mit dem Kopf anzustoßen. Der Wind pfiff, und der Lärm des Rotors dröhnte ihm in den Ohren. Er hatte das Gefühl, jemand anderes setzte sich in die Türöffnung und würde am Drahtseil festgehakt und abgeseilt. Erst als er einige Meter unter dem Helikopter hing, wurde ihm richtig bewusst, was geschah.

Etwas stimmte nicht.

Warum passiert nichts?, dachte er und sah zum Schiff hinunter. Er erblickte ein Grüppchen Menschen, die zu ihm aufblickten und bereit waren, ihn in Empfang zu nehmen.

Der Hubschrauber wurde von einer Bö getroffen und zur Seite geworfen. Der Pilot kämpfte mit dem Steuerknüppel, um die Maschine unter Kontrolle zu bringen. Der Helikopter richtete sich wieder auf, verlor aber rasch an Höhe, ehe ihn der Pilot wieder im Griff hatte.

Holtz wurde hin und her geschwenkt und klammerte sich krampfhaft mit beiden Händen am Drahtseil fest, als hielte er sich einzig mit Hilfe seiner eigenen Muskeln. Seine Knöchel traten weiß hervor. Er hielt den Atem an. Das Herz schlug so stark, dass er den Puls im Kopf spürte. Adrenalin schoss durch seinen Körper, und sein Gesichtsfeld verengte sich auf ein absolutes Minimum. Das Wenige, das er noch sah, wurde von einem roten Schimmer umrahmt. Holtz war vollkommen davon überzeugt, jetzt sterben zu müssen, mit dem wild kreiselnden Hubschrauber zusammenzustoßen oder auf das Schiff oder ins Meer zu stürzen oder in die Rotorblätter zu geraten.

Schließlich gelang es dem Piloten jedoch, die Kontrolle über den Hubschrauber wiederzugewinnen. Als das ruckartige Pendeln des Stahlseils schwächer wurde, erwachte Holtz aus seiner Lähmung. Er ließ das Drahtseil los, atmete ein paarmal tief durch und blickte nach unten, um zu sehen, wie nahe er dem Schiff gekommen war.

Der Wind pfiff und zerrte an ihm, doch der Abstand zum Schiff war gleich geblieben. Eine rhythmische Bewegung setzte sich durch das Drahtseil fort, aber es bewegte sich keinen Millimeter abwärts. Holtz spürte, wie er langsam hin und her zu schwingen begann.

Nicht schon wieder, dachte er und spürte, wie sich alle seine Muskeln anspannten. Er streckte seinen Körper, um der Pendelbewegung entgegenzuwirken, aber das bewirkte das Gegenteil. Der Wind erfasste ihn und versetzte ihn in Drehung, wobei die Pendelbewegung gleichzeitig zunahm.

Warum komme ich dem Schiff nicht näher? Er spürte, wie die Panik von ihm Besitz ergriff, und lehnte den Kopf zurück, um zum Hubschrauber hochzuschauen. In der Türöffnung erblickte er den gestikulierenden Kopiloten, der mit der Faust auf die Seilwinde einhieb.

Gert Andersson ließ seinen Blick von links nach rechts und wieder zurück über die betrübliche Versammlung schweifen.

Der Kapitän hatte ihn verständigt. Er hatte ihn persönlich angerufen.

Gert Anderssons Abend war ungewöhnlich ereignisreich gewesen. Als er in seine Kabine gekommen war, hatte er sich angespannt und rastlos gefühlt. Er hatte seine nassgespritzten Kleider in den Wäschekorb geworfen und war dann zu Bett gegangen. Er hatte jedoch nicht einschlafen können und war wieder aufgestanden. Nachdem er die Decke glatt gestrichen und seine Koje aufgeräumt hatte, hatte er innegehalten und überlegt, ob er sich seinem Buddelschiff widmen oder eine ungeplante Inspektionsrunde auf dem Schiff durchführen sollte. In diesem Augenblick hatte das Schiffstelefon geklingelt. Er hatte verärgert seinen Namen gesagt, sich dann aber rasch entschuldigt, als er gemerkt hatte, wer der Anrufer war.

Die Stimmung der Besatzung in der Messe war seltsamerweise sowohl erregt als auch resigniert. Alle, die nicht im Dienst waren und daher aus Sicherheitsgründen auf ihrem Posten bleiben mussten, drängten sich auf den Sitzbänken an den Wänden. Die Tische mit Platten aus Holzimitation waren im Boden verankert. Fast niemand hatte sich einen Kaffee genommen oder von dem Hefezopf auf dem permanenten Kuchenbüfett bedient. Die Messe verfügte über keine Fenster, da sie sich hinter der Küche in der Mitte des Schiffes befand. Die Beleuchtung des kleinen Raumes war grell.

Gert Andersson stand in der Tür zu dem Korridor, an dem einige Besatzungskabinen lagen. Reinigungspersonal, Köche, Kellnerinnen, Maschinisten, Animateure und Matrosen saßen in kleinen Gruppen in der Messe. Einige unterhielten sich leise, andere starrten einfach nur vor sich hin. Ein Maschinist löste ein Kreuzworträtsel und klickte beim Nachdenken mit seinem Kugelschreiber.

Einer der Matrosen, ein junger, pickeliger Mann mit blondem, strähnigem Haar, stand auf und ging zur Stereoanlage, die in einer Ecke stand. Sie war schon älter und hatte eine Unmenge silberner Drehschalter und Hebel. Alle wandten sich ihm zu. Gert Andersson verfolgte seine langsamen Bewegungen durch die Messe. Dem Mann schien der kräftige Seegang nichts auszumachen, er hielt mühelos das Gleichgewicht, als der Boden unter seinen Füßen absackte und dann rasch wieder anstieg.

Der Matrose betätigte einen Knopf, und lauter Rap erfüllte die Messe. Er drehte sich grinsend um. Eine schmutzige Strähne hing ihm ins Auge.

»Mach das verdammt noch mal aus«, sagte einer der Köche, ein älterer Mann, der sich seine schmutzige Schürze nachlässig umgebunden hatte.

»Was? Es ist doch wohl nicht verboten, Musik zu hören?«, erwiderte der Matrose und schielte zur Tür hinüber, an deren Schwelle Gert Andersson stand.

»Dann stell wenigstens einen Sender ein, den man sich anhören kann«, fauchte der Koch.

»Und was spricht gegen diesen hier? So düster wie die Stimmung hier ist, kann ein wenig gute Musik nur guttun.«

»Verdammt, mach das aus! Ich verkrafte diesen Schrott nicht!«

»Von dir lass ich mir nichts befehlen.« Der Matrose hob sein Kinn ein wenig. Sein verschwitztes Gesicht färbte sich rot.

Der Koch registrierte den trotzigen Blick. Er spannte seine Muskeln an. Die anderen verfolgten das Geschehen mit Spannung. »Schalt das Gerät aus, und setz dich an deinen Platz«, rief Gert Andersson.

»Aber ich ...«

»Setz dich, verdammt noch mal, und stell die Musik ab.

»Aber, verdammt, ich ...«

»Setz dich, verdammt! Und stell die Musik ab.«

Der Matrose wurde noch röter im Gesicht. Er holte Luft, als wollte er noch etwas sagen, unterließ es dann aber. Er presste die Lippen zusammen. Mit der offenen Hand schlug er auf einen Knopf, so dass es schepperte. Die Musik verstummte. Sein Blick war wütend, und er zischte dem Koch etwas Unverständliches zu, als er an ihm vorbeiging.

Der Koch lächelte. Er reckte sich auf seinem Stuhl und zog die nach Fisch riechende Schürze zurecht.

»Hätte er nicht ausgemacht, hätte ich ihm eine verpasst. Verdammter Bengel«, sagte er halblaut.

Gert Andersson fühlte sich erhitzt und aufgeregt, verzog aber keine Miene. Die nächtlichen Vorfälle hatten ihn erfrischt. Nicht nur weil er wichtige Informationen erhalten hatte, sondern weil tatsächlich etwas geschah und er einer der wenigen war, der wusste, worum es ging.

Das gesamte Wachpersonal hatte zum Dienst erscheinen müssen, selbst jene beiden, die soeben eine Schicht absolviert hatten. Die komplette Besatzung war in die Messe gerufen worden, diese Aufgabe war Gert Andersson zugewiesen worden. Einmal abgesehen von dem Umstand, dass der winzige Nachtclub und die beiden Bars, die normalerweise nachts geöffnet waren, geschlossen worden waren, gab es für die Passagiere keinen Hinweis darauf, dass etwas Ungewöhnliches geschah. Die meisten schliefen ohnehin in ihren eigenen oder fremden Kajüten. Der Seegang hatte den Passagieren die Feierlaune verdorben.

Niemand in der Personalmesse wusste, was geschehen würde oder was geschehen war, außer dass ein Toter im Terrarium gefunden worden war. Diese Nachricht hatte sich wie ein Lauffeuer verbreitet. Gert Andersson wusste, es war nur eine Frage der Zeit, bis sie Aufklärung verlangen würden. Die Ungewissheit würde zusammen mit der allgemeinen Müdigkeit und Frustration eine größere Wirkung zeitigen als Streitereien über Musik. Einstweilen verhielt sich die Besatzung jedoch noch ruhig und wartete auf weitere Informationen.

Sie können ruhig noch etwas warten, dachte Gert Andersson.

Mercedes Nunes saß ganz allein in einer Ecke. Sie verfolgte zerstreut, was um sie herum in der Messe vorging, kümmerte sich aber nicht weiter darum. Sie konnte den Gedanken an die Geschehnisse des früheren Abends nicht verdrängen, obwohl er schmerzte.

Nach dem Verlassen des Tropikariums hatte sie ihren Putzeimer und ihren Mopp auf dem Korridor stehengelassen und war zur Kabine der Hausdame gerannt. Sie hatte dreimal klopfen müssen, bevor diese geöffnet hatte.

Rita Murenius hatte schlaftrunken und verärgert gewirkt und erst nicht verstanden, worum es ging. Dann war alles sehr schnell gegangen. Alles, was zu tun gewesen war, war getan worden.

Mercedes Nunes hatte nach ihrer Unterredung mit der Hausdame mit niemand anderem über die Vorkommnisse gesprochen. Sie saß allein da und fror. Die Kälte breitete sich in ihr aus, und sie zitterte. Sie hatte die Arme fest um sich gelegt und verspürte das dringende Bedürfnis, sich in ihre Kabine zurückzuziehen. Sie sah zu Gert Andersson hinüber, um seinen Blick aufzufangen. Vielleicht ließ er sie ja gehen, wenn sie krank war.

Er blickte nicht in ihre Richtung.

Mercedes lehnte sich zurück und versuchte sich zu entspannen. Sie schloss die Augen. Allmählich ließ das Zittern nach, und ihr wurde etwas wärmer.

Die Erinnerung an einen toten Flussarm, umgeben von dichter, feuchter Vegetation, drang nach und nach in ihr Bewusstsein und füllte es vollständig aus. Diese Erinnerung hatte sie fast gänzlich verdrängt, zumindest in wachem Zustand.

Der Pfad zum Fluss hinunter war ein Teil ihres Universums gewesen, ein vertrauter Platz, an dem sie sich geborgen fühlte. Die Düfte von Blumen und Früchten waren ihre Düfte. Das Zwitschern der Vögel und das Kreischen der Affen gehörten genauso zu ihr. Das Licht, das zwischen den hohen, breiten Baumstämmen herabsickerte, war ihr Licht. Das Dorf war arm und lag einige Kilometer vom Fluss entfernt, aber sie hatte nie gehungert. Zwar war die Kost gelegentlich etwas einförmig, aber sie kannte ohnehin kaum mehr als Maisbrot und Bohnen.

Einige Tage nach ihrem dreizehnten Geburtstag nahm das ihr vertraute Leben ein Ende.

Als er an die Wasseroberfläche trieb, war er von Tierzähnen gezeichnet und von Gasen aufgebläht. Daraufhin ergriff sie die Flucht. Viel später erreichte sie ein Land im Norden Europas. Das Bild des Mannes in grüner Uniform tauchte in ihrem Kopf auf, obwohl sie die Augen ganz fest zupresste und versuchte, an etwas anderes zu denken. Sie hatte sogar den Geruch von Fäulnis in der Nase.

Und jetzt war es wieder passiert.

Als Ulf Holtz endlich das Schiffsdeck unter den Fußsohlen spürte, schien ihn plötzlich jegliche Kraft zu verlassen. Nachdem es dem Kopiloten endlich gelungen war, die verklemmte Seilwinde wieder in Betrieb zu setzen, indem er einige Sekunden lang auf sie eingehämmert hatte, war das Abseilen mühelos vonstattengegangen. Holtz war unglaublich durstig, konnte sich aber nicht überwinden, um etwas zu trinken zu bitten. Die anderen an Deck waren vollauf damit beschäftigt, die Taschen entgegenzunehmen, die vom Hubschrauber herabgelassen wurden. Holtz saß auf einem aufgerollten Tau und sah zu, wie der Helikopter langsam aufstieg, eine Drehung vollführte, sich auf die Seite legte und davonflog.

Die drei Besatzungsmitglieder, die ihm an Bord geholfen hatten, begannen das Deck in Ordnung zu bringen. Sie stellten die robusten Holztische wieder auf und verankerten sie an Haken. Das Sonnendeck war achtern und höher gelegen als die übrigen Decks, deswegen ließ es sich leicht absperren und vor Einsicht schützen. Viele an Bord hatten den Hubschrauber gehört, doch nur wenige hatten gesehen, wie die beiden Polizisten abgeseilt worden waren.

»Mann, was für eine Nummer! Das müssen wir häufiger machen«, sagte Ellen Brandt und lächelte Holtz an.

Holtz lächelte schwach zurück. Langsam kehrte das Blut in seinen Kopf zurück, und plötzlich kam er sich lächerlich vor.

»Meine Güte, ich bin wirklich ein Waschlappen. Ich dachte schon, mein letztes Stündlein hätte geschlagen.«

»Ach, das war noch gar nichts. Es hat doch nur ein paar Sekunden lang geklemmt und etwas geschaukelt. Aber jetzt sind wir hier. Komm, lass uns anfangen.«

»Gib mir noch eine Minute, sei so lieb. Eine Minute, mehr brauche ich nicht.«

Ellen Brandt lachte laut auf und erhob sich, um ihre Ausrüstung zusammenzusuchen und ein Besatzungsmitglied zu finden, das ihr Auskunft geben konnte. In diesem Augenblick betrat Kapitän Svanberg das Achterdeck. Er trug eine zerschlissene vergilbte Kapitänsmütze mit gesprungenem schwarzem Schirm, schwarze Hosen und einen dicken marineblauen Wollpullover, an dem sich Schulterklappen befestigen ließen, aber keine Rangabzeichen. Ein Lächeln umspielte seine Mundwinkel, und er strich sich mit der rechten Hand über den Bart.

Ellen Brandt streckte ihm die Hand entgegen.

»Sie müssen der Kapitän sein. Es fehlt eigentlich nur die Pfeife«, sagte sie etwas vorlaut. »Oh, entschuldigen Sie, ich meinte...«

Svanberg lachte herzlich.

»Mir ist vollkommen bewusst, dass ich wie eine Karikatur aussehe. Aber ich habe das Pfeiferauchen schon lange aufgegeben. Außerdem ist auf dem Achterdeck das Rauchen verboten.«

»Ich bin Ellen Brandt. Kriminalpolizei Stockholm. Und das

ist Ulf Holtz von der Forensischen Abteilung.« Sie nickte zu Holtz hinüber, dem es mittlerweile gelungen war, sich zu erheben. Er kam auf sie zu.

»Forensische Abteilung?«

»Kriminaltechnik.« Holtz gab Svanberg die Hand.

»Sollen wir direkt dorthin oder erst in meine Kabine?«, fragte Svanberg.

»Wir gehen direkt«, meinte Holtz, noch ehe Brandt etwas sagen konnte.

Pia Levin konnte sich nicht erinnern, je etwas Ähnliches gesehen zu haben. Der schwache Geruch irgendeiner Chemikalie hing in der Luft. Vielleicht Chlor. Ein fest zugezogener Bademantelgürtel aus Frottee lag um den Hals der Frau. Ein Ende war an einem Haken aus mattem Stahl an der weißen Fliesenwand befestigt. Die Frau hing nach vorne. Die Füße standen auf dem Marmorboden mit Fußbodenheizung.

Sie muss sich nach vorne geworfen haben, dachte Pia Levin und sah sich im Badezimmer um. Der Mann in der Badewanne schien zu schlafen, aber sein Körper war grau und leblos, und er wies eine große Wunde am Kopf auf. Levin griff zu ihrem Fotoapparat und begann, methodisch Aufnahmen zu machen. Erst Nahaufnahmen der Leichen, dann mehrere Übersichtsaufnahmen.

Vorsichtig und ohne etwas zu berühren bewegte sie sich durch das Badezimmer. Sie trug einen blauen Plastikoverall mit Haube. Über den Schuhen hatte sie die neuen Überzüge, auf deren Sohle ECILOP eingeprägt war, alles nach Vorschrift.

Nichts deutete auf einen Kampf hin. Es hatte ganz den Anschein, als wäre er in der Badewanne überrascht worden und als hätte ihm dort jemand den Schädel eingeschlagen. Vielleicht die Frau, die sich erhängt hat, dachte Levin, verbot sich diesen Gedanken dann aber sofort. Einstweilen noch keine Theorien.

In der Mitte des Badezimmers stand ein großer schwarzer Müllsack. Sie versuchte hineinzuschauen, konnte jedoch nichts erkennen.

Levin verließ das Badezimmer und ging langsam durch das ganze Haus. Sie wollte ein Gefühl dafür bekommen. Küche, Badezimmer, Kinderzimmer, Wohnzimmer im Erdgeschoss. Die zwei Schlafzimmer im Obergeschoss, ein weiterer Blick ins Badezimmer. Fotografierend und ab und zu Notizen machend arbeitete sie sich vorwärts. Nachdem sie sich ein erstes Urteil gebildet hatte, würde man die Kriminalbeamten einlassen. Laut vorliegenden Informationen waren außer ihr bislang nur drei Personen in dem Gebäude gewesen, zwei uniformierte Beamte und ein Handwerker, der einen Speiseabfallentsorger hätte installieren sollen. Der Handwerker war am späten Abend eingetroffen und hatte das Haus betreten, da die Tür nur angelehnt gewesen war.

Er würde es ewig bereuen, dass er nicht einfach nur einen Zettel eingeworfen hatte und wieder weggefahren war.

Nachdem die beiden an den Tatort gerufenen Beamten festgestellt hatten, dass die Frau und der Mann im Badezimmer tot waren, hatten sie das Haus versiegelt und das Eintreffen der Spurensicherung abgewartet, damit der Tatort nicht verunreinigt wurde und keine Spuren zerstört wurden. Der Handwerker und die Polizisten hatten ihre DNA abgegeben, damit man sie später von der Liste möglicher Verdächtiger streichen konnte, außerdem hatten die drei genauestens Rechenschaft darüber abgelegt, wo im Haus sie sich befunden hatten.

Levin glaubte, ihre Arbeit bald beendet zu haben. Mit Ausnahme des Badezimmers wirkte nichts merkwürdig oder ungewöhnlich.

Sie war im Begriff in der Gerichtsmedizin anzurufen, besann sich dann aber und kehrte ins Kinderzimmer zurück. Die meisten Spielsachen lagen ordentlich sortiert in verschiedenen Kästen. Auf einem Bord saßen aufgereiht Teddybären und Puppen in verschiedenen Größen. Sie wirkten fast unbenutzt. Vor dem Fenster hingen gelbe Gardinen mit Disney-Figuren. In der Mitte des Zimmers stand ein Schaukelpferd. In einer Ecke lag ein Ball. Über dem Gitterbett hing eine gerahmte Stickerei, der Name Vilja in fröhlichen Farben.

Levin trat an das Gitterbett, es war gemacht. Ein abgegriffenes grünes Krokodil lag auf der Decke. Es hatte Hosenträger und wirkte einsam. Levin hatte den Eindruck, dass es sie mit trotzigem Blick anlächelte. Sie betrachtete es eingehend und nahm es dann vorsichtig in die Hand. Das grüne Tier roch säuerlich nach Spucke.

Unbehagen stieg in Levin auf. Sie legte das Krokodil zurück aufs Bett und drehte sich langsam zur Tür zur Diele um. Sie folgte der Treppe mit dem Blick, Stufe um Stufe in den ersten Stock. Langsam ging sie in die Diele und dann ebenso langsam die Treppe hoch. Sie knarrte etwas.

Die Tür zum Badezimmer war geschlossen.

Habe ich sie zugemacht, als ich nach unten ging?, überlegte Levin und öffnete sie vorsichtig.

Der Mann starrte sie mit toten Augen an. Die Frau schien etwas zur Seite gesunken zu sein, aber das war vermutlich nur Einbildung. Sie hing schräg nach vorn, mit ausgestreckten Beinen, und stand auf den Zehen. Ihre Augen waren groß und etwas hervortretend und ebenfalls erloschen. Der schwarze Sack stand mitten im Badezimmer.

Wo war Vilja?

Die Wände schienen bedrohlich näher zu rücken.

Mit einer Hand öffnete Levin behutsam den Sack. Ganz

oben lagen ein paar Handtücher. Sie schob sie mit ihrer Hand, die in einem Gummihandschuh steckte, beiseite. Was sie sah, verblüffte sie ein wenig: ein Pappkarton und so etwas wie ein grüner Stein, einige weitere Handtücher, Plastikhandschuhe.

Levin schob die Hand zwischen die Handtücher und den Stein und arbeitete sich vorsichtig vor.

Plötzlich zog sie instinktiv die Hand zurück, als hätte sie sich verbrannt. Ihr Herz klopfte. Sie schloss die Augen, nahm ihren Mut zusammen und schob die Hand langsam wieder in den Plastiksack. Trotz des Gummihandschuhs spürte sie, was dort war. Weich und trotzdem hart. Sie ließ die Finger über den kleinen Kopf gleiten. Die Zeit blieb stehen. Sie bekam fast keine Luft mehr und wandte ihr Gesicht von dem Sack ab. Der Mann in der Badewanne und die Frau, die an einem der Haken hing, schienen über das, was sie tat, erstaunt zu sein.

Nach ein paar Sekunden zog sie die Hand zurück und griff zu ihrem Handy.

»Hallo, hier ist Pia, wann kommt die Gerichtsmedizin? Nein, ich kann nicht warten, ich brauche sofort Hilfe«, sagte sie mit Nachdruck. Nachdem man ihr versprochen hatte, dass so schnell wie möglich jemand kommen würde, unterbrach sie die Verbindung.

Pia Levin seufzte und verließ das Badezimmer. Sie ging die Treppe hinunter und an die frische Luft. Ich muss mich zusammennehmen, dachte sie, setzte sich auf die Stufen vor der Haustür und wartete auf den Gerichtsmediziner. Eine Stunde später wurden die Leichen einschließlich des schwarzen Plastiksacks abtransportiert. Alles würde im Institut für Gerichtsmedizin näher untersucht werden. Man würde dort den Sack Millimeter für Millimeter aufschneiden, um keine Spuren zu zerstören. Pia Levin war froh, dass sie das nicht zu tun brauchte. Es reicht, dass ich mir später die Fotos anschauen muss, dachte sie.

Ulf Holtz drückte die Klinke hinunter. Es quietschte. Die Türe war an den Ecken abgerundet und aus Stahl. Obwohl man ihm gesagt hatte, was dahinter lag, war er verblüfft, als sich die Tür öffnete. Eine kleine Holzbrücke führte über einen winzigen Fluss, der von einem Strand gesäumt wurde. Darum herum wuchs üppiges Grün. Der Raum war vielleicht fünfzig Quadratmeter groß und beherbergte einen Kaiman, acht Piranhas, zwei Enten und eine unbekannte Anzahl Schildkröten. In einer Ecke standen außerdem drei Terrarien mit bunten Fröschen.

Auf der Brücke lag ein Toter.

»Meine Güte, was soll das sein?«, fragte Holtz.

»Ein Dschungel auf einem Schiff. So ein Schwachsinn!«, meinte Ellen Brandt hinter ihm.

»Ich habe das nicht zu verantworten«, sagte der Kapitän, der Ellen Brandt über die Schulter blickte. »Hätte ich mitreden dürfen, dann hätte ich das verhindert, aber auf mich hört ja keiner.«

»War nach Auffinden der Leiche noch jemand hier drin?« Holtz konnte seinen Blick nicht von dem bizarren Anblick losreißen.

»Außer der Putzfrau, die ihn gefunden hat, der Hausdame, einem unserer Wachleute und mir war niemand hier.«

»Und was haben die hier gemacht? Hat jemand etwas angefasst?«

»Ja, vermutlich. Der Wachmann und die Hausdame kontrollierten, ob der Mann auch wirklich tot war. Was auch zutraf. Er hätte noch am Leben sein können. Die Anweisung lautet, lebensrettenden Maßnahmen Vorrang zu gewähren. Wir haben keinen Arzt an Bord, aber die gesamte Besatzung hat eine Erste-Hilfe-Ausbildung absolviert.« Es klang entschuldigend, als sei er nicht sicher, ob es richtig gewesen war, ihnen den Zugang zu dem künstlichen Dschungel zu gestatten, aber Holtz nickte.

»Natürlich. Lebensrettung geht immer vor«, meinte er. »Aber seither ist niemand mehr hier gewesen?«

»Nein. Es war abgeschlossen. Es ist immer abgeschlossen.«

»Immer?«

»Hier ist nur zu besonderen Anlässen geöffnet. Bei Tagungen, Kindergeburtstagen, Partys, die die Freundinnen vor der Hochzeit für die Braut veranstalten, und Ähnlichem. Ein Besuch im Dschungel ist dann immer eine feine Sache.«

»Aber gestern war geöffnet?«, fragte Holtz, der sich nicht sicher war, ob Svanberg Letzteres ironisch gemeint hatte.

»Das weiß ich nicht. Ich muss nachsehen.«

»Wer hat einen Schlüssel für die Tür?«, warf Ellen Brandt ein.

»Einige wenige Besatzungsmitglieder. Wachleute, das Reinigungspersonal und die Offiziere natürlich.«

»Sind Schlüssel abhandengekommen?«

»Soweit ich weiß, nicht. Ich glaube es nicht. Wir haben einen hohen Sicherheitsstandard. Dazu gehört auch, dass wir einen Überblick haben, wo sich unsere Schlüssel befinden. Es handelt sich um Sicherheitsschlüssel, und einmal im Monat ist Inventur.« Svanberg strich sich mit der Hand über den Bart.

»Wer pflegt den Regenwald? Es kann doch nicht ganz unkompliziert sein, so einen tropischen Dschungel an Bord eines Bootes zu unterhalten?«, meinte Holtz.

»Das ist zum Glück nicht unsere Sorge. Der Dschungel wurde von einer Firma angelegt, die ihn auch pflegt. Sie versorgt die Tiere mit Futter und allem Übrigen, wenn wir am Kai liegen.«

»Was für ein Aufwand«, sagte Holtz erstaunt.

»Ursprünglich befand sich hier die Spa-Abteilung mit Sauna und einem kleinen Pool. Der Umbau war also nicht so kompliziert, wie man vielleicht meinen könnte. Das meiste hier ist ohnehin künstlich«, sagte Svanberg. »Außerdem handelt es sich nicht um ein Boot, sondern um ein Schiff.«

Plötzlich erlosch das Licht, und Wasser rieselte von der Decke. Ein Gewitterdonner grollte, dann blitzte es.

»Es donnert alle zwanzig Minuten«, sagte Kapitän Svanberg.

»Aha.« Holtz war nicht besonders beeindruckt. »Und wie lange hält es an?«

»Nur einige Minuten.«

»Lässt es sich abstellen?«

»Ja, soll ich das in die Wege leiten?«

»Nein, das kann noch warten. Wenn hier die ganze Nacht das Wasser gelaufen ist, dann machen ein paar Minuten jetzt auch keinen Unterschied mehr.« Holtz sah Ellen Brandt an. Diese nickte zustimmend.

Als das Gewitter aufgehört hatte, bat Brandt darum, sich mit dem Kapitän unter vier Augen unterhalten zu dürfen. Sie verließen Holtz. Dieser zog seinen Schutzanzug an und betrat den Dschungel. Er stellte sich auf die Brücke und begann, den Raum genau zu betrachten. Aufgrund der starken Krängung, die ihm fast das Gleichgewicht raubte, fiel es ihm schwer, sich zu konzentrieren.

Holtz stellte fest, dass die meisten Pflanzen aus Plastik waren, nur wenige echte Blätter ragten hier und dort hervor. Der Kaiman, der sich nicht bewegt hatte, seit sie die Tür geöffnet hatten, befand sich hinter einer Glasscheibe, die inmitten des kleinen Teiches bis zur Decke reichte. Enten schwammen hin und her. Den Tieren schien es gleichgültig zu sein, dass sich der Dschungel bewegte. Ganz hinten im Raum, am Ende der Brücke und genau hinter der Leiche, stand eine kleine Bank unter einem Holzdach. Irgendwie sah sie romantisch aus, fand Holtz.

Als er das Gefühl hatte, den Raum ausreichend lange studiert zu haben, trat er vorsichtig auf den Toten zu, dessen übel zugerichtetes Gesicht nach oben wies. An einigen Stellen schien der weiße Schädelknochen durch. Der Mann trug ein hellrosa Hemd, schwarze Hosen und um den Hals eine breite Kette mit einem Medaillon, vermutlich aus Gold. Soweit Holtz erkennen konnte, hatte er weder einen Bart noch einen Schnurrbart. Sein dichtes Haar war dunkel. Er war ziemlich groß und sah durchtrainiert aus.

Holtz ging neben dem Mann in die Hocke und machte ein paar Fotos mit dem Apparat, den er um den Hals trug. Nichts auf der Vorderseite der Leiche gab Aufschluss darüber, wie er gestorben war. Es konnte sich durchaus um einen Unfall handeln. Danach haben die Fische das ihre getan, dachte Holtz und drehte den Toten auf den Bauch.

Er schoss noch einige Aufnahmen und erhob sich dann. Es begann erneut zu regnen. Holtz zog sich unter das kleine Dach zurück und setzte sich auf die Bank.

Ellen Brandt nippte an dem warmen Getränk und versuchte zu erraten, um was es sich handelte. Sie behielt die Flüssigkeit einige Zeit im Mund, als verkostete sie einen Wein, und schluckte dann.

»Lecker, nicht wahr?« Kapitän Svanberg sah so zufrieden aus wie ein kleiner Junge.

»Ja, aber was ist das? Da ist doch wohl kein Alkohol drin?«

»Nein, wirklich nicht. Probieren Sie noch einen Schluck«, meinte er und lehnte sich auf dem schmalen Stuhl ihr gegenüber zurück. Ellen Brandt saß auf dem mit blutrotem Leder gepolsterten Bürostuhl des Kapitäns. Sie hatte erst gezögert, aber er hatte darauf bestanden.

Sie betrachtete die braune Apothekenflasche aus dem vorigen Jahrhundert, aber diese verriet nichts über ihren Inhalt.

»Irgendwelche Beeren, oder?«

»Es wird wärmer.« Er lachte zufrieden und leerte genüsslich sein eigenes Glas. »Aber ich will Ihnen helfen. Kirschen von meinem eigenen Baum.«

»Richtig, Kirschen. Da wäre ich nie draufgekommen«, sagte sie, leerte ihr Glas und stellte es zögernd auf den schönen Tisch. »Kann ich das hier abstellen?«

»Ja. Der Tisch hat schon einiges aushalten müssen.« Kapitän Svanberg setzte sich auf seinem Stuhl zurecht. Hinter ihm schien die Sonne durch das kleine runde Bullauge. Die Strahlen funkelten in seinen Haaren.

Ihr fiel auf, dass sich sein Haar lichtete.

»Wir fangen noch einmal von vorne an.« Brandt zog ihr digitales Diktiergerät aus der Tasche. Sie legte es neben das leere Glas auf den Tisch, aber in diesem Augenblick krängte das Schiff, und Glas und Diktiergerät rutschten ans andere Ende des Tisches.

Kapitän Svanberg fing beides mit einer geübten Handbewegung auf und gab ihr das Gerät zurück.

»Vermutlich besser, wenn Sie es in der Hand halten«, sagte er.

Sie nahm es lächelnd in Empfang und nickte ihm dann zu, damit er anfing.

Kapitän Svanberg schwieg einen Augenblick und begann dann zu erzählen. Ellen Brandt warf ab und zu eine Frage ein, ohne seinen Bericht damit allzu sehr zu beeinflussen. Sie wusste, dass es das Beste war, Zeugen frei erzählen zu lassen, obwohl das Zeit kosten konnte. Dadurch erfuhr man vieles, das erst einmal unwichtig erschien.

»Sie wissen also, wer der Tote ist?«

»Natürlich. Er war einer unserer Stammpassagiere. Ich habe ihn schon oft an Bord gesehen.«

»Wie oft?«

»Einige Male im Monat, vielleicht öfter. Aber all das lässt sich herausfinden, man muss sich mit Namen und Ausweisnummer anmelden.«

»Sind regelmäßige Passagiere häufig?«

»O ja. Einige fahren jedes Wochenende mit, andere zweimal im Monat. Wir haben viele Stammgäste, denen die MS Vega fehlen wird.«

»Wie meinen Sie das?«

»Die Ära der MS Vega ist bald zu Ende. Wir machen nur noch drei Überfahrten. Dann ist es vorbei. Nach dreißig Jahren.«

»Und warum?«

»Es lohnt sich nicht mehr. Eigentlich schon lange nicht mehr. Wir können mit den neuen Kreuzfahrtschiffen nicht konkurrieren. Niemand interessiert sich mehr für richtige Kreuzfahrtschiffe wie die MS Vega. Ich bezweifle, dass die meisten, die mit den neuen Schiffen unterwegs sind, sich überhaupt noch bewusst sind, dass sie sich auf See befinden«, meinte er etwas verbittert. »Jedenfalls ist es ihnen gleichgültig.«

»Und was geschieht mit ihm nach der letzten Überfahrt?«

»Ich weiß nicht. Außerdem ist es eine Sie. Wahrscheinlich wird sie irgendwo auf dem Mittelmeer eingesetzt, bis Salz und Vernachlässigung sie erledigen. Aber das ist nicht mehr mein Problem, ich gehe bald in Rente.«

Ellen Brandt schwieg und sah sich in der Kabine um. Kapitän Svanberg schwieg ebenfalls.

»Was wissen Sie über den Toten?«, fragte sie dann.

»Nichts. Aber die Besatzung kennt einige der Passagiere ganz gut. Vielleicht wissen sie ja was.«

»Mit wem sollte ich mich da am besten unterhalten? Können Sie mir die Namen sagen?«

»Mit der Hausdame und den Wachleuten oder den Betreuern, wie wir sie nennen. Sie wissen über alles, was hier an Bord geschieht, Bescheid.« Er stand auf, trat ans Regal und zog einen Ordner mit blauem Rücken heraus. Nachdem er eine Weile geblättert hatte, fand er das Gesuchte und nahm die Seite aus dem Ordner. Mit einem Stift, den er aus der Brusttasche seines marineblauen Pullovers fischte, schrieb er etwas auf das Blatt und reichte es dann Ellen Brandt.

»Das ist die Liste der Besatzungsmitglieder. Ich habe vor die Namen, mit denen Sie anfangen sollten, ein Kreuz gemacht.« Er verstaute seinen Kugelschreiber wieder in der Brusttasche. Brandt fiel auf, dass er genau so einen Tintenschutz in der Tasche stecken hatte, wie ihn ihr Vater benutzt hatte. Ein graues Plastikding, das aus der Tasche ragte. Sie konnte sich nicht erinnern, so etwas je bei jemand anderem gesehen zu haben, und eine plötzliche Zuneigung für den Kapitän erfüllte sie.

»Ich brauche auch eine Passagierliste. Um wie viele könnte es sich in etwa handeln?«

»Die MS Vega ist für 330 Passagiere zugelassen, aber so

viele sind es eigentlich nie. Vielleicht mal an einem Wochenende, aber nicht bei einer Mittwochskreuzfahrt wie dieser.«

»Und wie viele könnten es sein?«

»Dreißig, vielleicht auch vierzig. Aber Sie bekommen eine Liste.«

Brandts Handy klingelte in ihrer Tasche.

Sie entschuldigte sich und ging dran.

»Das war Holtz, der wissen wollte, wo wir stecken«, sagte sie, nachdem sie aufgelegt hatte.

Kapitän Svanberg setzte seine Schiffermütze auf und salutierte.

»Ich hole ihn.«

Nachdem er Ellen angerufen hatte, blieb Ulf Holtz auf der Bank sitzen und atmete tief die feuchte Luft ein. Aus den Augenwinkeln nahm er eine Bewegung wahr. Er wandte sich den drei rechteckigen, in der Wand eingelassenen Glasfenstern zu. Dahinter regte sich etwas. Er stand auf und ging die zwei Schritte zu den Glasscheiben, die etwa einen Meter über dem Boden angebracht waren. Ein kleiner Frosch bewegte sich ruckartig auf dem Boden des Terrariums. Unter einem trockenen Blatt lugte ein weiterer giftgrüner Kopf hervor. Holtz betrachtete die beiden Frösche, die in dem winzigen Terrarium wahrscheinlich ein recht kümmerliches Dasein fristeten, eingehend. In einer Ecke stand eine Glasschale mit schmutzigem Wasser. Er fragte sich, ob Frösche Gefühle hatten, ob ihnen klar war, dass sie in ein gläsernes Gefängnis eingesperrt waren. Auf einem Schiff. Er kam zu dem Schluss, dass sie vermutlich nicht den blassesten Schimmer hatten, wo sie sich befanden. Im benachbarten Terrarium saßen ebenfalls zwei Frösche und starrten ihn an. Sie sahen aus wie die anderen, waren jedoch rot statt grün. Es war fantastisch, dass die Natur so leuchtende Farben hervorbringen konnte. Vorsichtig klopfte er an die Glasscheibe, hinter der die grünen Frösche saßen. Sie beobachteten ihn mit ihren stecknadelgroßen Augen, schienen aber nicht im Geringsten verängstigt zu sein. Über dem Terrarium hing ein vergilbter Zettel, offenbar eine Fotokopie aus einem Buch. »Pfeilgiftfrösche«, stand darauf. In kleinerer Schrift wurde über die Verbreitung der Frösche informiert. Die Urbevölkerung verwende sie zur Herstellung von Kurare, einem Gift, das einen erwachsenen Mann töten könne. Mit diesem Gift seien früher Pfeilspitzen präpariert worden. Seltsam, dass so schöne Tiere so gefährlich sein können, dachte Holtz und klopfte ein weiteres Mal an die Scheibe.

Die Hausdame Rita Murenius strengte sich an, die Augen offen zu halten. Vorsichtig rieb sie sich die Lider. Die Augen brannten, und das Reiben machte es nur noch schlimmer. Sie war erst in den frühen Morgenstunden ins Bett gekommen und hatte nicht richtig einschlafen können, sondern sich im Halbschlaf hin und her gewälzt. Ihre Gedanken waren nicht zur Ruhe gekommen.

Es war ein ungewöhnlich turbulenter Abend gewesen. Ständig musste sie irgendwelche plötzlich auftretenden Probleme lösen. Bereits am Büfett fing es an. Der gedünstete Lachs hatte raschen Absatz gefunden, und ein älterer Mann, für den keiner übrig geblieben war, wurde ausfällig, weil er sich so auf dieses Gericht gefreut hatte. Der Lachs sei das Einzige, was überhaupt etwas bedeute, der Höhepunkt der ganzen Reise, teilte er ihr mit. Nichts half, keine Entschuldigung und auch nicht das Angebot, ihm eine teurere Kabine zu geben. Sie musste den wütenden Gast im Speisesaal zurücklassen, da bereits ein neues Problem ihre Aufmerksamkeit erforderte.

Der Mann, der sie am Informationstresen erwartete, war sehr gut gekleidet. Sie kannte ihn. Er zwar keiner der ganz häufigen Passagiere, reiste aber ungefähr einmal monatlich mit der MS Vega. Meist allein, gelegentlich aber auch in Gesellschaft. Sie sah schon von weitem, dass etwas nicht in Ordnung war, als sie sich mit raschen Schritten dem Tresen näherte.

Er erkannte sie und nickte ihr zu.

»Gut, dass Sie kommen konnten.« Seine Stimme war leise, und man hätte sie sicher als freundlich bezeichnen können, aber Rita Murenius hörte den drohenden Unterton. »Würden Sie mich bitte einen Augenblick in meine Kabine begleiten?«

»Wie bitte?«

»Ich würde Ihnen gerne etwas zeigen«, sagte er mit Betonung auf dem letzten Wort.

Die Empfangsdame versuchte, hochbeschäftigt auszusehen, aber natürlich verfolgte sie den Vorfall mit größtem Interesse.

»Tja, ich weiß nicht. Ist etwas mit der Kabine nicht in Ordnung? Ist sie nicht gründlich genug gereinigt worden?«

»Es ist besser, wenn Sie mitkommen, dann kann ich es Ihnen zeigen«, sagte er kühl.

Rita Murenius fühlte Nervosität in sich aufsteigen. Warum konnte er nicht einfach sagen, worum es ging? Sie sah die Empfangsdame hinter dem Tresen um Unterstützung heischend an, aber diese konzentrierte sich voll und ganz auf ihren Bildschirm.

Obwohl es ihr an sich unklug erschien, kam Rita rasch zu dem Schluss, dass es schneller gehen würde, ihn in seine Kabine zu begleiten, statt auf dem Korridor einen Machtkampf auszutragen. Worum es auch immer gehen mochte, es war besser, es schnell hinter sich zu bringen.

Es betraf die Luxuskabine. Sie lag auf dem obersten Passagierdeck und hatte vergleichsweise große Fenster. Der grüne Teppichboden trug ein Muster aus goldenen Kompassrosen. Die Einrichtung und die Gardinen waren überwiegend in Braun und Grün gehalten. Ein Tisch, ein Stuhl und zwei Betten aus Teakholz nahmen den größten Teil der Kabine ein. Die Betten waren mit blendend weißen Laken bezogen, auf denen dicke, grüne Decken lagen.

Alles sah aus, wie es aussehen sollte.

Der Mann betrat vor Rita Murenius die Kabine und bat sie, ihm zu folgen. Sie sah sich in der Kabine um, ohne zu begreifen, was er von ihr wollte. Dann sah sie ihn fragend an.

»Sie finden also nicht, dass etwas fehlt?«, fragte er mit sanfter Stimme.

Rita Murenius wurde es unbehaglich zumute. Die gespielte Gelassenheit des Mannes machte sie nervös. Plötzlich fielen ihr die nicht aufgeklärten Vergewaltigungen der letzten Monate ein. Warum bin ich nur hergekommen? Vorsichtig bewegte sie sich auf die Tür zu.

»Ich verstehe nicht«, sagte sie verärgert und machte einen weiteren Schritt zur Tür.

»Der Champagner. Ich habe mich sehr klar ausgedrückt, als ich die Kabine buchte. Eine Flasche Champagner sollte bereit stehen. Sehen Sie vielleicht irgendwo eine Flasche Champagner?« Seine Stimme klang nun bösartig, und seine Augen hatten sich verengt.

Rita Murenius arbeitete seit über zehn Jahren als Hausdame an Bord des Schiffes und hatte schon oft erlebt, dass sich Gäste über schlechten Service oder mangelnde Sauberkeit beklagten. Dies hier war jedoch wirklich die Krönung. Sie atmete aus. Deutlich vernehmbar.

»Das tut mir sehr leid, aber die Sache hätte sich ganz schnell regeln lassen, wenn Sie einfach an der Rezeption Bescheid gesagt hätten«, meinte sie wütend. »War sonst noch etwas?«

Er starrte sie erbost an.

»Ich hatte diesen Champagner ausdrücklich bestellt. Wenn ich Champagner bestelle, dann erwarte ich ...«

»Wie gesagt, wir regeln die Sache. Die Reederei übernimmt natürlich die Kosten.« Sie machte kehrt.

»Das ist auch wirklich das Mindeste«, sagte er zu ihrem Rücken und knallte die Kabinentür zu.

Nach diesem Vorfall hatte sie keine ruhige Minute mehr gehabt. In den Bars war plötzlich der Schnaps zur Neige gegangen, Raucher hatten das neue Rauchverbot missachtet, betrunkene Gäste hatten ihre Freunde verloren, eine weinende junge Frau war untröstlich und eine Putzfrau wie vom Erdboden verschluckt gewesen. Normalerweise eilte Rita Murenius durch das Schiff und löste alle Probleme rasch und behände. Für gewöhnlich fand sie sogar, dass dies der spannendste Teil ihrer Arbeit war. Aber die Angelegenheit mit dem Champagner hatte sie aus dem Konzept gebracht.

Als sie sich endlich hatte hinlegen können, hatte es schon bald an ihrer Kabinentüre geklopft. Erst hatte sie es nicht begriffen. Ein toter Passagier? Dann hatte sie rein instinktmäßig reagiert.

Rita blinzelte und merkte, dass sie gähnen musste. Ihre Kopfschmerzen wurden immer schlimmer. Sie konnte keinen klaren Gedanken fassen und beobachtete zerstreut einige Besatzungsmitglieder, die über die Musik im Radio stritten.

Für gewöhnlich hätte sie eingegriffen, aber jetzt lehnte sie den Kopf einfach an die Wand der Messe und schloss die Augen. Um den Streit sollte sich jemand anderes kümmern.

Gerade als sie einschlafen wollte, wurde ihr Name gerufen. Der Kapitän wolle mit der Hausdame sprechen.

Ulf Holtz folgte Kapitän Svanberg durch die engen Gänge. Er war froh, dass er abgeholt worden war. Es fiel ihm schwer, sich auf dem Schiff zu orientieren. Und nicht nur dort. Sein lausiges Orientierungsvermögen war berüchtigt, es war nicht ungewöhnlich, dass er sich in ihm unbekannten Städten oder Gebäuden verlief. Holtz besaß keinen eingebauten Kompass. Für gewöhnlich kümmerte ihn das wenig, aber im Moment war er doch heilfroh, dass ihn jemand durch die labyrinthischen schmalen Korridore geleitete.

»Wissen Sie, in welcher Kabine er wohnte?«, fragte Holtz, als sie in eine große Lobby kamen. An der einen Schmalseite lag die Rezeption, an der anderen standen Glücksspielautomaten, die blinkten und kurze, metallisch klingende Melodien spielten.

»Nein, aber das lässt sich leicht herausfinden.« Svanberg ging zur im Augenblick unbesetzten Rezeption. Er öffnete mit Hilfe eines Codes die Tür, tippte etwas in den Computer auf der Theke des winzigen Kabuffs und nickte.

»Wie ich vermutet hatte. Kommen Sie mit«, sagte er.

Wenige Minuten später standen sie vor der Tür von Greger Minos' Kabine.

»War schon jemand hier drin?«, fragte Holtz.

»Soweit ich weiß, nicht.« Kapitän Svanberg streckte die Hand nach der Klinke aus. Holtz packte rasch seinen Arm.

»Nicht anfassen!«

Svanberg zuckte zusammen, als hätte er sich die Finger verbrannt, und sah Holtz erstaunt an.

»Entschuldigen Sie, ich wollte Ihnen keinen Schreck einjagen. Ich glaube, es ist besser, wenn ich das mache. Es könnten sich Spuren auf der Klinke finden, obwohl das nach so langer Zeit unwahrscheinlich ist.«

Holtz schloss die Kabine mit Kapitän Svanbergs Schlüssel auf und drückte die Klinke mit einem Papierhandtuch, das er aus der Tasche zog, hinunter.

Die Kabine war nicht groß, aber Holtz erkannte sofort, dass es sich nicht um eine Standardkabine handelte.

»Die Luxuskabine. Offenbar hat er immer diese Kabine gebucht«, sagte Svanberg.

Holtz sah sich in dem kleinen Raum um. Es roch muffig, und alles wirkte unberührt. Durch das Fenster sah man das Unwetter, aber in der Kabine herrschte tiefster Frieden. Möbel aus dunklem Mahagoni, ein dicker Teppichboden und funkelnde Messingbeschläge, die im Laufe der Jahrzehnte schon manches Unwetter und andere Strapazen überdauert hatten, schufen ein Gegengewicht zu dem Chaos draußen. Holtz konnte ob seiner philosophischen Gedanken nur den Kopf schütteln und wandte sich dem Kapitän zu.

»Im Augenblick reicht mir das. Ich werde die Kabine später genauer untersuchen«, sagte er.

Holtz überzeugte sich, dass die Kabine des Toten wieder ordentlich verschlossen wurde. Dann ließ er den Gang absperren und wurde schließlich zur Kapitänskabine gebracht.

»Ich verständige die Wachleute. Einer von ihnen soll vor der Kabine Stellung beziehen und die Neugierigen fernhalten«, meinte Svanberg, als er Holtz die Tür öffnete.

Ellen Brandt stand breitbeinig da und sah aus dem Fenster,

als sie die Kabine betraten. Draußen toste das Meer, und die schäumenden Wellenkämme wurden von den peitschenden Windböen davongetragen. Das Schiff sank in ein Wellental und erzitterte, als es sich wieder aufrichtete und schräg von vorne von der nächsten Welle getroffen wurde. Am Horizont waren schwache Lichter von Land auszumachen. Ein Möwenschwarm schwebte mit ausgestreckten Flügeln ein paar Meter vor dem Fenster vorbei. Ellen Brandt hatte den Eindruck, dass eine der Möwen sie mit ihren kleinen schwarzen Augen direkt ansah. Plötzlich drehten sie eine nach der anderen ab und verschwanden.

»Ich habe mich schon gewundert, wo ihr so lange bleibt«, sagte Brandt, als sie eintraten.

»Wir waren in der Kabine des Toten. Ich kümmere mich dann später eingehender darum.« Holtz klammerte sich am Türrahmen fest. »Was machen wir jetzt?«

Brandt verließ ihren Aussichtsposten am Fenster.

»Gibt es irgendeinen Ort, an dem wir ungestört sein können?«, fragte sie und sah Kapitän Svanberg vielsagend an. »Wir bräuchten einen Arbeitsraum oder etwas in der Art.«

»Sie können diese Kabine haben. Hier gibt es das meiste, was Sie benötigen, und wenn nicht, brauchen Sie nur Bescheid sagen.«

»Aber wir können doch nicht ...«

»Doch, doch. Nehmen Sie meine Kabine. Ich bin ohnehin meist oben auf der Brücke. Es ist also kein Problem. Es wäre jedoch gut, wenn Sie mir ein paar Anweisungen geben könnten. Sie wissen schon, die Besatzung, die Passagiere. Ich muss ihnen etwas sagen.«

Ellen Brandt nickte bedächtig und zupfte sich wie immer, wenn sie nachdachte, am Ohrläppchen.

»Ich muss mich mit meinem Kollegen beraten und telefonieren, aber sobald ich Anweisungen erhalten habe, leite ich sie an Sie weiter.«

»Sollen wir weiterhin hier kreisen?«

»Ja, noch eine Weile.«

»Die Besatzung sitzt, wie von Ihnen verlangt, in der Messe.«

»Wie gesagt, ich gebe so schnell wie möglich Bescheid«, sagte Ellen Brandt.

»Gut. Ich habe der Hausdame mitgeteilt, sie solle sich um Ihre eventuellen Wünsche kümmern.« Er ließ die beiden Beamten allein.

Holtz nahm mit zufriedener Miene in dem gut eingesessenen Sessel Platz.

»Setz dich doch«, sagte er und deutete auf den zweiten, weniger bequemen Sessel an dem funkelnden Teakholzschreibtisch.

Ellen Brandt verzog das Gesicht.

»Du, falls es dir noch nicht aufgefallen sein sollte, ich leite diese Ermittlung.«

Ulf Holtz lächelte und nahm eine Pfeife aus der festgeschraubten Halterung auf dem Tisch. Er tat, als nähme er einen Zug, und setzte eine blasierte Miene auf.

»Ich glaube, dass Sie sich im Ton vergreifen, beste Dame«, sagte er mit übertrieben näselnder Stimme.

»Lass den Unsinn, und beam dich zurück in dieses Jahrtausend«, erwiderte sie lachend. »Wollen wir versuchen voranzukommen?«

Ulf Holtz legte die Pfeife auf den Schreibtisch.

»Ich habe einige Formalitäten zu erledigen«, fuhr Brandt fort. »Unter anderem muss ich herausfinden, ob das Schiff nach Schweden zurück soll oder ob wir Kurs auf die andere

Seite nehmen können. Außerdem muss ich mit dem Staatsanwalt das weitere Vorgehen besprechen. Da die Situation juristisch etwas heikel ist, werden vermutlich alle darauf bestehen, dass ein Staatsanwalt die Ermittlung leitet, obwohl es noch keinen Verdächtigen gibt. Mit etwas Glück bekommen wir Mauritz. Ich gehe davon aus, dass Minos nicht freiwillig ins Wasser geraten ist. Also können wir die Angelegenheit wie einen Mord oder zumindest wie einen Totschlag handhaben. Bist du anderer Meinung?«

»Nein. Theoretisch könnte er natürlich einen Unfall erlitten haben, aber zur Feststellung der Todesursache ist es noch zu früh.«

»Also dann. Eine Mordermittlung.«

Das Schiff wurde während einer Abwärtsbewegung seitlich von einer starken Welle getroffen. Es setzte seinen Weg in die Tiefe fort und schwenkte zur Seite.

Ellen Brandt streckte die Hand aus, um sich an der Tischplatte festzuhalten, verfehlte diese jedoch und stürzte zu Boden. Stifte und andere lose Gegenstände wurden vom Schreibtisch gewischt und fielen auf den Teppichboden. Die Pfeife, mit der Holtz gespielt hatte, knallte gegen die Wand.

Holtz hielt sich krampfhaft an der Tischkante fest. Seine Augen waren aufgerissen, und jegliche Farbe wich aus seinem Gesicht.

»Um Gottes willen. Wir gehen doch wohl nicht unter?«, presste er hervor.

»Nein, das glaube ich nicht.« Brandt richtete sich auf, stellte den Stuhl wieder hin und setzte sich. Ihre Stimme klang ein wenig schwach.

Nachdem sie die Aufgaben verteilt hatten, machte sich Holtz auf die Suche nach dem Kapitän. Ellen Brandt nahm auf seinem Sessel Platz, zog einen Block aus ihrer Tasche und suchte nach einem Stift. Plötzlich wurde leise an der Tür geklopft.

»Herein«, rief sie.

Ein Frau in dunkelblauer Uniformjacke und einem Rock in gleicher Farbe öffnete die Tür. Brandt fand, dass sie energisch wie eine Krankenschwester wirkte.

»Ja, bitte?«

»Rita Murenius, ich bin die Hausdame. Kapitän Svanberg bat mich nachzufragen, ob Sie etwas brauchen?«

Nachdem er eine Weile gesucht hatte, fand Ulf Holtz die Kommandobrücke. Der Kapitän saß auf einem hohen Stuhl wie auf einem Hochsitz. Er wandte sich an Holtz.

»Willkommen. Ich glaube, das Wetter verschlechtert sich. Es wäre gut, wenn wir erfahren könnten, wo es hingehen soll. Nicht zuletzt der Sicherheit der Passagiere wegen«, sagte er.

Holtz bewegte sich seitlich durch die Brücke. Es gelang ihm, das Gleichgewicht zu bewahren, indem er sich an den Geländern unter den Fenstern festhielt. Er wollte gerade etwas sagen, als es in seiner Tasche vibrierte. Er zog sein Handy hervor und sah, dass der Anruf von Ellen Brandt kam.

»Ja«, antwortete er knapp. Nach einer Weile wandte er sich an Svanberg. »Sie können kehrtmachen.« Der Kapitän nickte zufrieden.

»Sehr wohl«, sagte er. »Heimwärts«, rief er dem Matrosen zu, der auf einem hohen Hocker saß und steuerte.

»Aye, aye.«

Der Matrose drehte am Ruder und wartete.

»Kurs 211«, sagte er dann.

»Gut«, erwiderte der Kapitän und bedeutete Holtz, er solle näher treten.

Holtz ging auf den Kapitän zu.

»Nehmen Sie doch da Platz.« Svanberg deutete auf einen hohen Stuhl neben dem seinigen.

Holtz setzte sich darauf. Sofort ging es ihm besser.

»Es ist immer angenehm, etwas weiter nach oben zu kommen und freie Sicht auf das Meer zu haben, wenn es schaukelt. Dann fällt es dem Körper leichter, die Wellen zu parieren«, meinte Kapitän Svanberg.

Holtz blickte auf das bewegte, schwarze Meer.

»Wie lange dauert es?«

»Drei oder vier Stunden, länger nicht. Aber in einer Stunde haben wir bereits den äußeren Schärengürtel erreicht, da sind wir dann vor den schlimmsten Wellen geschützt. Schön, dass es wieder in den Heimathafen geht, aber merkwürdig ist das schon«, sagte er mehr zu sich selbst.

Holtz hätte die letzten Worte fast nicht gehört.

»Wie meinen Sie das?«

»Es kommt schon mal vor, dass Menschen an Bord sterben, aber einen solchen Aufstand habe ich noch nie erlebt«, sagte er.

»Was passiert normalerweise?«

»Wir melden es sofort der Reederei. Dann wird der Raum, in dem sich der Tote befindet, abgesperrt. Wenn möglich. Anschließend setzen wir unsere Fahrt zum Zielhafen fort, und dort kümmert sich dann die Polizei um alles.«

»Aber dieses Mal nicht?«

»Nein«, sagte er und sah wieder auf das Meer.

»Was ist also geschehen?«, fragte Holtz, als er den Eindruck hatte, dass Svanberg nichts hinzuzufügen gedachte.

Der Kapitän wandte sich ihm zu.

»Ich habe den Sicherheitschef der Reederei angerufen und

ihm erzählt, was passiert ist. Alles verlief nach Vorschrift. Bis ich ihm den Namen des Toten genannt habe.«

»Was geschah dann?«

»Erst schwieg er ganz lange, dann bat er darum, zurückrufen zu dürfen. Nach zwanzig Minuten rief er dann an und teilte mit, dass wir den Hafen nicht ansteuern dürften, sondern weitere Befehle abwarten sollten.«

»Und das war bisher noch nie vorgekommen?«

»Nein. Ich wandte mich an den Hafenmeister des Zielhafens, obwohl ich das wahrscheinlich nicht hätte tun dürfen. Aber er war offenbar vorgewarnt. Es blieb mir also nichts anderes übrig, als hier meine Kreise zu ziehen. Den Rest wissen Sie.«

Holtz blickte über das Meer zur Hauptstadt, die am Horizont bereits auszumachen war. Beide Männer schwiegen lange in Gedanken versunken und blickten auf die Wellen, während sich das Schiff durch die schwere See kämpfte.

Als die MS Vega einige Stunden später langsam und in bedeutend ruhigeren Gewässern zwischen Inselchen und Landzungen auf das Zentrum der Hauptstadt zusteuerte, wo sich ihr Heimathafen befand, hatte man der relativ kleinen Passagierschar ein spätes Frühstück serviert und sie darüber informiert, dass das Schiff das Meer nicht überquert, sondern wieder Kurs auf den Heimathafen genommen habe. Ein Unfall habe sich ereignet, nichts Ernstes, die Sicherheitsvorschriften sähen jedoch vor, dass alle bei den Polizeibeamten, die auf dem Kai warteten, Namen und Telefonnummer hinterlegen müssten. Die Reederei bedauere den Vorfall natürlich außerordentlich, lade die Fahrgäste jedoch zum Frühstück ein und biete ihnen ein Geschenk aus dem Duty-free-Laden und neue Tickets als Entschädigung an. Damit waren alle einverstanden gewesen.

Eigentlich wäre es gar nicht erlaubt gewesen, Alkohol zu verkaufen oder auszuschenken, weil man den Hafen auf der anderen Seite nicht angelaufen hatte, aber daran dachte niemand. Die Passagiere schienen die Sache auf die leichte Schulter zu nehmen, jedenfalls beklagte sich niemand.

Ellen Brandt hatte lange überlegt und sich ausführlich mit Staatsanwalt Mauritz Höög darüber unterhalten, wie die Situation zu handhaben sei. Schließlich hatten sie beschlossen, die Passagiere an Land gehen zu lassen, nachdem ihre Identität und ihre Adressen überprüft worden waren. Holtz schlug vor, alle Passagiere zu fotografieren, aber Brandt verhinderte dies, indem sie sich auf eine unbegreifliche Regel zum Schutz der Persönlichkeitsrechte berief.

Die Besatzung hingegen sollte erst an Land gehen dürfen, nachdem alle Mitglieder vernommen worden waren. Alles deutete darauf hin, dass der Schuldige, falls es einen solchen gab, Zutritt zu dem verschlossenen Tropikarium gehabt hatte. Deswegen wollten sie sich erst einmal auf die Besatzung konzentrieren.

Das war ein Risiko, dass wussten Brandt und der Staatsanwalt. Ulf Holtz hatte gesagt, er habe in dieser Sache nichts zu entscheiden. Wenn nötig, würde man nachträglich noch die Fingerabdrücke und die DNA der Passagiere beschaffen können, obwohl das dann einen gewissen Aufwand erforderte.

Ihre Nackenmuskeln schmerzten, und die Kopfschmerzen wurden immer stärker. Rita Murenius lächelte steif und nickte den Passagieren zu, die das Schiff über die Gangway verließen. Die meisten erwiderten das Nicken und gingen dann, ihre Rollköfferchen hinter sich herziehend, die Gangway hinunter. Zwei junge Frauen, die sie kannte, kamen auf sie zu und bedankten sich. Ein Mann mittleren Alters, der die Ärmel seines zu kurzen Jacketts aufgekrempelt hatte, umarmte sie sogar. Er roch stark nach Rasierwasser und hielt sie zu nahe und zu lange an sich gedrückt. Zwei Männer in identischen T-Shirts mit dem Logo eines Motorradherstellers trugen schwere Tüten mit Schnapsflaschen, andere zogen Karren mit einer Monatsration aufeinandergestapelter Bierdosen hinter sich her. Die meisten wirkten müde, aber an der Stimmung war nichts auszusetzen.

In der Empfangshalle standen mehrere Polizeibeamte, setzten hinter die Namen auf ihren Passagierlisten Häkchen und nahmen die Personalien der Ankommenden auf. Die meisten hatten dagegen nichts einzuwenden, manch einer schien das sogar aufregend zu finden. Zwei Frauen Anfang sechzig lachten albern und gingen resolut auf einen der Polizeibeamten zu.

Rita Murenius beobachtete die Szene belustigt, konnte sich aber gleichzeitig einer inneren Unruhe nicht erwehren. Sie bereute es, dass sie die Schicht mit ihrer Kollegin getauscht hatte. Normalerweise arbeiteten sie zwei Wochen am Stück und hatten dann zwei Wochen frei. Jetzt arbeitete sie bereits die dritte Woche und wäre viel lieber zu Hause gewesen. Ihre Kollegin wollte ihren zwanzigsten Hochzeitstag feiern und hatte Rita gebeten, sie zu vertreten. Dafür wollte sie eine beliebige Woche für sie arbeiten. Eigentlich hatte Rita das gut in den Kram gepasst, obwohl sie kurzfristige Planungen hasste. Zwei Tage vor Beginn ihrer Schicht hatte Hasse, ein Mann, den sie vor einem halben Jahr in einem Tanzlokal in der Innenstadt kennengelernt hatte, gesagt, er wolle sich mit ihr über etwas unterhalten. Das hatte sie nicht erstaunt. Hasse war kein Mann für eine gemeinsame Zukunft, sondern mehr ein Zeitvertreib, jemand, mit dem man essen gehen und zusammen fernsehen konnte. Oder mit dem man das Bett teilte, obwohl daraus in letzter Zeit nicht viel geworden war. Anfangs war das anders gewesen. Nach dem letzten Tanz hatte er ihr seine Hand unter die Bluse geschoben. Sie erinnerte sich an den heißen Kuss vor dem Lokal, als er sie an die kalte Mauer gedrückt hatte, diesen gierigen Kuss, der sich nicht wiederholen ließ. In der ersten Zeit hatten sie gar nicht voneinander lassen können. Sie hatten buchstäblich überall Sex gehabt. Einmal, als sie vom Schiff nach Hause gekommen war, hatte er sie nur mit einem Badehandtuch bekleidet empfangen. Sie spürte, wie sich bei diesem Gedanken die Wärme in ihrem Unterleib ausbreitete. Das Badehandtuch war zur Seite geglitten, und er war ganz hart gewesen, als er ihre Hose heruntergezogen und sie zur Tür gedreht hatte. Dann war er im Stehen in sie eingedrungen. Sie hatte sich noch nicht einmal die Jacke ausgezogen.

Nach einigen Wochen war er ermüdet. Er war nicht einmal mehr an einer normalen Wochenendnummer nach einer Flasche Rotwein interessiert gewesen. Er wollte nur noch fernsehen, blieb lange auf und ging erst ins Bett, wenn sie bereits eingeschlafen war.

Noch ehe er den Mund geöffnet hatte, wusste sie, worüber er sprechen wollte. Sie war enttäuschter gewesen, als sie sich selbst hatte eingestehen wollen. Nachdem er seine Sachen zusammengepackt hatte und mit den Worten: »Bis dann mal!« verschwunden war, war es sehr still geworden.

Nach diesem Erlebnis war es ihr nicht schwergefallen, eine Woche zusätzlich zu arbeiten. Im Gegenteil. Aber wenn sie gewusst hätte, was passieren würde, dann hätte sie nie getauscht.

Nur etwa zehn Passagiere waren noch übrig, aber da die

Empfangshalle mit den Polizisten inzwischen voll war, bildete sich vor der Gangway eine kleine Schlange. Ein älterer Herr seufzte laut und reckte den Kopf, um nach dem Grund für die Verzögerung zu sehen. Rita Murenius wollte erst etwas Beschwichtigendes sagen, überlegte es sich dann aber anders und drehte sich zur Lobby um. Neben der Rezeption stand ein Mann und betrachtete die Passagiere. Er blickte zerstreut, als hätte er den Kopf nur zufällig in diese Richtung gedreht. Doch Rita Murenius bemerkte die Schärfe und Konzentration in seinen Zügen. Gerade als sie wegsehen wollte, blickte er sie direkt an und lächelte. Sein Gesicht war offen und freundlich, aber sie schaute trotzdem sofort weg und konzentrierte sich wieder auf die Passagiere, die das Schiff verließen. Aus den Augenwinkeln sah sie, wie der Mann nach einer Weile seinen Platz verließ und Richtung Ausgang ging. Vor einem Polizisten blieb er stehen und besprach etwas, dann war er nicht mehr zu sehen.

»Stopp! Wo wollen Sie hin?«

Ein Polizist hob die Hand, als Holtz die Empfangshalle betrat.

»Ich wollte an Land ...«

»Alle müssen sich ausweisen.«

»Ich weiß, aber ...«

»Kein Aber. So ist das einfach.«

»Was lernt man heutzutage überhaupt noch auf der Polizeischule?«

Holtz konnte sich diese Bemerkung nicht verkneifen.

»Jetzt ist aber mal gut«, brüllte der Polizist.

Holtz spürte, wie die Wut in ihm aufstieg.

»Wenn Sie sich verdammt noch mal beruhigen, dann weise

ich mich aus«, fauchte er und zog seine Dienstmarke hervor. Er hielt sie dem Kollegen demonstrativ ein paar Zentimeter vor das Gesicht. Dieser lief rot an.

Holtz ging wortlos an ihm vorbei, durchquerte rasch die Empfangshalle und begab sich ins Freie. Es gab nur weniges, das ihm so sehr auf die Nerven ging wie Polizisten, die ihre Unsicherheit hinter ungehobeltem Auftreten versteckten. Kein Wunder, dass die Polizei bei der Öffentlichkeit immer weniger Vertrauen genoss.

Es erleichterte ihn sehr, wieder festen Boden unter den Füßen zu haben und einem übereifrigen Kollegen entronnen zu sein. Die Heimfahrt auf dem Schiff war ihm lang vorgekommen. Er hatte immer geglaubt, er könne nicht seekrank werden, so etwas sei Weicheiern vorbehalten, aber das Schlingern und Stampfen des Schiffes hatte ihn schläfrig gemacht und ihm Übelkeit verursacht. Er hatte sich nur noch an Land gesehnt. Einen Augenblick lang hatte er sich sogar vorstellen können, sich von einem Hubschrauber abholen zu lassen, aber bei näherem Nachdenken war ihm das Meer dann doch lieber gewesen als die Luft.

Jetzt betrachtete er die MS Vega vom Kai aus. Das Schiff wirkte klein im Vergleich zu den Kreuzfahrtschiffen, die ein paar Kilometer entfernt vertäut waren und an denen sie auf dem Weg zur Anlegestelle vorbeigekommen waren. Die um die Poller gelegten dicken Trossen streckten sich und erschlafften, wenn eine Welle auf den Rumpf traf, aber trotzdem lag das Schiff sicher am Kai. Es war weiß und schien aus einer anderen Zeit zu stammen. Ganz offensichtlich war es umgebaut worden. Das hohe Achterdeck, das als Sonnendeck oder Hubschrauberlandeplatz verwendet werden konnte, wirkte deplatziert und zerstörte die klassischen Linien des Schiffes.

An einem Fenster entdeckte er die Hausdame. Er hatte sie betrachtet, ehe er an Land gegangen oder, wie irgendein Wichtigtuer korrigiert hatte, von Bord gegangen war. Sie wirkte kompetent, fand er. Holtz hätte sich ihr eigentlich gerne vorgestellt, doch sie strahlte etwas aus, das ihn dann daran gehindert hatte. Eine unsichtbare Distanziertheit.

Der Kai war alt, sicher mehrere hundert Jahre, und mit Kopfsteinpflaster gepflastert. Früher hatten die Schiffe hier in zwei Reihen gelegen und waren mit allem beladen gewesen, was man in einer Großstadt brauchen konnte. Jetzt war es hier ausgestorben und still. Der Kai diente vornehmlich als Parkplatz, und von Be- und Entladen konnte nicht mehr die Rede sein. Er schloss die Augen und versuchte, sich das geschäftige Treiben von früher vorzustellen. Es fiel ihm schwer. Das Einzige, das seine Sinne noch reizte und die Geschichte zurückholte, war der Geruch von Teer. Er atmete ihn tief ein und hielt dann den Atem an, als könne er ihn so bewahren, was ihm jedoch nicht gelang.

Holtz öffnete die Augen. In einiger Entfernung erblickte er zwei Männer mit Angeln. Sie standen recht nahe beieinander, aber nicht so nahe, dass sie zusammenzugehören schienen. Sie schwiegen und waren tief in Gedanken versunken. Er ging auf sie zu.

»Hat was angebissen?«, fragte er und warf einen Blick in den leeren Eimer des Mannes, der ihm am nächsten stand.

Der Angler antwortete nicht. Er sah nur kurz in Holtz' Richtung und konzentrierte sich dann wieder auf die dünne Leine, die in der Tiefe verschwand.

Holtz zuckte mit den Achseln und ging weiter zum nächsten Angler. Er war kräftig, trug wetterfeste Kleider und sah etwas mitgenommen aus. Holtz stellte sich neben ihn und sah auf das Wasser. Eine ganze Weile schwiegen sie. Ab und zu zog der Mann tief an der Zigarette in seinem Mundwinkel.

»Stehen Sie oft hier?«, fragte Holtz.

Der Mann wandte sich ihm zu. Sein Gesicht war zerfurcht, und er hatte sich seit einigen Tagen nicht rasiert. Er roch nach Alter und Schmutz. Seine blauen Augen leuchteten jedoch.

»Allerdings«, sagte er. Holtz konnte einen Akzent heraushören.

»Und? Beißt was an?«

»Nein, eigentlich nicht. Und jetzt habe ich ja auch Konkurrenz bekommen.« Der Mann nickte zum anderen Angler hinüber.

Holtz blieb eine Weile stehen und kehrte dann langsam zum Schiff zurück. Er konnte sich nicht entscheiden, ob er wieder an Bord gehen und Ellen fragen sollte, was sie so lange aufhielt, oder ob er die Wartezeit einfach hinnehmen und über das Leben nachdenken sollte.

Er dachte über das Leben nach. Über Nahid. Er fragte sich, wie es ihr wohl ging. Nahid Ghadjar hatte ihn verlassen, um in Teheran ein forensisches Labor einzurichten. Als sie ihm das erzählt hatte, hatte er nicht weiter darüber nachgedacht. Aber etwas, das Pia Levin später gesagt hatte, hatte ihn nachdenklich gemacht. Konnten Frauen wirklich alleine in den Iran fahren und dort arbeiten? Holtz kam sich dumm vor, weil ihm dieser Gedanke nicht selbst gekommen war. Er kannte niemanden aus dem Iran, und zu Nahids Vater Morteza Ghadjar hatte er auch kein so enges Verhältnis, dass er ihn hätte fragen können. Mehrere Monate waren verstrichen, seit sie weggezogen war, und er hatte nichts gehört. Je mehr Zeit verging, desto unruhiger wurde er, und desto mehr dachte er über das nach, was Pia gesagt hatte.

Ich muss Morteza anrufen, überlegte er.

Als Ellen Brandt endlich auftauchte, hatte sie bereits mit der Gerichtsmedizinerin Ulla Fredén telefoniert und ihr kurz Bericht erstattet. Fredén wollte im Laufe des Nachmittags auftauchen, bis dahin konnten sie nicht mehr viel unternehmen. Ihre Chefin C hatte sich gemeldet und ihnen mitgeteilt, sie wünsche auf dem Laufenden gehalten zu werden, im Übrigen solle die Sache wie jede andere Ermittlung weiterlaufen. Ellen Brandt verfügte über eine lange Liste unbeantworteter Fragen, hatte aber darauf verzichtet, diese zu stellen, da C nicht an einer längeren Unterhaltung interessiert zu sein schien.

Pia Levin legte die Fotos vor sich auf den Tisch. Auf einigen war das kleine tote Mädchen zu sehen, Vilja Kramer, die auf einem Seziertisch aus rostfreiem Stahl lag. Ein Foto zeigte den schwarzen Müllsack, ein anderes die tote, an der Wand hängende Angelica Kramer, und auf einem dritten lag Jon Kramers Leiche in der Badewanne.

Auf dem letzten Foto war die ganze Familie zu sehen. Lebendig. Pia Levin nahm das Familienfoto und betrachtete es eingehend. Sie versuchte, gedanklich in dem Bild zu versinken, in das Leben der Abgebildeten einzutreten. Jon Kramer lächelte, das Lächeln war jedoch zurückhaltend und sein Blick abwesend. Angelica Kramers Lächeln war hingegen strahlend und voller Energie, sie schien sich über etwas zu freuen oder allgemein ein gutgelaunter Mensch zu sein. Sie saß in der Hocke und hielt Vilja fest, die unsicher auf ihren Beinchen stand. Das Gesicht des Kindes war nicht richtig zu erkennen, weil sie von dem Fotografen wegschaute. Etwas hatte ihr Interesse geweckt, etwas, das sich außerhalb des Bildes befand. Das Mädchen trug einen rosa Strampelanzug und auf dem Kopf eine Prinzessinnenkrone mit funkelnden Steinen. Der rosa Anzug kontrastierte mit der Kleidung der Erwachsenen. Der Mann trug einen teuren dunklen Anzug und einen orangefarbenen Schlips. Die Frau ein schlichtes Kleid, das in seiner Einfachheit ebenfalls teuer wirkte.

Das Bild hatte in der Küche der toten Familie gehangen.

Bei ihrem ersten Besuch hatte Pia Levin vorsichtig die beiden Reißnägel gelöst und das Foto mitgenommen. Sie legte die Fotos nebeneinander auf den hohen weißen Glastisch im Labor.

Ihre Magenschmerzen wurden stärker. Sie hatte plötzlich den Geruch des Stoffkrokodils in der Nase. Ihr Kopf weigerte sich, diese Erinnerung aufzugeben. Das Krokodil, der Geruch von Speichel, der kleine weiche Kopf. Die erste Träne überraschte sie. Ohne Vorwarnung füllten sich ihre Augen langsam mit dem salzigen Nass. Tränen liefen ihr über die Wangen. Sie blinzelte einige Male fest, aber das vertraute Gefühl ließ sich nicht mehr unterdrücken. Immer mehr Tränen kamen, ihr Atem ging schwer, und sie hatte das Gefühl, keine Luft mehr zu bekommen. Levin legte den Kopf in den Nacken und gab sich leise wimmernd der Trauer hin.

Sie wusste nicht, wie lange sie so dagestanden hatte, als sie plötzlich eine Hand auf ihrer Schulter spürte. Sie zuckte zusammen und drehte sich um.

»Alles in Ordnung?«

Jerzy Mrowka ließ die Hand auf ihrer Schulter liegen.

Levin wischte sich mit dem Handrücken die Tränen aus den Augen. Sie holte schniefend tief Luft.

»Ich weiß nicht, was in mich gefahren ist«, sagte sie und versuchte, ein fröhlicheres Gesicht zu machen. »Was machst du hier?«

Jerzy Mrowka, der normalerweise immer eine lustige Bemerkung auf Lager hatte, sagte nichts. Er drückte vorsichtig ihre Schulter und nickte mitfühlend.

»Ich kam zufällig vorbei und sah dich hier stehen. Was ist passiert?«

»Kinder, denen es schlecht ergeht«, erwiderte Pia Levin, »setzen mir einfach zu.«

»Willst du darüber reden?«

»Was?«

»Warum es dich so mitnimmt.«

Sie biss sich auf die Unterlippe und schien einen Augenblick lang ihre Gedanken zu ordnen.

»Ein andermal.«

Der Augenblick war vorbei. Mrowka nickte nur.

»Darf ich mir das ansehen?« Er streckte die Hand nach dem Familienfoto aus, ohne eine Antwort abzuwarten.

Sie musste den Impuls unterdrücken, ihn daran zu hindern. Sie hatte das irrationale Bedürfnis, das Kind auf dem Foto zu beschützen, indem sie niemanden das Foto anschauen ließ.

Mrowka betrachtete das Foto der Familie lange. Er sah nachdenklich aus.

»Was ist?«, fragte Pia Levin.

»Irgendwie kommt es mir bekannt vor«, meinte er.

Levin zog erstaunt die Brauen hoch.

»Bekannt? Kennst du die Leute? Hast du das Foto schon einmal gesehen?« Ihre Worte überschlugen sich.

»Nein. Nicht dieses Foto. Aber ein ähnliches, vielleicht in irgendeiner Zeitung... Ich weiß nicht.« Er schüttelte den nachdenklichen Ausdruck ab, und die Falte auf seiner Stirn verschwand.

»Nein. Schau es dir wieder an. Versuch, den Gedanken wiederaufzunehmen. Du sagtest etwas von einer Zeitung«, hakte Levin eifrig nach. Ihre Trauer war wie weggeblasen. Ihre Wangen hatten wieder Farbe bekommen.

Er betrachtete das Foto eingehend und zuckte dann mit den Achseln.

»Ich weiß nicht. Wahrscheinlich war es nur Einbildung. Ich habe mich geirrt.«

»Wo könntest du das Foto denn gesehen haben?«, fragte sie erneut.

»Du weißt doch, wie das bei uns in der Abteilung für Internetkriminalität ist. Unsere Ermittler schauen sich Tausende von Fotos an, um die Kinder zu identifizieren und …«

Er verstummte und schien einen Augenblick lang die Fassung zu verlieren. Sie beobachtete ihn interessiert und erstaunt. Levin konnte sich nicht erinnern, Jerzy Mrowka je wütend oder niedergeschlagen erlebt zu haben. Alle wussten, dass die Beschäftigung mit Kindesmissbrauch, Folter und sexueller Gewalt den Beamten zusetzte. Die Suche nach winzigen Spuren auf den Fotos, die zu den Tätern führen oder die Identifizierung der Kinder ermöglichen konnten, machte auch den abgebrühtesten Ermittlern zu schaffen. Die meisten gaben bereits nach ein paar Monaten auf, einzelne hielten ein paar Jahre durch. Aber Jerzy Mrowka wirkte unverwundbar wie kein anderer. Als leitender Beamter brauchte er sich die Fotos, die man auf den Festplatten von Computern sichergestellt hatte, eigentlich gar nicht persönlich anzusehen, aber ab und zu entlastete er die Ermittler, indem er ihnen eine Schicht abnahm. Ein weiterer Grund dafür war, dass er seinen glühenden Eifer nicht erlöschen lassen wollte, denn ansonsten hätte er sich nicht trotz der fast unmenschlichen Arbeitsbelastung jeden Morgen dazu aufraffen können, zur Arbeit zu gehen.

Mrowka hatte sich vor langer Zeit dem Kampf gegen die Pädophilen verschrieben. Gleichzeitig hatte er sich gelobt, an dieser Arbeit nie zugrunde zu gehen. Das war ihm geglückt. Alle, die ihn kannten, konnten bezeugen, dass er stets fröhlich war, nie klagte und als Chef allgemeine Wertschätzung genoss.

Pia Levin erahnte die Wut, die in ihm schwelte, aber im gleichen Moment schien sie auch schon wieder erloschen zu sein. Er lächelte.

»Mail mir eine Kopie, dann sehen wir weiter. Vielleicht fällt mir ja noch was ein«, sagte er und drückte nochmals ihre Schulter, ehe er sie verließ.

Pia Levin betrachtete die glückliche Familie auf dem Foto und seufzte.

»Was ist euch eigentlich zugestoßen?«, sagte sie leise.

Die Plastikfolie wird in den offenen Mund des Mädchens gesogen, dann wieder ausgestoßen. Sie bewegt sich vor und zurück, ehe sie plötzlich zum Stillstand kommt, ein letztes Mal ausgestoßen und ein letztes Mal mit einem Knall eingesogen wird.

Eine konkave Membran, die Leben und Tod scheidet.

Die kleine Lunge Vilja Kramers kollabiert. Die Augen, klein und von unbestimmbarer Farbe, sind von der Anstrengung blutunterlaufen. Sie ringt nach Atem. Sie strampelt mit den Beinen, ein vergeblicher Versuch, sich zu befreien. Dann erschlaffen ihre Glieder.

Vilja Kramer wiegt acht Kilo, wirkt jedoch schwerer, nachdem das Leben sie verlassen hat.

Angelica Kramer entfernt die Folie nicht von dem kleinen Kopf, an dem das dunkle Haar klebt, als sie die Leiche behutsam auf den Badezimmerboden legt.

Der Mann in der Badewanne hat ihnen sein Gesicht zugewandt, reagiert aber nicht auf die Ereignisse. Das Wasser in der Badewanne ist noch warm, aber nicht so heiß, wie er es mag. Der Badeschaum ist in sich zusammengefallen und klebt nur noch als dünner Film am Wannenrand.

Das Wasser ist rot verfärbt. Seine leeren Augen sind bereits stumpf geworden, als sie den Stöpsel aus der Badewanne zieht. An der dünnen Messingkette hängt als Schwimmer ein Frosch aus grünem Gummi. Er schaukelt auf der Wasseroberfläche, schwimmt langsam hin und her. Der Wasserspiegel sinkt langsam und hinterlässt einen hellroten Streifen.

Der Leichnam sackt in sich zusammen, als er nicht mehr vom Wasser getragen wird. Kleine Strudel bilden sich über dem silbernen Abfluss, als der letzte Rest des Wassers abläuft. Dann liegt der Frosch auf dem Badewannengrund. Ein kleines Rinnsal leuchtend roten Blutes bahnt sich seinen Weg und versiegt dann ebenfalls.

Angelica Kramer betrachtet die graue, nackte Leiche in der Badewanne. Kein Gedanke bedrängt sie. Nichts regt sich in ihr, keine Trauer, kein Entsetzen, keine Angst. Nur Leere.

Eine Seifenschale aus massivem, grünlichem Stein liegt auf dem italienischen Marmorfußboden.

Er hatte den Marmor ausgesucht, wie auch fast alles andere im Haus.

Die Ordnung im Badezimmer ist perfekt. Abgesehen von dem toten Jon Kramer in der Badewanne und der ebenso toten, in Plastikfolie eingewickelten Vilja Kramer wird das Bild nur durch eine längliche Pappschachtel auf dem Fußboden gestört. Beiläufig entnimmt sie der umgekehrten Aufschrift, dass sich die Folie im Backofen erhitzen lässt. Die scharfe, gezackte Kante zum Abreißen zeigt zum Fußboden. Sie betrachtet die Szene verwundert und mit einem schwachen Lächeln auf den Lippen.

Angelica schüttelt den Kopf, als wollte sie etwas zurechtrücken, das in Unordnung geraten ist. Dann verlässt sie langsam rückwärts das Badezimmer und tritt einen Schritt in die

Diele. Sie trägt immer noch Plastikhandschuhe, als sie die Tür schließt und die Treppe hinunter in die Küche geht. Dort zieht sie die Handschuhe aus und legt sie ordentlich nebeneinander auf die Spüle.

Die vollautomatische Espressomaschine springt auf Knopfdruck an, und nach einigen Minuten duftet es in der Küche nach Kaffee. Die Maschine aus mattem Stahl passt nicht recht zur übrigen Einrichtung, die im englischen Landhausstil gehalten ist.

Auf dem Fußboden liegen Spielsachen verstreut. Ein leerer, hellroter Kunststoffbehälter auf schwarzen Rollen deutet darauf hin, dass die Bauklötze, Teddys und Plastikspielsachen zumindest gelegentlich ordentlich weggeräumt werden. Sie stößt ihn versehentlich mit dem Fuß an. Er rollt davon und kommt vor der vorbildlich sauberen, matt lackierten Kühlschranktür zum Stillstand. Keine Magnete, Zettel oder Fotos. So möchte er es haben, sauber und ordentlich. Sie fährt mit dem Finger über die Kühlschranktür, und eine Spur bleibt zurück. Sie betrachtet sie, lächelt und zeichnet eine weitere Linie.

Angelica trinkt den Kaffee im Stehen vor der Spüle. Er ist sehr stark und schwarz. Sie nimmt schon seit Jahren keinen Zucker mehr im Kaffee. Auch der kleine Schuss Milch, den sie früher so gerne mochte, hat zugunsten des reinen, fast verführerischen Kaffeegeschmacks weichen müssen. Sie überlegt, ob sie sich noch eine Tasse machen soll, entschließt sich dann aber, es bleiben zu lassen. Sie hat noch viel zu tun.

Im Schrank unter der Spüle, den sie trotz der Kindersicherung, die ihm so wichtig war, mühelos öffnet, liegt ein Paar Spülhandschuhe in einer ungeöffneten Verpackung. Sie legt sie mit einer noch unbenutzten Spülbürste und einem gelben Putzschwamm mit grüner Unterseite in einen grauen Plastikeimer. Ganz tief im Besenschrank entdeckt sie die Rolle mit schwarzen Müllsäcken. In der Diele, bei der Haustür, zieht sie sich einen Stuhl heran, um an die hinterste Ecke der Hutablage zu kommen. Sie tastet, bis sie ganz hinten an der Wand ein Plastikpäckchen findet.

All diese Dinge trägt sie die gut zwanzig Treppenstufen ins Obergeschoss. Vor der Tür zum Badezimmer bleibt sie eine Weile stehen und überlegt, ob sie etwas vergessen hat. Sie geht in Gedanken eine Liste durch und hakt einen Posten nach dem anderen ab.

Eine Falte taucht zwischen ihren Augen auf. Abflussreiniger. Sie eilt zurück in die Küche und öffnet den Besenschrank ein weiteres Mal. In einer Ecke steht die braune Plastikflasche mit kindersicherem Verschluss. Sie nimmt sie und geht wieder ins Obergeschoss.

Konzentriert öffnet sie das Päckchen Ein durchsichtiger, sehr dünner Plastikmantel und eine Plastikmütze kommen zum Vorschein. Sie schüttelt den Mantel aus und zieht ihn an. Dann streift sie die Mütze über und achtet darauf, dass alle Haare darunter verschwinden. Sie schlüpft in die Handschuhe, die noch stark nach Gummi riechen. An ihren Füßen knistern blaue Überzüge, die sie bei einem ihrer letzten Zahnarztbesuche mitgenommen hat.

Die Tür zum Badezimmer gleitet auf. Sie betrachtet das Bild, das sich ihr bietet, legt den Kopf zur Seite, versucht, alles zu erfassen. Empfindet sie etwas? Nein, nicht einmal Spannung.

Sie hebt das kleine, in Folie gehüllte Mädchen hoch und hält es eine Armlänge von sich weg. Angelica betrachtet das Kind einige Sekunden lang. Sie hat jedoch nicht genug Kraft in den Armen, deswegen legt sie die Leiche auf die Ablage neben dem Waschbecken. Auf dem Boden krempelt sie die Kanten eines Müllsacks um. Dann legt sie das Kind hinein.

Mit der Leiche in der Badewanne wird sie Mühe haben, stellt sie fest, als sie den Toten aufrichtet. Er ist schwer, und die Leichenstarre hat bereits eingesetzt. Sie bekommt ihn auch nicht richtig zu fassen, da die geriffelten Handschuhe an der glatten Leiche abgleiten. Eine dünne Schicht Badeöl erschwert das Zupacken.

Ihr bricht der Schweiß aus, und sie gerät in Panik. Zum ersten Mal seit mehreren Tagen empfindet sie wieder etwas. Sie atmet schneller. Ihr tut von der ungewohnten Haltung der Rücken weh. Er wiegt gute achtzig Kilo, und es scheint, als hätte die Leiche einen eigenen Willen und weigerte sich, die Wanne zu verlassen.

Plötzlich wird sie von einem wohlbekannten Geräusch bei ihrer Arbeit gestört. Ein Handy klingelt, allerdings merkwürdig leise. Sie sieht sich um und versucht, das Geräusch zu lokalisieren. Es klingt dumpf. An einem Haken an der Tür hängt der Bademantel aus dickem Frottee, den sie ihm vor vielen Jahren gekauft hat. Das Geräusch kommt aus der Tasche. Es hört auf zu klingeln. Aber nur kurz. Dann klingelt es erneut. Sie nimmt das Telefon und antwortet.

»Hallo.«

»Hallo«, hört sie am anderen Ende. »Mit wem spreche ich bitte?«

»Ich bin das«, sagt sie.

»Gehst du an dieses Telefon?« Die Stimme klingt verwundert. »Ist er da?«

»Nein«, antwortet sie.

»Verdammt. Ich soll ihn doch um acht Uhr abholen. Wir wollten wegfahren.« Am anderen Ende wird geflucht.

»Er ist nicht hier«, wiederholt sie.

»Ich komme vorbei und warte. Schließlich muss er irgendwo in der Nähe sein.«

Am anderen Ende wird es still.

Sie starrt das Handy an.

Angelica Kramer legt das Telefon wieder in die Tasche des Bademantels, kehrt der geschlossenen Badezimmertür den Rücken und zieht sich die Schutzkleidung aus. Sie legt alles ordentlich auf den Stuhl neben der Tür. Dann schließt sie die Badezimmertür und geht wieder in die Küche. Dort schaltet sie die Espressomaschine ein. Dieses Mal zwei Tassen.

Es klingelt. Sie öffnet.

»Hallo. Komm rein. Ich habe gerade Kaffee gemacht«, sagt sie.

Der Besucher sieht sie zögernd an. Dann tritt er ein.

Aus dem Pappbecher dampfte es. Ulf Holtz drehte ihn hin und her und versuchte, die Aufschrift zu lesen, ohne den Tee zu verschütten. Der Text war auf Lateinisch, und er vermutete, dass er etwas mit dem Meer zu tun hatte, da der Name der Reederei auf dem dicken, gewachsten Papier stand.

»Doch, es stimmt«, sagte Ellen Brandt, die einen identischen Becher in der Hand hielt, allerdings mit Kaffee.

»Was meinst du?«

»So hat sie sich ausgedrückt, oder genauer gesagt hieß es: Wir sollen auf einer Need-to-know-Basis arbeiten.«

»Aber etwas mehr muss sie doch wohl gesagt haben?«

»Natürlich. Aber C und der Staatsanwalt haben entschieden, dass sie die eigentliche Ermittlung leiten werden und dass ihre Zuarbeiter nur die Informationen erhalten, die für die Arbeit absolut notwendig sind. Ich gehe davon aus, dass du eine objektive kriminaltechnische Untersuchung durchführen kannst, ohne sonderlich viel mehr zu wissen.« Brandt drehte den Pappbecher langsam in den Händen, während sie beharrlich hineinstarrte und auf ihr Getränk blies.

Holtz wartete schweigend. Er betrachtete ihren Haaransatz.

Als sich Brandt nicht länger auf ihren Becher konzentrieren konnte, sah sie auf und begegnete seinem Blick.

»Wir machen es folgendermaßen«, sagte sie in etwas versöhnlicherem Ton. »Wenn die Ermittlung in Gang gekommen ist, dann sehen wir, wie viel ich erzählen kann. Okay?«

»Gut. Aber du weißt, dass ich ohnehin rauskriege, was ich wissen muss.« Er warf seinen halbvollen Becher in den Mülleimer. Der Tee sickerte auf den Fußboden der leeren Empfangshalle.

Holtz ging wieder an Bord des Schiffes und tadelte sich insgeheim, weil er so beleidigt getan hatte. Er wusste sehr genau, dass gewisse Ermittlungen strengste Geheimhaltung erforderten. Dafür gab es fast immer gute Gründe. Das Durchsickern von Informationen stellte für die Polizei ein großes Problem dar, und damit dies bei brisanten Ermittlungen nicht geschah, wurde die Zahl der Eingeweihten begrenzt. Er fühlte sich jedoch ausgeschlossen, als hätte man ihn als Einzigen nicht zu einer Party eingeladen.

Ellen Brandt hatte nach der Unterhaltung mit C Kapitän Svanberg gebeten, die gesamte Besatzung zusammenzurufen, um diese informieren zu können. Die meisten befanden sich bereits in der Messe, und Rita Murenius, Gert Andersson und Kapitän Svanberg benötigten nicht lange, um auch noch die Übrigen zu finden. Die Anwesenden wirkten bedrückt und verärgert, die Stimmung schien aber auch von Spannung und Neugier geprägt zu sein. Es roch nach gebratenem Essen und Schweiß, als Ellen Brandt den Raum betrat.

»Alle da?«, fragte sie.

»Alle außer dem ersten Maschinisten«, antwortete der Sicherheitschef Gert Andersson.

Ellen Brandt wandte sich an ihn.

»Warum nicht? Und wer sind Sie eigentlich?«

Gert Andersson zögerte, er wusste nicht, welche Frage er zuerst beantworten sollte. Kapitän Svanberg nutzte die Gelegenheit, sich einzumischen.

»Der Maschinist muss einige Sicherheitskontrollen durchführen, wenn wir im Hafen liegen. Er ist bestimmt bald hier. Und das hier ist unser Sicherheitschef«, sagte er und nickte in Anderssons Richtung.

»Wie heißt der Maschinist?« Brandt hielt es für angebracht, eine strenge Miene aufzusetzen.

»Bror Karlström.«

Brandt nickte und sah sich um. Es war eng. Niemand sagte etwas. Sie ließ den Blick über die Versammelten schweifen. Köche, Kellnerinnen, Reinigungskräfte und Seeleute. Es waren weniger, als man auf einem Schiff vermutet hätte, insgesamt nur 23 Personen.

»Ich heiße Ellen Brandt und bin Kriminalkommissarin.« Sie legte eine Kunstpause ein, bevor sie weitersprach. »Es gibt, wie Sie sicher inzwischen wissen, einen Toten an Bord. Möglicherweise ist er einem Verbrechen zum Opfer gefallen. Deswegen benötigen meine Kollegen und ich Ihre Hilfe.«

»Können Sie uns zwingen hierzubleiben? Jetzt sind wir schon seit Stunden hier eingesperrt. Ich will an Land«, sagte eine junge Kellnerin, die ihr Haar nachlässig hochgesteckt trug. Einige unnatürlich blonde Strähnen hingen ihr ins Gesicht. Ihre Stimme klang trotzig.

Brandt lächelte die junge Frau reserviert an.

»Nein, das können wir nicht, aber ich möchte Sie bitten, noch etwas Geduld zu haben. Wir werden so schnell wie möglich arbeiten. Ich bekomme gleich Unterstützung. Wir würden Sie gerne sofort vernehmen...«

»Vernehmen? Stehen wir etwa unter Verdacht? Wollen Sie uns internieren?«, fragte die Kellnerin und schob sich verärgert eine Strähne aus dem Gesicht.

»Sie werden nicht verdächtigt, aber Sie haben vielleicht etwas gesehen oder wissen etwas, das uns weiterhelfen könnte«, antwortete Brandt so freundlich, wie sie konnte. »Im Übrigen verwenden wir in diesem Land nicht das Wort internieren.«

Das Schild, das Holtz an die Klinke gehängt hatte, um den Raum abzusperren, war auf den Fußboden gefallen. Die Tür war angelehnt. Feuchter Modergeruch drang nach draußen. Ulf Holtz trat vorsichtig an die Tür. Er war sich sicher, dass er sie geschlossen hatte.

Der Korridor war menschenleer. Nichts regte sich, und es war recht dunkel. Er hielt inne und lauschte. Jemand bewegte sich dort drinnen. Sollte er reingehen oder Hilfe anfordern? Sein Puls beschleunigte sich, und seine Handflächen wurden feucht. Vorsichtig beugte er sich zum Türspalt und spähte hinein.

Der Kaiman lag da und schlummerte. Die Enten schwammen langsam hin und her. Auf der Brücke lag der Tote. Jemand hockte neben ihm und wandte Holtz den Rücken zu.

Er zögerte. Dann rief er:

»Hallo, Sie!«

Die Person drehte sich rasch um. In diesem Moment begann es zu regnen, und der Donner setzte ein. Die Gerichtsmedizinerin Ulla Fredén blickte überrascht hoch, als das Wasser auf sie herabrieselte. Dann entdeckte sie Holtz.

»Da bist du ja! Kann man das nicht abstellen?« Sie deutete zur Decke.

»Ich dachte, das sei schon geschehen. Es hört gleich auf, komm solange hierher.«

Ulla Fredén nahm ihre Tasche, die sie auf den Boden gestellt hatte, und eilte zu Holtz, der ihr die Tür aufhielt. Ihr Haar war nass, und ein paar Tropfen liefen ihre Wange herunter.

»Vielleicht gibt es irgendwo eine Zeitschaltuhr. Ich muss

das überprüfen. Gut, dass du so schnell kommen konntest. Hast du dir schon einen Überblick verschafft?«

»Nein, ich bin eben erst gekommen.«

»Hat dir jemand den Weg gezeigt?«

»Ich habe allein hergefunden. Ellen hat mir einiges erzählt, aber du könntest mich auf den aktuellen Stand bringen«, sagte sie.

Holtz erzählte noch einmal in groben Zügen, wie der Mann nachts von einer Reinigungskraft gefunden worden war, wie er zusammen mit Ellen Brandt im Hubschrauber zum Schiff geflogen war, dass die Leiche bislang noch nicht näher untersucht worden war und dass er nur eine Inaugenscheinnahme vorgenommen hatte. Eine Spurensuche am Fundort hatte auch noch nicht stattgefunden.

»Dann ist es dafür wohl höchste Zeit.«

»Ich muss ein Stündchen schlafen und etwas essen, bevor ich anfangen kann, aber das muss dich nicht von der Arbeit abhalten«, erwiderte Holtz und gähnte demonstrativ.

Es hörte auf zu regnen, und sie betraten den Dschungel. Holtz sah der Pathologin zu, wie sie den Toten auf der Brücke systematisch untersuchte. Den Gesichtsresten des Mannes widmete sie besondere Aufmerksamkeit.

»Wirklich gefräßige Biester.« Sie warf Holtz ein verhohlenes Grinsen zu.

»Die Mörderpiranhas greifen an.«

»Die Fische haben wirklich eine ziemliche Verwüstung angerichtet, aber das Opfer ist nicht daran gestorben, dass es angefressen wurde, den Mörderpiranhas können wir also nicht die Schuld geben.«

»Und Pfeilgift?«

»Wie bitte?«

»Da drüben hinter der Glasscheibe sitzen ein paar bunte Giftfrösche. Vielleicht hat ihnen ja jemand Gift abgenommen und damit einen Pfeil präpariert?« Holtz bemühte sich um eine ernste Miene.

»Hast du etwa einen Indianer mit Blasrohr auf den Gängen des Schiffes herumschleichen sehen?«

»Nein. Aber man kann nie wissen.«

»Doch, das kann man. Giftfrösche in Gefangenschaft sind nicht giftig.«

»Ach? Und woher weißt du das?«

»Es ist mein Beruf, solche Dinge zu wissen, und dir sollte das eigentlich auch bekannt sein. Sie sind nur in ihrem natürlichen Habitat giftig. Das hängt mit ihrer Nahrung im Dschungel zusammen.«

»Unglaublich!«

»Sollten wir uns jetzt nicht um etwas mehr Ernst bemühen?«, meinte Ulla Fredén mit einem schiefen Lächeln.

»Könnte es ein Unfall gewesen sein?«

Holtz versuchte, die Initiative zurückzugewinnen.

»Wir müssen abwarten, was sich in der Lunge findet, aber ich glaube nicht, dass er ertrunken ist.«

»Warum nicht?«

»Schau hier.«

Sie deutete auf einen Punkt direkt über dem geöffneten Gürtel des Toten. Der Gürtel hatte eine polierte Schnalle und sah teuer aus. Das Hemd steckte noch in der Hose. Holtz beugte sich vor und betrachtete die Stelle genauer. In dem Stoff war ein kleines Loch mit geschwärztem Rand und einem Durchmesser von nur wenigen Millimetern.

Ulla Fredén zog dem Toten vorsichtig das Hemd aus der Hose.

»Ein Einschuss. Eine Kontaktwunde, nicht wahr?« Holtz kniff die Augen zusammen, um besser sehen zu können. Das Loch war kaum zu erkennen.

»Sehr wahrscheinlich. Hilf mir, ihn umzudrehen.«

Holtz und die Gerichtspathologin drehten den Mann vorsichtig auf den Bauch und stellten fest, dass die Kugel nirgendwo ausgetreten war.

»Tja, nun wissen wir zumindest, dass die Kugel oder das, was davon noch übrig ist, sich irgendwo in ihm befindet«, sagte Fredén.

»Wie lange ist er schon tot? Hast du eine Vorstellung?«

»So wie seine Haut aussieht, kann er nicht sonderlich lange im Wasser gelegen haben. Wenn er also gestorben ist, als er ins Wasser fiel, dann würde ich sagen... zehn oder zwölf Stunden. Jetzt sollten wir ihn abholen lassen, damit ich mir die Leiche näher ansehen kann.«

»Ich erledige das«, erwiderte Holtz. Er reckte sich und seufzte gedehnt.

»Man wird auch nicht jünger.«

Der Kaiman wurde munter und ließ sich ins Wasser gleiten. Seine Augen blickten einen Moment über die Wasseroberfläche, dann ließ er sich auf den Beckenboden sinken und machte es sich dort bequem.

Als der tote Greger Minos abtransportiert worden und Ulla Fredén gegangen war, schloss Holtz die Tür des Tropikariums und hängte das Schild, das das Betreten des Tatorts untersagte, wieder auf. Dann begab er sich auf die Suche nach etwas zu essen. Seit dem Mittagsmahl am Vortag hatte er nicht mehr ans Essen gedacht. Der Hubschrauberanflug auf das Schiff und die Stunden an Bord hatten ihm den Appetit geraubt, aber jetzt verspürte er plötzlich Hunger. Ein unnachgiebiger Kopfschmerz wurde stärker, und seine Konzentration ließ mit sinkendem Blutzuckerspiegel nach. Er dachte an seine Kollegin Pia Levin. Sie hatte immer etwas zu essen dabei und unternahm keinen Schritt, ohne Obst, Gebäck oder einen Schokoriegel in Reichweite zu haben. Sie scherzte immer, sie sei wie ein Säugling. Wenn sie zwei Stunden nichts zu essen bekam, wurde sie unausstehlich.

Holtz lächelte, als er an Levin dachte. Er hätte sie jetzt gerne bei sich gehabt. Es gab viel zu tun, und er musste Verstärkung anfordern, aber sie war schließlich vollauf mit einem erweiterten Suizid beschäftigt. Solche Fälle ließen sich in der Regel allerdings rasch erledigen. Er musste sie anrufen, aber erst wollte er etwas essen.

Plötzlich ereilte Levin ein Gedanke. Er kam aus dem Nichts, und sie stellte das Glas Wein beiseite, das sie sich gerade aus dem Karton auf der Spüle eingegossen hatte. Sie holte ihren flachen silbergrauen Laptop, der auf dem Bett in dem kleinen Zimmer hinter der Kochnische lag. Mit Wein und Laptop ging sie dann ins Wohnzimmer und machte es sich auf dem Sofa bequem. Während der Computer hochfuhr, trank sie einen großen Schluck und leerte fast das halbe Glas. Die Müdigkeit, die sie eben noch empfunden hatte, war wie weggeblasen. Sie erwog, das Weinglas aufzufüllen, unterließ es dann aber und gab stattdessen ihr Passwort in das weiße Feld ein. In ihrem Eifer vertippte sie sich, und ein Warntext erschien. Sie gab den Code erneut ein und erhielt endlich Zugriff auf ihre Daten. Etliche Dokumente tauchten auf dem Monitor auf. Sie klickte auf ein Icon, und das Bild der toten Familie tauchte auf. Levin betrachtete es lange. Das Lächeln des kleinen Mädchens tat ihr weh. Sie sah aus, als hätte sie gerade erst gehen gelernt. Die Mutter saß in der Hocke und stützte das Kind, das auf unsicheren Beinen dastand. Der Vater hinter ihnen hatte ein alltägliches Lächeln auf den Lippen. Vilja Kramer blickte vom Fotografen weg, aber ihr Lächeln war deutlich zu sehen.

Levins eben noch so klare Gedanken begannen abzuschweifen. Das Mädchen auf den unsicheren Beinen und mit dem strahlenden Lächeln hatte sein ganzes Leben noch vor sich gehabt. Den Kindergarten, die ersten Spielgefährten, das Basteln vor Weihnachten, die Sprache, erste undeutliche Worte, dann verständliche Sätze. Sie wäre in die Schule gekommen und hätte Lesen und Schreiben gelernt. Sie hätte ihre Milchzähne verloren und mit Zahnlücken auf die nächsten Zähne gewartet. Sie wäre hingefallen, hätte sich die Knie aufgeschlagen, sich trösten lassen und ein Pflaster bekommen. Dann die Jugendjahre mit ihren Sorgen und ihrem Glück.

Aber daraus wurde nun nichts.

Jemand hatte ihrem Leben mit einer dünnen Plastikfolie um den Kopf ein Ende bereitet. Es kann natürlich auch sein, dass sie eines natürlichen Todes starb, bevor jemand ihren Kopf einwickelte, dachte Levin, aber die Gerichtsmediziner waren vorläufig, nachdem sie die Leiche des kleinen Mädchens aus dem Müllsack gehoben hatten, von Tod durch Ersticken ausgegangen. Die Obduktion würde zeigen, ob das stimmte.

Holtz hatte am Nachmittag angerufen, um sie zu fragen, ob sie ihm bei dem Mord auf dem Schiff beistehen könne. Er sei sich ziemlich sicher, dass es sich um einen Mord handele. Es habe sich um einen aufgesetzten Schuss mit deutlichem Abstreifring auf dem Stoff des Hemdes gehandelt. Es sei jedoch noch viel zu tun. Die Kabine des Toten sowie ein künstlicher

Dschungel mit Kaiman und allem drum und dran müssten durchsucht werden. Sie hatte ihm zerstreut zugehört und ihm dann mitgeteilt, sie wolle sich bei der Einsatzleitung erkundigen, was Vorrang habe. In Gedanken war sie jedoch ganz woanders gewesen, in einem Zimmer mit einem Gitterbett in einem ganz normalen Haus in einem idyllischen Vorort.

Levin konnte sich nicht dagegen wehren. Vilja Kramer schien sie zu rufen, schien sie zu zwingen hinzuschauen. Sie klickte auf das Dokument mit dem Foto des toten Mädchens auf dem Seziertisch. Das Bild nahm den gesamten Monitor ein.

Levin wurde in das Foto hineingesogen, befand sich plötzlich im Obduktionssaal, spürte den Geruch in der Nase.

Mit einer Kraftanstrengung klickte sie das Foto weg und öffnete den Internetbrowser. Sie schüttelte den Kopf, dann tippte sie den Namen der größten Tageszeitung in das Adressfeld, drückte auf die Eingabetaste und trug dann den Namen der Familie in das Feld der Archivsuche ein. Kein Treffer. Sie dachte eine Weile nach. Schließlich rief sie die Homepage einer anderen Tageszeitung auf und wiederholte die Prozedur. Wieder nichts.

Levin fluchte, schob den Computer beiseite und holte sich noch ein Glas Wein. Sie trank das Glas leer, ohne den Geschmack wahrzunehmen. Eine gute Stunde lang ging sie sämtliche Zeitungen und Suchmaschinen, die ihr einfielen, nach dem Namen der toten Familie durch.

Jedoch ohne Ergebnis.

Levin lehnte sich zurück und schloss die Augen. Einen Versuch war es immerhin wert, dachte sie und merkte plötzlich, wie unerhört müde sie war. Ich muss mich morgen mit Jerzy unterhalten. Vielleicht ist er noch auf etwas gestoßen, dachte sie und schlief dann auf dem Sofa ein.

Das Restaurant war abgesehen von Ulf Holtz und Ellen Brandt, die sich an einem gedeckten Tisch gegenübersaßen, leer. Eine Kerzenleuchte warf einen behaglichen Schein auf die großen, elfenbeinweißen ovalen Teller, auf denen gegrillte Jakobsmuscheln und Krabben in einem Ring aus grünlichem Olivenöl lagen. Eine Schale mit dampfendem hellgelbem Reis sowie eine Saucière mit einer nach Pernod duftenden Paprikasauce standen ebenfalls in Reichweite.

Mit großen Augen betrachtete Brandt erst das Essen, dann Holtz.

»Ist das nicht etwas merkwürdig?«, meinte sie.

»Was? Jakobsmuscheln und Safranreis?«

»Hör schon auf. Du weißt, was ich meine.«

»Wir haben den ganzen Tag gearbeitet, an Bord befindet sich ein Restaurant, und wir sind hungrig. Da ist doch weiter nichts dabei. Und bezahlen werden wir auch.«

»Schon, aber trotzdem«, erwiderte sie.

»Jetzt essen wir.« Holtz streckte die Hand nach der Sauce aus.

Sie aßen schweigend, bedächtig und mit viel Genuss. Eigentlich fehlte nur noch eine Flasche Wein, aber in dieser Frage war Brandt unerbittlich gewesen. Sie mussten sich mit Wasser begnügen.

»Wie lief es mit der Besatzung?«, fragte Holtz, spießte die letzte Krabbe auf und fuhr damit über den Teller, um die Sauce aufzutunken. Der Teller sah jetzt beinahe frisch gespült aus.

»Alle außer dem Maschinisten, der offenbar an Land gegangen ist, sind vernommen worden. Wir kümmern uns später um ihn. Ich habe mir von drei Leuten von der Ermittlungsabteilung und einem operativen Analytiker helfen lassen, es ging also recht schnell. Alles wird im Brunnen gesammelt, dann sehen wir, was sich ergibt.«

Die Datenbank der Ermittler hieß eigentlich Mimers Brunnen, wurde aber allgemein nur Brunnen genannt. Sie wurde hauptsächlich für komplizierte und umfassende Mordfälle verwendet, bei denen große Informationsmengen angehäuft wurden, die ohne Datenbank schwer zu überblicken waren.

»Irgendetwas, das bereits jetzt auffällt?«

»Tja, ich weiß nicht. Wir müssen vermutlich noch eine weitere Vernehmung mit der Reinigungskraft, dieser Mercedes soundso, die ihn gefunden hat, durchführen und mit dem Wachpersonal, das sie gerufen hat. Und mit ein paar anderen.«

»Was machen wir mit den Passagieren?«

»Im Augenblick noch nichts. Der oder die Täter müssen den Schlüssel gehabt haben, da das Tropikarium immer abgeschlossen war. Laut der Putzfrau war es auch abgeschlossen, als sie in der Nacht dort eintraf. Der Mörder muss also hinter sich abgeschlossen haben.«

»Und Reserveschlüssel?«

»Angeblich keine im Umlauf. Es handelt sich um einen Sicherheitsschlüssel, und man weiß, wo sich sämtliche Schlüssel befinden.«

»Ich muss mir darüber noch Gedanken machen. Schlüssel lassen sich immer kopieren, wenn man nur das richtige Werkzeug hat.« Holtz trank einen Schluck Wasser.

»Das ist dein Problem. Einstweilen konzentrieren wir uns auf die Besatzungsmitglieder. Wir haben sie informiert, dass sie nach Belieben kommen und gehen dürfen, jedoch stets mitteilen müssen, wo man sie erreichen kann. Die meisten bleiben an Bord, wenn ich recht informiert bin. Jedenfalls die nächsten Tage.«

»Und das Schiff?«

»Das bleibt im Hafen, bis du die kriminaltechnische Untersuchung abgeschlossen hast. Die Reederei hat protestiert, aber so wird es gemacht«, meinte Ellen Brandt und aß die letzte Jakobsmuschel. »Kaffee?«

»Eine Tasse Tee wäre gut, bevor ich mich wieder in den Dschungel wage.«

Ellen Brandt sah zu den Schwingtüren aus braunem Holz mit kleinen Milchglasfenstern hinüber, als sich eine von ihnen öffnete. Die Kellnerin mit dem blonden, etwas zerzausten Haar erschien. Sie zögerte einen Moment, kam dann aber auf sie zu.

»Hat es geschmeckt?«, fragte sie und räumte das Geschirr ab.

»Danke. Könnten wir noch einen Kaffee bekommen? Und einen Tee?«

Sie nickte kurz und räumte dann auch noch die Gläser und das Besteck ab. Eine Gabel fiel auf einen Teller. Das Porzellan zerbrach. Sie zuckte zusammen.

»Entschuldigung. Ich kümmere mich gleich darum.«

Holtz betrachtete die Kellnerin. Sie blinzelte mehrmals auf eine, wie er fand, übertriebene Art.

»Wie heißen Sie?«, fragte er.

»Marie. Wieso?«

»Ist irgendetwas nicht in Ordnung?«

»Was soll nicht in Ordnung sein?«

»Sie wirken nervös. Oder vielleicht eher gestresst.«

»Ich bin nicht gestresst«, sagte sie, und ihre Stimme überschlug sich. Dann wandte sie ihnen den Rücken zu und ging schnell davon.

Holtz sah Brandt fragend an.

»Sie war vorhin auch schon sauer, während der Vernehmung. Vielleicht hat sie was gegen die Polizei.«

»Schon möglich«, meinte Holtz.

Nach einer Weile erschien eine andere Kellnerin. Sie servierte Kaffee und Tee und räumte die Scherben weg.

»Wo ist Ihre Kollegin hin, die uns eben bedient hat?«, fragte Holtz.

»Marie ging es nicht gut. Sie hat mich gebeten, sie abzulösen. Schließlich sind nur Sie da, das ist also kein Problem für mich.«

»Hoffentlich geht es ihr bald besser«, sagte Holtz.

Die neue Kellnerin zuckte nur mit den Achseln und ging davon.

Die Frau an der Tür des Tropikariums hielt einen Eimer in der Hand und sah Holtz verständnislos an.

»Ich muss hier rein. Die Tiere brauchen Futter. Außerdem ist es vorgeschrieben, dass man einmal am Tag nach ihnen sieht.«

Sie fauchte ihn förmlich an, und ein Tröpfchen Spucke traf Holtz im Gesicht. Er musste den Impuls unterdrücken, sich mit der Hand über das Gesicht zu wischen. Die Frau war zwei Köpfe größer als er und stand sehr nahe vor ihm. Holtz sah gelassen zu ihr hoch und versuchte, so langsam zu sprechen, wie er konnte.

»Die kommen noch eine Weile ganz gut allein zurecht, glauben Sie nicht auch?«

»Das sind nun mal die Vorschriften. Laut Tierschutzgesetz...«

»Um das Gesetz kümmere ich mich. Sie kommen morgen wieder. Das hier ist der Schauplatz eines Verbrechens, und Sie dürfen ihn nicht betreten. Punkt.«

»Was haben Sie vor? Die Tiere könnten gestresst werden.«

»Ich glaube, dass Krokodile, die über mehrere Millionen Jahre hinweg rasende Dinosaurier und Erdbeben überlebt haben, eine Tatortanalyse überstehen werden. Glauben Sie nicht auch?«

»Igor ist ein Kaiman«, erwiderte die Frau mürrisch.

»Schon gut. Aber jetzt wird gemacht, was ich sage. Im Übrigen müssen wir die Tiere so schnell wie möglich loswerden.«

Der Gesichtsausdruck der Frau veränderte sich.

»Warum haben Sie das nicht gleich gesagt? Das kann ich heute noch regeln.«

»Es tut mir leid. Aber das muss noch warten. Ich bitte jemanden von der Besatzung, Ihnen Bescheid zu sagen, wenn wir hier fertig sind. Morgen, spätestens übermorgen.«

Die Frau schien nicht einsehen zu wollen, dass sie diesen pedantischen, gefühllosen Polizeibeamten nicht umstimmen konnte.

»Okay. Aber ich werde Anzeige erstatten, nur dass Sie das wissen«, sagte sie und drehte sich auf dem Absatz um.

»Ich wünsche Ihnen auch einen schönen Tag«, rief ihr Holtz hinterher.

Er versicherte sich, dass die Tür abgeschlossen war, und begab sich dann auf die Suche nach Kapitän Svanberg. Er folgte den verschlungenen, mit Teppichboden ausgelegten Gängen und überlegte, wie er weiter vorgehen sollte. Ellen Brandt war nach Hause gefahren, ohne ihm weitere Anweisungen zu erteilen. Er war zum Tatortkoordinator ernannt worden. Sie wolle sich in seine Arbeit nicht einmischen, hatte sie gesagt. Eigentlich musste er weitere Kriminaltechniker anfordern. Pia hatte bei ihrem letzten Gespräch nicht sonderlich begeistert geklungen. Er wusste, wie überlastet die Forensische Abteilung war. Irgendwo im Inneren des Schiffes schlug eine Glocke und erinnerte ihn daran, dass es höchste Zeit war, nach Hause zu fahren. Ihm fiel ein, dass sein Auto noch in der Tiefgarage des Präsidiums stand. Den Gedanken, die U-Bahn oder ein Taxi zu nehmen, fand er nicht sonderlich verlockend. Niemand, einmal abgesehen von seinem Bonsai, den er fürsorglich umhegte, erwartete ihn zu Hause. Bislang hatte ihn die Einsamkeit nie gestört, aber seit Nahids Verschwinden kam ihm das Haus gespenstisch und unnötig groß vor.

Holtz hatte eine Idee und beschleunigte seine Schritte.

Er traf Kapitän Svanberg allein auf der fast vollkommen dunklen Kommandobrücke mit einer Tasse in der Hand und einer kalten Pfeife im Mundwinkel an. Dunkelrote Lampen auf dem Fußboden markierten den Fluchtweg und verbreiteten einen schwachen Lichtschein. Es fiel Holtz schwer, die Gesichtszüge des Kapitäns auszumachen.

»Ich überlege, ob ich nicht wieder anfangen sollte, Pfeife zu rauchen. Jetzt, wo ich so alt bin, kann das doch nicht schaden, oder?«, sagte er, ohne sich umzudrehen, als Holtz eintrat.

»Ich glaube nicht, dass ich gute Ratschläge geben kann, was das Rauchen angeht. Jedem steht es frei, sein Leben zu zerstören.« Holtz war plötzlich unsicher, ob Svanberg überhaupt mit ihm gesprochen hatte. Aber da er sonst niemanden auf der Kommandobrücke sah, waren die Worte vermutlich an ihn gerichtet gewesen.

»So kann man das auch ausdrücken«, meinte Svanberg, drehte sich zu Holtz um und lachte. »Wie läuft die Ermittlung?«

»Fortschritte haben wir noch keine gemacht.«

Holtz zögerte.

»Ich habe über etwas nachgedacht«, sagte er dann.

»Und zwar?«

»Glauben Sie, dass ich eine Kabine bekommen könnte? Nur für heute Nacht. Ich habe es ziemlich weit nach Hause und ...« Er verstummte.

Falls Kapitän Svanberg erstaunt war, zeigte er es nicht. Er sog eine Weile schmatzend an seiner kalten Pfeife und schien nachzudenken.

»Natürlich. Sie können meine bekommen«, sagte er dann.

»Das geht doch wohl nicht, ich dachte eher ...«

»Ich habe noch eine zweite Koje hinter der Kommandobrücke, und meine Kabine ist die einzige, in der man auch arbeiten kann. Denn das hatten Sie doch wohl vor?«

»Ich dachte nur, dass ich hier so viel zu tun habe, und da niemand auf mich wartet ...«

»Dann ist das abgemacht. Ich sage der Hausdame Bescheid, dann sorgt sie dafür, dass die Koje sofort frisch bezogen und alles geputzt wird.«

»Danke«, sagte Holtz.

»Nehmen Sie Platz, dann hole ich Ihnen was Warmes zu trinken.« Svanberg deutete auf den Stuhl neben sich.

Holtz kletterte zum zweiten Mal, seit er an Bord gekommen war, auf den hohen Stuhl. Er war froh, dass er den Entschluss gefasst hatte, auf dem Schiff zu bleiben, obwohl ihm bei dem Gedanken, was er Ellen sagen sollte, etwas mulmig wurde. Vielleicht war das ja gar nicht erlaubt? Schließlich handelte es sich bei dem gesamten Schiff um einen Tatort. Aber im Augenblick schien es ihm die beste Idee zu sein, und während er von der Kommandobrücke hinabblickte, dachte er daran, dass er sich selbst ein Boot zulegen könnte. Ein Segelboot. So schwer konnte es doch eigentlich nicht sein, segeln zu lernen.

Schließlich konnten viele Leute segeln. Vielleicht sollte er um die Welt segeln. Erst auf die Kanarischen Inseln, um zu bunkern und das Boot richtig kennenzulernen, dann ...

»Hier, bitte schön.« Kapitän Svanberg gab Holtz eine große Tasse, die er aus der Thermoskanne auf dem Mahagonitischchen mit etwas Warmem gefüllt hatte.

Holtz kehrte aus seiner Träumerei in die Gegenwart zurück und nippte an dem Getränk.

»Lecker, was ist das?«

»Warmer Kirschsaft, das sind meine eigenen Kirschen. Ich habe drei große alte Bäume, die sehr viele Früchte tragen. Ich verarbeite alles zu Saft und friere ihn ein.«

»Und den trinken Sie warm?«

»Ja. Kaffee mag ich nicht, und Tee vertrage ich nicht. Das habe ich schon als junger Mann auf See gelernt. Warm, um die Kälte zu vertreiben, und süß, um wach zu bleiben.«

»Interessant.« Holtz trank ein paar Schlucke.

»Das funktioniert auch in wärmerem Klima. Aus irgendeinem Grund kühlt sich der Körper ab, wenn man etwas Heißes trinkt, wenn es sehr warm ist.«

»Ach?«

»Deswegen wird in Indien so viel Tee getrunken, glaube ich«, meinte Kapitän Svanberg.

»Waren Sie schon mal in Indien?«

»Ich war vermutlich überall, wo es einen Hafen gibt. Aber das war früher«, sagte er wehmütig.

»Vermissen Sie diese Zeit?«

Kapitän Svanberg schwieg eine Weile und antwortete dann:

»Spontan würde ich sagen, ja, aber nein, eigentlich nicht.«

»Wie meinen Sie das?«

»Ich bin bereits mit siebzehn zur See gefahren oder mit

sechzehn, um genau zu sein. Seither ist viel geschehen. Einiges war gut, sehr viel war weniger erfreulich.«

»Und was war weniger erfreulich?«

»Manchmal betrachte ich mein Leben als ein Abenteuer. Ich habe auf Bananendampfern in Südamerika angeheuert, in Asien fuhr mir ein Schiff davon, in fast allen britischen Häfen war ich in Schlägereien verwickelt.«

»Das klingt alles sehr aufregend«, meinte Holtz begeistert.

»Vielleicht... Aber es war auch ein hartes Leben, und ich habe einen hohen Preis bezahlen müssen. Ich gehe in ein paar Monaten in Rente, ohne Familie und Freunde zu haben. Andere Interessen als das Meer habe ich nicht. Ich weiß nicht, was ich jetzt tun soll, ich kann mir nicht mal am Freitag ein paar Gläser genehmigen. Ich habe aufgehört zu trinken, und von der Pfeife musste ich mich auf Anweisung des Arztes auch verabschieden.« Er lächelte schwach.

»Bereuen Sie, zur See gefahren zu sein?«

»Nein, das nicht«, sagte er nachdenklich. »Dinge zu bereuen liegt mir nicht, aber ich denke manchmal darüber nach, wie mein Leben wohl verlaufen wäre, wenn ich etwas ganz anderes gemacht hätte. Wenn ich einen anderen Weg eingeschlagen hätte.«

Holtz fragte nicht nach. Er vermutete, dass Svanberg von allein weitererzählen würde, falls er Lust hatte.

Die Silhouette der Stadt wurde vom Wasser reflektiert, das am Kai der MS Vega inzwischen vollkommen glatt war.

»Wissen Sie etwas, das den Vorfall erhellen könnte?«, fragte Holtz nach einer Weile.

Kapitän Svanberg drehte sich zu ihm um.

»Wie meinen Sie das?«

»Wir glauben, dass es sich um Mord handelt. Haben Sie etwas in dieser Art schon einmal erlebt?«

»Morde sind an Bord der MS Vega noch nicht vorgekommen«, antwortete Svanberg unwillig. »Zumindest sind mir keine bekannt.«

Holtz zog die Brauen hoch.

»Im Laufe der Jahre sind etliche Passagiere verschwunden«, fuhr der Kapitän fort. »Manchmal verschwinden Leute, und sofort wird gemunkelt, sie seien über Bord gesprungen oder ins Wasser geworfen worden. Manchmal ist es ein Scherz, manchmal ein Missverständnis, gelegentlich auch Selbstmord.«

»Passiert das oft?«

»Nein. Es wird ermittelt, und dann gerät die Sache in Vergessenheit. Aber einmal ist mir tatsächlich eine Vermisstensache untergekommen, bei der sich später herausstellte, dass es sich um einen Mord handelte. Aber das ist lange her, und das war auch nicht auf diesem Schiff.«

Holtz sah den Kapitän mit dem zerfurchten Gesicht interessiert an.

»Erzählen Sie«, sagte er.

»Einige Sommer lang habe ich als Kapitän auf einem Göta-Kanal-Dampfer gearbeitet. Ich wollte es etwas ruhiger haben, aber dann gefiel es mir eigentlich nie richtig. Wie auch immer, ein Passagier verschwand. Eine junge amerikanische Frau. Sie hieß Roseanna. Später fand man sie im Kanal. Einer ihrer Mitpassagiere hatte sie ermordet und war dann verschwunden. Schließlich konnte ihn die Polizei festnehmen. Darüber stand damals eine Menge in den Zeitungen.«

Holtz konnte sich an den Fall erinnern. Passagiere, dachte er und hoffte, dass Ellens Beschluss, sich vorerst ausschließlich auf die Besatzungsmitglieder zu konzentrieren, nicht übereilt gewesen war. Es würde ein enormer Aufwand sein, alle Passagiere aufzuspüren, falls die Spuren später einmal in diese Richtung wiesen. Er schüttelte diesen Gedanken ab. Nicht seine Sorge!

»Andere Straftaten? Ich meine, hier auf der MS Vega?«

»Das Übliche. Schlägereien im Suff und Ladendiebstähle. Und dann natürlich diese Kreuzfahrtvergewaltigungen.«

»Vergewaltigungen?«

»Alkohol, eine kurze Verliebtheit und dann Reue.« Kapitän Svanberg lachte heiser.

»Unbegründete Vorwürfe, nachdem man in der falschen Koje aufgewacht ist, meinen Sie?«

»Ja. Obwohl, vermutlich handelt es sich nicht immer um falsche Vorwürfe. Im vergangenen Jahr hatten wir während einiger Monate eine Reihe schlimmer Vergewaltigungen, die die Polizei ernst nahm. Ich glaube, es gab den Verdacht, dass es sich um einen Serientäter handelte.«

»Und hat man ihn gefasst?«

»Das weiß ich nicht«, erwiderte Svanberg.

Ich muss Ellen bitten, das zu überprüfen, dachte Holtz, als er die Kommandobrücke verließ.

Zum ersten Mal seit langem schlief er, ohne zu träumen. In der Kabine war es dunkel, als er erwachte. Es dauerte eine Weile, bis er wusste, wo er sich befand. Die Koje war schmal und in die Wand eingebaut. Die offene Seite war mit einer hohen Kante versehen, damit man nicht aus der Koje fiel, wenn das Schiff schaukelte. Er war zwischen die glatten Laken unter der genoppten, aber sauberen Decke gekrochen. Die Zähne hatte er sich auch nicht putzen können.

Gewöhnlich fand Holtz seine Decke beim Erwachen in einem unordentlichen Haufen auf dem Fußboden, das Laken lag zerknüllt unter ihm, und sein Kissen war schweißnass. Mit Erstaunen stellte er nun fest, dass er noch genau wie beim Zubettgehen dalag. Das Laken war glatt und das Kissen trocken.

Der Schlaf wich langsam aus seinem Körper. Er blieb in der Koje liegen und ließ seine Gedanken schweifen. Der schwache Duft von Teaköl stieg ihm in die Nase. Außerdem roch es ganz leicht nach Teer, Scheuersand und Pfeifentabak. Vielleicht Borkum Riff.

Das Schiff bewegte sich ganz leicht. Ein Schaukeln und ein Ruck, als sich die Trossen spannten. Holtz streckte die Hand nach seinem Handy auf dem Fußboden aus und drückte auf einen Knopf. Das Display leuchtete auf, und er versuchte, die Zahlen zu erkennen. 9.03 Uhr. Er konnte sich nicht erinnern, wann er zuletzt bis neun Uhr geschlafen hatte. Mit etwas Mühe schwang er die Beine aus der Koje und stellte die Füße auf den warmen Teppichboden. Was braucht man sonst noch? Vielleicht sollte ich mein Haus ja verkaufen und mir ein Hausboot zulegen, das an einem der vielen Kais der Stadt liegt? Dann hätte ich es auch nicht so weit zur Arbeit, dachte er und wählte eine Kurznummer auf seinem Handy.

Pia Levin war fast sofort am Apparat. Nun klang sie munterer. Sie versprach, ihre Ausrüstung zu holen und so schnell wie möglich zu kommen. Sie würde ihm unterwegs eine Zahnbürste kaufen. Ulf Holtz hatte sich eine Begründung zurechtgelegt, aber Levin fragte nicht. Das sah ihr gar nicht ähnlich, fand er und begab sich in den Speisesaal des Schiffes, um sich etwas zu essen geben zu lassen, bevor er sein Tagewerk begann.

Die Birke, die über das Wasser hing, sah aus, als würde sie jeden Moment umfallen. Aber so hatte sie ausgesehen, solange Pia Levin sich erinnern konnte. Die dünnen Zweige des Baumwipfels hingen ins Wasser. Sie lehnte sich an den Stamm. Es wurde Frühling, die Tage wurden länger, und das Licht würde die Birke zum Leben erwecken. Levin streckte die Hand nach einem dünnen Zweig aus und brach ihn ab. Die kleinen Knospen waren noch ganz geschlossen. Sie roch an dem Zweig, und Trauer überkam sie. Tränen stiegen ihr in die Augen, sie blinzelte und blickte auf das dunkle stille Wasser des Flusses. Auf der Oberfläche konnte sie ihr eigenes Spiegelbild erahnen. Der Fluss und der Fußweg, der an ihm entlangführte, waren ihr Zufluchtsort. Hierher kam sie, wenn sie nachdenken wollte. Im Laufe der Jahre hatte sie viele lange Spaziergänge am Wasser unternommen. Oft allein, manchmal zusammen mit Holtz oder mit jemandem, den sie gerade kennengelernt hatte. Aber am liebsten war sie mit ihren Gedanken allein. Levin fühlte sich in ihrem Selbstmitleid wohl. Sie war am frühen Morgen auf dem Sofa im Wohnzimmer erwacht. Zur Arbeit zu fahren war ihr unmöglich gewesen. Nachdem sie lange heiß geduscht hatte, hatte sie ihre kleine Wohnung verlassen und sich einen Kaffee und eine Zimtschnecke in dem Laden an der Ecke gekauft. Statt zum Präsidium zu fahren, hatte sie den Bus nur das kurze Stück zum Fluss und zu ihrer Lieblingsbirke genommen.

Der Kaffee war kalt geworden, aber sie hatte ihn trotzdem getrunken. Die Zimtschnecke war sehr trocken gewesen, und nach zwei Bissen hatte sie sie ins Wasser geworfen. Zwei Enten entdeckten das Fressen und schwammen darauf zu, aber ehe sie es erreicht hatten, tauchte eine Möwe aus dem Nichts auf und schnappte sich das ganze Gebäckstück. Die Enten schwammen erstaunt einen Kreis, dann gaben sie auf und entfernten sich. Ihr wisst gar nicht, wie gut es euch geht, dachte Levin, die die Vögel interessiert beobachtet hatte. Rumschwimmen und Futter suchen. Sonst braucht ihr euch um nichts zu kümmern.

Auf der anderen Seite des Kanals näherte sich ein Paar. Sie gingen dicht beieinander, und der Mann hatte der Frau beschützend einen Arm um die Schultern gelegt. Sie unterhielten sich, hin und wieder lachte die Frau und sah zu dem Mann auf. Ein kehliges Lachen. Als sie an ihr vorbeigingen, sah Levin, dass die Frau schwanger war. Sie lachte erneut, und der Mann zog sie noch näher an sich. Levin folgte ihnen mit dem Blick, als sie sich entfernten.

Wie lange ihr Glück wohl währt?, überlegte sie. Dann warf sie den Birkenzweig ins Wasser und ging zur Bushaltestelle zurück.

Nachdem Levin im sechsten Stock aus dem Fahrstuhl getreten war, ging sie als Erstes zum Süßigkeitenautomat. Sie zog zwei Tafeln Schokolade und öffnete eine mit den Zähnen. Ehe sie mit raschen Schritten in die rote Zone der Forensiker ging, aß sie ein großes Stück. Die zweite Tafel Schokolade hatte sie in die Tasche gesteckt. In der roten Zone durften sich nur angemeldete Besucher und die Forensiker aufhalten. Damit sollten einwandfreie kriminaltechnische Analysen sichergestellt werden. In den letzten Jahren waren die Anforderungen immer weiter gestiegen und die technischen Beweismittel immer mehr in Frage gestellt worden. Die Strafverteidiger taten alles, um zu verhindern, dass sie vor Gericht zugelassen wurden. Konnten Unbefugte das Labor betreten, so gab es einen Anlass für Zweifel, und Zweifel reichten häufig aus, einem Mandanten oder einer Mandantin die Freiheit zu bescheren. Die Grenze zwischen dem öffentlichen Teil und der roten Zone existierte jedoch nur in der Theorie. Levin vermutete, dass es nur eine Frage der Zeit sein würde, bis man Glaswände und Türen mit Codeschlössern einbaute, wie das andernorts im Präsidium bereits geschehen war. Zu Anfang ihrer Karriere hatte sich fast jeder überall im Gebäude frei bewegen können. Inzwischen waren Codes, Schlüsselkarten und in gewissen Fällen Fingerabdrücke erforderlich, um die verschiedenen Abteilungen betreten zu können. Diese Entwicklung war so schleichend erfolgt, dass sie es kaum mitbekommen hatte.

In ihrem Büro mit Aussicht über den Innenhof standen nur ein Schreibtisch, zwei Stühle, ein Regal und ein verschließbarer Aktenschrank. Holtz hänselte sie ihrer spartanischen Einrichtung wegen, und sie hatte wirklich vorgehabt, etwas zu unternehmen. Bilder an die Wand, Topfpflanzen, vielleicht ein Foto, mehr war gar nicht nötig, aber es war nie dazu gekommen. Sie war gezwungen gewesen, einige Male umzuziehen, und es kam ihr sinnlos vor, sich behaglich einzurichten, nur um dann alle Gegenstände ins nächste Zimmer tragen zu müssen.

Levin entledigte sich ihrer Schultertasche, nahm einen Stapel Dokumente heraus und legte sie auf den Schreibtisch. Sie wählte einige aus und ging zum Kopiergerät. Aus einer Schachtel nahm sie zwei gelbe Pappmappen, die mit einem

Gummiband verschließbar waren. Auf beide schrieb sie mit einem schwarzen Filzschreiber ordentlich und in Druckbuchstaben den Namen Vilja Kramer. Der Stift roch nach Lösungsmittel, und sie rümpfte die Nase. Eine Weile saß sie mit den leeren Mappen vor sich da, ehe sie fast ehrfürchtig begann, die Dokumente einzusortieren. Dann klappte sie die Mappen zu und zog die Gummibänder darüber.

Schließlich legte sie die Mappe mit den Kopien in ihre Tasche und verschloss diese ordentlich.

Langsam strich sie mit der Hand über die Mappe, die noch auf dem Schreibtisch lag, und trug sie dann zu dem Aktenschrank. Sie öffnete ihn mit einem Schlüssel, den sie an einer Silberkette um den Hals trug. Auf einem Bord in dem Schrank lag ein beachtlicher Stapel gelber Mappen. Auf jeder stand in ordentlicher schwarzer Schrift ein Name. Sie legte Vilja Kramers Mappe auf den Stapel und schloss den Aktenschrank wieder ab.

Ich frage mich, wozu er eine Zahnbürste braucht, dachte sie und machte sich daran, die Ausrüstung zusammenzupacken, um die Ulf Holtz gebeten hatte.

Der weiße Wegwerfoverall raschelte, und er erwog, ihn einfach wieder auszuziehen. Sowohl er selbst als auch die Gerichtsmedizinerin hatten sich ohne Schutzkleidung in dem Raum befunden, er war also bereits kontaminiert. Schließlich setzten sich aber sein Gewissen und sein Berufsstolz durch. Er wollte während der weiteren Tatortuntersuchung keine zusätzlichen Spuren hinterlassen. Normalerweise verwendete Holtz eigene Schuhüberzüge aus Wildleder, da er sich in den blauen Plastikschonern, die bei den Forensikern Standard waren, lächerlich vorkam. Er hätte das zwar nie zugegeben, aber in dieser Frage war er eitel. Er wusste, dass das vollkommen unsinnig war, konnte sich aber trotzdem nicht überwinden, die Plastikschoner zu verwenden, und hatte sich deswegen eigene nähen lassen. Es war wichtig, keine eigenen Spuren zurückzulassen, denn das verursachte ihnen nur zusätzliche Arbeit. Spuren auszuschließen war ebenso aufwendig wie Spuren zuzuordnen. Vor einiger Zeit hatte die Behörde einen neuen Typus Schuhschutz aus stabilem weißem Plastik angeschafft, auf dessen Sohle das Wort ECILOP eingeprägt war. Falls diese Abdrücke hinterließen, würde man sie rasch eliminieren können. Bislang war er noch keinem Kriminellen begegnet, der Spuren mit dem Wort POLICE zurückgelassen hätte. Holtz war mit der Neuerung einverstanden gewesen und verwendete seine handgenähten Überzüge immer seltener.

Er stand in seinem Overall und Schuhüberzügen auf der kleinen Brücke. Wasser lief die Wände hinab, und eine Bougainvillea, die fast einen Meter hoch war, verdeckte teilweise die Tür. Sie sah etwas zerzaust aus.

Holtz rief sich das Gespräch mit der Rechtspathologin Ulla Fredén in Erinnerung. Der Mann wies einen Bauchschuss auf, und alles deutete darauf hin, dass dieser tödlich gewesen war. Aber ganz sicher konnte man nicht sein. Warum hatte er sich überhaupt in dem Tropikarium aufgehalten? Wer hatte ihm aufgeschlossen? Und wann? Ulla Fredén hatte den Zeitpunkt des Todes nicht näher eingrenzen können. Die Wärme und die Feuchtigkeit erschwerten die Beurteilung. Weder die Körpertemperatur noch die Leichenstarre hatten einen eindeutigen Anhaltspunkt geliefert. Die Verwesung hatte jedoch trotz der Wärme und Feuchtigkeit noch nicht eingesetzt, sonderlich lange war er also noch nicht tot gewesen, als die Putzfrau ihren makaberen Fund gemacht hatte. Da der Tote nach dem

Festmahl der Piranhas keine Augen mehr hatte, ließ sich die chemische Kontraktion der Pupille, die sonst der Feststellung des Todeszeitpunktes diente, auch nicht mehr ermitteln.

Das Einzige, was Ulla Fredén mit großer Sicherheit hatte sagen können, war, dass es keine helleren Druckpunkte zwischen den Leichenflecken gab. Er hatte also nicht tot auf dem Boden gelegen. Zumindest nicht lange. Er war wahrscheinlich sterbend ins Wasser gefallen und dort zur großen Freude der Piranhas liegen geblieben, bis einige Besatzungsmitglieder ihn herausgezogen hatten.

Holtz blickte auf das dunkelgrüne Wasser des Teichs und versuchte sich vorzustellen, was geschehen war. Er wurde erschossen, fiel ins Wasser und lag dort höchstens ein paar Stunden, dachte er. Falls der Mörder in aller Eile geflohen ist, dann liegt vielleicht noch irgendwo eine Patronenhülse. Mit etwas Glück finden sich auch DNA-Spuren, Fasern oder Fingerabdrücke. Irgendwo in dem künstlichen Dschungel konnte sich die Antwort verbergen. Holtz begann in Gedanken eine Liste zu erledigender Arbeiten zu erstellen. Feuchtigkeit und Nässe stellten ein großes Problem dar. Die Spuren waren wahrscheinlich bereits zerstört.

Er setzte sich auf die kleine Bank, legte sich einen Notizblock auf die Knie und fertigte eine Skizze des Dschungels an. Anfänglich wollte er sich auf die Brücke und jenen Teil des Teiches konzentrieren, den der Kaiman wegen der dicken Glaswand nicht erreichen konnte. Es gab keinen Grund, warum sich der Mörder zu dem müden und wie Holtz fand unersprießlichen Tier begeben haben sollte.

»Du bist als Zeuge wirklich nicht viel wert. Es würde mir viel Arbeit ersparen, wenn du erzählen könntest, was passiert ist«, sagte Holtz.

Es wirkte fast, als hätte der Kaiman seine Worte verstanden, denn plötzlich begann er, wütend seinen Schwanz zu bewegen. Holtz schüttelte belustigt den Kopf.

Über zwei Stunden lang durchsuchte er sämtliche Winkel des feuchten Raumes. Den Geruch von Chlorophyll und Fäulnis fand er nach einer Weile sogar angenehm. Hochkonzentriert kroch er mit einer starken Taschenlampe in der Hand auf dem Fußboden herum. Er fand jedoch weder dort noch auf der Brücke Spuren. Nach biologischen Spuren zu suchen war unsinnig, da der Tatort in regelmäßigen Intervallen abgeduscht worden war. Er rechnete nicht damit, irgendwo noch Blutspuren oder andere Körperflüssigkeiten zu finden. Deswegen konzentrierte er sich auf Fingerabdrücke und Fasern. Irgendwann würde er auch den künstlichen Dschungel und das Bassin absuchen, aber das war weniger eilig.

Auf dem Brückengeländer fanden sich mehrere deutliche Fingerabdrücke, die er mit Magnetpulver einpinselte und mit Hilfe von Klebeband auf Pappkarten fixierte. Jeder Abdruck erhielt eine Nummer und wurde protokolliert.

Holtz setzte sich auf die Bank, um auszuruhen, zog die Handschuhe aus und nahm seine Haube ab. Seine Haare waren verschwitzt, und er wurde langsam hungrig. Und durstig. Er hatte nichts zu trinken dabei.

Nur noch ein Weilchen.

Er betrachtete den Raum und versuchte erneut sich vorzustellen, was geschehen sein könnte. Das Opfer befindet sich im Tropikarium, und der Mörder tritt ein. Das Opfer wird überrumpelt und aus nächster Nähe erschossen. Diese Nähe ließe darauf schließen, dass sie sich kennen. Vielleicht umarmen sie sich oder prügeln sich. Ein Schuss, der Mann fällt ins Wasser, wird zu Fischfutter.

Fast alle Mordopfer haben irgendeine Verbindung zu dem Mörder. Wenn sie einander kannten, was hatten sie dann hier verloren? Standen sie auf der Brücke und unterhielten sich? Oder, was wahrscheinlicher war, stritten sie? Oder saßen sie auf der Bank?

Der Gedanke war so sonnenklar, dass er sich rasch erhob und sich wie ertappt umschaute.

Mein Gehirn hat offenbar zu wenig Treibstoff bekommen, dachte Holtz beschämt und holte seine starke Taschenlampe, eine orangefarbene Brille und eine Sprayflasche mit einem Mittel, das biologische Spuren sichtbar machte, und kehrte zu der Bank zurück. Die Bank war aus einem harten Holz, abgenutzt und von den vielen Hinterteilen blankpoliert. Er untersuchte die Bank eine Stunde lang, fand aber weder biologische Spuren noch Fingerabdrücke. Gerade als er aufgeben wollte, entdeckte er in einer Fuge zwischen zwei Brettern ein paar Fasern, die er mit einem Stück Klebestreifen sicherstellte. Er trug sie in sein Protokoll ein und kehrte dann auf die Brücke zurück.

Die Enten schwammen auf dem Teich hin und her. Ab und zu schäumte das Wasser, wenn der Piranhaschwarm eine unsichtbare Beute angriff.

Ich frage mich, was sie fressen, wenn sie nicht gerade eine Nase zu sich nehmen, dachte Holtz und musste lächeln. Seine Heiterkeit nahm zu, je mehr er sie zu unterdrücken suchte. Er lachte leise.

»Was ist denn so lustig?«

Die Frau an der Tür trug einen blauen Reinigungsfrauenkittel. Ihre Stimme schreckte ihn auf. Er schluckte und bemühte sich um einen neutralen Gesichtsausdruck.

»Hier dürfen Sie sich nicht aufhalten, dies ist ein Tatort.«

Holtz hörte selbst, wie unnötig hart seine Stimme klang, und das nur, weil er sich über sich selbst ärgerte. Er war beschämt. Über Tote lachte man nicht.

Er sah, dass sie Angst bekam.

»Entschuldigen Sie, ich wollte Ihnen keinen Schrecken einjagen«, sagte sie und hob beschwichtigend die Hand.

Dann drehte sie sich um und ging eilig weg. Es dauerte eine Weile, bis er reagierte, so erstaunt war er über ihre Reaktion.

»Warten Sie«, rief er, rannte auf den Korridor und sah gerade noch, wie sie um eine Ecke verschwand.

Die Verpackung sah aus, als ließe sie sich ohne ein scharfes Werkzeug nicht öffnen. Die roten Streifen auf dem Griff der Zahnbürste wurden zum Bürstenkopf hin schmaler. Sie erinnerten an Rallyestreifen. Der Griff hatte kleine Gumminoppen, damit man besser zupacken konnte, vermutete Pia Levin. Sie drehte die Verpackung hin und her. Der Text auf der Rückseite erklärte, dass es sich um eine »limited edition« handele, speziell geeignet für Leute, die es eilig hatten. Außerdem bestanden die Borsten aus einem Material, von dem sie noch nie gehört hatte. Der Hersteller garantierte weiße Zähne, gesundes Zahnfleisch und ein erfolgreiches Lächeln. Als Krönung wurde die Zahnbürste von einem unbekannten Institut empfohlen. Teuer war sie noch dazu.

Mal seh'n, ob sie seinen Ansprüchen genügt, dachte sie und legte die Zahnbürste in ihren roten Einkaufskorb. Darin waren bereits ein Sixpack Cola und ein paar Äpfel. Sie wandte sich dem Regal mit der Zahnpasta zu. Es gab an die hundert verschiedene Sorten. Sie nahm einfach eine, ohne sich das Etikett näher anzusehen, und begab sich dann auf die Suche nach Zwieback.

»Verdammt, ich werde richtig sauer, wenn du dich so aufführst!«

Der schreiende Mann war Anfang dreißig. Groß und kräftig. Er trug eine kurze schwarze Lederjacke und einen Bürstenschnitt.

Er brüllte nochmals.

»Wenn du nicht gehorchst, kannst du was erleben. Hier wird nicht gequengelt. Verstanden?«

Ein vielleicht sechsjähriger Junge stand vor dem brüllenden Mann. Er starrte zu Boden. Seine Schultern waren hochgezogen. Das Haar hing ihm in die Augen. Er regte sich nicht. In der Hand hielt er eine Schachtel Kekse.

»Hörst du nicht, was ich sage? Sieh mich an, wenn ich mit dir rede.« Der Mann beugte sich über den Jungen, der langsam den Blick zu seinem Vater hob.

»Ich habe nicht...«

»Lüg mich nicht an, sonst...«

Er ballte die Hand zur Faust und hielt sie dem Jungen unter das Kinn.

Der Junge duckte sich und zog die Schultern noch weiter hoch.

Pia Levin blieb ein paar Meter von den beiden entfernt wie angewurzelt stehen. Ihr Magen verkrampfte sich. Ihr Atem stockte. Sie war zur Flucht bereit, aber ihre Beine bewegten sich nicht.

»Du weißt, dass ich kein Gequengel dulde, nie«, brüllte der Mann den Jungen an, der wieder auf den Boden starrte.

»Aber Papa, ich...«

Die Stimme schwach, tonlos.

»Der Teufel soll dich holen!«

Pia Levin biss sich auf die Unterlippe, drehte sich auf dem

Absatz um und ging rasch davon. Sie eilte auf die Kassen zu und hörte hinter sich, wie der Mann weiter auf den Jungen einschrie.

Ihr Herz klopfte wild. Sie ging an der Backwarenabteilung vorbei, ohne Zwieback in ihren Korb zu legen. Ihr Puls raste noch immer, als sie schließlich auf die Straße trat. Sie lehnte sich vor dem Laden an eine Mauer und schloss die Augen.

Verdammt, verdammt, verdammt, dachte sie, während sich ihre Atmung wieder normalisierte. Was ist nur mit mir los? Warum habe ich nicht eingegriffen?

Das Gefühl der Scham und Ohnmacht erstickte sie förmlich.

Sie blieb vor dem Laden stehen, um auf den Vater mit seinem Sohn zu warten. Nach zehn Minuten gab sie auf und ging davon. Der Vorfall erschien ihr jetzt nicht mehr so eindeutig. Wahrscheinlich war der Mann es nur leid gewesen, dass ihm sein Sohn dauernd mit Süßigkeiten oder etwas anderem in den Ohren lag. Das war nicht so schlimm. Sie würden sich sicher bald wieder vertragen, ihren Einkauf beenden, alles würde wieder gut werden. Der Vater würde um Verzeihung bitten, weil er die Beherrschung verloren hatte, und dann würden sie zusammen nach Hause gehen. Alles war gut.

Levin wusste, dass dies nicht stimmte.

Sie knöpfte ihre Jacke zu und ging zum Bus, der sie zum Kai der MS Vega bringen sollte.

Mercedes Nunes' Kabine lag so weit unten im Schiff wie überhaupt nur erlaubt, genau unterhalb der Wasserlinie und ein Deck über dem Maschinenraum. Es gab kein Bullauge, nur eine Gardine an einer Wand, die die Illusion eines Fensters schaffen sollte. Wie die meisten Besatzungskabinen war sie spärlich möbliert. Eine Koje, ein kleiner an der Wand festgeschraubter Tisch und ein Stuhl. Ein winziges Bad mit Toilette und Dusche und einem kleinen Badezimmerschrank mit Spiegel. In der Kabine gab es auch einen Schrank für die private Kleidung. Mercedes Nunes besaß nicht sonderlich viele eigene Sachen und bewahrte deswegen auch ihre Arbeitskleidung dort auf. Die Kabine war sehr sauber, und es roch nach Putzmittel. Die wenigen anderen Besatzungskabinen, die sie gesehen hatte, waren schmutzig gewesen und hatten muffig gerochen. Die anderen Besatzungsmitglieder schliefen nur wenige Stunden in ihren Kabinen, und wie es dort aussah, war ihnen gleichgültig. Duschen, sich umziehen und die Arbeitskleidung verwahren konnte man in der Umkleide. Die meisten gingen an Land, wenn ihre Schicht zu Ende war, und kehrten erst zu Beginn der nächsten Schicht zurück.

Mercedes Nunes hatte kein anderes Zuhause als die wenige Quadratmeter große Kabine und verbrachte dort fast ihre ganze freie Zeit. Jetzt schloss sie rasch die Tür hinter sich und wartete. Etwas hatte sie dazu veranlasst, an diesen schrecklichen Ort zurückzukehren. Sie konnte es selbst nicht verstehen. Was hatte sie dort verloren? Dann hatte sie diesen lachenden Mann auf der Brücke entdeckt. Sehr merkwürdig. Ein Mann in einem Papieroverall, der allein dastand und lachte. Sie wusste eigentlich nicht, warum sie ihn gefragt hatte, was denn so lustig sei. Er hatte sich zu ihr umgedreht und etwas gebrüllt. Dann war sie einfach ausgerissen.

Sie setzte sich auf die ordentlich gemachte Koje und dachte darüber nach, was sie tun sollte. Sollte sie ins Tropikarium zurückkehren und erklären, weswegen sie dort aufgekreuzt war und warum sie so einen Schrecken bekommen hatte?

Plötzlich hörte sie ein leises Klopfen. Sie starrte auf die Tür. Es klopfte erneut. Wenn sie leise genug war, dann verschwand die Person vor der Tür vielleicht wieder. Sah man draußen auf dem Gang, dass bei ihr Licht brannte? Sollte sie es ausmachen? Nein, dazu war es zu spät. Langsam stand sie von ihrer Koje auf, ging zur Tür und drückte ihr Ohr dagegen. Es war still.

Sie wartete einige Minuten lang. Dann nahm sie ihren Mut zusammen.

»Wer da?«, fragte sie leise.

Keine Antwort.

»Wer da?«, sagte sie etwas lauter.

Keine Reaktion.

Sie streckte langsam die Hand nach dem Riegel aus, zögerte und schob ihn dann zur Seite. Es klickte. Sie drückte die Klinke hinunter und öffnete vorsichtig die Tür.

Wachsam blickte sie erst in die eine Richtung, dann in die andere. Der Korridor war menschenleer.

Mit großen Augen starrte Holtz auf die ordentlich verpackte Zahnbürste.

»Unglaublich, was die sich alles einfallen lassen.«

»Irgendwie müssen sie sich etwas Neues ausdenken und ihre Produkte weiterentwickeln. Oder?«, meinte Pia Levin, die auf Holtz' geliehener Koje Platz genommen hatte. Sie warf die Zahnpasta immer wieder in die Luft.

»Könntest du vielleicht damit aufhören«, sagte Holtz.

Levin legte die Tube beiseite, setzte sich auf der Koje zurecht und ließ die Beine über die Holzkante baumeln. Das sah unbequem aus.

»Du willst doch nicht behaupten, dass du hier eingezogen bist?«

»Eingezogen wäre zuviel gesagt. Ich habe mir die Kabine nur für ein paar Tage ausgeliehen. Sie gehört dem Kapitän. Er hat sie mir zur Verfügung gestellt.«

»Wie meinst du das? Willst du hier an Bord bleiben?«

Holtz schwieg eine Weile. Er saß einfach mit der Zahnbürste in der Hand da.

»Bleibst du hier?«, wiederholte sie.

»Ich überlege, ob ich mir nicht ein Boot zulegen sollte. Um die Welt segeln und all das hier hinter mir lassen.«

»Kannst du überhaupt segeln?«

»Das kann doch nicht so schwer sein. Ich muss halt einen Kurs machen.«

»Und dann? Dann segelst du einfach los?«

»Warum nicht? Das tun doch viele Leute. Was sollte mich daran hindern?«

»Tja, deine Arbeit, dein Haus, deine Töchter. Außerdem würde ich mich dann ziemlich einsam fühlen.«

»Das Haus kann ich verkaufen oder vermieten, auf der Arbeit kommen auch alle ohne mich zurecht, und die Mädchen haben sich in letzter Zeit nicht sonderlich für mich interessiert.«

»Und ich?«

Er lachte nur.

»Ich meine es ernst. Ich brauche dich. Außerdem: Wer soll sich um deinen Baum kümmern? Deinen Bonsai. Du weißt, dass ich keine Begabung für Topfpflanzen besitze.«

Er lachte erneut.

»Der Baum, richtig. Damit ist es entschieden. Ich bleibe also noch eine Weile an Land. Oder ich nehme ihn einfach mit.«

Pia Levin krabbelte aus der Koje, ging auf Holtz zu und umarmte ihn. Eine rasche und unbeholfene Umarmung. Holtz sah sie erstaunt an. Er kannte sie jetzt schon seit über zehn Jahren, sie hatten eng zusammengearbeitet und etliche Erfolge und Misserfolge geteilt. Umarmt hatte sie ihn bislang noch nie.

»Du bist doch sonst nicht so sentimental«, meinte er.

Sie wirkte verlegen.

»Was ist jetzt? Soll ich dir bei dieser Geschichte helfen oder nicht?«, fragte sie.

»Hast du denn Zeit?«

»Ich beschäftige mich noch mit der Familientragödie, aber die Sache ist wohl eindeutig. Das müsste ich also schnell über die Bühne kriegen. Erzähl, was hier passiert ist. Fang ganz vorne an.« Sie zog eine Tafel Schokolade aus der Tasche und kehrte zu der Koje zurück.

Holtz setzte sich an den Schreibtisch, griff zu seinem Notizblock und erzählte alles, ohne innezuhalten. Levin hörte zu, aber ihre Gedanken schweiften ab. Die tote Vilja Kramer ging ihr nicht aus dem Sinn. Der Chef der Ermittlungsabteilung hatte nicht lang über den Fall nachgedacht. Er hatte ihr nicht zugehört und nichts verstanden. Eine Familientragödie.

Er wollte sich mit dem Staatsanwalt unterhalten, war sich seiner Sache jedoch recht sicher.

»Wenn du einfach nur die kriminaltechnischen Protokolle in Ordnung bringst, dann können wir die Akte schließen. Ruf bei der Gerichtsmedizin an und frag nach, ob es von dort weitere Erkenntnisse gibt, falls nicht, stellen wir die Ermittlung ein«, hatte er gesagt und sich wieder den Papieren auf seinem Schreibtisch zugewandt.

Auf einem Regal hinter dem Ermittlungschef hatten etliche Pokale gestanden, die er bei internationalen Polizeiwettbewerben im Triathlon, Laufen, Schwimmen und Fahrradfahren in verschiedenen Ländern errungen hatte. So viel Energie und Kraft, um diese harten Wettbewerbe zu gewinnen, und so wenig Energie zur Lösung von Verbrechen. Aber sie war nicht weiter erstaunt darüber. Familientragödien standen nicht auf der To-do-Liste der Kriminalpolizisten.

Nach einer Weile hatte sie sich erhoben und war wortlos gegangen. Sie hatte die Gerichtsmedizinerin anrufen wollen, ob es irgendwelche Ungereimtheiten gebe, etwas, das die Motivation der Ermittler hätte erhöhen können. Aber Holtz war ihr dazwischengekommen. Er hatte sie angerufen und sie um Hilfe gebeten. Bislang hatte sie noch nie nein gesagt. Er hatte sein Anliegen als Frage formuliert, aber sie wusste, dass sie eigentlich keine Wahl hatte, wenn Holtz sie um etwas bat. So war er einfach als Chef. Er wollte den Leuten um sich herum den Eindruck vermitteln, dass sie die Initiative ergreifen und eigene Verantwortung übernehmen konnten. Pia Levin hatte das schon lange durchschaut.

»Was hältst du davon? Hörst du mir überhaupt zu?«, fragte Holtz.

Pia Levin schämte sich.

»Ja, ich höre zu. Ich finde, wir sollten Unterstützung von der örtlichen Spurensicherung anfordern und diesen Dschungel mal so richtig durchforsten. Weg mit den Viechern und raus mit dem Wasser aus dem Bassin. Dann haben wir noch die Kajüte des Opfers, außerdem tauchen sicher noch eine Menge Dinge auf. Das ist meist so.«

»Okay.« Holtz erhob sich. »So machen wir es. Ich kümmere mich um die Koordination und du dich um die praktischen Dinge, die den Dschungel betreffen. Die Kajüte des Toten untersuche ich selbst.«

Sein rascher Beschluss ließ sie aufmerken, offenbar schien er nur auf Zustimmung gewartet zu haben.

»Klar... Vielleicht sollte ich aber die Familientragödie«, sie deutete mit den Fingern Anführungsstriche an, »vorher noch abschließen.«

»Lass das, das geht mir wirklich auf die Nerven.«

»Was?«

»Dieses Fingerwedeln in der Luft. Entweder meint man, was man sagt, oder man meint es nicht.«

Levin verdrehte die Augen.

»Ich wollte nur deutlich machen, dass ich mit dieser toten Familie noch einiges zu tun habe. Im Übrigen war es deine Entscheidung, dass ich die Sache übernehme. Aber da alle der Meinung zu sein scheinen, dass es sich um einen erweiterten Suizid handelt, ist es das dann wohl auch«, meinte sie wütend.

»Und was glaubst du selbst?«

Levin kroch aus der Koje und knallte die Zahnpasta auf den Tisch.

»Ich weiß nicht recht. Da war etwas in diesem Badezimmer... Aber die Ermittlungsabteilung hat beschlossen, die Sache nicht weiterzuverfolgen. Eigentlich weiß niemand etwas.

Nur, dass drei Menschen tot sind, darunter ein Kind. Sie hieß Vilja.«

»Vilja? Die Kinder haben heutzutage wirklich seltsame Namen.«

»Hör schon auf. Eine Familie ist ausgelöscht worden, und niemanden kümmert das. Nicht einmal dich!«

»Was soll das heißen? Schließlich habe ich dir die Aufgabe der Tatortkoordinatorin übertragen!«

»Genau. Und warum? Sollte das irgendeine Übung sein? Darum kann sich Pia kümmern, weil es ohnehin kein richtiges Verbrechen ist.«

Sie sah, dass er Luft holte, und machte sich auf eine zornige Antwort gefasst, aber dann schien ihm die Luft auszugehen, noch ehe er etwas gesagt hatte.

»Du weißt genauso gut wie ich, dass es darum geht auszusortieren, dass wir nie die Zeit haben werden, uns um alles zu kümmern. Tu, was du tun musst, aber diese Sache hat Vorrang«, sagte er kurz.

Schweigend verließen sie die Kabine.

Die eckige Flasche hatte er auf einem Flohmarkt gefunden. Es war wichtig, dass sie richtig alt aussah, aber auch, dass sie unbeschädigt war und aus durchsichtigem, ungefärbtem Glas bestand. Gert Andersson hielt sie vor die Lampe und drehte sie hin und her. Vermutlich war einmal Whisky darin gewesen, aber das war nur eine Vermutung, da sie kein Etikett hatte. In kleinen Luftblasen im Glas brach sich das Licht. Der Pinsel mit den dünnen, langen Borsten war gerade lang genug. Er hatte bereits die erste Schicht blauer Farbe aufgetragen. Die weiße Farbe war zähflüssig und tropfte langsam vom Pinsel, genau wie er erwartet hatte. Wie weiße Schaumkronen. Es dauerte eine Weile, bis er mit dem Ergebnis ganz zufrieden war. Es war sein erstes Buddelschiff. Modelle hatte er schon früher zusammengebaut, aber so eines noch nie. Der kleine Rahsegler, der auf dem schäumenden Meer aus Farbe seinen Platz finden sollte, war bereits fertig. Die Masten waren so dünn wie Zahnstocher, fast noch dünner. Die Segel bestanden aus echtem, altem Segeltuch, die Schnur, mit der die Masten aufgerichtet wurden, wenn sich das Schiff in der Flasche befand, hatte er aus Segelgarn angefertigt. Eigentlich hätte es ein normaler Nähfaden auch getan, aber er wollte nicht schummeln. Das Segelgarn war etwas zu dick gewesen, er hatte es also aufdröseln müssen. Es hatte viel Geduld erfordert, den Namen des Schiffes auf den Bug zu pinseln. Die Buchstaben waren so klein, dass sie kaum zu sehen waren. Er hatte eine Lupe verwendet und war mit dem Ergebnis sehr zufrieden.

Die Konzentration auf den Rahsegler hatte ihm dabei geholfen, seine Gedanken zu zerstreuen.

Sein erster Impuls war gewesen, die MS Vega zu verlassen und zu verreisen. Der Beamte, der ihn vernahm, sagte, er und die anderen Besatzungsmitglieder könnten tun und lassen, was sie wollten, sofern sie im Falle weiterer Vernehmungen erreichbar seien. Er wurde als Letzter befragt. Oder Vorletzter, da es niemandem gelungen war, den ersten Maschinisten zu finden.

Eine Weile lang hatte er geglaubt, dass man ihn nicht vernehmen würde. Schließlich war er ja fast einer der Ihren, er hatte für Ordnung gesorgt und ein Besatzungsmitglied nach dem anderen aufgerufen. Es erschienen noch mehr Kriminalbeamte, und er organisierte alles. Sie schienen ihm dankbar dafür zu sein. Die vernommenen Besatzungsmitglieder gingen ihrer Wege. Einige verschwanden in ihren Kabinen, andere kehrten an ihre Arbeit zurück. Die Stimmung in der Messe besserte sich nach und nach, als Warten und Ungewissheit endeten. Als die Messe schließlich leer war, bedankte sich ein Beamter für seine Hilfe. Nun sei nur noch er übrig. Da die Messe leer war, blieben sie gleich dort. Die Fragen waren leicht zu beantworten, reine Routinefragen wie Name, Aufgabe an Bord, Dauer des Anstellungsverhältnisses, Arbeitszeiten und ob er oder jemand anderes etwas Ungewöhnliches in der Nacht gesehen hätte.

Zu einem späteren Zeitpunkt würden ihm vielleicht noch weitere Fragen gestellt werden.

Der Beamte bat ihn um eine DNA-Probe. Reine Routine. Das werde inzwischen immer so gehandhabt, vor allem der

Statistik wegen. Die Chefs seien ganz scharf darauf, sagte der Polizist, und er hatte keine Zeit nachzudenken. Er bekam ein Glas Wasser, um sich den Mund auszuspülen, dann schob ihm der Beamte ein Plastikstäbchen in den Mund. Die Schaumgummispitze fuhr über die Innenseite seiner Wange. Wenn er jetzt daran dachte, konnte er es immer noch spüren. Er fuhr mit der Zungenspitze über die Stelle.

Damit war die Sache erledigt gewesen. Der Beamte hatte sich für seine Hilfe bedankt und war mit seinen Kollegen abgezogen.

Gert Andersson war allein in der Messe sitzengeblieben. Vor Nervosität hatte er Magenschmerzen bekommen. Er hätte ablehnen sollen. Irgendeinen Grund vorschieben. Religion, Krankheit, egal was. Aber das hatte er nicht getan. Jetzt war der Abstrich auf dem Weg in ein Labor. Ein forensisches Labor. Das war ein Wort, das er noch nie gehört hatte. Dieses Wort drängte alle anderen Gedanken beiseite, und tauchte wieder und wieder auf, und erst als er sich ganz in sein Buddelschiff vertieft hatte, gelang es ihm, es auszublenden.

Jetzt war die Unruhe wieder da. Die Konzentration auf sein Modellbauprojekt ließ nach. Gegen seinen Willen lief alles noch einmal vor seinen Augen ab, ein Ereignis nach dem anderen. Konnte es Spuren geben? Erkaltete Spuren, die langsam an die Oberfläche kamen. Er kannte sich nicht mit DNA aus. Er musste das nachschlagen.

Als es klopfte, ließ er den Pinsel fallen, ein großer weißer Fleck breitete sich über dem Blau in der Flasche aus. Er sah verärgert zur Tür, starrte so intensiv darauf, als könnte er hindurchschauen.

Es klopfte erneut. Jetzt etwas lauter.

»Bist du da?«

Seine Unruhe verflog, als er die Stimme erkannte.

»Ich komme«, rief er und stand auf. Er warf einen ärgerlichen Blick auf das ruinierte Meer in der Flasche und öffnete die Tür.

»Hallo. Ist was passiert? Du bist ja vollkommen bleich«, sagte Rita Murenius und trat ein.

»Ich weiß nicht. So ganz auf der Höhe fühle ich mich nicht.«

»Bist du krank?«

»Nein. Das ist diese Geschichte. Die ist mir etwas auf den Magen geschlagen. Ich muss die ganze Zeit daran denken.«

»Es gibt nicht viel, was wir tun können, oder?« Sie nahm die Buddelschiffflasche und drehte sie hin und her.

»Könntest du so nett sein und sie wieder hinstellen?«

»Entschuldige. Das war unbedacht. Was gibt das?«

»Ein Flaschenschiff.«

»Aha. Nett. Hast du übrigens von diesem Polizisten gehört? Diesem Kriminaltechniker? Ich glaube, er heißt Holtz. Er ist in die Kapitänskabine eingezogen. Offenbar will er länger bleiben.«

»Will er an Bord bleiben? Na so was.«

»Ja. Frag mich nicht, warum.«

Sie hielt inne und wollte gerade wieder nach der Flasche greifen, besann sich dann aber eines Besseren.

»Du weißt, wer der Tote ist, oder?«, fragte Andersson.

Rita Murenius sah ihn eine Weile an, ehe sie antwortete.

»Natürlich. Er ist ja schon oft bei uns mitgefahren.«

»Was glaubst du?«

»Ich glaube gar nichts«, sagte sie mit Nachdruck. »Jetzt muss ich gehen. Ich wollte nur nachsehen, wie es dir geht.«

Nachdem Rita Murenius gegangen war, setzte er sich wieder an den Schreibtisch. Er hob die Flasche ans Licht und betrachtete lange das gemalte Meer darin.

Pia Levin hatte den Lieferwagen der Kriminaltechniker aus der Tiefgarage des Präsidiums geholt und verfügt, dass sich drei Assistenten im Verlauf des Tages auf der MS Vega einfinden sollten. Ulf Holtz würde sie in Empfang nehmen. Er hatte um einen besonders großen Lieferwagen gebeten, da er damit rechnete, dass so einiges beschlagnahmt werden würde. Holtz hatte versprochen, sich darum zu kümmern, dass die Tiere abgeholt wurden. Er sei mit der Firma, die für die Tiere zuständig war, bereits in Verbindung getreten, das würde also nicht weiter schwierig werden.

Levin fuhr langsam, um die Begegnung hinauszuzögern. Sie musste nachdenken. Es war sehr ungewöhnlich, dass Holtz und sie sich stritten. Sie verließ sich eigentlich bedingungslos auf ihn, und obwohl sie nicht immer seiner Meinung war, kam es fast nie zu einem ernsthaften Konflikt. Es lag nicht daran, dass sie sich nicht wehren konnte oder Angst hatte, eine eigene Meinung zu haben. Das war es nicht. Aber er besaß viel Erfahrung und verfügte immer über gute Argumente. Doch in letzter Zeit war etwas geschehen. Das fiel ihr eigentlich erst jetzt auf. Die Veränderung war schleichend erfolgt. Er war nicht mehr die Autorität, die er immer für sie dargestellt hatte. Er war zwar scharfsinnig und galt als einer der besten Forensiker, aber er kümmerte sich nicht sonderlich um neue Errungenschaften und technische Entwicklungen. Was seit hundert Jahren funktioniert, funktioniert immer noch, pflegte er zu sagen. Und: Bei der Ermittlung eines Verbrechens geht es um Empathie, Menschenkenntnis und unendlich viele Vernehmungen. Sie hatte förmlich seine Stimme im Ohr: Die technische Beweisführung ist nur eine Hilfe, vergiss das nie. Sie sei zwar manchmal wichtig, und die DNA-Spuren und Fasern von einem Tatort könnten manchmal selbst abgebrühte Kriminelle zum Geständnis bewegen, aber es bestünde auch die Gefahr, dass Spuren überbewertet würden und Gerichte Beweise nicht hinterfragten, bloß weil sie von einem Forensiker stammten.

»Es wird eine Zeit kommen, in der man unser Tun in Frage stellen wird, und dann müssen wir selbst die schärfsten Kritiker sein«, predigte er immer. Aber sie fand nicht, dass das stimmte. Und seine Einstellung hinsichtlich der toten Familie frustrierte und enttäuschte sie. Er hatte die Dinge nicht mehr so recht im Griff.

Als an einer Kreuzung die Ampel auf rot schaltete, fasste sie einen Entschluss. Es wurde grün, und sie wendete trotz durchgezogener Mittellinie und fuhr in entgegengesetzter Richtung weiter. Es dauerte weniger als eine halbe Stunde. Raus aus der Stadt und ein kurzes Stück über die Autobahn. Das Viertel mit den Einfamilienhäusern war fast menschenleer. Sie sah nur einige wenige Mütter mit Kinderwagen und ein paar Rentner mit Hunden. Die Häuser waren aus der Zeit der Jahrhundertwende, jedenfalls die meisten. Ein paar hässliche Gebäude aus weißen Betonsteinen standen zwischen den großen Holzhäusern mit ihren weitläufigen parkähnlichen Grundstücken. Im Schritttempo fuhr sie die Straße entlang, parkte vor dem Haus und stieg aus.

Es war abgeschlossen, und es brannte kein Licht. Die Rollos waren heruntergelassen. Darauf hatte sie gehofft. Sie zog einen Schlüssel aus der Tasche und steckte ihn ins Schloss.

Sie verspürte ein nervöses Kitzeln in der Magengegend, es suchte sie in Intervallen heim. Ich hätte vorher zur Toilette gehen sollen, dachte sie, drückte die Klinke herunter und trat in die dunkle Diele.

Levin besaß keine vernünftige Erklärung dafür, weswegen sie diesen Ort aufsuchte. Die Absperrung war aufgehoben, und daher war es an sich nicht verboten, den Tatort trotz noch andauernder Ermittlungen zu betreten. Sie wurde jedoch das Gefühl nicht los, dass sie etwas tat, das sie eigentlich nicht durfte.

Ihres Wissens hatte niemand Zutritt zum Haus gefordert. In einigen Tagen würde eine Reinigungsfirma kommen. Levin wollte eine letzte Kontrolle vornehmen, bevor diese mit Putzmitteln und Lappen anrückte.

Sie hätte mehr Zeit gebraucht. Was hatte Holtz gesagt? Man müsse aussortieren können.

Die erste und bislang einzige Tatortuntersuchung war rasch erledigt gewesen. Es waren weder Fingerabdrücke noch andere Spuren gesichert worden. Nur aus dem Badezimmer waren Gegenstände beschlagnahmt worden, wenn man von dem Familienfoto, das sie mitgenommen hatte, absah.

Sie wusste nicht, wonach sie suchen sollte, aber das Gefühl, etwas Wesentliches übersehen zu haben, trieb sie an. Einen Augenblick lang erwog sie, die Deckenlampe anzuschalten, begnügte sich dann aber vorerst mit ihrer Taschenlampe. Sie wollte nicht die Aufmerksamkeit der Nachbarn auf sich ziehen. Die Taschenlampe verbreitete in der Diele ein weißes Licht. Die Mäntel hingen auf Bügeln, zwei lange und ein kurzer. An einem kleinen Haken mit einem rosa Pferd, der in etwa einem Meter Höhe angebracht war, hing eine rote Jacke mit Kapuze, deren Vorderseite mit einem lächelnden Löwen bestickt war.

Levin ging rasch an dem Löwen vorbei, blieb vor der Treppe

stehen und lauschte. Bis auf ein Summen aus der Küche war es still. Vermutlich der Kühlschrank oder die Gefriertruhe, dachte sie. Dann: Alle sind tot.

Ein Auto fuhr draußen vorbei. Das Scheinwerferlicht drang durch die herabgelassenen Rollos. Auf der Wand tauchten Schattenstreifen auf und verschwanden wieder. Sie ließ den Lichtkegel durch die Küche schweifen. Auf dem Fußboden lagen Spielsachen. Der rote Plastikkasten stand vor dem Kühlschrank. Zwei deutliche Streifen von schmutzigen Fingern befanden sich auf der Kühlschranktür. Im Übrigen war alles sauber, geputzt, ordentlich weggeräumt. Eine protzige Küche. Eine Küche, die etwas anderes sein wollte, als sie in Wirklichkeit war.

Die Taschenlampe blinkte und erlosch.

Im Dunkel leuchtete die orangefarbene Lampe der Kaffeemaschine. An der Mikrowelle zeigten rote Leuchtziffern die Uhrzeit. Zwei rote Punkte blinkten zwischen Stunden und Minuten. Die Zeit verging, eine Sekunde nach der anderen.

Sie schlug die Taschenlampe einige Male auf ihre Handfläche, aber sie ging nicht wieder an. Dann lauschte sie erneut. Weitere Geräusche. Die Lüftung pfiff. Irgendwo im Inneren des Hauses knackte es. Ein Thermostat? Levin tastete nach dem Lichtschalter und schaltete die Deckenlampe an. Ihr fiel auf, dass sie fast aufgehört hatte zu atmen.

Nein, jetzt muss ich mich wirklich zusammennehmen, dachte sie und kehrte energischen Schrittes in die Diele zurück. Sie ging von einem Zimmer ins nächste. Öffnete Schubladen, Schränke und Kleiderkammern. Keine Auffälligkeiten. Dann stieg sie zögernd die Treppe hoch.

Das Badezimmer im Obergeschoss sah aus wie bei ihrem letzten Besuch, jedoch ohne die Toten. Das Einzige, das an den Vorfall erinnerte, war ein dunkler Rand in der Badewanne. Levin betrachtete den Rand und sah vor ihrem inneren Auge den Toten in der Wanne liegen. Dann drehte sie sich zu dem Haken an der Wand um, und auch die tote Frau erschien wieder in ihrer Erinnerung.

An den schwarzen Müllsack wollte sie gar nicht erst denken.

Sie ging zurück in das große Schlafzimmer, offenbar das Elternschlafzimmer, und sah sich noch einmal die Schränke an. Recht durchschnittliche, aber offenbar teure Kleider. Die Anzüge aus exklusiven Stoffen.

Nach kurzem Zögern zog sie den Überwurf vom Bett, schlug die Decke zurück und zog das Laken ab. Sie faltete es zusammen, nahm eine große Papiertüte aus ihrem Rucksack und legte es hinein.

Die Tür zu Viljas Zimmer war geschlossen. Sie öffnete sie und machte Licht. Einige Spielsachen lagen noch auf dem Fußboden. Eine Babypuppe in einem hellblauen Strampelanzug, bunte Bauklötze und ein Brett, durch das man mit einem Gummihammer Plastikbolzen schlagen konnte. Sie achtete darauf, auf nichts zu treten, als sie zum Bett ging. Es saß in der Mitte des Bettes und sah sie an. Obwohl sie wusste, dass es sich dort befand, fühlte sie sich überrumpelt.

Das Krokodil sah sie mit seinen trotzigen Augen an.

Levin griff danach. Ihre Hand zitterte, als sie das Krokodil vorsichtig hochnahm. Sie presste es an die Nase und schloss fest die Augen. Atmete den Geruch ein. Sie zögerte, nahm den Rucksack vom Rücken und verstaute das Krokodil im Dunkel seines Inneren.

Jemand stand neben ihrem Wagen, als sie auf die Treppe vor der Tür trat. Eine Frau mit einem Hund. Sie hatte sich halb von Levin abgewandt und versuchte, den Anschein zu erwecken, sie sähe sich etwas anderes an, aber offenbar hielt sie ihre Aufmerksamkeit auf das Haus gerichtet. Der Hund, ein großer schwarzer Labrador, zog an der Leine.

Levin versicherte sich, dass sie die Haustür abgeschlossen hatte, hängte sich den Rucksack über die Schulter und sah die Frau und den Hund unverwandt an, während sie zum Lieferwagen ging.

»Guten Tag«, sagte die Frau etwas unsicher.

»Hallo«, erwiderte Levin knapp.

Die Frau zerrte an der Hundeleine und lächelte Levin verständnisheischend an.

»Ich bin bei jedem Wetter mit dem Hund unterwegs.«

»Hm«, erwiderte Levin, deren Hand bereits auf dem Türgriff lag. »Wohnen Sie hier?«

Die Frau wirkte verlegen.

»Ja, im Haus nebenan. Ich habe Sie gesehen... Ich meine, nach allem, was passiert ist...«

»Kein Problem. Ich bin von der Polizei. Es ist gut, dass Sie aufmerksam sind.«

Der Hund wollte weiter, und die Frau hatte Mühe, nicht umgerissen zu werden.

»Glauben Sie, dass ich Ihnen ein paar Fragen stellen könnte?«

»Mir? Natürlich! Ist das ein Verhör?«, erwiderte die Frau begeistert.

»Nur ein paar Fragen.«

Der Hund zerrte erneut, dieses Mal noch energischer.

»Offenbar mag er nicht länger hier rumstehen«, meinte Levin.

»Ja. Er ist unruhig.«

»Ich kann Sie ein Stück begleiten, wenn es Ihnen recht ist.«

Sie gingen zügig den leeren Bürgersteig entlang, um mit dem Hund mithalten zu können. Ab und zu zerrte die Frau, und der Hund stieg auf die Hinterbeine. Die Leine gab etwas nach, wenn er wieder auf allen vier Pfoten landete, aber sofort riss er wieder daran.

Einige Autos standen in den Einfahrten, aber selbst für ein Wohnviertel war sehr wenig los, fand Levin.

»Nicht viel Leben«, meinte sie.

»Nein. Das hier ist ein ruhiges und sicheres Viertel. Oder jedenfalls war es das. Nach diesem Vorfall bin ich mir nicht mehr so sicher.«

»Kannten Sie die Leute?«

»Nicht richtig. Wie man seine Nachbarn eben so kennt.«

»Und wie ist das?«

Die Frau lachte unsicher.

»Man begegnet sich auf der Straße und unterhält sich über alles Mögliche. Aber ich kannte sie nicht. Schrecklich, das mit dem Kind, oder? Ein unschuldiges kleines Mädchen.«

»Können Sie mir etwas über die Familie erzählen? Sie müssen aber nicht, nur dass Sie Bescheid wissen«, sagte Levin rasch. Das Bild Vilja Kramers auf dem kalten Obduktionstisch tauchte vor ihrem inneren Auge auf.

»Kein Problem. Ich weiß ohnehin nicht viel. Sie haben nicht lange hier gewohnt, erst seit der Geburt des Mädchens. Sie hieß Vilja.«

»Und wie war Angelica? Also die Mutter?«

»Ich glaube, sie hat sich gelangweilt. Wir unterhielten uns manchmal ein wenig. Sie schien sich für Mode zu interessieren, und das tue ich auch. Ich war mal Model. Das ist natürlich schon ziemlich lange her.«

»Warum hat sie sich Ihrer Meinung nach gelangweilt?«

»Sie war viel zu Hause, und ich sah häufig, wie sie tagsüber vor dem Fernseher saß. Das war schon ein bisschen komisch.«

»Dass sie Fernsehen schaute?«

»Ich meine, tagsüber.«

»War sie Hausfrau?«, fragte Levin und hatte das Gefühl, dieses Wort schon seit Ewigkeiten nicht mehr verwendet zu haben.

»Nein. Ich glaube, sie hatte eine Arbeit. Vielleicht in einer Boutique.«

»Und ihr Mann?«

»Geschäftsmann, glaube ich. Er war nie zu Hause.«

Levin war erstaunt, als sie sich wieder dem Haus näherten. Ihr war gar nicht aufgefallen, dass sie im Kreis gegangen waren. Der Hund erstarrte plötzlich auf einer Wiese und machte einen Haufen. Die Frau sah sich um und zog dann den Hund hinter sich her.

Levin sah sie fragend an.

»Ich habe nie begriffen, warum man das aufklauben soll«, sagte sie und verzog die Nase. »Es ist doch wohl besser, es bleibt liegen und verwandelt sich in Biomasse, oder?«

Levin antwortete nicht.

»Dass Sie bei der Polizei sind, auf die Idee würde man wirklich nicht kommen«, meinte die Frau.

»Nicht?«

»Man weiß ja aus dem Fernsehen, wie Polizisten aussehen. Müde alte Knochen in Trenchcoats. Sind Sie schon lange bei der Polizei?«

»Seit ich mich erinnern kann. Jedenfalls habe ich manchmal dieses Gefühl. Ich bin Kriminaltechnikerin.«

»Oh, das ist aber ein Zufall.«

»Wieso?«

»Angelica liebte diese Fernsehserien. Die wenigen Male, die wir uns unterhalten haben, hat sie mir davon erzählt. Sie schien alles über Fingerabdrücke und so zu wissen.«

Pia Levin lachte. In der letzten Zeit war ihre Arbeit wegen der vielen Filme über Forensiker, die im Fernsehen gezeigt wurden, oft kommentiert worden.

»So einfach wie im Film ist es nicht«, sagte Pia Levin, »und so gutaussehend sind wir auch nicht.«

Der Hund schien genug zu haben und strebte auf das Haus neben dem der Kramers zu.

»Ich muss reingehen. Es war nett, sich mit Ihnen zu unterhalten.«

»Ganz meinerseits. Danke, dass Sie sich die Zeit genommen haben.« Levin ging zu ihrem Wagen.

Das Taxi wartete mit laufendem Motor. Durch die offene Seitenscheibe war lauter Reggae zu hören. Holtz ging zögernd die Gangway hinunter und auf das Taxi zu. Der Fahrer hatte den Arm ins Fenster gelegt. Er trug eine Wollmütze in Rot, Gelb und Grün. Sie war grotesk groß, und vermutlich verbargen sich darunter fürchterlich viele Haare.

»Are you the hot man?«, fragte er, als Holtz sich dem Wagen näherte.

»Wie bitte?«

»Sind Sie the hot man?«

»Ich verstehe nicht recht. Ich hatte ein Taxi gerufen, und ich vermute, dass ...«

»Wie heißen Sie?«

»Holtz. Ich heiße Ulf Holtz.«

Der Mann strahlte. Etliche goldene Zähne funkelten. Er öffnete die Fahrertür und stieg aus.

»Hot man. Es stimmt also. Steigen Sie ein.« Er hielt die hintere Tür auf.

Holtz wollte noch etwas sagen, unterließ es dann aber und stieg ein. Er wollte nach Hause fahren, Kleider holen und nachsehen, wie es um den Bonsai stand. Eine unbegreifliche Nervosität befiel ihn, weil er das Schiff verlassen musste, und er hatte das Gefühl, nicht genug Zeit zu haben, um ein anderes Taxi zu bestellen. Eigentlich gab es dafür auch keine Veranlassung. Er hoffte nur, dass die gute Laune des Fahrers nicht auf Drogen zurückzuführen war.

»Where to, hot man?«

Holtz nannte ihm die Adresse und versuchte vergeblich, ein grimmiges Gesicht aufzusetzen. Der Fahrer sprach auf dem ganzen Weg unablässig. Er drehte sich etwas zu oft zu Holtz um, aber es gelang ihm trotzdem, den Wagen in der Mitte der Fahrbahn zu halten und mit niemandem zusammenzustoßen. Das meiste von dem, was er sagte, ging im Reggae unter, und das, was Holtz hörte, verstand er nicht. Als er zwanzig Minuten später vor seinem weißen, schlichten Reihenhaus ausstieg, hatte er ungewöhnlich gute Laune.

»Take care, hot man«, sagte der Taxifahrer, lächelte ihn mit seinen Goldzähnen an, drehte die Musik lauter und verschwand mit quietschenden Reifen.

Das Haus war leer und still und roch muffig. Das Bett war nach wie vor ungemacht, und eine halbvolle Tasse Tee war stehengeblieben, als er sich eilig auf den Weg zum Präsidium gemacht hatte. Es waren zwar nur zwei Tage vergangen, aber sie kamen ihm wie eine Ewigkeit vor.

Er öffnete die Terrassentür und ließ frische Luft ins Haus,

machte sein Bett und setzte Teewasser auf. Nachdem er einige Kleider in eine Tasche gelegt und den Bonsai in das wassergefüllte Spülbecken gestellt hatte, setzte er sich mit einer Tasse Himbeertee an den Küchentisch.

Es kam ihm nicht mehr so selbstverständlich vor, zum Schiff zurückzufahren. Was war das eigentlich für eine Schnapsidee gewesen, dort zu wohnen? Er sollte sich bedanken, dass er die Kajüte hatte benutzen dürfen, und das Ganze vergessen. Aber dann waren da noch die Nächte. Keine Alpträume. Keine nächtlichen Wanderungen. Nur tiefer Schlaf. Holtz drehte noch eine weitere Runde durchs Haus, um zu kontrollieren, ob er alles ausgeschaltet und alle Lichter gelöscht hatte. Auf dem Weg nach draußen fiel ihm ein, dass der Bonsai, der extrem gestutzte japanische Ahorn, immer noch in der Spüle stand. Die Erde war dunkel und feucht. Er ließ die Pflanze eine Weile auf der Spüle stehen, einen Löffel unter einer Ecke des blau glasierten Topfes, damit das Wasser ablaufen konnte. Dem Baum schien nichts zu fehlen. Er hatte den Winter gut und ohne den Verlust allzu vieler Blätter überstanden. Holtz hatte ihn Anfang des Jahres umgetopft, da er in den kältesten Monaten die Blätter hatte hängen lassen. Er hegte den Verdacht, der Baum leide an Wurzelfäule, und hatte ihn deswegen in grobe, speziell aus Japan importierte Erde, Akadama, umgepflanzt. Er ließ das Wort auf der Zunge zergehen. Die Akadama hatte geholfen. Würde der Bonsai ein paar Tage überstehen, ohne dass sich jemand um ihn kümmerte? Er hob ihn hoch, hielt ihn vor sich hin und betrachtete ihn eingehend. Der Baum stand in der einen Ecke des rechteckigen, niedrigen Blumentopfes. Um den kräftigen Stamm breitete sich ein Moosteppich aus. Der Baum verjüngte sich zur Spitze hin und verzweigte sich symmetrisch. Die Blätter waren etwas zu groß, als dass die Illusion perfekt gewesen wäre, aber Holtz war zufrieden. Er hatte die Pflanze vor mehreren Jahren in einer Gärtnerei gekauft. Lange hatte er nach einer Pflanze mit Potenzial gesucht und schließlich diesen japanischen Ahorn gefunden, den man eigentlich in den Garten hätte pflanzen sollen. Nachdem er ihn immer wieder mit Kupferdraht umwickelt, die Blätter abgezupft und beschnitten hatte, sah er langsam wie ein richtiger Baum in Miniatur aus. Er hatte sich aufopferungsvoll um ihn gekümmert. Ein paar Tage wird er schon allein klarkommen, dachte Holtz. Er stellte ihn an seinen Platz zurück.

Es klingelte.

Wer ist das denn jetzt?, überlegte er. Auf dem Weg zur Tür legte er sich schon eine bissige Bemerkung für einen Vertreter zurecht. Wer sollte es sonst sein? Seine Töchter kamen einfach ins Haus, wenn sie ihm einen ihrer seltenen Besuche abstatteten, und richtige Freunde hatte er eigentlich keine. Zumindest keine, die spontan vorbeikommen würden. Sein Nachbar war zwar aufdringlich, aber geklingelt hatte er bislang noch nie. Er hatte immer nur am Zaun gestanden und neugierige Fragen gestellt, wenn ihm Holtz nicht hatte ausweichen können.

Aber es war kein Vertreter.

Es dauerte ein paar Sekunden, bis Holtz ihn wiedererkannte. Sie waren sich nur einmal begegnet, und das war etliche Monate her. Morteza Ghadjar hatte abgenommen. Er war zwar nie regelrecht übergewichtig gewesen, aber die Stattlichkeit, mit der er beim letzten Mal auf Holtz' Treppe gestanden hatte, war verschwunden. Dieser Besuch hatte sehr viel verändert. Ghadjar war auch jenes Mal unangemeldet bei ihm aufgetaucht und hatte mit der Selbstverständlichkeit, die nur erfolgreichen Menschen eigen war, um Einlass gebeten. Er hatte

Holtz ersucht, seine Tochter nicht mehr zu treffen. Holtz errötete immer noch, wenn er an diesen Besuch dachte. Erst war er sich wie ein Erstklässler vorgekommen, dann hatte er seinen Mut zusammengenommen und sich zu Nahids und seiner Beziehung, oder was auch immer es gewesen war, bekannt, obwohl er in jenem Moment erkannt hatte, dass ihr Verhältnis keine Zukunft hatte. Sie waren nur wenige Monate lang ein Paar gewesen, doch nach der kurzen, aufflammenden Verliebtheit hatte der Alltag wieder sein Recht gefordert. Und der Altersunterschied. Nahid war Praktikantin an der kriminaltechnischen Abteilung gewesen und er ihr Chef. Alle hatten geunkt, aber es waren weder der Altersunterschied noch das Machtgefälle noch ihr Vater gewesen, die ihrer Beziehung ein rasches Ende bereitet hatten. Das redete er sich zumindest ein. Nahid hatte beschlossen, in ihre alte Heimat, den Iran, zurückzukehren, um ein forensisches Labor nach westlichem Vorbild aufzubauen.

»Morteza, treten Sie ein«, sagte er und öffnete die Tür. »Ist was passiert?«

Morteza Ghadjar antwortete nicht. Er nickte nur kurz, trat in die Diele und hängte seinen Mantel auf. Holtz wartete schweigend. Dann gingen die beiden Männer ins Wohnzimmer.

»Wie kalt es bei Ihnen ist.«

»Ich habe gerade gelüftet. Es wird gleich wieder warm.« Holtz deutete aufs Sofa.

Morteza knöpfte sein Jackett auf, das ihm zu groß zu sein schien, und setzte sich. Er war bleich und unrasiert. Holtz konnte kaum an sich halten. Er hatte unzählige Fragen im Kopf, wusste jedoch nicht, wie er beginnen sollte. Er nahm seinem Besucher gegenüber Platz und wartete. Nachdem

Morteza Ghadjar längere Zeit geschwiegen hatte, konnte er seine Besorgnis nicht länger unterdrücken.

»Ist Nahid etwas zugestoßen?« Holtz' Stimme trug kaum.

Morteza Ghadjar schloss die Augen und holte tief Luft.

»Ich war Ihnen gegenüber nicht ganz ehrlich«, sagte er.

Das Maul des Kaimans war mit einem Seil zugebunden worden, und man hatte ihn zusammen mit den Enten, Schildkröten und Giftfröschen in einem Lieferwagen verstaut. Die große Frau von der Dschungelfirma scheint zu wissen, was sie tut, dachte Levin und war froh, dass nicht sie sich um die Tiere kümmern musste.

Sie überwachte die Arbeit, nachdem sie die Tierpflegerin angewiesen hatte, möglichst wenig anzufassen. Im Großen und Ganzen hatte das gut funktioniert.

»Dann sind nur noch die Piranhas übrig. Mit denen müssen Sie mir helfen.« Die Frau stellte sich mit einem großen Kescher an das Bassin und fuhr damit langsam durchs Wasser.

»Und wie?«

»Bringen Sie das Wasser auf Ihrer Seite in Bewegung, dann schwimmen sie zu mir herüber. Das funktioniert meistens.«

Pia Levin zuckte mit den Achseln. Sie sah sich nach etwas um, womit sie im Wasser hätte rühren können, fand aber nichts Geeignetes. Seufzend ging sie an der Bassinkante in die Hocke. Ihre Hand reichte jedoch nicht ganz bis zur Wasseroberfläche.

»Knien Sie sich hin, dann geht's besser«, sagte die Dschungelfrau und lächelte sie an.

Ohne dass sie gewusst hätte, weshalb, empfand Levin einen Widerwillen gegen diese Frau. Vielleicht lag es ja an ihrem

Tropenoutfit mit passender Camouflagemütze. Vielleicht ließ sie sich aber auch einfach nur ungern sagen, was sie zu tun hatte. Immerhin leitete Levin diese Aktion und trug die Verantwortung.

Sie verdrehte die Augen und kniete sich hin. Die Feuchtigkeit drang durch ihre Hose. Sie konnte die Wasseroberfläche gerade mit den Fingerspitzen berühren und rührte etwas darin herum. Die Fische schwammen auf ihre Hand zu, und sie zog sie entsetzt zurück.

»Sie müssen schon ein bisschen fuchteln.« Die Frau mit dem Kescher lächelte sie an.

»Die sind doch nicht gefährlich?«

»Nein, überhaupt nicht, nur etwas gefräßig. Sie haben vermutlich geglaubt, es gäbe etwas zu fressen.«

»Ich weiß nicht, ob sich meine Finger sonderlich gut als Fischfutter eignen.«

»Sie sind an Fingern nur interessiert, wenn sie bluten. Sie machen sich erst über die Weichteile her und das auch nur, wenn sie hungrig und gestresst sind.«

Levin dachte an die Augen des Ermordeten, die ihr Holtz beschrieben hatte. Er hatte ihr erzählt, dass die Fische die Augen und Teile der Nase gefressen hatten und dass der Schädelknochen stellenweise zu sehen gewesen war.

»Geht das nicht irgendwie anders?«

»Rühren Sie nur etwas kräftiger im Wasser herum, dann schwimmen schon alle hierher. Sie wollten sie doch aus dem Becken bekommen?«

»Kann man nicht einfach das Wasser ablassen und die Fische dann einsammeln? Eine Weile müssten sie doch ohne Wasser klarkommen?«

Die Miene der Dschungelfrau wandelte sich rasch. Das Lächeln verschwand, und ein strenger Zug erschien um ihren Mund.

»Das war nur ein Witz.« Levin krempelte die Ärmel hoch, tauchte die Hand ins Wasser und brachte es ordentlich in Bewegung. Das zeigte endlich Wirkung. Der Fischschwarm vollführte einen abrupten Kurswechsel und schwamm rasch auf die andere Seite, entdeckte aber dort rechtzeitig die Gefahr, änderte elegant erneut die Richtung und verfehlte den Kescher um wenige Zentimeter.

»Noch einmal, beim nächsten Mal habe ich sie.«

Levin schob die Tasche, deren Riemen quer über ihre Brust verlief, nach hinten und hängte sich über das Bassin. Die Fische schienen sich an die Unruhe im Wasser gewöhnt zu haben und reagierten kaum.

»Verdammt«, sagte sie und hob die Hand, um mit aller Kraft auf das Wasser zu schlagen, traf aber versehentlich mit dem Handgelenk die Beckenkante, aus der ein Stück Metall aufragte. Der Schmerz war durchdringend, es blutete, und als sie die Hand zurückzog, verlor sie das Gleichgewicht. Sie konnte sich gerade noch zur Seite drehen, dann fiel sie ins Bassin. Der Schmerz pulsierte. Sie versuchte, sich mit den Knien auf dem Boden des Beckens abzustützen, rutschte jedoch ab und sank mit nach unten gewandtem Gesicht auf die glatten Kacheln.

Erstaunt stellte sie fest, dass das Wasser warm war. Warm wie Blut. Vielleicht war es ihr eigenes. Irgendetwas hing fest. Sie konnte sich nicht bewegen. Sie lag in einem seltsamen Winkel zum Boden und hatte einen Arm unter sich. Ihre Hand schmerzte. Wasser sickerte ihr in den Mund. Es schmeckte moderig. Sie versuchte erneut, sich mit den Knien am Boden abzustoßen, konnte ihren Körper jedoch nicht in die richtige Lage drehen. Im ersten Moment ärgerte sie sich nur, dass sie in das Becken gefallen war, erst dann dämmerte ihr, dass sie festsaß, unter Wasser und mit dem Gesicht nach unten. Es war zwar nicht tief, aber tief genug, um zu ertrinken. Als sie das begriffen hatte, schrillten alle Alarmglocken in ihrem Kopf. Ihr Herz klopfte, und ihr Gehirn schrie nach Sauerstoff.

Das warme Wasser in ihrem Mund schmeckte fürchterlich.

Kleine stechende Bewegungen kitzelten in ihrem Gesicht, das fast auf dem Beckengrund lag. Sie öffnete die zusammengekniffenen Augen. Sah nur verschwommen. Es brannte. Schnelle Bewegungen vor ihren Augen. Ein Picken in ihrem Gesicht. Fische auf ihrer Haut.

Sie bewegte den Kopf hin und her, um sie loszuwerden. Aber das schien sie nur noch aggressiver zu machen. Sie schloss die Augen ganz fest, um sie zu schützen, und versuchte erneut sich umzudrehen, doch sie hing fest.

Immer mit der Ruhe, sonst stirbst du auf dem Grund eines Fischteichs. Ihr Kopf schien zu platzen. Sie nahm all ihre Kraft zusammen, um ihren Körper zu drehen, und erhielt etwas mehr Spielraum. Bei der Bewegung spürte sie, wie sich der Riemen ihrer Tasche über der Brust spannte. Mit der freien Hand packte sie den Riemen, schob die Finger zwischen Riemen und Oberkörper. Er ließ sich nicht bewegen. Ich muss mich irgendwo auf dem Boden des Pools verhakt haben, dachte sie. Der Sauerstoff reichte nicht mehr. Warmes Wasser in Mund und Nase. Sie konnte nicht mehr klar denken. Ihr Kopf gab allmählich auf. Die Panik schwand, und das Bedürfnis nach Luft war nicht mehr so dringlich. Sie öffnete den Mund. Nur einmal Atem holen. Nur die Lunge füllen. Sie wurde ruhig. Entspannte sich.

Das rote Licht in ihrem Kopf veränderte sich.

Wurde schwarz.

Holtz konnte sich nicht richtig konzentrieren. Natürlich hatte er von den Unruhen im Iran gehört und die Demonstrationen in den Nachrichten gesehen. Aber er hatte diese Informationen nicht mit Nahid in Verbindung gebracht. Jetzt begriff er nicht, warum er nicht auf den Gedanken gekommen war, er wusste schließlich, dass sie sich dort aufhielt. Trotzdem hatte er sich benommen, als wäre der Iran ein Land, zu dem er keinerlei Beziehung hatte.

»Sie wusste, worauf sie sich einließ«, sagte Morteza Ghadjar ohne Überzeugung in der Stimme.

Er rührte langsam mit dem Löffel in der Teetasse und sah Holtz in die Augen.

»Es ging also nie darum, ein forensisches Labor aufzubauen?«

»Doch, aber nicht so, wie Sie das vielleicht geglaubt haben.«

»Und was wollten Sie mir weismachen?«, erwiderte Holtz wütend. »Schließlich haben Sie mir erzählt, dass sie in den Iran reist, um beim Aufbau eines modernen forensischen Labors mitzuhelfen. Das stimmt also nicht Und was macht sie stattdessen?«

»Nahid ist eine starke Frau. Das wissen Sie. Wenn sie sich etwas in den Kopf gesetzt hat, dann kann sie niemand daran hindern. Sie konnte den Gedanken, nicht helfen zu können, nicht ertragen.«

»Helfen? Wobei? Sie war doch fast nie dort gewesen. Sie wohnte hier. Sie wohnten beide hier. Was hatte sie dort verloren?«

Morteza Ghadjar trank einen Schluck Tee, starrte in die Tasse und runzelte die Stirn. Erdbeertee aus dem Teebeutel. Er sah Holtz erneut in die Augen. In seinem Blick standen nicht nur Trauer und Angst, sondern auch Trotz, oder war es Stolz?

»Das ist ihr Land. Ihr Volk leidet. Sie wollte etwas tun. Das müssen Sie verstehen. Unsere Freunde haben ein Zentrum für Folteropfer errichtet und Hilfe benötigt.«

»Ein Zentrum für Folteropfer. Und worin besteht ihre Aufgabe?«

»Die Verletzungen zu dokumentieren, um in der Öffentlichkeit Zeugnis ablegen zu können. Sie wird gebraucht. Die Opposition braucht sie.«

Er klang jetzt hingebungsvoll, weniger traurig.

Holtz dachte an die Bilder aus dem Fernsehen. Wütende Menschenmassen. Soldaten oder Polizisten auf Motorrädern, die in Menschenmengen fuhren. Er schloss die Augen, um die Bilder der Frauen und Männer, die zu Boden gingen, auszublenden. Bilder von Knüppeln, die auf schutzlose Menschen niedergingen, von Müttern mit kleinen Kindern in den Armen, die panisch aufschrien, als sie von den Motorrädern angefahren wurden. Das waren Bilder, von denen er nicht einmal gewusst hatte, dass sein Gehirn sie gespeichert hatte. Aus dem Land geschmuggelte, verwackelte Videosequenzen, die denen anderer Konflikte in aller Welt glichen. Mit einem Unterschied. Nahid befand sich irgendwo dort, und er konnte nichts tun.

Die Opposition.

»Ist sie in Sicherheit?«

Ghadjar starrte auf einen Punkt über Holtz' Kopf. Es sah aus, als versuchte er, die richtige Formulierung zu finden.

»Ist sie in Sicherheit?«, wiederholte Holtz.

»Ich weiß nicht. Ich habe schon seit Wochen nichts mehr von ihr gehört.«

»Seit Wochen?«

»Das braucht nichts zu bedeuten. Sie könnte bei Freunden

sein. Die Kommunikation ist sehr schwierig. Die Handyverbindungen werden gestört, und die Festnetzverbindungen und das Internet werden überwacht. Ich habe alles versucht, das können Sie mir glauben.«

Kälte breitete sich in Holtz' Brust aus. Eine Kälte, die sich auch mit heißem Tee nicht vertreiben ließ. Er saß einfach da, außer Stande, eine einzige Frage zu formulieren.

»Ich fand, dass Sie das wissen sollten. Deswegen bin ich gekommen«, sagte Ghadjar, erhob sich mühevoll und ging in die Diele. Holtz blieb sitzen, ohne einen Gedanken fassen zu können, während sich sein Gast seinen Mantel anzog und die Haustür öffnete, um zu gehen.

Er konnte sich nicht dazu aufraffen, aufzustehen und sich zu verabschieden.

»Wenn ich etwas erfahre, melde ich mich«, sagte Ghadjar und ließ Holtz allein.

Er blieb eine halbe Stunde sitzen. Ab und zu trank er einen kleinen Schluck kalten Tee und sah aus dem Fenster. Es dämmerte. Allmählich ließ seine Lähmung nach. Konkrete Gedanken nahmen Gestalt an. Er beschloss, alles über den Konflikt im Iran in Erfahrung zu bringen. Worauf Nahid sich eingelassen hatte. Seine Entschlossenheit nahm zu, und seine Besorgnis ließ etwas nach.

Vielleicht ist einfach nur die Kommunikation erschwert. Sie hält sich sicher bei Verwandten auf. Oder sie ist so sehr damit beschäftigt, die Organisation aufzubauen, dass sie gar nicht daran denkt, dass jemand auf Nachricht von ihr wartet. So ist es vermutlich, dachte er und schämte sich etwas. Schließlich war nicht er der Bemitleidenswerte. Schließlich hatte nicht er eine vermisste Tochter. Wie hatte er sich nur darüber grämen können, dass sie das Land und ihn verlassen hatte, um anderen zu helfen? Seine eigene Tochter Linda gondelte ständig durch die Welt, um Menschen in ihrem Kampf um Gerechtigkeit und Frieden beizustehen. Wo hielt sie sich eigentlich gerade auf? Er musste es eigentlich wissen, es fiel ihm aber nicht ein. Er wusste, dass sie als zivile Zeugin umherreiste, aber er wusste nicht, wo. Sie hielt sich in Konfliktregionen auf, um als Zeugin mäßigend zu wirken. Brutale Regimes waren auf Zeugen nicht scharf. Linda Holtz hatte sich immer engagiert, aber nie eine Gegenleistung erwartet. Nicht einmal ein Lob. Nicht einmal Interesse. Ihre große Schwester Eva war da anders. Sie arbeitete als amtliche Begleitperson der Strafvollzugsbehörde und eskortierte Leute, deren Aufenthaltsgenehmigung abgelaufen war, in ihre Heimatländer. Er hatte sich oft gefragt, wo sie ihre Mitleidlosigkeit und ihren Geltungsdrang eigentlich herhatte.

Ich muss in Erfahrung bringen, wo Linda ist, dachte er. Plötzlich hatte er es eilig. Er griff zum Telefon, um Eva zu fragen.

Sie hob nicht ab.

Irgendjemand krallte sich in Pia Levins Kleidern fest und zog. Sehr fest und ruckartig. Der Riemen hielt sie jedoch am Grund.

Ein weiterer kräftiger Ruck, eine Schnalle zerriss, und sie brachte den Kopf über die Wasseroberfläche.

Vage nahm sie eine Bewegung über ihrem Gesicht wahr, eine Berührung ihrer Lippen. Die Fische wollten an ihren Lippen nagen. Sie versuchte, den Mund zu schließen, damit die Fische nicht hineingelangten, aber es ging nicht. Ein großer Fisch bedeckte ihren ganzen Mund. Sie wollte ihn beiseiteschlagen, doch ihre Arme regten sich nicht.

Ich bin gelähmt, und ein Fisch frisst meine Lippen, schoss es durch ihr fast gänzlich erloschenes Bewusstsein.

Dunkel und dann hell. Ein starker Druck auf der Brust. Noch einmal. Es tat weh. Der Fisch kehrte zurück. Vielleicht war er noch nicht satt. War von den Lippen noch etwas übrig? Wie sie wohl schmeckten?

Ein heller Streifen. Übelkeit. Wasser in Mund und Hals.

Die Frau in der Dschungelkleidung bedeckte erneut Pia Levins Mund mit ihrem. Sie hielt ihr die Nase zu und presste ihr Luft in die Lunge.

Ein Hustenanfall. Die Frau wich instinktiv zurück. Levins Muskeln verkrampften sich. Einmal, ein weiteres Mal. Dann ein drittes Mal. Sie erbrach einen Wasserschwall. Die Lunge zog sich zusammen, erweiterte sich, zog sich wieder zusammen. Luft strömte in sie hinein. Ihr Kopf wurde klarer. Sie übergab sich.

Atmete.

Der Pfad durch den Dschungel schlängelte sich zum Fluss hinunter. Sie war diesen Weg gegangen, seit sie ihre ersten unsicheren Schritte getan hatte. Der Pfad war ihr Universum. Ihre Mutter hatte sie ermahnt, vorsichtig zu sein, nie den Pfad zu verlassen und nie etwas aufzuheben, das sie nicht kannte. Vor den Tieren hatte sie sich nie gefürchtet. Schlangen, Spinnen, die Bewohner des Waldes sah sie nicht als Bedrohung. Solange man vorsichtig sei und aufpasse, wo man hintrete, gebe es keine Gefahr, hatte ihre Mutter gesagt. Die Geräusche vermittelten ihr ein Gefühl der Sicherheit. Das Brüllen der Affen und das Kreischen der Vögel.

Laub, Zweige, Wurzeln bildeten einen weichen Untergrund. Eigentlich war der Pfad sehr schmal, nur eine Schneise durch den Dschungel, den die Männer aus dem Dorf mit ihren Macheten frei hielten. Ansonsten wäre er innerhalb weniger Tage zugewachsen. Die Dorfbewohner hatten aber immer dafür gesorgt, dass der Weg passierbar war, damit sie Wasser aus dem Fluss holen und sich selbst und ihre Wäsche dort waschen konnten.

Der Regen duftete auf eine Art, die überreifen Früchte und das verrottende Laub auf eine andere. Was auch immer es war, alles duftete stark.

Die Puppe hatte helle Kleider, weiße Haut und blondes Haar. Sie lag mitten auf dem Weg. So etwas hatte sie noch nie gesehen. Verblüfft hielt sie inne. Die warnenden Worte ihrer

Mutter klangen ihr in den Ohren, aber eine viel stärkere Kraft hatte sich ihrer bemächtigt. Die Puppe lockte sie. Ihre kleinen, weißen Arme streckten sich ihr entgegen, und sie lächelte sie an. Sie hockte sich vor der Puppe hin, stellte den Eimer beiseite und blieb einfach mitten auf dem Weg sitzen. Was hatte die Puppe dort verloren? Hatte sie jemand verloren? Keines der Mädchen im Dorf besaß so eine Puppe. Man spielte mit Grasbüscheln, um die man ein paar Lumpen wickelte. Die Puppen des Dschungels. Langsam streckte sie die Hand nach der schönen Puppe aus.

Gerade als sie sie anfassen wollte, legte ihr jemand eine Hand auf den Mund. Ihr stieg ein beißender Geruch von Schweiß und Tabak in die Nase. Sie wollte schreien, aber kein Ton kam über ihre Lippen. Sie konnte den Mund nicht öffnen.

Mercedes Nunes setzte sich mit verzerrtem Gesicht auf. Sie unterdrückte den aufsteigenden Schrei mit der Hand. Ihre Augen waren aufgerissen, und das Herz klopfte in ihrer Brust.

Sie stand auf, goss sich aus einer Flasche ein Glas Wasser ein und trank durstig. Ihr Atem beruhigte sich, und sie setzte sich wieder auf den Rand ihrer Koje.

Mercedes Nunes war es gewohnt. Sie träumte jede Nacht denselben Traum.

Sie wünschte sich, dass es nur ein Traum wäre.

Der weiche Teppich dämpfte alle Geräusche. Pia Levin blätterte in einer Zeitschrift, die auf dem Tisch neben dem tiefen Besuchersessel aus weichem, weißem Leder lag. Sie verzog beim Blättern das Gesicht, da die Verletzung an ihrem Handgelenk spannte. Das Verarzten war schnell gegangen. Kompresse und Fixierpflaster. Sie hatte die Wunde nicht nähen lassen wollen. Ihre Brust schmerzte, aber sie glaubte, dass die

Rippen der Herzmassage bei der Wiederbelebung standgehalten hatten. Sie hatte sich geweigert, ins Krankenhaus zu gehen. So schlimm sei es nicht. Ein wenig Wasser in der Lunge überlebt man.

Die Frau in den Dschungelkleidern hatte auch nicht darauf bestanden.

»Es ist Ihre Entscheidung«, hatte sie gesagt.

Nachdem Levin sich etwas erholt und man an Bord ein paar trockene Kleider für sie aufgetrieben hatte, klingelte ihr Handy. C. wollte mit ihr sprechen. Sie eilte los. Die Dschungelfrau und die Fische konnten warten. Bald würden die Assistenten eintreffen und ihr behilflich sein können.

Das oberste Stockwerk des Präsidiums war eine andere Welt. Eine Welt, in der C. über eine kleine Armee Handlanger in ordentlichem Tuch und Experten für alle bürokratischen Regeln verfügte, die die Arbeit der Polizei bestimmten und für die Pia Levin nie sonderliches Verständnis aufgebracht hatte.

Die Zeitschrift handelte auf Hochglanzpapier verschiedene polizeigewerkschaftliche Themen ab und brachte außerdem Reportagen. Sie überflog einen Artikel über die Zentralisierung der Polizei, der mit dem Bild eines abgemagerten Polizisten illustriert war, der an einer Kette am Fußgelenk einen großen Granitblock hinter sich herschleifte. Der Polizist streckte die Hände nach einem hohnlächelnden Einbrecher mit einer schwarzen Augenmaske, einem Brecheisen in der Hand und einem Geldsack über der Schulter aus, bekam ihn aber nicht zu fassen.

Die Bildunterschrift entlockte ihr ein Lächeln: »Die Fußfessel der Zentralisierung ist der beste Freund der Ganoven.«

»Sitzt du hier und liest kommunistische Propaganda?«

C war auf den Gang getreten, ohne dass Levin es bemerkt hatte. Ihr Lächeln erlosch. Man konnte nie wissen, ob C Witze machte oder etwas ernst meinte. Daher war es ratsam, derartige Äußerungen mit einem Schweigen zu quittieren.

»Ich blättere nur«, erwiderte Levin und hörte selbst, wie klein sie sich machte. Ihre Stimme verriet ihre defensive Haltung. Sie hatte immer noch den Geschmack des Fischteichs im Mund. Ihre Kopfschmerzen wurden immer stärker.

»Du kannst jetzt reinkommen«, meinte C mit neutraler Miene. Ebenso lautlos, wie sie gekommen war, ging sie in ihr Büro zurück.

Die Besprechung dauerte zehn Minuten.

Mit stetig zunehmender Sorge betrat Levin den Fahrstuhl. Sie stieg im sechsten Stock aus, ging durch das kalte Treppenhaus, wo Altpapiertonnen vor der unverputzten Betonwand aufgereiht standen, und begab sich in den Gang, der in die rote Zone führte. Neben der kleinen Sitzgarnitur beim Süßigkeitenautomaten standen ein paar Mitglieder der Alphagruppe und diskutierten die Geheimnisse des Profiling. Keiner hatte Holtz gesehen. Sie warf einen Blick in das ballistische Labor. Niemand. Auch in der Abteilung für forensische Audiotechnik, von allen nur »der Ton« genannt, wusste niemand, wo sich der Chef befand. Sie betrat ihr eigenes Büro, schloss die Tür und setzte sich an ihren Schreibtisch, um ihre Gedanken zu sammeln und sich den in Intervallen über sie hereinbrechenden Kopfschmerzen zu stellen. Sie rief Holtz' Handy an, aber seine Mailbox sprang sofort an.

»Wo steckt er nur?«

Sie hielt ihr Handy noch in der Hand, als es auch schon klingelte. Die Nummer des Anrufers wurde nicht angezeigt. Sie meldete sich knapp mit energischer Stimme, änderte jedoch rasch ihre Tonlage, als sie hörte, wer es war. Mit dem Telefon am Ohr verließ sie ihr Büro. Am Ende des Gangs befand sich eine Tür mit einem Codeschloss. Sie blieb davor stehen und steckte ihr Handy in die Tasche. Sie wählte eine Nummer auf der Gegensprechanlage und wartete. Nach einigen Sekunden blinkte ein Lämpchen unter der Videokamera über der Tür. Sie lächelte gezwungen in die Kamera. Das Schloss summte, sie öffnete die Tür und trat ein.

Levin hasste diesen Teil des Präsidiums. Aufgereihte Schreibtische, ein Computer auf jedem davon. Die Abteilung für Internetkriminalität bereitete ihr Unbehagen. Die Leute, die dort arbeiteten, waren zwar alle fröhlich, positiv und hilfsbereit, aber irgendetwas hing in den Räumen. Sie waren vielleicht von den Computern infiziert worden. Hinter den Abteilungen, wo die IT-Forensiker, Analytiker und Internetfahnder arbeiteten, lag der Ort, von dem aus sich die Epidemie ausbreitete.

Vier große Tische, acht Computer, millionenfacher Missbrauch.

Obwohl die Computer den Raum aufheizten, wurde ihr immer kalt, wenn sie dort eintrat. Die Wände waren weiß. Ein Radio stand in einer Ecke und spielte Dudelmusik. Aber das Gefühl ließ sich weder mit Farbe noch mit Geräuschen übertünchen.

Levin ging rasch an den Computern vorbei und versuchte, geradeaus zu blicken, aber eine Kraft, der sie sich nicht widersetzen konnte, zwang sie, den Kopf zur Seite zu drehen und hinzusehen.

Ein kleines angekettetes Mädchen mit einem Hundehalsband um den Hals. Nackt und außer sich vor Angst.

Ein schlafendes Baby mit Sperma im Gesicht.

Ein Junge auf den Knien, die Hände auf dem Rücken gefesselt, einen erigierten Penis mit hervortretenden Adern zwischen den kindlichen Lippen.

Sie eilte weiter.

»Hallo! Das ging aber schnell.«

Jerzy Mrowkas warme Stimme durchbrach ihre Gedanken.

»Hallo. Können wir zu dir reingehen?«, sagte Pia.

»Natürlich«, erwiderte er.

Zügig gingen sie durch die Abteilung. Einige Ermittler saßen konzentriert vor ihren Bildschirmen.

»Ziemlich ruhig heute?«

»Ja, fast alle sind dienstlich unterwegs. Eine konzertierte Aktion gegen einen Pädophilenring.«

Sie nickte nur, empfand jedoch große Genugtuung bei dem Gedanken, dass es zumindest einigen dieser Schweine an den Kragen ging, obwohl es sich vermutlich nur um die Zuschauer und nicht um die Täter handelte.

Für sie war das kein Unterschied. Sie hasste sie alle gleichermaßen.

Jerzy Mrowka hatte sein Büro im hintersten Winkel der Abteilung, deren offizieller Name »Arbeitsgruppe zur Bekämpfung sexuellen Missbrauchs von Kindern und Kinderpornografie« lautete, die jedoch einfach »Kinderpornogruppe« genannt wurde. Die Ermittler dort hassten diese Bezeichnung, da sie fanden, dass sie die folterähnlichen Übergriffe verharmloste.

Jahraus, jahrein, Tag für Tag ging Jerzy Mrowka an den Computern mit den abscheulichen Fotos vorbei.

Er ließ Pia Levin den Vortritt. Sein Büro war freundlich möbliert, der Schreibtisch war aufgeräumt, und es gab zwei bequeme Besucherstühle. Das Zimmer war fensterlos, da es wie der Rest der Abteilung ganz im Inneren des Gebäudes lag. Einblicke und zufällige Besuche waren unmöglich.

»Habt ihr was rausgekriegt?«

»Vielleicht«, erwiderte Jerzy Mrowka und setzte sich in seinen Ledersessel mit hoher Rückenlehne, den er unbegreiflicherweise hatte anschaffen können, ohne den Rahmen seines Budgets zu sprengen. »Du erinnerst dich vielleicht, dass mir die ums Leben gekommene Familie bekannt vorkam?«

Levin holte tief Luft und überlegte, ob sie ihm erzählen sollte, dass C soeben in der Besprechung verfügt hatte, dass die Ermittlungen eingestellt werden sollten. Dafür sei keine Zeit, und da alles auf eine Familientragödie hindeute, gebe es auch nichts mehr zu tun.

»Erzähl«, sagte sie nur.

Er vollführte mit seinem Stuhl eine halbe Umdrehung und streckte die Hand nach einem Blatt in einem hellen Holzregal aus.

»Dies ist eine Kopie des Fotos, das du aus dem Haus der Familie mitgenommen hast.« Er legte es auf den Tisch. Sie fragte sich, worauf er hinauswollte.

»Ich sagte doch, dass es mir bekannt vorkam und dann auch wieder nicht.«

»Hm.«

»Weißt du, wie das Programm Victim Finder funktioniert?«, fragte Jerzy Mrowka.

»Nicht so genau.«

»Bei normalen Kinderpornografiefällen hat man es mit Tausenden von Fotos zu tun. Manchmal bis zu hunderttausend. Viele sind sich sehr ähnlich. Sie zeigen dasselbe Opfer und sind zum selben Zeitpunkt am selben Ort aufgenommen worden. Es ist zeitlich unmöglich, sämtliche Fotos zu prüfen, wir halten also nach den Fotos Ausschau, die wir noch nicht in unseren Datenbanken haben, da diese bereits ausgewertet, registriert und mit einer Identifikationsnummer versehen sind. Das Programm sortiert also aus...«

»Aber wo...«

»Warte, ich muss am richtigen Ende anfangen. Das Programm erkennt Fotos, die sich ähnlich sind, anhand biometrischer Kennzeichen wieder, die Gesichter werden verglichen. Auch die Interieurs werden verglichen.« Er rollte einen Stift zwischen Daumen und Zeigefinger hin und her.

»Bitte, komm zur Sache«, sagte Pia Levin ärgerlicher als eigentlich beabsichtigt.

Jerzy Mrowka legte den Stift beiseite.

»Dieses Programm besitzt aber eine weitere Finesse. Es lassen sich Bilder herausfiltern, die sich ähnlich sind, also nicht nur Bilder aussortieren. Und das ist für das Foto der Familie wichtig.«

Pia Levin spürte, wie ihre Verletzung am Handgelenk wieder zu brennen begann, und sie hatte auf einmal den Geschmack des schlammigen Wassers wieder im Mund, obwohl sie versuchte, sich auf die Worte Jerzy Mrowkas zu konzentrieren und ihre Fantasie zu zügeln.

»Was ist los? Du bist ganz bleich«, sagte er.

»Kein Problem. Ich hatte nur heute etwas Pech, aber jetzt ist alles in Ordnung. Hättest du vielleicht einen Schluck Wasser für mich?«

Mrowka beeilte sich, ihr einen Becher Wasser zu bringen. Sie nahm einen großen Schluck und stellte den Becher dann auf seinen leeren Schreibtisch. Einige Tropfen liefen auf die Schreibtischplatte. Sie sah, dass er zusammenzuckte, kümmerte sich aber nicht darum.

»Erzähl weiter!«

»Ich habe einen unserer besten Ermittler für kinderpornografisches Material das Foto mit der Datenbank abgleichen lassen.«

»Und?«

»Er hat das hier gefunden.« Mrowka legte den Ausdruck eines Fotos neben das Bild, das bereits auf dem Tisch lag.

Sie lehnte sich über den Tisch.

»Das verstehe ich nicht«, sagte sie lallend.

Der Becher fiel um, das Wasser bildete auf dem Tisch eine große Pfütze, und Pia Levin sank auf den Teppich.

Das Bad war winzig, aber es gab darin eine Dusche, eine Toilette und ein winziges Waschbecken, das in eine schöne, schon etwas in die Jahre gekommene Kommode eingelassen war. Die Wasserhähne waren aus Messing. Sie spiegelten das Licht der Lampe wider, als Ulf Holtz sie einschaltete. Vor der Kloschüssel stand ein Eiskübel mit einer Flasche darin. Er nahm die Flasche vorsichtig mit seinen Gummihandschuhen heraus und las das Etikett. Er kannte sich zwar nicht besonders gut mit Champagner aus, vermutete aber, dass dieser ziemlich teuer war. Das schlichte Etikett ließ darauf schließen. Wasser aus dem Eiskübel lief an der Flasche herunter. Der Kübel war fast zur Hälfte mit Wasser gefüllt. Geschmolzenes Eis.

Er stellte die Flasche wieder hinein und kehrte in die Kabine zurück.

Sie war ebenfalls klein, aber der Raum wurde gut genutzt. Es gab eine breite und eine etwas schmalere Koje, einen Tisch und zwei Sessel. Beide Kojen waren gemacht. Über den braungrünen Decken waren die schneeweißen Laken umgeschlagen. Die breitere Koje war vollkommen unberührt, auf der schmaleren schien jemand gelegen zu haben.

Auf dem Tisch standen zwei hohe, schmale Gläser. Er schnupperte. Wein, wahrscheinlich Champagner.

Holtz blieb lange in der Kabine stehen und betrachtete nüchtern die Umgebung. Er drehte sich langsam im Kreis. Ohne sich auf irgendetwas festzulegen, ließ er alles in sein Bewusstsein eindringen und speicherte es an einem sicheren Ort in seinem Kopf. Er wusste, dass die Informationen dort auf unerklärliche Weise ihren Platz fanden und ohne sein Zutun verarbeitet wurden. Wenn sie benötigt wurden, stiegen sie an die Oberfläche. Eine unwichtige Beobachtung konnte im richtigen Zusammenhang, im richtigen Gedankengang Bedeutung erlangen. Manchmal entscheidende Bedeutung.

Als er in der forensischen Abteilung, die damals noch technisches Dezernat geheißen hatte, noch ganz neu gewesen war, hatte ihm ein älterer Kollege gesagt, es sei wichtig, den Tatort in sich aufzunehmen. Er erinnerte sich, dass er nicht ganz verstanden hatte, was der ältere Kollege damit gemeint hatte. Viele Jahre, viele Straftaten und viele Tatorte später hatte er es so allmählich begriffen.

Die Zeiten hatten sich jedoch geändert. Die jungen, frisch examinierten Erkennungsdienstler vertrauten blind auf die neue Technik. Etliche unter ihnen fanden, es genüge, sich mit DNA, Datenbanken, Chemikalien und modernen Computerprogrammen auszukennen. Erfahrung und Intuition sind nicht mehr gefragt, dachte Holtz, schüttelte dann aber die verhasste Verbitterung ab. Ich werde langsam ein alter Kauz. Er brauchte eine halbe Stunde, um die Lampen aufzustellen, ohne allzu viel zu berühren. Eine weitere halbe Stunde lang fotografierte er die Kabine in gleißendem Licht aus allen erdenklichen Winkeln. Dann machte er sich daran, Detailaufnahmen anzufertigen. Die Gläser, die Kojen, die Flasche im Eiskübel und die Kleider im Kleiderschrank. Er stellte gelbe dreieckige Schilder mit Nummern auf, um sich später auf den Fotos orientieren und die verschiedenen Gegenstände zuordnen zu können.

Wo Pia nur bleibt?, überlegte er und packte die Kamera in

ihr Etui. Dann holte er ein paar Papiertüten für die Beweisstücke hervor, die er zur gründlicheren Analyse in der Forensischen Abteilung mitnehmen wollte. Einige der beschlagnahmten Gegenstände würde er wahrscheinlich ins GFFC, ins Gemeinsame Forensische Forschungscenter, schicken müssen, das die komplizierteren Analysen durchführte.

Holtz war auf die MS Vega zurückgekehrt und hatte festgestellt, dass die Tiere weg waren, genau wie er erwartet hatte. Aber dass auch Pia Levin weg sein würde, damit hatte er nicht gerechnet. Zwei Assistenten arbeiteten allerdings im Tropikarium und hatten damit begonnen, den Dschungel abzubauen. Auch sie hatten nicht gewusst, wo Pia Levin abgeblieben war. Bei ihrem Eintreffen sei sie nicht da gewesen. Sie hätten einer Frau in Dschungelkleidung dabei geholfen, ein paar Fische einzufangen, und danach mit ihrer Arbeit begonnen. Ob sie etwas missverstanden hätten?

Holtz hatte den Kopf geschüttelt und sie gebeten weiterzumachen.

Das war gar nicht ihre Art, einfach zu verschwinden und einen Tatort mehr oder minder unbewacht zurückzulassen. Er hoffte, dass sie eine gute Erklärung hatte und ihre Entscheidungen sorgfältig dokumentiert hatte. Es durfte keine Ungereimtheiten oder zeitliche Lücken im Tatortprotokoll geben. Sobald sich ein Verdächtiger dem Tatort zuordnen ließ, würden die Strafverteidiger jeden noch so kleinen Mangel in der Ermittlung aufzuspüren suchen. Eine zeitliche Lücke stellte für sie ein Geschenk des Himmels dar. Wenn sich dann noch herausstellte, dass Unberechtigte Zugang zum Tatort gehabt hatten, konnte die Ermittlung mit einem Schlag wertlos sein.

Er hoffte wirklich, dass Levin eine gute Erklärung hatte.

Aber wo war sie bloß? Er hatte sie angerufen, sie aber nicht erreicht.

Die Champagnerflasche verschwand in einer Tüte. Er ließ sie eine Weile abtropfen, bevor er sie einpackte. Er griff zum Eiskübel. Gerade als er das Wasser der geschmolzenen Eiswürfel in die Toilette kippen wollte, sah er, dass es nicht klar, sondern gelblich war. Er schnüffelte daran. Es roch nach Wein. Merkwürdig, dachte er und stellte den Kübel wieder auf den Fußboden, um sich später damit zu befassen. Die Gläser nummerierte er und legte sie dann ebenfalls in Papiertüten. Danach packte er die Kissen ein und drückte methodisch quadratzentimetergroße Klebestreifenstücke auf das Laken und fixierte diese dann auf Plastikträgern. Falls es irgendwo Fasern oder Haare gab, blieben sie hängen und ließen sich später im Labor untersuchen.

Über eine Stunde lang arbeitete Holtz hochkonzentriert. Er versuchte, alle Gedanken an Nahid auszublenden, doch es gelang ihm nicht sonderlich gut. Was ihr Vater erzählt hatte, erstaunte ihn eigentlich nicht weiter. Sie war eine willensstarke Frau mit ungewöhnlich stark ausgeprägtem Gerechtigkeitssinn. Es war also nicht weiter merkwürdig, dass sie ihrem Volk helfen wollte, wie ihr Vater es ausgedrückt hatte. Erst hatte er ihren Ausflug in die Welt der ehrenamtlichen Helfer idiotisch gefunden, aber dann hatte sich seine Einstellung geändert. Schließlich war es diese mutige Frau gewesen, in die er sich verliebt hatte. Das Wissen, dass sie sich vielleicht in Gefahr befand, mischte sich mit Stolz. Aber seine Ahnungslosigkeit ärgerte ihn. Er hatte gewusst, dass ihre Familie aus politischen Gründen aus dem Iran geflohen war. Trotzdem hatte er ihr nur mit halbem Ohr zugehört, als sie ihm erzählt hatte, sie wolle dort ein forensisches Zentrum aufbauen. Er hatte sie nicht gebeten, das genauer zu erklären. Nur seine eigenen Gefühle waren ihm wichtig gewesen. Dass sie ihn verlassen wollte. Nur daran hatte er denken können.

Eigentlich sollte er möglichst viel über die Verhältnisse im Iran herausfinden, aber erst musste er sich um seine Ermittlung kümmern. Das letzte Mal, als er Nahid den Vorrang eingeräumt hatte, hatte das ernste Konsequenzen gehabt, die die Polizeiführung nicht zu schätzen wusste. Vermutlich war er damals einer Kündigung näher gewesen, als er geahnt hatte. Ein Tatort, für den er bei der Jagd auf einen Mörder die Verantwortung gehabt hatte, war in Flammen aufgegangen, während er mit Nahid Ghadjar in einem Restaurant gesessen hatte.

Das war ihre letzte Begegnung gewesen, und jetzt war sie verschwunden.

Holtz setzte seine Arbeit fort. Er sicherte weitere Spuren in der Kabine. Sein Handy klingelte, aber es steckte in der Hosentasche unter seinem Overall, und er war nicht schnell genug.

Ich brauche ohnehin eine Pause, dachte er und ging auf den Gang. Er zog den Overall aus und stopfte ihn in eine Papiertüte, auf die er seinen Namen schrieb. Dann begab er sich auf die Kommandobrücke. Dort war niemand. Einige Instrumente piepsten, aber sonst war es vollkommen still. Er erklomm einen der hohen Stühle vor den Fenstern. Einige Autos parkten kreuz und quer auf dem Kai, obwohl es ein großes Parkverbotsschild gab. Der Kofferraum einer roten, protzigen Luxuslimousine stand offen. Kein Mensch war zu sehen.

Langsam fuhr ein Mülllaster den Kai entlang. Er blieb ein paar Meter von den Autos entfernt stehen und hupte ein paar Mal. Nichts geschah. Die Fahrertür wurde geöffnet, und ein kräftiger Mann sprang geschmeidig aus dem Führerhaus. Er trug leuchtend gelbe Kleider mit Reflexstreifen auf Brust und Rücken. Mit sehr viel Kraft knallte er die Tür zu. Er ging auf das rote Auto zu und umkreiste es einige Male. Seinen Schritten war anzusehen, dass er wütend war. Holz suchte mit den Augen den Kai ab, ob jemand auf die offenbar im Weg stehende Limousine zueilte.

Ein Stück weiter hinten entdeckte Holz jemanden. Er kniff die Augen zusammen, um besser sehen zu können. Ein Mann in wetterfesten, zu weiten Kleidern. Er lehnte an einem Schuppen und hielt etwas in der Hand. Eine Angel. Holz erinnerte sich an den Angler, mit dem er sich hatte unterhalten wollen, der aber sehr einsilbig geantwortet hatte.

Er hörte laute Stimmen und eine Autotür, die zugeknallt wurde, und wandte seine Aufmerksamkeit wieder dem Laster und der Luxuslimousine zu. Der Fahrer schimpfte jemanden aus, der im Auto saß. Der Kofferraumdeckel war geschlossen.

Jetzt habe ich was verpasst, dachte Holz.

Der Motor des Autos wurde angelassen, und es fuhr mit quietschenden Reifen davon. Es raste unter seinem Fenster vorbei, bremste dann aber ab, bevor es auf die Hauptstraße bog. Der Fahrer des Lasters stand eine Weile da, starrte dem Auto hinterher und hob dann an der Stelle, wo dieses gestanden hatte, einen Gullideckel an, rollte ihn ein Stück zur Seite und ließ ihn fallen. Holz hörte das Geräusch von Metall auf Stein bis hoch auf die Kommandobrücke.

Ein stabiles Rohr wurde in dem Schacht versenkt. Als die unterirdischen Müllbehälter leergesaugt wurden und der Abfall im Müllwagen zusammengepresst wurde, ertönte ein lautes Brummen.

Die Entwicklung schreitet voran, dachte Holz. Er ließ

seinen Blick zu dem niedrigen Gebäude etwas weiter weg schweifen. Davor stand niemand mehr. Der Angler war verschwunden.

Das Telefon klingelte. Natürlich, dachte Holtz und zog es schnell aus der Tasche. Nachdem er dem Chef der Abteilung für Internetkriminalität einige Sekunden zugehört hatte, sprang er von seinem Stuhl und verließ im Laufschritt die Kommandobrücke. Die Treppe überwand er mit wenigen Schritten.

»Wo ist sie jetzt?«, fragte er mit ans Ohr gepresstem Handy, während er den Korridor entlangrannte. »Danke, dass du angerufen hast. Ich fahre sofort los.«

Holtz eilte zur Kapitänskabine und holte seine Jacke. Anschließend bestellte er telefonisch ein Taxi und verließ das Schiff.

Das Taxi kam nach wenigen Minuten.

»Ins Krankenhaus. So schnell es geht«, sagte er zum Fahrer, als er hinten einstieg.

Obwohl er Tod und Tragödien gewohnt war, fühlte sich Ulf Holtz immer beklommen, sobald er die neonbeleuchtete Welt der Krankenhäuser betrat. Es spielte keine Rolle, wie bunt die Wände bemalt und wie viele Designermöbel aufgestellt waren. Oder wie viele echte Kunstwerke an den Wänden hingen. Krankenhäuser waren einfach keine Orte, an denen er sich gern aufhielt. Sie erinnerten ihn an den Tod, und Ulf Holtz hatte ein zwiespältiges Verhältnis zum Tod. Der Tod anderer Leute machte ihm nichts aus, sein eigener bekümmerte ihn.

Er rannte einen orange gestrichenen Korridor entlang und versuchte, sich an den von der Decke hängenden Schildern zu orientieren. Eine Krankenschwester überholte ihn mit einem Roller. Als er schon davon überzeugt war, sich verlaufen zu haben, bog er um eine Ecke, und wie eine Oase in der Wüste offenbarte sich ein Wartezimmer.

Dort saß ein älteres Paar schweigend nebeneinander. Beide starrten geradeaus vor sich hin. Der Mann trug den Arm in einer Schlinge. Am Ende des Wartezimmers trennte ein Fenster die Patienten vom Personal. Holtz klopfte an die Scheibe. Der Pfleger dahinter hob langsam den Blick. Eine Haarsträhne hing ihm ins Gesicht. Er machte eine ruckartige Kopfbewegung, und die Strähne flog zur Seite. Dann öffnete er mit einem Knopfdruck die Scheibe.

»Ja?«

»Ich suche eine Patientin. Pia Levin. Sie soll auf Ihrer Station liegen.«

Der Mann mit dem langen Pony betrachtete Holtz. Dann blätterte er in einem Ordner und sah ihn erneut an.

»Zimmer 112«, er blickte den Korridor entlang. »Ich weiß aber nicht, ob der Arzt...«

Holtz hörte ihm nicht weiter zu. Er ging in die Richtung, in die der Pfleger gesehen hatte. Schließlich ist das keine Zimmernummer, die man so rasch wieder vergisst, dachte er.

Die Tür stand auf. Pia Levin lag im Bett. Sie war so bleich wie das Bettlaken. Auf der Bettkante saß eine kräftige Frau in Khakikleidung. Sie lächelte Levin zärtlich an, und diese erwiderte das Lächeln.

Holtz wusste, dass er der Frau in der Dschungelkleidung schon einmal begegnet war, konnte sie aber nicht gleich einordnen. Die beiden hatten ihn nicht gesehen, und er spürte, dass er störte.

Pia drehte sich zu ihm um und strahlte.

»Hallo. Schön, dass du da bist«, sagte sie.

Er ging ins Zimmer und nickte der Besucherin zu.

»Ihr seid euch, glaube ich, schon begegnet«, sagte Pia Levin an die Frau gewandt. Diese hielt Holtz die Hand hin.

»Beata Heneland«, sagte sie.

Da fiel es ihm wieder ein.

»Sie kümmern sich um die Tiere auf dem Schiff und...«

»Ich wollte Sie anzeigen, allerdings«, ergänzte sie grinsend.

»Aber was...«

»Beata hat mir das Leben gerettet«, sagte Pia Levin.

Holtz sah verwirrt aus.

»Aber Jerzy hat doch gesagt, du seist in seinem Büro ohnmächtig geworden?«

»Das bin ich auch«, erwiderte Levin. Langsam bekam sie wieder etwas Farbe.

»Jetzt verstehe ich überhaupt nichts mehr«, sagte Holtz.

»Ich glaube, ihr habt einiges zu bereden.« Beata Heneland blinzelte Levin zu. Diese lächelte sie dankbar an.

»Bis später«, meinte Beata und verschwand durch die Tür. Ein schwacher Parfümduft blieb zurück.

Holtz folgte ihr mit dem Blick und wandte sich erst an Levin, als er sicher sein konnte, dass sie außer Hörweite war.

»Was hatte die hier zu suchen?«

Levin setzte sich mühsam auf. Sie streckte die Hand nach einem großen weißen Plastikbecher auf dem Nachttisch aus, der randvoll mit zähflüssiger Hagebuttenkaltschale war. Sie trank langsam, stellte den Becher ab und holte tief Luft.

»Ich glaube, ich muss ganz vorne anfangen.«

Pia Levin erzählte, wie sie auf dem Schiff eingetroffen war und dort Beata Heneland getroffen hatte. Bei dem Versuch, ihr mit den Fischen zu helfen, war sie ins Wasser gefallen und von Beata Heneland gerettet worden. Sie hatte anfangs nicht eingesehen, wie nahe sie dem Tod gewesen war. Als C angerufen und sie zu einer Besprechung bestellt hatte, hatte sie sich ein paar trockene Kleider geliehen und war sofort ins Präsidium gefahren. C hatte sie kurzerhand angewiesen, die Akte der toten Familie Kramer zu schließen. Dann hatte sie jedoch einen Anruf von der Abteilung für Internetkriminalität erhalten. Dort hatte sie Jerzy Mrowka getroffen und war dann ohnmächtig geworden.

»Und jetzt liege ich hier. Der Arzt meint, dass ich einfach zu viel auf einmal erlebt habe. Fast ertrinken und dann auch noch dieser Stress war offenbar keine glückliche Kombination«, meinte sie mit einem schiefen Lächeln.

»Und was ist mit dieser Person?«, fragte Holtz. Es gelang ihm nur schlecht, seinen Widerwillen gegen zickige Frauen in Khakikleidung zu unterdrücken, die mit Anzeigen drohten.

»Sie wollte nur sehen, wie es mir geht. Nachdem man sie im Präsidium hin und her verbunden hatte, geriet sie an Jerzy, der ihr erzählte, was geschehen war. Daraufhin ist sie hierhergekommen.«

»Da seid ihr ja in kürzester Zeit dicke Freundinnen geworden!«

Levins Ohrläppchen wurden rot, was besonders auffiel, da der Rest ihres Gesichts so bleich war.

»Wie gesagt, eine Kombination verschiedener unglücklicher Umstände führte dazu, dass ich ohnmächtig wurde.« Sie trank noch einen Schluck von der Hagebuttenkaltschale, die einen roten Streifen auf ihrer Oberlippe hinterließ. »Außerdem hatte ich nichts gegessen, und zu allem Überfluss war dann noch das mit dem Foto.«

»Was für ein Foto?«

»Ich habe Jerzy nicht erzählt, dass die Akte geschlossen ist«, sagte sie schuldbewusst.

»Erzähl weiter.«

»Ich hatte eine Foto der toten Familie, also aus der Zeit, als sie noch lebte. Ich habe es aus ihrem Haus mitgenommen.«

»Ein Asservat?«

»Tja, nicht direkt. Ich habe es nicht registriert.«

Holtz wollte eine Bemerkung machen, aber Levin ließ ihn nicht zu Wort kommen.

»Als ich Jerzy das Foto gezeigt habe, kam es ihm irgendwie bekannt vor, er wusste aber nicht, warum. Er glaubte, er habe das Foto schon einmal in einer Zeitung gesehen.« Levin erzählte, wie sie selbst vergeblich im Internet in den Archiven der gängigen Zeitungen recherchiert hatte.

»Und?«

»Er bat einen seiner Ermittler, das Foto zu analysieren und mit irgendeiner Datenbank abzugleichen ...«

»Victim Finder?«, fragte Holtz. Er beugte sich zu ihr vor.

»Genau. Und er hat tatsächlich ein Foto gefunden, allerdings nicht ganz, was ich erwartet hatte.«

»Sondern?«

»Es handelte sich um ein Foto in der Reisebeilage einer Zeitung. Wahrscheinlich konnte ich es deswegen nicht im Internet finden. Die Familie hatte sich zu irgendeinem exotischen Reiseziel interviewen lassen.«

»Und was war auf dem Foto?«

»Das ist ja gerade das Seltsame. Es handelte sich um ein ganz normales Ferienfoto.«

»Und das heißt?«, fragte Holtz.

»Das Ehepaar Kramer mit Cocktails in der Hand am Pool.«

Holtz nickte erwartungsvoll.

»Und wie waren sie gekleidet?«

Levin sah ihn verdutzt an.

»Was man in den Ferien eben so trägt. Er Shorts und ein weißes Hemd. Sie ein geblümtes Top und einen Wickelrock.«

»Und das Kind?«

»Vilja, meinst du? Sie ist nackt.«

Holtz seufzte.

»Wir leben wirklich in einer furchtbaren Welt.«

Etwa zwanzig Personen standen auf der Vernehmungsliste. Die gesamte Besatzung, die in der Mordnacht an Bord gewesen war, hatte ausgesagt, einige sogar mehrmals. Alle hatten sich ohne zu protestieren Fingerabdrücke und DNA abnehmen lassen.

Alle waren entgegenkommend gewesen, aber niemand hatte etwas gesehen oder gehört. Wie immer, alle taub und blind, dachte Ellen Brandt und klopfte mit ihrem Stift auf die Liste.

Keiner der Vernommenen hatte Näheres über den Toten erzählen können. Brandt brauchte noch ein paar Karten, die sie ausspielen konnte. Nur vier Besatzungsmitglieder hatten den Toten mit Sicherheit gekannt oder gewusst, wie er aussah. Sie unterstrich ihre Namen auf der Liste: Die Reinigungsfrau, die ihn gefunden hatte, der Chef der Wachleute, der Kapitän und die Hausdame.

Viel hatte sie nicht in Erfahrung gebracht. Das Opfer war ein häufiger Passagier gewesen. Er war einige Male im Monat an Bord gewesen und hatte dann immer die Luxuskabine bewohnt. Laut Passagierliste hieß er Greger Minos. Aber eine solche Person existierte nicht. Es gab weder den Namen noch die Ausweisnummer, die er angegeben hatte, und da man sich beim Buchen der Reise nicht ausweisen musste, konnte er irgendwer sein.

Die Besatzung war allerdings noch nicht komplett vernommen worden, berichtigte sie sich. Der erste Maschinist fehlte noch. Niemand wusste, wo er sich aufhielt. Er war einfach verschwunden, als das Schiff am Kai festgemacht hatte. In dieser Sache konnte Brandt kaum etwas unternehmen. Sie hatte einige Fahnder damit beauftragt, ihn ausfindig zu machen, aber er besaß keine feste Adresse in Schweden. Er hatte seinen Wohnsitz auf der anderen Seite des Meeres, und einstweilen wollte sie ihre ausländischen Kollegen nicht um Hilfe bitten. C hatte sich in dieser Frage sehr klar ausgedrückt. Kleiner Kreis. So klein wie nur möglich.

Der Maschinist konnte überall sein, und der Staatsanwalt hatte nur mit den Achseln gezuckt. Wenn man ihn keiner Straftat verdächtige, dann ließe sich nichts unternehmen. Außer dem Üblichen natürlich.

Alle Informationen waren in den Brunnen, die Datenbank der Mordermittler, eingelesen worden, aber zu eigentlichen Analysen war es noch nicht gekommen. Der Grund war ebenso einfach wie frustrierend. Nach den einleitenden Vernehmungen hatte C der operativen Führung nicht die Erlaubnis erteilt, die Arbeit zu intensivieren, weder mit Ermittlern noch mit Analytikern. Brandt standen also nur Holtz' Leute und die Gerichtsmediziner zur Verfügung. Und gnädigerweise ein paar Fahnder. Sonst niemand. Einstweilen jedenfalls. Sie konnte es nicht verstehen.

Ich brauche einen klaren Kopf, dachte Brandt.

Eine Viertelstunde später stand sie vor einem Blumenladen ein paar Straßen vom Präsidium entfernt und sah ins Schaufenster. Auf dem Bürgersteig standen Töpfe mit Osterglocken, deren Knospen jeden Moment aufbrechen konnten. Daneben gab es einen Eimer mit Tulpen in verschiedenen Farben und einen Topf mit einem Ölbaum mit langen, weichen Zweigen. Der muss dringend gegossen und beschnitten werden, dachte sie.

Die Luft war frühlingshaft kühl, aber die Sonne schien. Brandt holte ein paar Mal genüsslich Luft. Es duftete nach Blumen. Im Laden zwischen den Pflanzen, die Ellen Brandt zwar schon einmal gesehen hatte, aber nicht benennen konnte, hing eine Osterhexe auf einem Besen. Sie saß vornübergebeugt und hielt sich mit beiden Händen krampfhaft fest. Ein kleiner schwarzer Kaffeekessel hing an dem Stiel, und hinter der Hexe saß eine Katze mit ungerührter Miene.

Vielleicht sollte ich ja einfach verreisen, dachte sie und betrachtete die Hexe. Ein Schlapphut hing ihr in die Augen, und ihre spitze Nase ragte unter der Krempe hervor.

Die sich festklammernde Hexe erinnerte Brandt an Holtz' gefährliche Luftfahrt. Erst anschließend hatte sie erfahren, was vorgefallen war. Die Seilwinde hatte geklemmt. Das war ein ernster Vorfall, der eine Ermittlung nach sich ziehen würde. Das hatte sie Holtz aber noch nicht erzählt. Das war nur Wasser auf seine Mühlen, außerdem hatte er im Augenblick anderes zu tun. Er würde schon noch rechtzeitig erfahren, dass er tatsächlich in Gefahr geschwebt hatte.

Das Schaufenster war frisch geputzt, und während sie in Gedanken versunken dastand, nahm sie zerstreut wahr, was hinter ihrem Spiegelbild geschah. Sie sah den Bürgersteig auf der anderen Straßenseite. Er war ziemlich belebt. Da bald Mittag war, verließen viele Leute ihre Büros. In Grüppchen gingen die Angestellten zu den Restaurants. Einer übernahm die Führung, dann folgte ein Pulk, und schließlich kamen die Nachzügler. Brandt lächelte. Rumstehen und Leute beobachten, dachte sie. Plötzlich fiel ihr ein Hauseingang auf der gegenüberliegenden Straßenseite auf. Tief und dunkel. Dort stand ein Mann. Seine Gesichtszüge waren nicht zu erkennen, aber die Körpersprache war deutlich. Er lehnte beiläufig am Türrahmen. Etwas an ihm kam ihr bekannt vor, seine Art dazustehen, aufmerksam und gleichzeitig entspannt. Sie unterdrückte das Verlangen, sich umzudrehen, um ihn besser sehen zu können. Sie schärfte ihre Sinne und konzentrierte sich auf seine Gesichtszüge im Spiegelbild, während sie so tat, als würde sie die Blumen betrachten.

Der Mann verharrte an seinem Standort. Nach einigen Minuten kam sie sich lächerlich vor. Was ist eigentlich mit mir los? Hier rumstehen und Spionin spielen!

Eine Gruppe Büroangestellter ging direkt hinter ihr vorbei, eine von ihnen stieß gegen den Tulpeneimer, und dieser fiel um. Es schepperte. Das Wasser lief auf den Bürgersteig, und einige Sträuße rollten über die Pflastersteine.

»So was«, sagte die Frau, die gegen den Eimer gestoßen war und eilte weiter. Verblüfft sah Ellen ihr hinterher, bückte sich, richtete den Eimer auf und stellte die Sträuße wieder hinein. Eine Blume war abgebrochen.

Als sie sich zu der Tür auf der anderen Straßenseite umdrehte, war der Mann verschwunden.

Rita Murenius konnte sich nicht ganz im Spiegel betrachten, aber mit dem, was sie sah, war sie zufrieden. Vielleicht war sie ja etwas mollig, aber das mochten die Männer. Sie fasste ihre warmen, rosigen Brüste und drückte sie zusammen. Dann nickte sie sich anerkennend zu. Sie könnten vielleicht etwas fester sein, aber was konnte man schon verlangen. Schließlich hatten sie schon ein paar Jährchen hinter sich.

Normalerweise duschte sie in der Personalumkleide, aber nach den Vorfällen in letzter Zeit hatte sich die Stimmung an Bord verändert. Ein Teil der Besatzungsmitglieder, darunter auch sie, hielt Abstand zu den anderen. Sie blieben in ihren Kabinen und warteten darauf, dass bald alles vorbei und wieder wie früher war. Nachdem die Besatzung verhört worden war und alle DNA-Proben hatten abgeben müssen, wollte sich die Stimmung nicht normalisieren. Sie hatte das Gefühl, dass sich alle misstrauisch beäugten.

Ihre Aufgabe als Hausdame war eigentlich, dafür zu sorgen, dass sich die Besatzung wohl fühlte. Das stand zwar nirgends geschrieben, aber so war es immer gewesen. Sie war wie eine Mutter für alle, und das gefiel ihr. Gespräche spätabends gehörten zu ihrem Job, und sie hatte normalerweise nichts dagegen, jemanden bei Liebeskummer zu trösten und ihm ihre Schulter zur Verfügung zu stellen, damit er sich ausweinen konnte. Das Schiff ähnelte einem kleinen Dorf mit all seinem Kummer und seinen Freuden.

Aber jetzt war das gegenseitige Vertrauen verschwunden.

Zu allem Unglück war auch noch dieser Polizeibeamte auf dem Schiff eingezogen. Das machte die Sache nicht besser. Aber er sah nett aus. Etwas mitgenommen vielleicht, aber wirklich nett.

Sie hob ihre Brüste erneut an und stellte sich auf die Zehenspitzen, um mehr von sich im Spiegel über dem Schreibtisch sehen zu können. Sie bekam eine Gänsehaut an den Oberarmen. In der unbeheizten Kabine kühlte ihr Körper schnell aus. Sie begann zu frieren.

Aus der obersten Schublade der Kommode nahm Rita Murenius eine gemusterte, frisch gewaschene Bluse, einen dunklen Faltenrock und Unterwäsche. Sie zögerte einen Augenblick, ob sie die schwarze, teure Spitzenwäsche oder die weiße aus Baumwolle nehmen sollte, und entschied sich dann für die schwarze.

Langsam wurde die Zeit knapp. Sie musste herausfinden, was die Polizei wusste und was jetzt geschehen würde. Kapitän Svanberg hatte gesagt, dass aufgrund des Mordes vielleicht weitere Fahrten eingestellt wurden. Die Polizei wollte das Schiff im Hafen behalten. Wenn sich die Untersuchung in die Länge zog, dann würde die letzte Fahrt der MS Vega nicht stattfinden.

Und das alles wegen eines Toten. Und dann auch noch so jemand, dachte sie.

Erst hatte sie ihn nicht wiedererkannt. Das Gesicht war fast ganz verschwunden gewesen, zu Fischfutter geworden. Sie hatte ihn an seiner Kleidung erkannt. Sie schloss die Augen und versuchte, sich das Bild vorzustellen, obwohl sie es eigentlich lieber vergessen hätte.

Gert Andersson hatte sich neben das Bassin gekniet und die Arme nach dem Körper ausgestreckt, der mit dem Gesicht nach unten gewissermaßen vornübergebeugt im Wasser gelegen hatte. Er bekam seine Kleider zu fassen, zog den Mann zu sich, hievte ihn über die Beckenkante und drehte ihn in ihre Richtung. Das Wasser strömte aus den Kleidern. Sie starrte das Gesicht an, ohne zu begreifen, was damit nicht in Ordnung war. Erst dann dämmerte es ihr. Keine Augen, keine Nase, keine Wangen. Es war zwar noch Fleisch übrig, aber der weiße Schädel war zu erkennen.

Beim Anblick des Gesichtes des Toten wandte sich Gert Andersson angewidert ab.

Rita musste sich dazu zwingen, das zerstörte und knochige Gesicht des Toten nicht länger anzusehen und sich auf seine Kleidung zu konzentrieren, die sie mit einer Mischung aus Entsetzen und Freude wiedererkannte. Er hatte sie mies behandelt und wegen einer Flasche Champagner einen Streit vom Zaun gebrochen. Er war ein richtiges Schwein gewesen. Jetzt hatte er kein Gesicht mehr. Sie unterdrückte ihre Genugtuung.

Gert Andersson saß mit aufgerissenen Augen auf dem Boden und tropfte. Wasser aus dem Bassin. In diesem Augenblick begann es zu regnen, und die künstliche Nacht brach herein. Es donnerte und blitzte, und der Schädel des Toten leuchtete blauweiß auf.

Sie sagte etwas zu Gert, aber er antwortete nicht. Schließlich musste sie ihn anschreien und an seinem Ärmel ziehen.

Hatte sie ihn sogar geschlagen? Nicht fest, nur ein leichter Klaps auf die Wange, um ihn aus seiner Schockstarre zu befreien. Erst starrte er sie nur an, aber dann wurde sein Blick klar und energisch.

Es rieselte kein Wasser mehr von der Decke herab. Gert Andersson verließ vor ihr den Dschungel. Er schloss ab und begab sich in seine Kabine. Sie wollte Kapitän Svanberg verständigen. Sie fand es seltsam, dass er als Sicherheitschef einfach die Biege machte, aber das war vermutlich auf den Schock zurückzuführen.

Waren noch weitere Leute dort gewesen? Sie konnte sich nicht recht erinnern. War der Kapitän schon zu jenem Zeitpunkt gekommen oder erst später? Sie versuchte, den Verlauf zu rekonstruieren, aber es wollte ihr nicht recht gelingen. Vielleicht habe ich ja auch einen Schock erlitten, dachte sie. Mit dem Gehirn ist es schon merkwürdig. Aber es war doch noch jemand dort gewesen, oder? Die Putzfrau? Genau, Mercedes Nunes war auch dort gewesen. Sie hatte in der Tür gestanden und sie angestarrt.

Rita Murenius knöpfte ihre Bluse zu. Sie sah sich im Spiegel an, öffnete den obersten Knopf wieder und verließ ihre Kabine.

Die Berührung seines Beines unter dem Tisch war so flüchtig, dass er sie sich vielleicht nur eingebildet hatte. Aber das Gefühl des raschen, federleichten Huschens von Stoff über Stoff hielt sich wie eine elektrische Spannung. Sie stellte die Frage ein weiteres Mal.

»Wie heißt Ihre Frau?«

Ulf Holtz gewann seine Fassung wieder.

»Sie hieß Angela. Aber das ist schon lange her.«

»Sind Sie geschieden?«

Rita Murenius hatte ihm gegenüber Platz genommen.

»Wir haben uns noch nicht richtig miteinander bekannt gemacht. Ich bin die Hausdame hier an Bord. Rita«, hatte sie gesagt und ihm die Hand gereicht.

»Hausdame? Was macht eine Hausdame?«

»Alles«, hatte sie mit einem Lächeln geantwortet.

Es war eine nette Unterhaltung gewesen, und als sie gefragt hatte, ob er ein Glas Wein wolle, hatte er ja gesagt.

Wie gewöhnlich war das Restaurant mit Ausnahme von Holtz und Rita Murenius leer, aber er hatte sich bereits daran gewöhnt, allein in dem menschenleeren Saal zu sitzen und das Leben auf dem Kai zu beobachten. Kapitän Svanberg hatte gemeint, er müsse nur mitteilen, wonach ihm der Sinn stünde, dann würde sich das Küchenpersonal darum kümmern. Holtz hatte beteuert, er könne genauso gut in der Messe essen. Außerdem wolle er zahlen. Svanberg hatte nur gelacht.

Wie eine Cruise Missile steuerte Holtz immer denselben Tisch an und zwar jenen am Fenster, der am weitesten von den Schwingtüren zur Küche entfernt war. Irgendwann war ihm der Gedanke gekommen, dass er sich vielleicht näher an die Türen setzen sollte, damit die Kellnerin keinen so weiten Weg hatte. Er genoss es aber auch, dass die unfreundliche junge Kellnerin etwas rennen musste. Das war nicht nett von ihm, das wusste er, aber er konnte das Gefühl einfach nicht unterdrücken.

Einmal hatte es ihm zu lange gedauert, bis die Bedienung auftauchte, und er hatte sich auf die Suche gemacht. Zwei Türen führten in die Küche. Sie hatten keine Klinke und nur eine längliche Milchglasscheibe. Als er die Hand hob, um zu klopfen, flog ihm die Tür entgegen und hätte ihn fast zu Boden geworfen.

Die Kellnerin wurde böse, weil er vor der falschen Tür stand. Verlegen sah er erst sie und dann die Tür an, die noch ein paar Mal hin- und herschwang, bis sie zur Ruhe kam. Auf ihr stand in großen Buchstaben: Achtung. Kein Eingang. Auf der anderen stand: Eingang.

Sie fragte ihn, ob er nicht lesen könne.

Er wollte sich schon entschuldigen, aber plötzlich wurde er wütend. Sein Puls beschleunigte sich, und sein Gesicht rötete sich. Das war doch das Letzte, von einer Person, die nicht einmal auf der Welt gewesen war, als er bereits Restaurants besuchte, verunglimpft zu werden. Er hatte darum gebeten, bestellen zu dürfen, auf dem Absatz kehrtgemacht und war wieder zu seinem Fenstertisch zurückgekehrt.

»Entschuldigen Sie, was haben Sie gesagt?«

Holtz konnte das elektrisierende Gefühl an seinem Oberschenkel nicht abschütteln.

»Es geht mich natürlich nichts an«, meinte Rita, »aber ich habe gefragt, ob Sie geschieden sind.«

Obwohl Holtz' Erfahrungen mit Frauen begrenzt waren, war ihm klar, dass diese Frage eine weiterreichende Bedeutung hatte. Sie veränderte die Voraussetzungen ihrer Unterhaltung. Jetzt ging es nicht mehr um Allgemeines, sondern um Persönliches, Privates.

»Ich bin verwitwet, aber das ist lange her«, sagte er und hatte im selben Moment das Gefühl, einen Verrat zu begehen. Er vergrößerte den Abstand zwischen ihm und Angela. Er machte ihn so groß, als würde sie sein Leben nicht mehr beeinflussen. Aber das tat sie, obwohl über zwanzig Jahre vergangen waren, seit sie an Krebs gestorben war. Verwitwet? Das Wort gefiel ihm nicht. Es kam ihm unmodern vor.

Rita Murenius nickte nachdenklich, hob langsam ihr Glas an die Lippen und trank. Sie sah ihm über den Rand ihres Glases in die Augen.

Plötzlich war die Flasche leer. Er wusste nicht recht, wie das zugegangen war. Sie war näher gerückt, hatte ihren Stuhl sachte nach vorne geschoben.

»Erzählen Sie von Ihrem Leben«, sagte sie in noch vertraulicherem Ton.

Holtz fuhr sich mit der Zunge über die Zähne, bevor er antwortete. Der Wein hatte einen Belag hinterlassen. Ob Knoblauch in der Sauce gewesen war? Ihr Knie berührte wieder seinen Oberschenkel. Etwas länger dieses Mal. Grenzen ausloten. Es gab keine Grenze. Ihr Haar war dunkel, etwas goldglänzender als das von Nahid. Ihre Augen waren groß und dunkel. Ihre Wimpern zitterten. Ihre Lippen waren rot geschminkt. Üppige Lippen, üppiger Busen.

»Ich weiß nicht, was ich sagen soll. Ich bin mein ganzes Leben bei der Polizei gewesen. Ich wohne allein in einem Haus. Ich habe zwei Töchter, die schon seit Jahren ausgezogen sind«, sagte er rasch, versprach sich, bekam einen trockenen Mund.

»Das klingt einsam.«

»Ja ... Aber es geht gut. Ich bin gern allein.« Er dachte einen Augenblick an Nahid, erwähnte sie aber nicht.

»Kann man gerne allein sein?«, fragte sie und lächelte erneut.

Er konnte sich nachher nicht erinnern, wann es geschehen war, wann sie sich dazu entschlossen hatten. Sie hatten nicht darüber gesprochen, aber diese Übereinkunft war stärker gewesen als alle Handschläge und Unterschriften.

Sie war warm und wandte ihm den Rücken zu. Er lag so nahe bei ihr, wie es nur in den ersten Nächten geschieht. Diese Wärme gefällt einem nur, wenn alles noch neu ist. Sie bewegte sich, murmelte etwas. Er suchte nach Spuren der Reue, fand aber keine. Warum sollte ich auch etwas bereuen?, dachte er, und merkte, wie sich die Wärme vom Bauch zur Leiste ausbreitete. Sein Glied wuchs. Vorsichtig strich er ihr mit der Hand über den Rücken. Fast unmerklich schob sie ihren Po an ihn heran, drückte den Rücken durch und wackelte mit den Hüften. Seine Hand setzte seine Reise den Rücken hinunter fort. Er hatte ihre Zustimmung. Hinunter ins Tal des Lendenrückens, dann über den Po. Zögernd ließ er die Hand zwischen ihren Schenkeln verschwinden. Sie stieß einen Laut aus und schob sich näher an ihn heran. Sie war feucht, und er spürte, dass ihre Schamhaare rasiert waren. Das war ihm früher am Abend nicht aufgefallen. Ihre nächtliche Begegnung in der Kajüte war stürmisch gewesen. Kaum über der Schwelle hatten sie eifrig begonnen, sich gegenseitig auszuziehen, sich dann aber in Knöpfen und Gürteln verhakt. Schnell waren sie dazu übergegangen, sich selbst zu entkleiden. Er hatte sie geküsst. Ihre Lippen hatten nach Wein geschmeckt. Er konnte sich an den genauen Verlauf gar nicht mehr erinnern, denn er war bald eingeschlafen. Er wusste nicht einmal mehr, ob er gekommen war.

Sie stöhnte und presste sich an ihn. Er ließ zwei Finger in sie hineingleiten. Sie stöhnte lauter. Langsam bewegte er seinen Unterleib auf sie zu. Sie kam ihm entgegen. Er hatte alle Zeit der Welt. Dieses Mal würde es gut werden. Dieses Mal würde er sich daran erinnern.

Der dunkle Nebel, der seine Gedanken umschlossen und es ihm in den letzten Monaten unmöglich gemacht hatte, sich an etwas zu erfreuen, war verflogen. Er erwachte mit einem Lächeln. Es kribbelte in seiner Brust und schmerzte in seinen Leisten. Wieder hatte er traumlos geschlafen. Die Gerüche in der Kabine, das sachte schaukelnde Schiff und die Geräusche der knarrenden Taue waren einschläfernd gewesen. Die erotischen Abenteuer der Nacht und des Morgens hatten sicher ebenfalls das ihre beigetragen. Ulf Holtz blieb in der Koje liegen und schmiedete Pläne. Für die Arbeit und für das Leben. Es war an der Zeit, dass Schwung in die Ermittlung kam und dass die Tatortanalyse mit vereinten Kräften so schnell wie möglich abgeschlossen wurde. Ellen Brandt hatte sich in dieser Frage unmissverständlich ausgedrückt. Arbeit beenden und Bericht erstatten. Er hatte beschlossen, die Assistenten nach Hause zu schicken, sobald sie den Dschungel ausgeräumt hatten. Pia würde er einige Tage lang nicht zu sehen bekommen, da sie krankgeschrieben war. Der einzige Mensch, der ihren lebensgefährlichen Unfall nicht ernst zu nehmen schien, war sie selbst. Der Arzt hatte ihr Ruhe verschrieben. Ganz offensichtlich hatte sie eine Freundin gewonnen, also brauchte sie nicht einmal allein zu sein. Beata Heneland. Die stämmige Frau in Camouflagekleidung hatte sich als sehr warmherzig erwiesen. Die beiden mochten sich. Es war nicht einfach nur der Umstand, dass Beata Heneland Pia das Leben gerettet hatte. Selbst Holtz, der sie später noch einmal angerufen hatte, um sich zu bedanken, hatte seine Meinung von ihr geändert.

»Sehr erfreut, aber Leben rettet man eigentlich, ohne Dankbarkeit zu erwarten«, hatte sie gesagt und ihm versprochen, sich um Levin zu kümmern.

In der Kabine des Toten gab es noch viel zu tun. Alle Gewächse waren aus dem Dschungel entfernt worden, und nun konnte man ihn ein weiteres Mal durchsuchen. Holtz reckte sich und schwang seine Beine über den Rand der Koje. Der Teppichboden war warm und weich. Er war froh, dass er frühmorgens in seine eigene Kabine zurückgekehrt war. Er genoss es, allein zu erwachen und nicht sprechen zu müssen. Noch nicht.

Der Dschungel. Er dachte an den gesichtlosen Toten, und ihm fiel wieder ein, wie lächerlich er sich benommen hatte. Wirklich unprofessionell, an einem Tatort in Gelächter auszubrechen. Ihm wurde ganz heiß, als er daran dachte. Außerdem war er dabei beobachtet worden. Die Frau im Putzfrauenkittel hatte ganz verschreckt ausgesehen, als er ihr zugerufen hatte, dass sie dort nichts zu suchen habe. Er hatte sich bei ihr entschuldigen wollen und versucht, sie ausfindig zu machen. Nach längerer Suche hatte er den Gang gefunden, an dem das Reinigungspersonal wohnte, und überall geklopft, aber niemand hatte geöffnet.

Es war warm in der Kabine, und das Fenster ließ sich nicht öffnen. Der Rahmen der Glasscheibe war mit großen Messingschrauben fixiert. Eine Weile ging er nur in Unterhosen in der Kabine auf und ab. Ein Transistorradio stand auf dem Tisch, alt und aus braunem Bakelit mit lederbezogenem Drehknopf zum Einstellen der Frequenz. Er drückte auf einen Knopf. Es rauschte. Nach einigem Drehen gelang es ihm, einen Sender zu finden. Nachrichten. Er begann sich anzukleiden. Hose und Hemd.

»Die Automobilindustrie verzeichnet aufgrund sinkender Lohnkosten in den Produktionsländern in Asien ihr bestes Jahr bislang...«

Er zog seinen Gürtel an und suchte ein Paar saubere Socken.

»Sie riskieren Todesstrafe für Spionage.«

Die Stimme aus dem Radio begann mit dem Wetterbericht. Sonnig und kalt.

Er schaltete das Radio aus und kleidete sich fertig an, putzte sich gründlich die Zähne und war recht zufrieden mit sich.

Eine halbe Stunde später starrte er in der Hocke sitzend in das leere Bassin. Der Raum hatte eine vollkommene Wandlung durchlaufen. Was noch vor einigen Tagen ein dunkler, feuchter Dschungel mit Fischen, Enten und einem müden Kaiman gewesen war, sah jetzt ganz anders aus. Die Brücke und die Bank waren noch vorhanden, und der Boden des Beckens war von Algen und Schmutz überzogen. Alle Pflanzen waren jedoch verschwunden, und jetzt fiel ihm auf, dass die Wände hell gefliest waren. Die Glasscheibe, die den Kaiman von den anderen Tieren getrennt hatte, war noch da, ebenso der kleine Strand hinter der Scheibe. Er sprang ins leere Bassin und leuchtete die grünen, schmutzigen Kacheln mit einer starken Taschenlampe ab. Vor seinem inneren Auge sah er, wie Levin mit dem Gesicht nach unten dort hängengeblieben war. Er erschauerte vor Unbehagen. Ob ertrinken wirklich die schönste Todesart ist?, überlegte er. Woher will man das eigentlich wissen? Sein Blick fiel auf einige Kupferrohre, die ein paar Zentimeter über dem Beckenboden verliefen. Vielleicht war Levin ja an diesen Rohren hängengeblieben. Wieder dachte er voller Dankbarkeit an Beata Heneland. Er ging auf alle viere und betrachtete die Rohre. Sie hatten winzige Löcher. Wahrscheinlich wurden die Fische so mit Sauerstoff versorgt. Er presste das Gesicht auf den Boden, um unter die Rohre blicken zu können. Der Geruch von Algen und abgestandenem Wasser reizte seine Schleimhäute, obwohl er versuchte, nur durch den Mund zu atmen. Die Algen an seiner Wange waren weich und feucht. Der Lichtkegel der Taschenlampe fiel in das Dunkel unter den Rohren. Ganz hinten unter einem Knick spiegelte sich der Lichtschein. Er erhob sich, kletterte aus dem Bassin und holte seine Tasche, die er auf die Bank gestellt hatte. Er nahm eine kleine Papiertüte und eine Pinzette heraus.

Wenn man es an die Deckenlampe hielt, konnte man erkennen, dass das Messing bereits grün angelaufen war. Ansonsten war die Patronenhülse, die sich unter dem Rohr verkeilt hatte, in gutem Zustand. Holtz legte sie vorsichtig in die Papiertüte. Gelassenheit erfüllte ihn. Die steifen Muskeln im Nacken entspannten sich, und seine Schultern sackten herab. Der Durchbruch. Es spielte keine Rolle, wie routiniert er war und wie viele Tatorte er analysiert hatte. Das Gefühl, dass ein Durchbruch erfolgt war, blieb immer dasselbe. Die vollkommene Ruhe. Als belohnte ihn sein Körper.

Nachdem er die Tüte mit der Patronenhülse in seine Tasche gelegt hatte, untersuchte er weiter den Bassinboden. Anschließend durchsuchte er den übrigen Raum, ohne etwas von Interesse zu finden. Er stellte sich an den Rand des Beckens, blickte darüber hinweg und versuchte, sich vorzustellen, wie Greger Minos in den Bauch geschossen worden war. Er tat so, als hielte er einen Revolver in der Rechten, indem er den Daumen hob, den Zeigefinger vorstreckte und die übrigen Finger ballte. Mit der ausgestreckten Hand bewegte er sich langsam im Kreis, bis er zufrieden war. Ungefähr in diese Richtung musste die Pistole gerichtet worden sein, um die Patronenhülse dorthin auszuwerfen, wo er sie gefunden hatte. Ich muss mich mit der Gerichtsmedizin über die Einschusswunde unterhalten, vielleicht lässt sich genau rekonstruieren, wo der Schütze gestanden hat, dachte er.

»Sie sehen aus, als wäre Ihnen etwas eingefallen.«

Holtz drehte sich um, die Hand immer noch in Schussposition. Die unerwartete Stimme hatte ihm einen Schrecken eingejagt. Er war so in Gedanken versunken gewesen, dass er Kapitän Svanbergs Auftauchen nicht bemerkt hatte.

»Ich ergebe mich.« Svanberg streckte beide Hände in die Luft.

Holtz ließ verlegen die Hand sinken.

»Sie können die Arme runternehmen. Außerdem macht man das nur im Wilden Westen«, meinte er und lachte.

Kapitän Svanberg lächelte.

»Wollte nur hören, ob es vorangeht.«

»Kommen Sie«, sagte Holtz, »wir gehen woanders hin.«

Pia Levin ließ sich in den Humvee helfen. Beata Heneland packte sie ohne sichtbare Anstrengung an der Taille, hob sie hoch und setzte sie auf den Beifahrersitz, als wäre sie ein

Kind. Der große amerikanische Geländewagen war in einem grünen Muster lackiert. Auf den Seiten stand der Name der Firma und etwas von Dschungelabenteuern.

»Ich wollte schon immer mal in so einem Wagen sitzen«, sagte Levin und lachte zum ersten Mal seit langem.

Der Winter war lang und dunkel gewesen, und die Arbeit hatte sie fast vollkommen zermürbt. Nicht weil so viel zu tun gewesen wäre, sondern weil sie in den letzten Monaten immer wieder mit Ermittlungen befasst gewesen war, bei denen es um Kindesmisshandlungen ging. Es waren so schwere Fälle gewesen, dass die Kinder bleibende körperliche und seelische Schäden davontragen würden. Sie hatte zu protestieren versucht, als das Ermittlerteam sie gezwungen hatte, in einem Fall, der unter dem Namen Nazimord lief, ein Verhör durchzuführen. Ihr Argument, sie sei Kriminaltechnikerin und keine Ermittlungsbeamtin, war ignoriert worden. Sie hegte den Verdacht, dass Holtz hinter dieser Entscheidung steckte, da er der Überzeugung war, ein guter Kriminaltechniker müsse auch die Menschen verstehen. Eigentlich teilte sie seine Meinung, aber es wäre ihr trotzdem lieber gewesen, die Vernehmung nicht durchführen zu müssen. Sie fühlte sich allein in einem Labor oder am Tatort am wohlsten, auf die Menschen konnte sie gut verzichten. Einsamkeit war für sie nie ein Problem gewesen.

Die lange, komplizierte Ermittlung des Mordes an dem Neonazi im vergangenen Winter brachte eine lange Vorgeschichte zu Tage. Es war unter anderem um ein misshandeltes Kind gegangen, um einen Mann, der vielleicht unschuldig verurteilt worden war, und um eine zerstörte Familie. Nach diesem Fall hatte sich Levin am Ende ihrer Kräfte gefühlt. Erst jetzt wurde ihr klar, wie wenig Kontakte sie außerhalb der Arbeit hatte. Die Einsamkeit in ihrer winzigen Wohnung hatte ihr stärker zu schaffen gemacht, als ihr klar gewesen war. Obwohl sie am Vortag fast ums Leben gekommen war, fühlte sie ihre Kräfte jetzt wieder erwachen.

Sie betrachtete das Profil Beatas, die am Steuer saß. Zügig steuerte sie durch die Stadt, gab bei Gelb Gas und fuhr fast immer über Rot. Eine Hand am Lenkrad, die andere am Radio rastlos nach dem richtigen Sender suchend.

Hoffentlich werden wir nicht angehalten, dachte Levin. Es kribbelte in ihrem Magen wie auf der Achterbahn, als der Humvee viel zu schnell in eine Kurve ging, auf eine Busspur einscherte und schließlich mit quietschenden Reifen vor dem Präsidium zum Stehen kam.

»Kommst du jetzt allein zurecht?«

»Ja, klar. Danke, Beata.« Levin kletterte aus dem hohen Geländewagen.

»Keine Ursache. Ich rufe dich an. Okay?«

»Tu das«, erwiderte Levin und trat durch die Tür in das Marmorfoyer des Präsidiums. Ein Wachmann nickte ihr zu, als sie ihren Ausweis vor das Lesegerät hielt. Sie gab einen Code ein und betrat die Schleuse. Im Fahrstuhl bewegte sich ihre Hand automatisch zur Sechs, aber dann drückte sie auf K.

Während sie in den Keller fuhr, dachte sie an Cs Äußerung, die Ermittlungen seien eingestellt. Die Fahrstuhltüren öffneten sich, aber sie zögerte. Die Türen schlossen sich wieder. Als nur noch ein Spalt offen war, schob sie ihre Hand dazwischen. Einen Augenblick lang befürchtete Levin, ihre Hand würde zerquetscht, aber dann öffneten sich die Türen langsam wieder. Zügig ging sie über den schlecht erleuchteten unterirdischen Gang in Richtung der Rechtsmedizinischen Abteilung. Diese war in einem anderen Gebäude untergebracht und nur durch einen Tunnel zu erreichen. Mit einem weiteren Fahrstuhl fuhr sie hoch zu den Obduktionssälen. Sie bemühte sich, einen kühlen Kopf zu bewahren.

Falls es die Gerichtsmedizinerin Ulla Fredén erstaunte, sie zu sehen, so zeigte sie es nicht.

»Zieh dir Schutzkleidung über, und komm mit«, sagte sie nur, als Pia Levin bei ihr im Büro anklopfte.

Levin zog sich einen Kittel über und folgte Fredén in den Obduktionssaal, in dem die Tische aus rostfreiem Stahl gerade abgespritzt worden waren und vor Nässe glänzten. Die senfgelben Fliesen an den Wänden schienen aus einer anderen Zeit zu stammen. Levin hatte diese Fliesenfarbe bislang nirgendwo sonst gesehen und fragte sich, woran das lag. War die Farbe ein Fabrikationsfehler gewesen? Oder eine Spezialbestellung für Sektionssäle?

»Ich hatte mich schon gefragt, wann du hier auftauchen würdest. Ich habe gehört, dass man den Fall zu den Akten gelegt hat, aber ...« Sie beendete den Satz nicht, sondern zuckte nur mit den Achseln.

Levin nickte zustimmend.

»Warte hier.« Ulla Fredén ging eine Bahre aus dem Kühlraum holen.

Die Leiche war weiß und hatte eine wächserne Haut, die Lippen waren blau und die Augen geschlossen. Nichts an dem nackten, kalten Körper erinnerte an Leben.

»Schau hier.« Ulla Fredén deutete auf den Hals der toten Frau.

»Und?«, fragte Levin, nachdem sie die dunkellila Furche unter Angelica Kramers Kinn betrachtet hatte.

»Sie ist zweifellos an einer Erdrosselung gestorben. Darauf weisen vor allem die punktförmigen Blutungen in den Augen hin. Sicher hat sie der Frotteegürtel stranguliert, der um ihren Hals gewickelt gefunden wurde. Theoretisch hätte sie sich den Gürtel über den Kopf ziehen und sich nach vorne werfen können.«

»Aber?«

»Der Winkel der Furche stimmt nicht ganz mit der Position überein, in der sie aufgefunden wurde. So ungefähr hätte der Winkel aussehen müssen, wenn sie sich selbst erhängt hätte«, meinte Fredén und deutete auf die Tote.

»Es kommt also jemand anderes als Täter in Frage?«

»Ja. Sie weist einige Verletzungen am Hals auf, die darauf hindeuten, dass sie versucht hat, die Schlinge zu lockern. Hautabschürfungen unter ihren Fingernägeln unterstützen diese These.«

»Und?«

»Diese Verletzungen könnten allerdings auch bei einem Selbstmord aufgetreten sein, ein reflexartiges Verhalten im Augenblick des Todes.«

»Und wie sieht deine Schlussfolgerung aus?«

»Sie könnte sich durchaus selbst erhängt haben, aber Zweifel bleiben. Es ist immer sehr schwer zu entscheiden, ob sich jemand selbst aufgehängt hat oder erdrosselt wurde.«

»Aber dann müssen wir weiterermitteln, nicht wahr?«

Ulla Fredén sah gequält aus.

»Es tut mir leid, aber ich werde empfehlen, das nicht zu tun.«

»Und warum?«

Levin glaubte ihren Ohren nicht.

»Die Leichen stapeln sich förmlich, wenn du mir diesen Ausdruck verzeihst. Ich muss Prioritäten setzen, ich habe ganz einfach nicht genügend Leute, und da die operative Leitung ihr Votum abgegeben hat, unternehme ich nichts weiter. Aber ich wollte es dir trotzdem zeigen«, meinte sie.

Levin biss sich auf die Unterlippe. Die positive Energie, über die sie sich noch vor einer Stunde gefreut hatte, war verschwunden.

»Hast du das Mädchen hier? Vilja Kramer?«, fragte sie dann.

»Ja, wieso?«

»Darf ich sie sehen?«

»Warum? Die Sache ist doch eingestellt.«

»Darf ich sie sehen?«, wiederholte Pia Levin langsam und mit Nachdruck. Ihre Kopfschmerzen kehrten zurück, und ihr Magen zog sich zusammen. »Ich muss sie sehen.«

Ulla Fredén nickte, löste die Bremse der Bahre und verschwand mit der Leiche.

»Warte hier«, rief sie auf dem Weg zum Kühlraum.

Levin spürte die Kälte, als die Tür geöffnet wurde. Gefühle übermannten sie. Die Begegnung mit Beata Heneland hatte schlummernde Gedanken zum Leben erweckt, und eigentlich wollte sie diesen kalten Raum voller Edelstahl und Tod gerne verlassen, wollte in die Frühlingswärme hinausspazieren. Sie sollte die Sache auf sich beruhen lassen und sich neuen Herausforderungen stellen. Die Ermittler hatten entschieden, wie der Vorfall abgelaufen war. Mutter oder Vater hatten das Kind getötet, indem sie seinen Kopf in Folie gewickelt hatten. Über das Motiv ließen sich nur Mutmaßungen anstellen, aber Menschen waren zu den fürchterlichsten Dingen fähig. Unbegreifliche Taten konnten durch eine wirkliche oder eingebildete Krise ausgelöst werden. Angelica hatte ihren Mann erschlagen, entweder aus Wut oder Panik oder um aus irgendeinem Grund die ganze Familie auszulöschen. Dann hatte sie sich erhängt. Das war laut der Alphagruppe, die den Fall analysiert hatte, durchaus wahrscheinlich.

Nach der Stellungnahme der Alphagruppe hatte niemand mehr umdenken, weitere Fakten sammeln oder eine neue Beurteilung vornehmen wollen, obwohl die Gruppe wie immer nachdrücklich darauf hingewiesen hatte, dass es sich nur um eine Hypothese handele. Levin hatte das schon früher erlebt. Der Weg des geringsten Widerstands.

Vielleicht ist es ja wirklich so gewesen, dachte sie und wollte gehen.

»Du, ich habe es mir anders überlegt«, rief sie Ulla Fredén zu, die sich im Kühlraum aufhielt und nicht zu sehen war.

Die Gerichtsmedizinerin antwortete nicht, und nach einer Weile folgte ihr Levin. Sie blieb in der Tür des Kühlraumes stehen. Die kalte Luft umfing ihr Gesicht, und der Geruch drängte sich ihr auf. Mitten im Kühlraum lag auf einer Bahre das kleine Mädchen nackt und tot. Das blaue Laken, mit dem die Leiche bedeckt gewesen war, war herabgeglitten und zu Boden gefallen.

Fredén stand reglos mit dem Rücken zu Pia Levin da.

»Ulla?«, flüsterte Levin.

Die Gerichtsmedizinerin drehte langsam den Kopf zu ihr um. Levin hatte die Chefin der Gerichtsmedizin noch nie weinen sehen.

»Ulla?«, flüsterte Levin nochmals.

»Ich vergaß«, sagte Fredén schwach.

»Was?«, sagte Levin. Ihr Blick kehrte zu der toten Vilja Kramer zurück, und sie dachte an das Krokodil, hatte plötzlich den Geruch wieder in der Nase.

»Dass wir für sie da sind. Jemand hat sie getötet, und nur wir können für Gerechtigkeit sorgen. Ich vergaß, dass sie nicht nur Statistik ist, nicht nur eine Zahl in einer Zahlenkolonne, nicht nur ein administratives Problem«, sagte sie und strich Vilja Kramer über die Wange.

Pia Levin ging langsam auf die Bahre zu und stellte sich neben die Gerichtsmedizinerin. Sie schwiegen lange.

»Ich werde alles tun, was in meinen Kräften steht. Das verspreche ich dir, meine Kleine.« Levin beugte sich vor, um das blaue Laken aufzuheben. Behutsam deckte sie das tote Mädchen zu.

Wie weit wage ich ohne Auftrag zu gehen?, überlegte Levin auf dem Weg in ihr Büro. Kaum hatte sie auf ihrem Stuhl Platz genommen, da klopfte es. Die Besucherin trat ein, ohne ein Herein abzuwarten, und setzte sich auf die Kante von Levins Schreibtisch. Birgitta Severin hatte eine sehr dramatische Art. Als Chefin der Alphagruppe wusste sie, dass ihre Standpunkte oft in Frage gestellt wurden. Versuchte man, das Innere eines Menschen zu beschreiben, wie er dachte und warum er zu gewissen Handlungen fähig war, wurde man ständig angezweifelt. Severin drückte sich häufig überdeutlich aus.

Die Alphagruppe trat öffentlich selten in Erscheinung und agierte nur hinter verschlossenen Türen. Ihre Mitglieder nahmen sich Zeit und legten ihre Theorien vor, wenn sie der Meinung waren, etwas zu sagen zu haben.

Levin wich instinktiv zurück, als sich Birgitta Severin zu ihr vorbeugte. Sie benutzte ein starkes Parfüm, und ihre dreireihige Perlenkette klapperte leise.

»Ich habe mir deinen erweiterten Selbstmord etwas genauer angesehen und versucht, ihn unvoreingenommen zu betrachten«, sagte sie.

»Ach? Warum?«, fragte Levin misstrauisch. »Die Ermittlung wurde doch eingestellt.«

»Weil du Hilfe brauchst«, erwiderte Severin.

»Woher weißt du das?«

Severin zuckte mit den Achseln und nickte in Richtung Tür, was wohl bedeuten sollte, dass Gerüchte im Umlauf waren.

»Erzähl«, sagte Levin und lehnte sich auf ihrem Stuhl zurück, weil ihre Kollegin ihr zu nahe gekommen war.

Severin erhob sich und ging, während sie sprach, im Büro auf und ab. Sie sah alles an außer Levin.

»Die meisten Menschen verbinden Mütter mit Mutterschaft«, sagte sie und hielt inne. »Eine Mutter, die ihr Kind tötet, ist etwas Unerhörtes, etwas fundamental Falsches. Nicht wahr?«

»Ja«, sagte Levin.

»Ich wusste, dass du mir zustimmen würdest, aber dieses Bild ist vereinfacht. Wir glauben, dass die Mutter das Kind nicht verletzen kann, weil sie es zur Welt gebracht hat. Deterministischer, romantischer Unsinn.«

Pia Levin begann zu verstehen, warum so viele im Präsidium einen Bogen um die Alphagruppe machten. Vielleicht stimmte es ja wirklich, dass sämtliche Mitglieder ziemlich verrückt waren und eine Analyse benötigten?

»Mord wird von der Gesellschaft als ein von Männern verübtes Verbrechen betrachtet. Männer morden. Wenn eine Frau tötet, wird das als ein Fehler betrachtet, der eingehend erläutert werden muss. Aber die Wahrheit ist, dass Frauen zu allen Zeiten getötet haben, allerdings bedeutend seltener als Männer.«

»Worauf willst du hinaus?«

Severin drehte sich um und sah sie an.

»Du musst dich von der Idee lösen, dass ungewöhnliche Umstände den Mord an Vilja Kramer ausgelöst haben. Falls die Mutter die Täterin war, meine ich.«

»Wie meinst du das?«

»Suche nach gewöhnlichen Motiven. War sie psychisch instabil, oder neigte sie zu Wutausbrüchen oder Eifersucht? Dort wirst du die Antwort finden. Ganz gleichgültig, ob es jetzt die Mutter oder der Vater war.«

»Aber das eigene Kind zu töten...«

»Das ist die strengste Strafe für einen Verrat. Man nimmt das Kind. Damit endet der Stammbaum. Ein Verhalten, das ebenso alt ist wie die Menschheit.«

»Seit den alten Griechen haben wir uns doch wohl ein Stück weiterentwickelt?«, protestierte Levin.

»Wirklich?« Birgitta Severin zog eine Braue hoch. Dann verließ sie das Zimmer.

Levin wusste nicht, was sie von dem Besuch halten sollte. Er war gleichzeitig kurz und lang gewesen. Und irgendwie unwirklich.

Das Fenster war so beschlagen, dass man fast nicht hindurchsehen konnte. Die elektrischen Heizkörper verbreiteten eine ungleichmäßige und trockene Wärme auf der Kommandobrücke. Holtz kniff die Augen zusammen und beobachtete eine schemenhafte Gestalt, die auf dem Kai auf und ab ging. Kapitän Svanberg sog lautstark an seiner kalten Pfeife. Er summte vor sich hin, ohne es selbst zu merken.

»Ich habe ihn fast noch nie etwas fangen sehen«, sagte er und nickte in Holtz' Blickrichtung.

»Steht er oft dort?«

»Ja. Er tauchte vor einigen Monaten auf. Er ist immer da, wenn wir einlaufen und wenn wir ablegen, unabhängig vom Wetter.«

»Ein seltsames Leben?«

»Ich weiß gar nicht mal. Jeder trifft seine Entscheidungen, nicht wahr?«

»Hat er sonst keinen Lebensinhalt? Ich meine, abgesehen davon, mit einer Angel hier auf dem Kai herumzustehen?«

»Ich weiß nicht. Ich habe mich nie mit ihm unterhalten. Ich grüße nur, wenn ich an ihm vorbeigehe. Ich glaube, er war früher Seemann.« Svanberg sog wieder an seiner Pfeife.

Holtz sah den Kapitän, der zurückgelehnt auf dem hohen Stuhl neben ihm saß, erstaunt an.

»Warum glauben Sie das?«

»Er erstarrt immer etwas, wenn ich an ihm vorbeigehe. Er

reckt sich gewissermaßen. Das tun alle Seeleute, wenn sich einer der Offiziere nähert.«

»Ach?«, sagte Holtz sichtlich interessiert.

»Das ist so mit den Seeleuten. Egal, wie modern die Schiffe werden, und egal, wie sehr sich die Gesellschaft hinsichtlich Demokratie und Mitbestimmung verändert, der Respekt vor der Obrigkeit sitzt den Seeleuten auch nach Generationen noch in den Knochen. Das ist schon seltsam.«

Holtz dachte über die Worte des Kapitäns nach und betrachtete den Mann, der jetzt seine Angel ausgeworfen hatte.

»Es wäre wünschenswert, wenn etwas von diesem Respekt auch für die Polizei abfiele«, meinte Holtz mehr zu sich.

Der Kapitän lächelte.

»Apropos Polizei. Wie läuft die Ermittlung?«

»Darf ich Sie etwas fragen?« Holtz ignorierte die Frage des Kapitäns.

»Natürlich.«

»Die Hausdame, Rita Murenius, wie ist sie?«

Svanberg lächelte spöttisch.

»Steht sie unter Verdacht?«

»Nein, überhaupt nicht. Es kam mir nur so in den Sinn«, Holtz hoffte, dass im Dunkel der Kommandobrücke nicht zu sehen sein würde, wie er errötete.

»Sie ist sehr gewissenhaft und zuverlässig. Nett. In jeder Hinsicht ...«

Svanberg beendete den Satz nicht.

»Wie meinen Sie das?«, Holtz hörte selbst, wie aggressiv seine Stimme klang.

»Ich meine nur, sie ist nett, hilfsbereit und gewissenhaft.«

Holtz schwieg eine Weile und formulierte im Kopf eine Frage immer wieder aufs Neue. Er probierte den Ton aus.

»Ist sie verheiratet?«, fragte er dann so neutral wie möglich.
Kapitän Svanberg drehte sich langsam zu Holtz um.
»Soweit ich weiß, nicht.«
Er lächelte.
»Hm«, erwiderte Holtz.
Svanberg nahm die ungestopfte, kalte Pfeife aus dem Mund, klopfte damit auf seine Handfläche und legte sie dann auf den glänzenden Mahagonitisch.
»Und die Ermittlung?«, sagte er dann.
»Was wissen Sie über den Toten?« Wieder schien er die Frage nicht gehört zu haben.
»Nicht viel. Regelmäßiger Passagier, aber das wissen Sie ja bereits. Bewohnte immer die Luxuskabine. Sie müssten Rita fragen. Sie weiß am meisten über die Passagiere.« Er sprang von seinem Stuhl. »Ich habe noch zu tun. Bis später«, sagte er und schlenderte davon.
Holtz richtete seinen Blick wieder auf den Kai.
Der Angler war nicht mehr da.

Die Fotos wiesen gewisse Ähnlichkeiten auf. Auf dem einen posierte Familie Kramer vor dem Fotografen, auf dem anderen saß dieselbe Familie entspannt an einem Pool. Diese Aufnahme war für eine Reisereportage in einer Zeitung angefertigt worden. Vielleicht war das der Grund, weswegen Mrowka sie wiedererkannt hatte, aber er war sich in diesem Punkt nicht sicher gewesen.
Pia Levin betrachtete das Ferienbild, auf dem Vilja Kramer in der Hocke vor dem Fotografen saß. Sie legte die Fotos nebeneinander auf den Wohnzimmertisch der kleinen Wohnung mit Koch- und Schlafnische, in der sie wohnte, seit sie von zu Hause ausgezogen war. Sie hatte es irgendwie nie

fertiggebracht, sich etwas anderes zu suchen, und eigentlich brauchte sie auch gar keine größere Wohnung.

Eigentlich hätte sie ins Bett gehen und ein Buch lesen sollen. So hatte es der Arzt verordnet, aber sie war dazu nicht im Stande. Seit ihrem Besuch bei Ulla Fredén hatte ihre Entschlossenheit nur noch zugenommen. Sie gedachte es zu ignorieren, dass die Ermittlungen eingestellt waren und dass sie krank war. Strenggenommen war sie auch gar nicht krank, sondern nur etwas mitgenommen. Sie schuldete Vilja Kramer eine Antwort. Selbst wenn ich diese Antwort in meiner Freizeit finden muss, dachte sie. Dann rief sie Jerzy Mrowka an und bat ihn, die Fotos an ihre private Mailadresse zu schicken. Sie schloss den kleinen Fotodrucker an, den sie nach Weihnachten im Ausverkauf gekauft, aber noch nie benutzt hatte. Er hatte ganz oben im Schrank in der Diele gelegen, wo alles landete, was sie im Grunde genommen nicht brauchte. Ein Paket Fotopapier war inklusive gewesen. Auch das hatte im Schrank gelegen. Sie schloss den Drucker an ihren Laptop an, der einige Sekunden brauchte, um das neue Gerät zu erkennen. Während der Drucker die Fotos ausspuckte, holte sie sich ein Glas Weißwein aus dem Karton auf der Spüle.

Sie trank einen großen Schluck, dann noch einen.

Das Foto auf dem Tisch ließ keinerlei dramatische Ereignisse erahnen. Eine glückliche Familie. Sie konnte nicht verstehen, was Jerzy Mrowka meinte. Er hatte sie im Krankenhaus besucht und sich nach ihrem Befinden erkundigt, da sie ja vor seinem Schreibtisch in Ohnmacht gefallen war. Er hatte nicht von der Arbeit reden wollen, aber sie hatte darauf bestanden.

»Warum war das Foto in der Datenbank für Kinderpornografie?«

»Weil Fotos leicht mal auf Abwege geraten. Eigentlich müssten die Leute so klug sein, ihren Kindern etwas anzuziehen und nicht zuzulassen, dass man sie nackt fotografiert.«

Levin hatte immer noch nicht begriffen. Das Foto hatte nicht das Geringste mit Kinderpornografie zu tun, es zeigte ein nacktes Mädchen mit seinen Eltern am Pool.

»Aber das ist doch keine Kinderpornografie«, hatte sie gemeint. »Ein Foto muss doch irgendetwas Erotisches vermitteln, damit es als Kinderpornografie klassifiziert wird, etwas, das an die Sexualität appelliert, oder?«

Er hatte sie angelächelt, als wäre sie ein argloses Kind. Dann hatte er ihr erläutert, was sie tun müsse, um zu verstehen. Wenn sie wieder in der Verfassung dazu sei.

Levin hatte keine Wahl. Die Fotos lagen auf dem Tisch, und Vilja Kramers Krokodil saß neben ihr auf dem Sofa. Dass sie das Krokodil gestohlen hatte, verursachte ihr Gewissensbisse, aber das spielte jetzt keine Rolle mehr. Es war nicht beschlagnahmt worden und nirgendwo verzeichnet. Es existierte ganz einfach nicht mehr. Die Ermittlungen waren abgeschlossen, und sie benötigte die Kraft des Krokodils, um weitermachen zu können. Das musste als Erklärung ausreichen.

Sie nahm ein weißes Blatt Papier und schnitt ein kleines Rechteck aus, genau wie Jerzy es ihr erklärt hatte. Dann legte sie das Blatt auf das Ferienfoto der Kramers.

In dem Rechteck war nur das mit gespreizten Beinen in die Kamera lächelnde Mädchen zu sehen.

Die Erkenntnis schlug mit voller Kraft zu. Sie atmete angestrengt, und Tränen traten ihr in die Augen. Wut vermischte sich mit Trauer, die ihr fast den Atem raubte. Sie biss sich so fest auf die Unterlippe, dass es zu bluten begann. Sie fühlte sich schwach. Sie legte sich aufs Sofa, streckte die Hand nach dem Krokodil aus, drückte es an die Brust und zog die Beine an.

Wie lange sie zwischen unruhigem Schlaf und halbwachem Zustand hin und her geworfen worden war, wusste sie nicht. Es war dunkel geworden. Levin fror. Ihr Hals war trocken, ihre Augen ebenfalls. Sie wollte aufstehen, doch sie kam nicht vom Sofa hoch. Ich sterbe hier, dachte sie und fiel wieder in Halbschlaf. Als sie das nächste Mal an die Oberfläche kam, hatte sie einen irritierenden Ton im Kopf, ein immer wiederkehrendes bohrendes Surren, das nicht verstummen wollte. Sie schlief ein und erwachte ein weiteres Mal. Jetzt surrte es nicht mehr, sondern klopfte, laut und beharrlich. Sie nahm sich zusammen und konzentrierte sich auf das Geräusch. Es kam aus der Diele. Jemand klopfte an die Tür. Das Surren begann erneut, und die Nebelschwaden lichteten sich, als sie begriff, dass ihr Handy auf dem Tisch vibrierte.

Sie streckte die Hand nach dem Telefon aus und drückte auf den grünen Knopf.

»Hallo«, röchelte sie.

Die Luft war klar. Im Schatten war es eisig kalt. Er lief im Dauerlauf auf der sonnigen Straßenseite. In seinem Körper kribbelte es wie schon lange nicht. Er musste ständig lächeln, obwohl er es zu unterdrücken versuchte.

Meine Güte, ich benehme mich wie ein Teenager, dachte Ulf Holtz und blieb vor einem Blumengeschäft stehen. Vor dem Laden standen in Eimern Tulpen und Osterglocken. Er zögerte und entschied sich dann für zwei große Sträuße bunter Tulpen. Der intensive Blumenduft vermischte sich mit der kühlen Frühlingsluft, die mit ihm in den Laden drang, und erfüllte ihn mit etwas Unbeschreiblichem. Glück? Vielleicht.

Er bezahlte bei der Frau hinter dem Tresen, die einen Strauß aus Gerbera und Zweigen mit winzigen hellgrünen Blättern band. Sie legte den Strauß beiseite, lächelte und bat ihn, den Code seiner Kreditkarte einzugeben. Als er seine Brieftasche wieder in die Tasche steckte, stieß sie gegen den kleinen gewachsten Umschlag mit der Patronenhülse. Er ließ die Fingerspitzen über den Umschlag gleiten, spürte die Ausbuchtung und empfand ein Gefühl der Unbesiegbarkeit.

Mit den Blumen in einer Tüte setzte er seinen raschen Spaziergang zum Präsidium fort.

Eine Stunde später, nachdem er die Blumen in Wasser gestellt und in der Kantine schnell zu Mittag gegessen hatte, begab er sich ins forensische Labor. Dieser Ort bescherte ihm innere Ruhe, und er hielt sich oft und gerne dort auf. Das Labor war fast leer. Einige Studenten experimentierten an einem der Labortische. Er zog einen weißen Kittel und sterile Latexhandschuhe über und grüßte sie.

Die messingglänzende Patronenhülse rollte auf den von unten beleuchteten Tisch und blieb an der Kante liegen. Holtz schob einen Draht in die Öffnung und hob die Hülse hoch, um sie unter der am Tisch festgeschraubten starken Lupe ansehen zu können. Die Spuren, die entstanden, wenn eine Waffe durchgeladen wurde, waren deutlich zu sehen. Er lächelte zufrieden und betrachtete das deformierte Zündhütchen. Unter dem Vergrößerungsglas konnte er auch den deutlichen Abdruck des Schlagbolzens auf dem Zündhütchen erkennen. Fingerabdrücke waren keine zu sehen. Das erstaunte ihn nicht weiter, denn das war auf Patronenhülsen fast nie der Fall. Zumindest keine, die vor Abfeuern des Schusses dorthin geraten waren. Er fotografierte die Patronenhülse aus verschiedenen Winkeln durch das Vergrößerungsglas, verwandelte die Spuren in digitale Informationen und schickte diese weiter an die Datenbank Ibis. Hier wurden alle Angaben über Waffen, Projektile und Patronen, die bei Mordermittlungen gesammelt worden waren, gespeichert.

Während er auf Antwort von der Datenbank wartete, unternahm er einige vergebliche Versuche, mit Hilfe eines fluoreszierenden Pulvers, das er vorsichtig auf die Patronenhülse pinselte, eventuelle Fingerabdrücke zu sichern. Mit gleichmäßigen Pinselstrichen trug er das Pulver auf. Er war so vertieft in seine Tätigkeit, dass er die Stimme hinter sich erst nicht hörte.

»Entschuldigen Sie, stört es Sie, wenn ich zuschaue?«

Holtz drehte sich um, und sah sich einem fröhlichen Lächeln und neugierigen Augen hinter einer großen runden Brille mit dünnem silbrigem Gestell gegenüber.

»Tut mir leid. Ich habe Sie nicht verstanden. Was haben Sie gesagt?«, fragte Holtz.

Der junge Mann trug einen weißen Kittel.

»Ich will nicht stören, aber ich sah Sie pinseln und wollte mir das einfach nur näher ansehen. Ich übe und habe den richtigen Dreh noch nicht raus«, sagte er.

»Dreh?«

»Ja. Es sieht so einfach aus, aber ich finde, dass das Pulver klumpt«, erwiderte der junge Mann.

Holtz betrachtete ihn amüsiert.

»Wie heißen Sie?«

»André. Ich studiere forensische Wissenschaften. Wir führen hier einen Teil der Experimente durch. Wir haben die Genehmigung ... ich habe mich auch der Sicherheitsüberprüfung unterzogen und ...«

Er geriet ins Stottern.

»Ich weiß. Machen Sie sich keine Sorgen. Hier, versuchen Sie es selbst.« Holtz reichte ihm den Pinsel.

Die großen Augen wurden, wenn möglich, noch größer.

»Darf ich?«

»Klar. Ich habe keine Abdrücke gefunden, und jetzt können Sie es ruhig versuchen.« Holtz erklärte André den Vorgang. Nach einer Weile gab der Pinsel wirklich das Pulver in der gewünschten Menge ab.

»Ich wollte gerade etwas ausprobieren. Könnten Sie mir dabei helfen?«, fragte Holtz, nachdem sie fertig waren und auch dieses Mal keine Abdrücke sichtbar geworden waren.

»Natürlich. Sehr gerne.«

»Sie wissen sicher, dass man so gut wie nie Abdrücke auf Patronenhülsen findet, aber es gibt eine Methode, um sie im Nachhinein wieder sichtbar zu machen.«

»Ach?«, sagte André ungläubig.

»Sie können eine Tonerkassette für Kopiergeräte holen.«

»Für Kopiergeräte?«

»Machen Sie schon.« Holtz lachte über die Miene des jungen Mannes.

André machte sich zögernd auf den Weg und drehte sich zweimal nach Holtz um, als rechnete er damit, dass dieser »April, April« oder etwas in der Art rufen würde. Holtz hatte seine Aufmerksamkeit jedoch bereits wieder der Patronenhülse zugewandt. Er spannte sie zwischen zwei Elektroden ein und verband diese dann mit einem Kabel. Anschließend trat er zwei Schritte zurück und betrachtete zufrieden sein Werk.

André kehrt rasch mit eifriger Miene zurück.

»Ich habe einfach die Tonerkassette aus dem Kopierer genommen. Es gab keine andere. War das okay?«

»Klar«, erwiderte Holtz. »Jetzt brauchen Sie noch einen Hammer oder einen anderen Gegenstand zum Draufschlagen.«

Der Student verschwand und kehrte einige Minuten später mit einem Holzhammer mit eingebranntem Polizeiwappen wieder.

»Sonst habe ich nichts gefunden. Der lag im Regal im Pausenzimmer. Keine Ahnung wozu der gut ist.«

»Das ist ein Wanderpreis. Der eignet sich bestens«, meinte Holtz. Er legte die Tonerkassette auf den Fußboden und schlug mit dem Holzhammer auf das eine Ende. Die Kassette bekam einen Sprung. Er schüttelte sie über einem weißen Blatt auf dem Glastisch. Das schwarze Pulver rieselte aus der Kassette und bildete kleine Kegel.

»Perfekt«, sagte er und tauchte den Fingerabdruckpinsel in das Pulver. Dann bedeckte er die Patronenhülse damit.

André schwieg und betrachtete Holtz mit zunehmender Skepsis.

Holtz ging mit dem Kabel, das mit der Patronenhülse verbunden war, zu einem grauen Kasten an der Wand und öffnete ihn. Er schloss das Kabel an und gab den Wert von 2500 Volt ein.

»Stellen Sie sich sicherheitshalber neben mich«, rief er André zu, und dieser gehorchte sofort.

»Dann wollen wir mal sehen.« Holtz legte einen Hebel um.

Beide sahen erst die Patronenhülse und dann einander an. Holtz stellte den Strom wieder ab und trat an den Labortisch. Der junge Mann mit der silberglänzenden Brille folgte ihm. Holtz hielt das beleuchtete Vergrößerungsglas über die Patronenhülse, blickte hindurch und lächelte.

»Schauen Sie«, sagte er zu André, der beim Vorbeugen beinahe gegen die Lupe gestoßen wäre.

»Aber ... wie?«

»Das Salz des Schweißes frisst sich ins Metall und lässt sich nicht abwischen oder abwaschen. Es lässt sich nicht einmal übermalen. Die Spannung und das Pulver machen es sichtbar.« Holtz schob den Studenten beiseite und beugte sich wieder über das Vergrößerungsglas.

»Fantastisch. Aber der Abdruck kann doch von einer x-beliebigen Person stammen, oder?«

Holtz wandte sich zu André um und sah ihn anerkennend an.

»Bravo. Vollkommen richtig. Aber wenn man eine Patrone ins Magazin schiebt, bleibt ein Abdruck zurück, der wahrscheinlich von demjenigen stammt, der die Waffe geladen hat.«

Er stellte eine Kamera über dem Vergrößerungsglas auf und machte eine Serie Fotos des Abdrucks.

»Jetzt brauchen wir den Abdruck nur noch mit der Datenbank für Fingerabdrücke, Afis, abzugleichen.«

André lächelte und schüttelte anerkennend den Kopf. Holtz erfüllte dieses Lob mit Stolz. Er las in dem Blick des jungen Mannes so etwas wie die Bewunderung für die Weisheit des Älteren. Das fand er nicht nur angenehm.

Die Analytikerin legte die Stirn in tiefe Falten, schüttelte den Kopf und drehte sich zu Ellen Brandt um, die über ihre Schulter gebeugt auf den Monitor sah.

»Es gibt ihn nicht. So ist das einfach.«

»Aber es hat ihn gegeben. Ich habe ihn selbst gesehen. Zwar in totem Zustand, aber immerhin«, sagte Brandt, seufzte und blickte auf die große Kastanie, die ihren Schatten in alle Büros zum Innenhof des Präsidiums warf.

Der tote Greger Minos war in keinem Register zu finden. Seine Fingerabdrücke und seine DNA waren mit allen Verzeichnissen des GFFC abgeglichen worden. Es war keine elektronische Spur eines Greger Minos auffindbar. Es gab keinen Telefonanschluss und keine Kreditkarte.

»Wie hat er an Bord des Schiffes bezahlt?«, fragte die Analytikerin, eine der Akademikerinnen, die der Chef der Analyseabteilung am laufenden Band anstellte. Leute mit unkonventioneller Denkweise, pflegte er zu sagen. Warum es sich dabei überwiegend um Frauen handelte, konnte er allerdings nicht erklären. Die Analytiker waren das Hirn der Polizei. Sie kannten sich mit Datenbanken aus und führten Informationen zusammen, indem sie neue Fragen stellten, die in den Brunnen eingespeist wurden.

»Die Reederei sagt, er sei ein regelmäßiger Passagier gewesen und habe immer bar bezahlt«, meinte Brandt.

»Fand das niemand merkwürdig?«

»Nein. Das kommt offenbar öfter vor. Es ist schließlich nicht verboten, bar zu bezahlen. Aber man fragt sich natürlich, warum.«

»Affären, Schmuggel, lichtscheue Geschäfte. Ich könnte mir viele Gründe vorstellen.« Die Analytikerin wandte sich wieder ihrem Bildschirm zu.

»Du könntest aber trotzdem weitersuchen?«

»Natürlich. Ich gebe in den Brunnen alles ein, was wir haben und was noch reinkommt. Früher oder später taucht etwas auf. Das ist immer so.«

»Hoffentlich.« Brandt verließ das Großraumbüro, das fast die gesamte Etage der Analytiker einnahm.

Sie holte ihre Jacke und nahm den Fahrstuhl zum Foyer. Der Himmel war sehr blau. Sie suchte sich einen sonnigen Platz an der Mauer und hielt ihr Gesicht in die Sonne. Mit geschlossenen Augen genoss sie die klare Luft und die Sonne. Sie ordnete ihre Gedanken. Die Ermittler taten ihr Möglichstes, aber es war, als würden sie sich in einem Nebel bewegen. Unklare Konturen. Alles, was sie hatte, war ein Toter ohne Identität. Es gab keine Verdächtigen und kein Motiv.

Normalerweise würde eine solche Ermittlung weit oben auf der Liste der wichtigen Fälle stehen. Aber das hier war kein gewöhnlicher Fall. C war da sehr deutlich gewesen. Für Klarheit sorgen. Brandt hatte versucht, ihr zu erklären, dass sie dafür mehr Informationen benötige.

»Zu gegebener Zeit«, hatte C geantwortet.

Brandt seufzte tief und ließ sich von der Sonne das Gesicht wärmen. Der schwache Duft von Zigarettenrauch lag in der Luft. Zwei Sekretärinnen, die sie aus der Fahndungsabteilung kannte, standen ein paar Schritte von ihr entfernt und rauchten. Sie betrachtete sie aus den Augenwinkeln. Sie waren dünn gekleidet und bibberten, während sie hastig rauchten. Hinter ihnen überwinterten Fahrräder im Fahrradständer an der Wand. Einige hatten einen Platten. Ein Mann beugte sich über eines der Räder und versuchte, das Schloss zu öffnen. Es dauerte lang. Er fummelte mit einem Schlüssel herum. Vielleicht ist er nicht ganz bei der Sache, dachte Brandt. Was tut er da eigentlich? Es war kaum zu sehen, aber seine Körpersprache verriet ihn doch. Eine etwas zu schnelle Kopfbewegung, um zu verschleiern, dass er in ihre Richtung geblickt hatte, weckte ihre Aufmerksamkeit. Sie sah ihn jetzt ganz offen an. Er kam ihr bekannt vor, aber sie konnte ihn nicht einordnen. Der Mann wandte sich ab, gab den Versuch auf, das Fahrrad aufzuschließen, und ging zügig auf die Ecke des Präsidiums zu.

Ellen Brandt verließ ihren Platz in der Sonne und folgte dem Mann eilig. Er bog um die Ecke. Sie rannte, und ihre Jacke flatterte. Sie atmete stoßweise, vor allem vor Aufregung. Vor der Ecke lief sie langsamer, blieb stehen und spähte vorsichtig nach dem Mann.

Er war verschwunden.

Wie ist das möglich?, dachte Brandt. Es gab keinen Ort, an den er so schnell hatte verschwinden können. Er hatte nur wenige Sekunden Vorsprung gehabt. Es war kein Hauseingang in Sicht, in den er sich hätte flüchten können, und die nächste Querstraße war ein ziemliches Stück entfernt. Ihr Blick glitt die Präsidiumsfassade entlang. Mit Ausnahme einer Zufahrt, die auf den Innenhof führte, war sie vollkommen geschlossen. Der Hof war mit einem hohen Zaun und einem hohen Tor gesichert. Dorthin konnte er also nicht verschwunden sein. Ein paar Autos standen auf der Straße, aber in keinem saß ein Mann. Brandt ging zum ersten Auto und sah hinein, ob sich jemand auf dem Boden versteckte. Niemand. Sie blickte in die anderen Autos, aber auch diese waren leer.

Auf dem Weg zurück ins Präsidium kam sie an der Lieferantenzufahrt vorbei. Daneben befand sich eine neutrale Tür mit einem Codeschloss. Sie rüttelte an der Klinke. Abgeschlossen. Auf einem kleinen Schild stand, dass Waren täglich zwischen 10 und 13 Uhr entgegengenommen würden. Es war fast drei Uhr.

Vielleicht werde ich auch langsam paranoid, dachte sie. Die Sache hatte sie aus dem Gleichgewicht gebracht. Statt sich weiter von der Sonne wärmen zu lassen, begab sie sich in die Forensische Abteilung. Es war an der Zeit, sich mit Holtz abzustimmen. Was auch immer C sagen mochte, Brandt benötigte jemanden, mit dem sie diskutieren konnte, und Holtz war der Einzige, auf den sie sich verließ.

Sie fand ihn im Labor. Er pfiff vor sich hin. Brandt konnte sich nicht erinnern, ihn je pfeifen oder auch nur summen gehört zu haben. Sie kannte die Melodie, ein Kampflied von früher.

Was weiß man eigentlich über andere Menschen, dachte sie.

Das Labor nahm einen großen Teil des sechsten Stockwerks ein. Hier arbeiteten sowohl Kriminaltechniker als auch Forensiker mit verschiedenen Spezialgebieten. Im Zuge der kriminaltechnischen Entwicklung war das Labor in den letzten Jahren größer geworden. Immer noch wurden auch Proben ans GFFC gesandt, aber die polizeieigenen Spezialisten wurden immer geschickter, und da die technischen Geräte billiger wurden, mussten auch die Dienste des GFFC immer seltener in Anspruch genommen werden. Brandt hielt es für einen Vorteil, dass eine größere Anzahl von Spezialisten technische

Untersuchungen durchführen konnte. Die Konkurrenz verbesserte die Qualität. Außerdem bestand jetzt die Möglichkeit, ein Gutachten von mehr als einem Labor zu bekommen. Das hatten die Strafverteidiger schon lange gefordert, und Brandt war ihrer Meinung.

Holtz stand an einem hohen Stehtisch und sah in ein starkes Mikroskop. Er arbeitete sehr konzentriert und merkte nicht, wie sich Brandt neben ihn stellte.

»Wie schön du pfeifen kannst«, sagte sie.

Er zuckte zusammen und verstummte.

»Meine Güte, hast du mir einen Schrecken eingejagt«, rief er und versuchte, streng auszusehen, aber sein Lächeln verriet, dass es ihm nicht ernst war.

»Was machst du?«

»Ich löse deinen Fall. Schau hier«, sagte er und trat beiseite, damit Brandt seinen Platz am Mikroskop einnehmen konnte.

»Was ist das?«

»Eine Faser.«

»Das sehe ich auch.«

»Ich habe sie am Tatort auf der Bank im Tropikarium gefunden. Reine Baumwolle.«

»Von einem Kleidungsstück?«

»Nein, das glaube ich nicht. Dafür ist die Baumwolle zu dick. Sie enthält auch keine Spuren moderner Chemikalien. Ich glaube also, dass sie ziemlich alt ist.«

»Wie kommst du darauf?«

»Neue Stoffe enthalten immer irgendetwas. Bleichmittel, Waschmittel, Weichspüler und Farbe.«

»Aber diese Faser nicht?«

»Ja und nein. Ich habe Spuren von Schmierseife und organischem Bleichmittel gefunden.«

»Und woher stammt sie dann?«

»Ich bin mir nicht sicher. Vielleicht von einem alten Segel.«

»Aber die Vega ist doch ein Motorschiff. Es gibt dort doch keine Segel?«

»Nein, aber auf Schiffen gibt es Seeleute, und wo es Seeleute gibt, gibt es sicher auch Segeltuch.«

Brandt blickte vom Mikroskop auf und sah ihn skeptisch an.

»Nur eine Theorie, nur eine Theorie«, meinte Holtz und hob abwehrend die Hände.

»Hast du sonst noch etwas?«, fragte sie.

»Ja, in der Tat, einiges. Wir setzen uns in mein Büro und gehen die Sache von Anfang an durch.«

Holtz' Zimmer war aufgeräumt wie immer. Vor dem Fenster jagten weiße Wolken über den Himmel. Ellen Brandt ließ sich wie üblich in einer der tiefen Fensternischen nieder. Ihre Füße reichten nicht bis auf den Boden, und sie ließ die Beine baumeln. Holtz holte seinen Laptop und nahm in seinem Borgholm-Sessel Platz. Der Computer fuhr summend hoch. Während Brandt darauf wartete, dass er beginnen würde, blickte sie in den Innenhof. Auf dem Dach des gegenüberliegenden Gebäudes befanden sich die Käfige für den Hofspaziergang der Untersuchungshäftlinge. Zwei Leute gingen in ihren Käfigen aus hellgrünen Gitterstäben auf und ab. Einer sprang hoch, bekam eine Stange zu fassen und zog sich mit bedächtigen Bewegungen aufwärts. Sie zählte acht Klimmzüge. Sein Leidensgenosse beendete seinen monotonen Spaziergang, lehnte sich an das Gitter und zündete sich eine Zigarette an. Brandt sah die Glut und den Rauch, der langsam aufstieg und verwehte. Das erinnerte sie an die rauchenden Frauen vor dem Eingang und den Mann, von dem sie geglaubt hatte, er beschatte sie. Sie erwog, Holtz davon zu erzählen, unterließ es dann aber. Sie kam sich lächerlich vor. Was sollte sie sagen? Dass sie einem obskuren Mann hintergerannt war und dieser einfach verschwunden war?

»Also«, meinte sie und wandte sich zu Holtz.

Er sah mit einem vielsagenden Lächeln von seinem Computer auf.

»Es gibt noch viel zu analysieren, aber ich habe schon einiges«, sagte er.

Ruhig und systematisch erzählte er von der Patronenhülse, die er in dem Bassin gefunden hatte, und von den Spuren, die er darauf sichergestellt hatte.

»Sowohl Rillen als auch einen Fingerabdruck. Gar nicht übel. Irgendwelche Treffer im Register?«, wollte Brandt wissen.

Seine Miene verfinsterte sich.

»Immer mit der Ruhe. Du verdirbst einem auch jede Freude. Noch nicht. Ich habe darum gebeten, dass die Spuren im Ibis mit den Waffendatenbanken der Interpol abgeglichen werden. Das kann, wie du weißt, dauern.«

»Und der Fingerabdruck?«

»Noch nichts, aber die Daktyloskopen arbeiten dran. Wir müssen abwarten.«

»Gut. Zumindest gibt es jetzt etwas Greifbares.« Brandt sprang von der Fensterbank und setzte sich auf den Stuhl am Schreibtisch.

»Darf ich mich auf deinen Platz setzen?«

Holtz nickte nur und starrte auf seinen Monitor.

»Willst du mir nicht erzählen, worum es eigentlich geht?«, fragte er.

Ellen Brandt zögerte. Er sah sie an. Brandt kaute auf einem Bleistift und sah nachdenklich aus.

»Ich weiß nicht viel, nur dass dieser Fall Priorität hat und dass sich C auf dem Laufenden hält. Schon allein das ist ungewöhnlich.«

»Was weißt du über den Toten?«

»Nichts. Es hat ihn nie gegeben.«

»Wie meinst du das?«

»Nirgends existiert eine Spur von ihm. Die Analytiker speisen alles in den Brunnen ein, aber erhalten keine Antwort. Ich weiß nicht, was wir uns als Nächstes einfallen lassen sollen, aber C hat mir versichert, dass ich bald mehr erfahre. Jetzt hängt also alles von dir ab. Kümmere dich um die Spuren und liefere einen Bericht, dann sorge ich dafür, dass du nach und nach auch mehr Informationen erhältst.«

»Morgen erhältst du eine Auflistung aller bisherigen Ergebnisse.«

Holtz verstummte und sah aus dem Fenster. Es dämmerte.

»Eine Sache ist mir unklar. Vielleicht kannst du mir helfen.«

»Wer weiß«, erwiderte sie.

»Warum gießt man Champagner in einen Eiskübel, statt ihn zu trinken?«

»Keine Ahnung. Wieso?«

»In der Kabine von Greger Minos stand ein Eiskübel mit einer Flasche. Das Schmelzwasser war mit Champagner vermischt, jemand muss also einiges in den Kübel gegossen haben.«

Brandt kaute weiter auf ihrem Bleistift. Er wippte in ihrem Mundwinkel.

»Sonst noch etwas?«, fragte sie.

»Zwei Gläser. Wir haben sie auf DNA-Spuren untersucht, aber noch kein Ergebnis erhalten. Auf beiden waren seine Fingerabdrücke.«

»Denkbar wäre, dass er auf jemanden wartete, der nicht kam. Vielleicht hat er sich ja selbst ein Glas eingegossen. Der Gast kam nicht, er war enttäuscht und goss den letzten Schluck in den Kübel.«

»Oder er erhielt Besuch. Ein Besucher, der keinen Champagner trinken wollte und ihn in den Kübel goss«, meinte Holtz.

»Wer sagt zu Champagner nein?«

»Jemand, der keinen Alkohol trinkt. Oder jemand, der den Besuch nicht aus Geselligkeit abstattet und es unpassend findet, etwas zu trinken.«

»Oder jemand, der nicht trinken darf«, sagte Brandt.

»Und wer sollte das sein?«

»Jemand, der religiöse Gründe hat. Oder eine schwangere Frau.«

»Oder jemand, der arbeitet, jemand vom Personal?«, schlug Holtz vor.

»Vielleicht.« Brandt sah wieder zu den Käfigen hinüber, die inzwischen leer waren.

Ein Gefühl des Unbehagens breitete sich in Holtz aus. Es machte ihm schon des Längeren zu schaffen, war aber bislang nicht an die Oberfläche gelangt. Andere Gefühle hatten es blockiert. Begehren und Anspannung. Ellen Brandts Argumentation hatte die Schleusen geöffnet.

Ich muss vollkommen verrückt sein, dachte er und versuchte, unberührt zu wirken. Eine Affäre mit einer möglichen Verdächtigen kann mich meinen Job kosten.

»Du siehst etwas blass aus, vielleicht solltest du dich ja ausruhen?«, sagte Brandt.

»Keine Sorge.«

»Ich habe gehört, dass du eine Kabine an Bord bewohnst.«

»Ja. Ist das ein Problem?«

»Nein. Es ist zwar etwas merkwürdig, aber das ist deine Sache. Ich vermute, dass du guten Kontakt zu der Besatzung hast.«

Holtz rutschte hin und her und konzentrierte sich auf einen Punkt auf Brandts Stirn.

»Schon...«

»Du kannst dich ja etwas umhören. Benutz deinen Polizisteninstinkt, schnüffel rum, wo du schon mal dort bist«, meinte sie.

Holtz atmete auf.

»Klar, versteht sich von selbst.«

Ulf Holtz zog den Reißverschluss hoch, betätigte die Spülung und klappte den Deckel hinunter. Es brannte ein wenig beim Pinkeln, oder? Er hatte ein merkwürdiges Gefühl in den Leisten, das vorher nicht da gewesen war.

Er wusch sich die Hände zweimal und trocknete sie sorgfältig an einem Papierhandtuch ab. Er wusste nichts über Rita Murenius. Hatte sie Familie? Traf sie viele Männer? Was für Männer? Kapitän Svanbergs Bemerkung, sie sei sehr nett, oder wie er das ausgedrückt hatte, erhielt plötzlich eine neue Bedeutung. Holtz hatte keinen Moment an Verhütungsmittel gedacht. Warum auch? Er hatte noch nie in seinem Leben Kondome gekauft. Er hatte auch noch nie jemanden Kondome kaufen sehen. Natürlich hatte er beim Einkaufen die Päckchen hinter der Kasse bemerkt, aber er hatte nie jemanden in der Schlange sagen hören: Eine Schachtel Präservative bitte. Er hatte sich auch nie vorgestellt, selbst einmal welche zu brauchen. Nahid hatte nie etwas gesagt, und Rita war über das Thema ebenfalls hinweggegangen. Vielleicht war es ja seine Verantwortung.

Ein Druck in der Leiste. Was konnte man sich alles einfangen? Gonorrhö oder Herpes? Aids. Wie blöd konnte man eigentlich sein? Er wusch sich ein weiteres Mal die Hände und betrachtete sich erneut im Spiegel. Er sah müde aus. Die Augen, auf die er als junger Mann so stolz gewesen war, waren jetzt wässerig. Und blutunterlaufen. Ich muss einen Test machen, dachte er und nahm sich vor, nie wieder in diese Situation zu geraten. Nie wieder.

Der Korridor war leer, und Holtz eilte in sein Büro. Er setzte sich an den Computer, dachte einen Augenblick nach, schrieb dann das Wort »Geschlechtskrankheiten« in die Suchleiste und drückte Enter. Unendlich viel Treffer. Er scrollte durch die Vorschläge, klickte willkürlich einige an, las und suchte weiter. Fotos von Geschlechtsteilen mit venerischen Krankheiten in verschiedenen Stadien gab es zuhauf. Ihm wurde schlecht. Er konnte sich nicht dagegen wehren. Der professionelle Selbstschutz, der immer dann aktiviert wurde, wenn er sich mit Toten und Verletzten beschäftigte, war lahmgelegt. Er war in seinem Innersten getroffen. Die Leisten schmerzten, und sein Mund war trocken. Ich muss mich zusammenreißen, etwas unternehmen, dachte er. Nachdem er einige Male geklickt hatte, gelangte er auf eine Seite mit dem Namen Fickbaum. Erst begriff er nicht, was er vor sich hatte. Ein Baum mit vielen Zweigen. Ein Test. Er trug seinen Namen in ein Feld im Stamm ein und dann den Ritas. Er zögerte ein paar Sekunden und schrieb Nahid. Der Baum wuchs. Die Zahl der Äste nahm zu. Die Zahl der Ansteckungsmöglichkeiten stieg dramatisch an. Die Homepage erläuterte, dass es sich um ein Zahlenspiel und nicht um Wissenschaft handele, doch das beruhigte ihn nicht. Holtz starrte den Baum an. Dann klappte er den Laptop mit einem Knall zu und holte tief Luft. Ich muss mich untersuchen lassen, dachte er.

Auf dem Weg zur Arbeit war er oft an dieser Tür vorbeigegangen. Eine normale Tür eines normalen Hauses. Er hatte ihr nie sonderlich viel Beachtung geschenkt. Die Wechselsprechanlage wies sechs Klingeln mit Firmennamen auf. Wie in den meisten prächtigen Häusern der Innenstadt waren die großen Wohnungen in Büros umgewandelt worden. Werbeagenturen, Architekten- und Designerbüros. Im dritten Stock lag ein Unternehmen mit dem Namen Venora. Dahinter konnte sich alles Mögliche verbergen. Tat es aber nicht.

Holtz sah sich um, bevor er klingelte. Eine Frau in einem Straßencafé auf dem gegenüberliegenden Bürgersteig schien in seine Richtung zu blicken. Vielleicht hielt sie ja nach Sündern Ausschau. Er wandte rasch sein Gesicht ab und betrachtete die polierte Scheibe der Haustür. Zwei Frauen gingen vorbei. Die eine schob ein Fahrrad. Sie lachten.

Eine metallische Stimme ertönte aus der Wechselsprechanlage.

»Ich würde gern reinkommen«, sagte Holtz. »Könnten Sie aufmachen?«

Nichts geschah. Warum dauerte das nur so unendlich lang? Dann summte der Türöffner. Er drückte die Tür auf und betrat das protzige Foyer. Ein sich abwärtsbewegender, altmodischer Fahrstuhl mit Gittertüren und gedämpfter gelbroter Beleuchtung kam genau in dem Moment quietschend zum Stillstand, als er ihn erreichte.

Der Mann, der die Gittertür von innen öffnete, lächelte ihn ironisch an. Er war groß, schwarz gekleidet und trug eine karierte Schirmmütze.

»Bitte schön«, sagte er und hielt Holtz die Tür auf. Dieser eilte in den Lift und zog das Scherengitter zu, während der Mann die schwere Glastüre schloss.

Der Fahrstuhl kämpfte sich langsam in den dritten Stock hinauf. Er trat bei Venora ein. Das Vorzimmer war hell und mit modernen, bunten Sofas eingerichtet. Unter der roten Anzeige für die Wartenummer hing ein handgeschriebener Zettel. Die Besucher wurden aufgefordert, vor Abgabe der Proben nicht die Toilette aufzusuchen. Er zog eine Nummer, bekam versehentlich zwei, riss eine ab und legte sie auf die Maschine. Auf einem Tisch lag ein Stapel schlecht kopierter Fragebögen über den Gesundheitszustand. Er nahm einen.

In der Ecke stand ein Aquarium. Zwei goldfarbene Fische schwammen langsam im Kreis. Zwei junge Frauen warteten mit ihm, beide in eine Illustrierte vertieft. Holtz nahm auf einem Sofa Platz und begann, den Fragebogen auszufüllen. Eine der Frauen sah hoch, lächelte ihm flüchtig zu und vertiefte sich wieder in ihre Zeitschrift. Auf dem Display über der Glastür tauchte die nächste Nummer auf, und die Lächelnde trat ein. Weitere Leute kamen ins Wartezimmer, zogen eine Nummer und nahmen ungezwungen Platz. Alle hatten dasselbe Anliegen. Holtz konnte es nicht bleiben lassen, die Anwesenden zu betrachten und sich zu überlegen, weswegen sie hier waren. Seine Nummer wurde aufgerufen. Mehrere Augenpaare sahen ihm nach, als er den Empfang betrat.

»Hallo. Bitte nehmen Sie Platz«, sagte die Sprechstundenhilfe. Sie hatte ein freundliches, offenes Gesicht. »Sie möchten sich testen lassen?«

»Ja.«

»Haben Sie den Fragebogen ausgefüllt?«

Er reichte ihr das Blatt.

»Ich brauche Ihren Ausweis.«

Er suchte in seiner Brieftasche und reichte ihr seinen Führerschein. Sie verglich die Angaben mit denen auf seinem Fragebogen und gab ihm dann den Führerschein zurück.

»Was wollen Sie untersuchen lassen?«

»Also, ich ...«

Sie lächelte.

»Alles?«

»Ja. Das ist vermutlich das Beste.« Seine Stimme war brüchig.

»Gut. Es dauert eine Weile, bis Sie an der Reihe sind. Sie werden aufgerufen. Müssen Sie zur Toilette?«

»Nein.«

»Es ist gut, wenn Sie damit noch warten können. Er muss konzentriert sein.«

»Konzentriert?«

»Der Urin.«

»Ja, natürlich.«

Nachdem er noch eine Viertelstunde gewartet hatte, öffnete eine junge Frau in einem limonengrünen Kittel die Tür und rief seine Nummer auf.

»Maja«, sagte sie, als sie im Untersuchungszimmer waren, und hielt ihm die Hand hin.

»Ulf Holtz«, erwiderte er und nahm ihre Hand. Sie war trocken, und ihr Händedruck war fest. Seine Hand war feucht.

»Warum wollen Sie sich untersuchen lassen? Haben Sie irgendwelche Symptome?«

»Es brennt beim Wasserlassen, und ich spüre einen Druck in den Leisten.«

»Kein zähflüssiges Sekret aus der Harnröhre? Keine Schmerzen?«

»Nein. Das nicht.«

»Okay.« Sie warf einen Blick auf ihren Bildschirm, den er nicht einsehen konnte.

»Hatten Sie in letzter Zeit eine sexuelle Beziehung?«
»Ja.«
»Mit einer Person, die Sie kennen?«
»Nicht richtig. Also, kennen ist zuviel gesagt.«
»Mehr als eine Person?«
»Nein.«
»Mit einer Frau oder einem Mann?«
»Bitte?«
»Hatten Sie die Beziehung mit einer Frau oder einem Mann?« Sie verzog keine Miene.

»Mit einer Frau«, antwortete er rasch.

»Ich muss diese Frage stellen.«

»Ich verstehe, ich ...«

»War das hier in Schweden?«

»Ja, auf einem Kreuzfahrtschiff, aber das lag am Kai, und ich ...«

Sie zog die Brauen hoch.

»Während einer Kreuzfahrt?«

»Nein, nicht während einer Kreuzfahrt. Das nicht. Es ist etwas kompliziert.«

»Das kommt schon mal vor. Sind Sie verheiratet?«

»Nein.«

»Haben Sie eine feste Beziehung?«

»Nein. Ich hatte eine. Aber das ist schon wieder ziemlich lange her. Sie ist in den Iran zurückgekehrt«, sagte Holtz. Er bereute diese Worte sofort. Warum hatte er das nur gesagt?

»Iran«, sagte sie sichtlich interessiert. »Hatte sie irgendeine Krankheit?«

»Nein. Oder eigentlich weiß ich das nicht.«

»Okay. Ich finde, wir sollten einen Chlamydien-, Gonorrhö- und Aids-Test machen. In Ordnung?«

»Ja, Sie wissen es sicher am besten.«

»Dann muss ich Sie nur noch darauf hinweisen, dass wir, falls wir etwas Ansteckendes entdecken, verpflichtet sind, dies zu melden, und dass Sie verpflichtet sind, bei der Suche nach weiteren Infizierten mitzuwirken. Das bedeutet, Sie müssen allen, mit denen Sie im letzten Jahr Sex hatten, von dem Ergebnis erzählen und sie auffordern, einen Arzt aufzusuchen und sich untersuchen zu lassen.«

Holtz schluckte.

»Sollten Sie sich nicht angesteckt haben, erfährt niemand etwas«, fuhr sie gleichmütig fort.

»Wann erhalte ich das Ergebnis?«

»Falls wir etwas entdecken, rufen wir Sie innerhalb einer Woche an. Hören Sie nichts von uns, dann haben Sie sich nicht infiziert. Sie bekommen einen Code, mit dem Sie sich ausweisen können, falls Sie anrufen und etwas fragen wollen.«

»Gut.«

»Schön. Dann nehme ich Ihnen Blut ab. Sie müssen auch eine Urinprobe abgeben, aber wir fangen jetzt erst mit Gonorrhö an.« Sie griff zu einer sterilen Verpackung mit einem langen Stäbchen. »Würden Sie bitte die Hose herunterlassen?«

Die Toilette war strahlend sauber, und es roch in der ganzen Kabine nach künstlichem Vanillearoma. Mercedes Nunes strich sich mit dem Handrücken über die schweißbedeckte Stirn. Jeden Tag putzte sie ihre eigene Kabine, obwohl das gar nicht nötig gewesen wäre. Das ist eine Art Läuterung, dachte sie, bei sich selbst zu putzen und nicht bei anderen. Sie hatte nie eine andere Arbeit gehabt. Während der ersten Jahre in dem neuen Land hatte sie fast ohne Bezahlung geputzt. Leute, die ein sauberes Haus wünschten, hatten ihr ein paar Scheine in die Hand gedrückt. So hatte sie überleben können, sich in einer unsicheren Welt durchgeschlagen. Jeden Tag hatte sie Angst gehabt, von der Polizei gefasst und ausgewiesen zu werden. Später hatte sie in Restaurants, im Hotel und schließlich auf der MS Vega gearbeitet. Niemand hatte sie nach Papieren gefragt. Sie hatte sich darüber gewundert, aber im Laufe der Zeit war ihre Besorgnis geschwunden und schließlich der Tristesse gewichen. Sie hatte zu essen, konnte sich das Notwendigste kaufen, hatte ein Dach über dem Kopf, aber war das wirklich genug? Nach allem, was geschehen war?

Mercedes Nunes stellte ihre Putzutensilien beiseite, wrang einen Lumpen aus, hängte ihn zum Trocknen im Bad auf und legte sich dann auf die perfekt gemachte Koje und schloss die Augen. Sie wollte sich nur einen Moment ausruhen.

Die Puppe hatte er ihr anschließend an den Kopf geworfen. Die könne sie behalten. Als Bezahlung. Das Kleid, das ihr ihre

Mutter zum dreizehnten Geburtstag genäht hatte, war vollkommen zerrissen. Sie wusste, dass ihre Mutter lange gespart und manchmal sogar nichts gegessen hatte, um sich den Stoff leisten zu können. Er war gelb und geblümt. Mercedes hatte das Kleid nur anprobieren, aber nicht tragen sollen. Das hatte sie versprochen. Sie kam sich schön in dem gelben Kleid vor. Und erwachsen. Sie wollte es nur einen Augenblick lang tragen. Nur zum Fluss hinuntergehen und zurück, um Wasser zu holen. Das Kleid flatterte um ihre mageren Beine, als sie mit einem leeren Eimer in der Hand den Pfad entlangrannte.

Die Puppe lag mitten auf dem Weg, und sie blieb stehen, um sie aufzuheben.

Er schleifte sie ein Stück in den Wald. Presste ihr seine Hand auf den Mund. Sie bekam keine Luft und hatte eine Heidenangst, dass das Kleid schmutzig werden könnte. Er drückte sie mit einer Hand auf die Erde, riss ihr mit der anderen das Kleid herunter. Das Geräusch des zerreißenden Stoffes übertönte alles andere.

Mercedes Nunes hörte es immer noch, obwohl so viele Jahre vergangen waren.

Er ließ sie ein Stück vom Weg entfernt im Wald liegen. Sie entdeckte Blut zwischen den Beinen, es klebte zusammen mit Erde an der Innenseite ihrer Schenkel. Es tat weh. Sie streckte die Hand nach dem zerfetzten Kleid aus, zögerte und wischte sich dann damit zwischen den Beinen ab. Als sie den schmutzigen, gelben Stoff ans Gesicht drückte, roch sie Blut und Erde und etwas anderes. Etwas Herbes. Sie drückte das Kleid fester ans Gesicht, um den Schrei zu dämpfen, der sich nicht unterdrücken ließ.

Sie erwachte, als es klopfte. Die Decke war zwischen ihre Beine gepresst.

»Wer ist da?«, rief sie heiser und schlaftrunken.

»Polizei. Ich suche Mercedes Nunes. Sind Sie das?«, hörte sie eine Stimme jenseits der papierdünnen Tür.

»Ja. Worum geht es?«

»Ich möchte mit Ihnen sprechen. Würden Sie bitte aufmachen?«

Mercedes setzte sich in ihrer Koje auf und befreite sich von der Decke, in der sie sich verfangen hatte.

»Einen Augenblick.« Sie stand mühsam auf, ging ins Bad und ließ sich kaltes Wasser über das Gesicht laufen.

Sie kannte den Mann vor der Tür. Er hatte allein auf der Brücke im Tropikarium gestanden und über den Tod gelacht.

Die Frau, die die Tür öffnete, hatte ein verquollenes Gesicht und den Abdruck eines Kissens auf einer Wange. Ihr Blick war unstet.

»Darf ich einen Augenblick stören?«, fragte Holtz.

Sie antwortete nicht, nickte nur und ging in die Kabine voraus. Es duftete sauber und etwas süßlich. Sie setzte sich auf die Koje und bedeutete ihm mit einer Kopfbewegung, auf dem einzigen Stuhl Platz zu nehmen. Er zog den Stuhl unter dem Tisch hervor und setzte sich.

»Ich komme, um mich zu entschuldigen«, sagte er und versuchte, ihren Blick aufzufangen.

Sie hob den Kopf und sah ihn erstaunt an. Vielleicht auch misstrauisch.

»Wie meinen Sie das?« Eine Falte tauchte auf Mercedes Nunes' Stirn auf.

»Ich glaube, ich habe Ihnen einen Schrecken eingejagt. Sie haben doch gestern vor dem Tropikarium gestanden? Und sind weggelaufen, als ich ...«

»Sie haben gelacht«, erwiderte sie.

»Ja, stimmt. Ich entschuldige mich dafür, ich weiß nicht, was in mich gefahren ist. Das war sehr unpassend, und das ist eigentlich auch gar nicht meine Art. Ich war vermutlich müde.«

Sie lächelte und strich eine dunkle Haarsträhne beiseite, die ihr in die Augen gerutscht war. Holtz zuckte zusammen. Mercedes schien dies bemerkt zu haben, sie sah ihn erschrocken an.

»Was ist?«, fragte sie.

»Nichts. Ich musste nur gerade an was denken. Sie erinnern mich an jemanden, den ich kenne. Oder kannte, meine ich.«

Mercedes Nunes' Miene veränderte sich. Sie war jetzt nicht mehr misstrauisch, sondern neugierig.

»Und wer war sie?«

»Niemand Besonderes. Nur eine Frau, die ich einmal kannte«, erwiderte Holtz unsicher. »Wie gesagt, ich wollte mich nur entschuldigen.«

»Das ist sehr freundlich. Und auch merkwürdig.«

»Merkwürdig.«

»Ja. Sie sind von der Polizei, oder? Ich hätte nie gedacht, dass sich Polizisten entschuldigen.«

Holtz musste lachen.

»Warum nicht?«

»Ich weiß nicht. Wo ich herkomme, da würde sich ein Polizist nie entschuldigen.«

Holtz verstand, was sie meinte.

»Aber Sie scheinen nett zu sein. Und lachen können Sie auch über den Tod. Das würde ich auch gerne können«, meinte Mercedes Nunes.

Holtz betrachtete sie. Dunkle Augen, fast schwarzes, glänzendes Haar. Ein offenes, schönes Gesicht. Jung, aber nicht naiv.

»Ja, wer würde nicht gerne lachen können? Aber der Tod ist nichts, wobei einem nach Lachen zu Mute ist. Glauben Sie mir.«

»Ich glaube Ihnen.«

Ihr dunkler Blick enthüllte Erfahrungen. Holtz versuchte, das Thema zu wechseln.

»Sie heißen Mercedes, oder?«

»Ja. Wie das Auto«, antwortete sie mit einem schiefen Lächeln.

Auch er lächelte. Kam ihr entgegen.

»Wo kommen Sie her? Ich meine, wo haben Sie gelebt, ehe Sie hierherkamen?«

»In Südamerika. Aber das ist lange her.« Er merkte, dass sie auf einmal wieder sehr reserviert war.

»Ich will nicht länger stören«, sagte Holtz und erhob sich. Mit der Hand auf der Türklinke blieb er stehen. Mercedes Nunes war auf ihrer Koje sitzen geblieben und hatte wie ein kleines Mädchen die Beine angezogen. Er drehte sich zu ihr um.

»Kannten Sie ihn?«

Sie stutzte.

»Wen?«

»Den Mann im Wasser. Den Toten, den Sie gefunden haben. Ich dachte, dass Sie ihn vielleicht kannten, weil er ein häufiger Passagier war.«

»Nein.« Mercedes Nunes sah ihm in die Augen.

Holtz betrachtete sie ein paar Sekunden lang schweigend.

»In Ordnung. Und nochmals: Entschuldigen Sie bitte, dass ich Ihnen einen Schrecken eingejagt habe.« Er drückte die Klinke hinunter und trat auf den Korridor.

Holtz war hungrig und beschloss, essen zu gehen. Um Rita Murenius würde er sich später kümmern. Als er die Praxis am Morgen verlassen hatte, war er noch fest entschlossen gewesen, den Stier bei den Hörnern zu packen und Rita aufzusuchen, zu erklären, alles sei ein Fehler gewesen und sie könnten sich nicht mehr treffen. Im Grunde war ihm bewusst, dass er die Begegnung aufschob, weil er Mut schöpfen musste, und nur deswegen zu der Reinigungskraft gegangen war, der er im Tropikarium einen Schrecken eingejagt hatte. Schließlich hatte ihn Ellen gebeten herumzuschnüffeln. Das war förmlich ein Befehl gewesen.

Das Gespräch war gut verlaufen, und jetzt war er hungrig. Und hatte sich verlaufen. Die Korridore sahen alle gleich aus, so dass es unmöglich war, sich zu orientieren. Der Teppich war dick und dämpfte das Geräusch seiner Schritte. An einer Wand hing ein Plan, auf dem die Fluchtwege eingezeichnet waren. Es war Holtz immer schon schwergefallen, Pläne zu lesen. Es kostete ihn große Mühe, das zweidimensionale Bild auf die Wirklichkeit zu übertragen. Der Plan zeigte, in welche Richtung man laufen sollte, um im Falle eines Brandes oder Unglücks nach draußen zu gelangen. Bei dem Gedanken schauderte es ihn. Lange, identische Korridore voller Rauch und Wasser. Der Plan half ihm nicht weiter.

Vom Korridor ging eine Tür ab, die massiver war als die anderen. Ein gelbes Schild verwehrte Unbefugten den Zutritt. Er legte die Hand auf die Tür. Sie war aus Metall und erinnerte an die Tür zum Tropikarium. Aber er befand sich in einem ganz anderen Teil des Schiffes. Die Klinke war ebenfalls sehr massiv. Er drückte sie hinunter. Sie quietschte leicht. Mit einem schmatzenden Geräusch ging die Tür auf. Es roch nach Diesel und warmem Eisen. Eine steile Metalltreppe führte nach unten. Wahrscheinlich in den Maschinenraum. Vermutlich auch ein Fluchtweg, dachte Holtz. Aus reiner Neugier stieg er weiter nach unten.

Das Geländer aus verchromtem Stahl war glatt. Am Fuß der Treppe erreichte er eine grünlackierte Metallplatte mit Profil. Vor ihm erstreckte sich der Maschinenraum. Die verschiedenen Ebenen waren durch Treppen verbunden. Ein warmes, gelbrotes Licht lag wie eine dunkle Haut über allem.

Eine schwache Vibration drang durch seine Schuhsohlen. Irgendwo sprang ein Motor an, vielleicht ein Generator. Er sah sich um und folgte langsam einem schmalen Metallsteg über den Maschinen, die reglos und still im Dunkel standen. Er hatte noch nie so große Motoren gesehen. Aneinander gekoppelte Kraftpakete aus Metall, Gummidichtungen und Leitungen. Alles war glänzend grünlackiert. Verschiedene Geräusche ließen sich trotz eines monotonen Dröhnens ausmachen. Ein Ticken, das Rauschen eines Gebläses, ein Tröpfeln und das Surren eines Elektromotors.

Aber keine menschliche Regung. Holtz schärfte seine Sinne, als er ein Zischen hörte. Etwas leckte. Gas? Er schnüffelte, konnte aber nur Diesel riechen.

Langsam ging er den schmalen Steg entlang und konzentrierte sich auf das, was er sah, hörte und roch. Dann gelangte er über eine Treppe zu den Motoren hinunter. Holtz ging an den Maschinen entlang und drang weiter in den Raum vor. Das Zischen und der Gedanke an Gas beunruhigten ihn. Die Notbeleuchtung reichte nicht bis in alle Winkel. Es muss noch ein anderes Licht geben, dachte er und beschloss, nach einem Schalter zu suchen.

Plötzlich erlosch das rote Licht. Ohne Flackern, abrupt, unerwartet. Holtz hielt im Dunkeln inne. Kleine helle Pünktchen, Warnlampen und Dioden schwebten hier und da wie einsame Glühwürmchen in ungewöhnlichen Farben in der Luft.

Holtz drehte sich in der Dunkelheit um, verlor aber die Orientierung, noch ehe er sich für eine Richtung entschieden hatte. Er stand vollkommen reglos da. Die ganzen Kräne, Knöpfe und Hebel, an denen er vorübergekommen war. Im Dunkeln würde er bestimmt dagegenstoßen!

Warum war das Licht erloschen? War die Tür, durch die er gekommen war, mit einer Zeitschaltuhr gekoppelt, oder hatte jemand das Licht gelöscht?

Er lauschte erneut. Das Gebläse, die Tropfen und das Gas. Er war nervös und verfluchte sich, dass er überhaupt allein in den Maschinenraum gegangen war. Wenn es sich um Gas handeln würde, wäre sicher ein Warnsystem angesprungen, dachte er. Holtz spürte einen Druck auf der Brust und atmete stoßweise. Er wollte nur noch raus. Er entschied sich für eine Richtung. Tastete nach etwas, woran er sich festhalten konnte. Ging ein paar Schritte vorwärts. Stieß mit dem Kopf an. Zog den Kopf instinktiv ein und setzte seinen Weg fort. Er konnte sich nicht entsinnen, dass es so niedrig gewesen war. Offenbar die falsche Richtung. Er drehte sich um und streckte die Hand aus, um sich zu orientieren, und griff ins Leere.

Er stolperte und stürzte.

Er landete auf etwas, das gleichzeitig weich und hart war.

Beata Heneland wiegte Pia Levin sachte in ihren Armen, während sie ihr über den Kopf strich. Levin schluchzte. Schnodder lief ihr aus der Nase, aber sie kümmerte sich nicht weiter darum, denn jegliche Kraft hatte sie verlassen. Sie ließ sich ins Dunkel fallen und dankbar vom Schlaf umfangen.

Beata sah sie zärtlich an, während sie immer tiefer in den Schlaf sank. Sie hatte Pia mehrmals angerufen und war schließlich zu ihrer Wohnung gefahren und hatte an der Tür geklopft. Schließlich hatte Pia mit leichenblassem Gesicht und blutunterlaufenen Augen geöffnet. Beata hatte sie gerade noch auffangen können, als sie zusammengebrochen war, und sie zum Sofa im Wohnzimmer getragen.

Levins Gesicht zuckte.

Beata saß lange mit Pias Kopf auf dem Schoß da. Nach einer Weile kribbelte es in ihren Beinen. Behutsam rutschte sie zur Seite und erhob sich vom Sofa, während Pia jammernd die Beine anzog.

Beata Heneland ging zu der kleinen Küchenzeile und sah sich um. In der Spüle lagen Teller mit Essensresten, die schon mehrere Tage alt zu sein schienen. Es roch muffig und verschimmelt. Ein Karton Weißwein stand auf der Ablage. Sie schüttelte ihn. Er war noch recht voll. Beata spülte ein Glas, goss sich Wein ein und kostete. Ganz okay. Sie trank einen großen Schluck, stellte das Glas beiseite und begann aufzuräumen. Sie spülte und wischte. Nachdem sie in die Schränke geblickt hatte, begann sie abzutrocknen und alles wegzustellen. Das Besteck legte sie in einen Kasten, der dafür vorgesehen zu sein schien. Sie schenkte sich nach und räumte dann die Schlafnische und den Wohnraum auf. Sie überlegte, ob sie staubsaugen sollte, doch sie wollte Levin nicht wecken.

Auf dem Tisch im Wohnzimmer lagen mehrere gelbe Mappen. Auf jeder stand mit breitem schwarzem Filzstift ein Name. Sie stapelte sie aufeinander, dachte einen Augenblick nach und legte sie dann auf den Küchentisch.

Nach dem Aufräumen wusste sie nicht, was sie tun sollte. Eigentlich kannte sie Levin gar nicht. Sie wusste auch nicht recht, warum sie nach dem Unfall im Tropikarium überhaupt bei ihr vorbeigeschaut hatte. Es kam ihr vor, als läge dieser schon eine Ewigkeit zurück, aber es waren nur etwa vierundzwanzig Stunden vergangen, seit sie auf der MS Vega eingetroffen war, um sich um die Tiere zu kümmern. Die Idee eines Tropikariums an Bord eines Schiffes hatte ihr nie gefallen, aber die Reederei hatte gut bezahlt, und ihre Geschäfte waren ohnehin mäßig gelaufen. Also war ihr jeder Auftrag willkommen gewesen.

Pia Levin regte sich auf dem Sofa. Beata sah, dass sie sich umgedreht hatte und gefährlich nahe am Rand lag. Sie hob die schlafende Pia hoch und legte sie ins Bett. Ein Stoffkrokodil, das herabgefallen war, als sie Pia von der Couch gehoben hatte, saß einsam auf dem Fußboden. Sie hob es kopfschüttelnd auf und legte es neben Pia aufs Kopfkissen.

Dann kehrte sie zum Küchentisch zurück, nahm eine der gelben Mappen und klappte sie auf. Es dauerte einige Sekunden, bis sie begriff, worum es sich handelte. Erschüttert klappte sie die Mappe wieder zu und schob sie beiseite. Sie starrte sie an und streckte dann ganz langsam die Hand nach dem nächsten Ordner aus. Das Gummiband schnalzte, als sie es abstreifte. Sie blätterte die Seiten rasch durch und öffnete dann eine Mappe nach der anderen. Sie schämte sich, weil sie etwas tat, das sie eigentlich nicht tun sollte, empfand aber gleichzeitig auch ein Gefühl von Ohnmacht, Trauer und Wut.

Sie stellte fest, dass sich der Inhalt der gelben Mappen ähnelte. Es gab mehrere dicht beschriebene Seiten, Berichte und Vernehmungsprotokolle. Außerdem Nahaufnahmen verängstigter Kindergesichter mit blauen Augen. Kleinkinder mit Spuren von Misshandlungen und Kinderleichen. Einige Fotos waren schwarzweiß. Todesanzeigen fand sie auch.

Nachdem sie den ersten Schock überwunden hatte, ging sie das Material systematisch durch. Einige Fälle lagen nur wenige Jahre, einer mehrere Jahrzehnte zurück.

Beata saß am Küchentisch und las, und die Nacht verging. Sie holte sich irgendwann noch ein Glas Wein, trank aber sehr langsam, um einen klaren Kopf zu behalten. Ab und zu jammerte Pia in ihrer Schlafnische, und Beata hörte, wie sie sich hin und her wälzte. Einige Male schrie sie auch, aber Beata konnte keine Worte verstehen.

Die letzte Mappe enthielt einen Fall, der über dreißig Jahre zurücklag. Die Protokolle waren mit Schreibmaschine geschrieben. Ungleichmäßig aneinandergereihte Buchstaben, handschriftliche, aber durchaus lesbare Änderungen. Sie überflog den Text. Kindesmisshandlung, genau wie die anderen Fälle. Eine Achtjährige, die vor einem Krankenhaus abgesetzt worden war, allein und fast bewusstlos, gebrochene Arme und Beine. Innere Blutungen. Kein Vernehmungsprotokoll des Mädchens, nur eine Notiz, dass sie schweige. Viele Auszüge aus der Krankenakte. Das Mädchen schien ausgesetzt worden zu sein, Angaben über die Eltern gab es keine.

Ermittlungsfotos. Schwarzweißfotos mit weißem Rand und Polizeistempel auf der Rückseite. Auf einem der Fotos sah das Mädchen direkt in die Kamera. Unschuldige, gequälte Augen, die direkt in Beatas Seele zu blicken schienen. Ihr Magen verkrampfte sich. Obwohl viele Jahre vergangen waren, erkannte sie das Mädchen, das jetzt erwachsen war, wieder. Beata blätterte zur letzten Seite. Der Beschluss des Jugendamtes. Unterbringung bei Pflegeeltern auf dem Land. Familie Levin.

Beata wurde bewusst, dass ihre neue Freundin Hilfe brauchte, und obwohl sie sie erst vierundzwanzig Stunden kannte, war ihr klar, dass sie diese Hilfe nicht ohne Widerstand annehmen würde. Aber Beata würde nicht lockerlassen.

Um sechs Uhr morgens stapelte sie die Mappen auf dem Küchentisch. Dann kochte sie Kaffee und sah in den fast leeren Gefrierschrank. Sie fand ein paar Brötchen, die sie im Ofen aufwärmte. Sie kochte zwei Eier, zündete eine Kerze an, machte das Radio an und ging dann zu Pia, die die Decke abgestrampelt hatte und mit angezogenen Knien dalag.

Beata kniete sich neben sie und zog die Decke wieder hoch. Sie strich ihr über die Wange und weinte leise.

Pia erwachte langsam. Sie blinzelte, um sich an das Licht zu gewöhnen. Ihr Blick drückte Verwirrung und Wiedererkennen aus.

Beata lächelte sie an.

»Guten Morgen, ich habe Frühstück gemacht.«

Pia schloss die Augen.

»Danke«, sagte sie. Ihre Wimpern bewegten sich nicht.

Gert Andersson drehte die Flasche mit dem Schiff hin und her. Sollte er sie mitnehmen? Das Beste war vermutlich, sie an Bord zu lassen. Schließlich handelte es sich nur um ein Buddelschiff. Er hatte beschlossen, kaum etwas mitzunehmen, konnte sich aber nur schwer davon trennen. Das Buddelschiff symbolisierte das Gefühl, wirklich etwas bewerkstelligt zu haben.

Andersson hatte keine sonderliche Begabung darin besessen, Dinge zu Ende zu bringen. Sein Leben war von havarierten Träumen, abgebrochenen Ausbildungen und Arbeiten, die keine Zukunft hatten, gesäumt. Dass es ihm gelungen war, zum Sicherheitschef befördert zu werden, erstaunte ihn immer noch. Eigentlich wusste er, dass das nichts zu bedeuten hatte. Er wurde nicht besser bezahlt als das übrige Sicherheitspersonal, und niemand befolgte seine Anweisungen. Der Titel war bedeutungslos, es gab ihn nur, weil es so Vorschrift war. Er erinnerte sich noch an das berauschende Gefühl, als ihn der Kapitän gefragt hatte, ob er den Posten haben wolle. Er war stolz gewesen. Aber als ihm aufgegangen war, dass sich dadurch nichts änderte, war er schnell ernüchtert gewesen. Erst als ihn der Kapitän nach dem Mord an dem Passagier zu sich gerufen hatte, hatte er das Gefühl gehabt, wirklich gebraucht zu werden.

Rasch hatte er seinem Titel entsprechend das Kommando übernommen. Das Erlebnis war überwältigend gewesen. Er durfte andere befehligen. Es war fast dasselbe Gefühl wie bei einer Auseinandersetzung mit einem Rabauken an Bord. Von denen gab es genug. Auf jeder Fahrt musste jemand den starken Mann markieren, und er musste ihn zur Räson bringen. Beschwipste Typen, die sich wer weiß was einbildeten, und die Andersson sofort in eine winzige Kabine ganz unten im Schiff, die Arrest genannt wurde, verfrachtete. Er war zwar gelegentlich wegen Körperverletzung angezeigt worden, aber das war immer im Sand verlaufen. Immer wenn er den Arrest verließ, verflog die Erregung wie bei einer kurz wirkenden Droge. Das Gefühl, der Besatzung, den bekloppten Kellnerinnen, den Köchen und Maschinisten, Anweisungen erteilen zu können, war etwas ganz anderes. Es hatte viel länger vorgehalten.

Aber jetzt war alles vorbei, noch ehe es begonnen hatte. Er musste das Schiff verlassen, die Zeit wurde knapp. Am meisten beunruhigte ihn der Anruf seiner Auftraggeber. Außerdem machte ihm auch zu schaffen, dass seine DNA gerade analysiert wurde und es nur eine Frage der Zeit war, bis man einen Zusammenhang herstellte.

Er betrachtete erneut das Buddelschiff.

Das Schiff darin war fast perfekt. Es krängte aufgrund einer großen Welle und trotzte der Gewalt des Meeres mit geblähten Segeln. Er war stolz und gelangte zu einem Entschluss. Von dem Segeltuch, das er in einem Schrank im Maschinenraum gefunden und aus dem er die Segel des Schiffsmodells hergestellt hatte, war noch ein großes Stück übrig. Er rollte die Flasche in das Segeltuch und legte es in seine Tasche.

Der Wind führte die Kälte des Meeres mit sich. Andersson erschauerte und trat näher an den Schiffskörper, um Schutz zu suchen. Er sah auf die Fahrrinne und den Bergrücken zu seiner Rechten. Bürohäuser, in deren Fenstern die untergehende Sonne funkelte, kletterten den steilen Hang hinauf. Auf der anderen Seite der Fahrrinne thronte eine Achterbahn, die nicht in Betrieb war. Der Vergnügungspark war geschlossen. Zwei kleine weiße Fähren begegneten sich einige hundert Meter von ihm entfernt. Niemand befand sich an Deck. In einigen Monaten würden die Boote wieder voller Touristen sein, die von einer Insel der Stadt zur nächsten fuhren. Jetzt waren diese Boote fast leer. Er fuhr sich mit der Hand über seine unrasierte Wange. Es kratzte. Er wartete darauf, dass die Sonne unterging. Er brauchte die Dunkelheit.

Die blaue Stofftasche stand fertig gepackt neben ihm auf dem Deck, eine Sicherheitsmaßnahme. Von nun an würde er sie immer dabeihaben. Sobald ihm das Pflaster zu heiß wurde, würde er einfach verschwinden. Obwohl es schwer zu beurteilen war, wann es wirklich ernst wurde. Andersson hatte das schon früher erlebt. Erst anschließend wusste man, ob es richtig gewesen war zu verschwinden. Kleine, banale Dinge konnten sich im Nachhinein als deutliche Fingerzeige erweisen, dass alles zum Teufel gehen würde. Ein Mord war natürlich keine banale Angelegenheit. Er hatte eine Kette von Ereignissen ausgelöst, die ihm allmählich Sorgen bereiteten. Allein die Tatsache, dass ein Polizist an Bord wohnte. Andersson hatte versucht, ihm aus dem Weg zu gehen. An Bord wussten alle alles übereinander. Dieser Holtz war Kriminaltechniker und schien den Kapitän um den Finger gewickelt zu haben. Er fühlte sich an Bord schon richtig zu Hause. Die Kellnerinnen meinten, er sei ein wenig eingebildet.

Andersson fror. Das Funkeln in den Fenstern auf der anderen Seite war erloschen. Die Reklameschilder auf den Hausdächern waren nun deutlicher zu sehen. Bunte Farben spiegelten sich in dem dunklen Wasser.

Er stieß an den Kasten, den er aus dem Versteck hinter dem Arrest geholt und an Deck getragen hatte. Eine Holzkiste mit stabilem Griff und kyrillischer Beschriftung. Sie war bedeutend schwerer, als sie aussah. Es war die letzte. Weitere Überfahrten würde es nicht geben, das war ihm klar. Es störte ihn nicht, obwohl er versprochen hatte, zwei weitere Lieferungen durchzuführen. Aber es war schließlich nicht seine Schuld, dass die Polizei das Schiff festhielt.

Der Anruf hatte seinem Zaudern ein Ende bereitet. Er war für den Auftrag bereits bezahlt worden. Lös das Problem, hatte man ihm gesagt. Wie, wusste er nicht. Aber er war sich bewusst, dass das Pflaster immer heißer wurde.

Es würde dauern, bis sie merkten, dass er verschwunden war. Spätestens morgen oder übermorgen musste er wohl abhauen. Er musste nur noch einige Dinge erledigen.

Das Wasser vor ihm war leer. Alle Boote waren inzwischen verschwunden. Die Fähren verkehrten erst wieder am nächsten Tag, und für die privaten Motorboote, die im Sommer von einer Insel zur anderen fuhren, war es noch zu früh im Jahr. Er konzentrierte sich auf eventuelle Geräusche und Bewegungen. Nichts regte sich. Es war an der Zeit, ans Werk zu schreiten. Es gelang ihm, die schwere Kiste auf die Reling zu hieven. Sie schwankte einen Augenblick, dann gab er ihr einen Stoß, und sie fiel hinunter und verschwand. Er hielt den Atem an und befürchtete, das Platschen könnte weithin zu hören gewesen sein. Erneut lauschte er und sah sich um. Aber abgesehen von der Geräuschkulisse der Stadt war alles still. Andersson spürte das Gewicht kompakten Metalls in seiner Innentasche. Er steckte die Hand hinein und nahm die Pistole aus dem

Holster. Er wog sie in der Hand, zog routiniert das Magazin heraus, versicherte sich, dass es geladen war, und schob es wieder in die Pistole. Lange stand er mit der Waffe in der Hand an der Reling. Dann nahm er Anlauf, um sie so weit wie möglich hinauszuwerfen, aber etwas hielt ihn dann doch davon ab. Ein Gefühl der Bedrohung. Er schob die Pistole wieder in ihr Holster zurück, griff sich seine Tasche und beschloss, in seine Kabine zurückzukehren.

Die Leiche war kalt. Holtz tastete in der Dunkelheit umher. Er konnte ein Bein, einen Brustkorb, einen Hals und ein Gesicht ausmachen. Ein Gesicht mit einem Bart. Holtz zuckte zurück, als seine Hand die Nase berührte. Er wollte nicht in die Augen fassen.

Der Geruch von Tod war deutlich.

Holtz schüttelte das Panikgefühl ab und konzentrierte sich ganz auf seine Arbeit. Er zwang sich, rational zu denken. Er hatte oft mit Toten zu tun, und das hier war ein ganz normaler Arbeitstag. Die Umstände waren natürlich etwas ungewöhnlich: Es war stockfinster, warm, es roch nach Diesel, und er befand sich an einem Ort, den er nicht kannte und nicht verlassen konnte.

Die niedrige Temperatur der Leiche bedeutete, dass der Mann schon eine ganze Weile tot war. Das hielt Holtz für ein gutes Zeichen. Falls der Mann ermordet worden war, befand sich der Mörder nicht mehr in dem Maschinenraum. Wer der Tote war und wie er dorthin gekommen war, diese Fragen würde er später beantworten. Jetzt ging es erst einmal darum, wieder ins Freie zu finden. Durch den Schock, über eine Leiche zu stolpern, wurde Holtz klar im Kopf. Er suchte sich einen Weg zurück durch die Dunkelheit, die nicht mehr ganz so dicht war, da sich seine Augen an sie gewöhnt hatten. Er fand rasch zu einem grün schimmernden Schild und stand wenig später vor einer Tür. Licht strömte ihm entgegen, als er sie öffnete, und er hielt die Hand vor die Augen, um nicht geblendet zu werden.

Ein Mann mit einer Tasche in der Hand starrte ihn an.

»Wer zum Teufel sind Sie?«, fragte der Mann, stellte seine Tasche ab und ging auf Holtz zu, der überwältigt von dem Licht und der Aggressivität des Mannes die Antwort schuldig blieb.

»Unbefugten ist das Betreten des Maschinenraumes verboten«, fuhr der Mann fort und packte Holtz am Arm.

»Ich bin Polizist. Lassen Sie mich los«, brüllte Holtz. Das zeigte Wirkung. Gert Andersson ließ Holtz' Arm los, als hätte er sich daran verbrannt.

»Entschuldigen Sie. Ich habe Sie nicht erkannt …«

»Ist schon in Ordnung. Rufen Sie den Kapitän«, sagte Holtz, der sich wieder beruhigt hatte.

Wortlos verschwand Andersson, um Kapitän Svanberg zu holen. Unterdessen kehrte Holtz in den Maschinenraum zurück, fand den Schalter neben der Tür und machte Licht. Die Leuchtstoffröhren flackerten, dann war der ganze Maschinenraum erleuchtet. Das höhlenartige Gefühl verschwand. Selbst die Gerüche waren weniger ausgeprägt.

»Ist was passiert?«

Er erkannte Svanbergs Stimme und ging ihm in den Korridor entgegen.

Der Kapitän trug wie immer seinen blauen Pullover und an diesem Tag sogar seine Schiffermütze. Eine Pfeife hatte er jedoch nicht im Mund.

»Wer hat Zutritt zum Maschinenraum?«, fragte Holtz.

»Eigentlich jeder. Er sollte abgeschlossen sein, aber das ist er nicht immer. Außerdem gibt es einen Notausgang, der nicht abgeschlossen sein darf.«

Holtz nickte.

»Der Maschinist...«

»Bror Karlström?«

»Genau. Trägt er einen Bart?«

Kapitän Svanberg sah erst Holtz an, dann Andersson und dann wieder Holtz.

»Ja. Wieso?«

»Folgen Sie mir bitte«, sagte Holtz und kehrte in den Maschinenraum zurück.

Svanberg folgte ihm, und Andersson wollte sich ihnen anschließen.

»Sie warten bitte hier und sorgen dafür, dass niemand den Maschinenraum betritt«, sagte Holtz.

Anderssons Miene verfinsterte sich, aber er tat, worum er gebeten worden war.

Holtz ging voraus an der Maschine entlang und bückte sich, um sich nicht den Kopf zu stoßen, als der Raum am vorderen Ende schmaler wurde und in einer dunklen Nische endete.

»Normalerweise würde ich das nicht tun, aber ich nehme an, dass Sie schon so einiges gesehen haben. Wer ist das?«, fragte Holtz und deutete ins Dunkel.

Der Mann lag auf dem Rücken. Er trug einen Blaumann. Unter ihm befand sich ein dunkler Fleck. Etwas war eingetrocknet.

Kapitän Svanberg reagierte nicht nennenswert auf den Anblick. Er zog nur die Brauen hoch.

»Das ist der Erste Maschinist. Bror Karlström«, sagte er.

»War seit Anlegen des Schiffes niemand hier unten?«

»Wahrscheinlich nicht. Sobald wir am Kai liegen, werden einige Kontrollen und Unterhaltsarbeiten durchgeführt. Dabei wechseln sich die Mechaniker ab, und falls Bror an der

Reihe war, war vermutlich sonst niemand hier unten. Zumindest nicht so weit hinten im Maschinenraum.«

»Okay. Ich muss mich jetzt erst einmal alleine hier umsehen. Könnten Sie bitte dafür sorgen, dass niemand reinkommt?«

»Natürlich. Ich spreche noch einmal mit Gert. Gibt es sonst noch etwas, das ich tun könnte?«

Holtz dachte nach.

»Ich habe zwei Taschen in meiner Kabine liegen, die ich bräuchte.«

»Ich hole sie«, sagte Svanberg und verschwand.

Die Haut fühlte sich wie Pergament an. Sie spannte, als sie vor dem Badezimmerspiegel Grimassen schnitt. Pia Levin war nie sonderlich sonnengebräunt, am allerwenigsten nach einem langen, kalten Winter, aber so bleich war sie vermutlich noch nie gewesen. Dunkle Schatten lagen unter ihren Augen. Sie hatte schon lange nichts Richtiges mehr gegessen, und das hatte in ihrem Gesicht Spuren hinterlassen. Ihre Wangen waren eingesunken. Sie war so müde wie noch nie zuvor in ihrem Leben. Ihr Morgenmantel stand offen, darunter war sie nackt. Sie fröstelte und band den Gürtel fest um die Taille. Das Frottee des Bademantels war hart, weil sie keinen Weichspüler benutzte. Ihre Gedanken flogen hin und her. Die Geschehnisse der letzten Tage flossen ineinander. Beata, das brackige Wasser im Mund. Vilja Kramers Leiche im Kühlraum und das Plüschkrokodil. Ohne es selbst zu merken, wickelte sie den Frotteegürtel um den Zeigefinger. Frottee um den Hals. Ich muss mich zusammennehmen, dachte Levin. Sie putzte sich die Zähne, kochte eine Kanne Kaffee und fand zwei Scheiben Knäckebrot in ihrer ungewöhnlich sauberen und aufgeräumten Kochnische.

Sie lächelte bei der Erinnerung an den frühen Morgen. Beata Heneland hatte sie geweckt. Es hatte nach ofenwarmem Brot und Spülmittel gerochen. Sie sehnte sich bereits danach, diesen Duft wieder zu riechen.

Und nach Beata.

Levin saß am Küchentisch, trank den Kaffee und aß das Brot. Der Stapel mit den gelben Mappen lag vor ihr. Sie legte ihre Hand darauf, die plötzlich ganz heiß wurde. Hastig stand sie auf, nahm die Mappen und legte sie ganz oben in einen der Küchenschränke. Plötzlich hatte sie es eilig. Sie zog sich schnell an, schaltete das Licht in der Wohnung aus und begab sich ins Freie. Die Luft war frisch. Die Düfte der ersten Frühlingstage würden ihr guttun. Sie beschloss, zu Fuß zu gehen. Nach einer Weile merkte sie, dass sie in einen Dauerlauf übergegangen war. Ihre Wangen waren wieder gerötet, und als sie im Präsidium eintraf, hatte sie richtig Hunger.

Der Frotteegürtel fand sich nirgends, weder in der Asservatenkammer noch bei den Gerichtsmedizinern. Pia Levin konnte es nicht fassen. Außerdem war es ganz alleine ihre Schuld. Sie hatte nicht ausreichend betont, wie wichtig er sei, und dann hatte sie nicht mehr daran gedacht. Ulla Fredén hatte nicht gewusst, wo er geblieben war, und es für möglich gehalten, dass er weggeworfen worden war, nachdem man ihn der Toten abgenommen hatte.

»Verdammt, ihr könnt doch nicht einfach Beweismaterial wegwerfen«, hatte Levin gequält hervorgebracht, aber nur einen bedauernden Seufzer als Antwort erhalten.

Levin atmete tief ein, hielt die Luft an und ließ sie dann hörbar entweichen. Sie hatte den Gürtel auf Spuren untersuchen wollen, die vielleicht Rückschlüsse auf die Vorfälle im

Badezimmer zugelassen hätten. Sie griff nach jedem Strohhalm.

Es war nicht ungewöhnlich, dass Dinge, die für eine Ermittlung wichtig waren, einfach verschwanden, obwohl man in der letzten Zeit die Vorschriften verschärft hatte. Man hatte erkannt, dass sich die Möglichkeiten zur Aufklärung von Verbrechen im Laufe der Zeit ändern konnten. Verbrechen, die unlösbar erschienen, konnten vielleicht irgendwann in der Zukunft mit Hilfe neuer Technik gelöst werden. Aber manchmal war es, als läge über allem ein Fluch. Schlamperei, Desinteresse, Restrukturierungen oder einfach nur Pech führten dazu, dass Verbrechen unaufgeklärt blieben.

Levin hatte beschlossen, dass der Mord an Vilja Kramer nicht zu diesen Fällen gehören würde. Jetzt war sie auf dem besten Wege, genau diese Entwicklung herbeizuführen. Sie starrte aus dem Fenster und folgte mit dem Blick einer Plastiktüte, die vom Wind davongetragen wurde. Sie tanzte, beschrieb Pirouetten und blieb dann in einem Ast der noch kahlen Kastanie hängen. Die weiße Tüte war voller Risse und Löcher und hielt kaum noch zusammen.

Sie betrachtete die Tüte eine Weile, und ein Gedanke begann, Gestalt anzunehmen.

Die Asservatenkammer lag ganz hinten in der Forensischen Abteilung. Levin erwog, sich am Automaten etwas zu essen zu holen, bevor sie sich zum zweiten Mal an diesem Tag dorthin begab, hatte es dann aber doch zu eilig. Der Assistent, der die beschlagnahmten Gegenstände verwaltete, nickte ihr zu und brachte ihr das Verlangte. Eine braune Papiertüte. Sie gab ihren Code auf einem Touchscreen ein und konnte die Tüte mitnehmen.

Auf dem Weg zurück zum Labor blieb sie vor dem Automaten stehen und zog zwei Tafeln Schokolade. Das Labor war leer, und dafür war Levin dankbar. Sie hatte weder die Kraft noch die Lust, sich mit jemandem zu unterhalten. Sie schaltete die Leuchtstoffröhren eines der großen Leuchttische ein und zog einen weißen Kittel und Gummihandschuhe an.

In der Tüte lag das Laken, das sie im Haus der Familie Kramer sichergestellt hatte. Es war der einzige Gegenstand, der beschlagnahmt worden war. Levin breitete das Laken auf dem Leuchttisch aus, und die Beleuchtung von unten ließ deutlich erkennen, dass es nicht frisch gewaschen war. Sie schnitt an Stellen, an denen sie Flecken erkennen konnte, kleine Stücke aus dem Laken und nahm mit einer Pinzette Haare und Gewebefasern auf, die sich im Stoff verfangen hatten. Sie war überzeugt davon, dass sich die DNA mit Hilfe der Flecken ermitteln ließ. Es bestand auch die Möglichkeit mit Hilfe von Haaren die DNA festzustellen, aber das war kompliziert und zeitraubend. Sie packte die Funde in vorbereitete Tüten und legte sie in den Korb für das Material, das ans GFFC geschickt wurde.

Der Fall war zwar abgeschlossen, aber Ulla Fredén hatte ihr ihre Unterstützung zugesagt, falls es Ärger geben sollte. Irgendwie würden die Proben schon das strikte GFFC-System passieren. Levin ging davon aus, dass ihr Name schon dafür sorgen würde. Mit den Haaren allerdings war es schwieriger. Die Untersuchung von Haaren ohne Haarwurzeln erforderte eine Sondergenehmigung, da sie teuer und aufwändig war.

Levin wusste nicht, welches Ergebnis sie eigentlich erwartete, aber ihre Erfahrung sagte ihr, dass Spuren in Betten oft unerwartete Antworten lieferten und vieles auf den Kopf stellten. Sie musste ganz einfach abwarten.

Ihr niedriger Blutzuckerspiegel brachte sich durch zunehmende Kopfschmerzen in Erinnerung. Sie holte eine Tafel Schokolade und aß sie rasch auf, wusch sich dann sorgfältig die Hände und kehrte zum Leuchttisch zurück. Zufrieden mit ihrer Arbeit betrachtete sie das Laken. Die rechteckigen Löcher bildeten ein symmetrisches Muster und erinnerten sie an eine ihrer Bastelarbeiten aus dem Kindergarten. Ein gefaltetes Papier mit herausgeschnittenen Ecken hatte sich wie durch Zauberei in ein Kunstwerk verwandelt, wenn man es aufklappte.

Ihr Pflegevater hatte das Blatt bekommen, jedenfalls meinte sie, sich daran zu erinnern. Er hatte es angeschaut und dann weggeworfen.

Der Tee war kalt. Holtz saß wie immer allein am Fenstertisch und blickte auf das Kai. Ein Radio war leise aus der Küche zu hören. Die Musik klang aus, die Nachrichten begannen. Er hörte zerstreut zu. Das meiste ging im Klappern von Geschirr unter. Die Zinsen stiegen auf ungeahnte Höhen, ein junger Mann war tot in einem U-Bahn-Tunnel gefunden worden, ein Öltanker, den Piraten in ihre Gewalt gebracht hatten, war vor einer entlegenen Küste auf Grund gelaufen, mehrere Menschenrechtsorganisationen protestierten gegen eine geplante öffentliche Hinrichtung im Iran, und ein Politiker war festgenommen worden, weil er unter Verdacht stand, im Besitz von Kinderpornografie zu sein.

Holtz war müde. Er kam mit seinen Gedanken nicht richtig nach. Die Untersuchung des Maschinenraums hatte nichts ergeben, das auf ein Verbrechen hingedeutet hätte. Die Leiche des Ersten Maschinisten war abtransportiert worden, und man hatte Holtz einen Bericht für den Abend oder spätestens den nächsten Morgen versprochen. Der Maschinist Bror

Karlström war vermutlich bereits seit einigen Tagen tot. Als Holtz ihn umgedreht hatte, hatte er eine große Kopfverletzung festgestellt. Spuren auf dem Boden hatten darauf hingedeutet, dass er entweder in die Ecke gekrochen und dort gestorben war oder dass ihn jemand dorthin geschleppt hatte. Das meiste wies auf einen Unfall hin. Der Gerichtsmediziner hatte auf eine plötzlich auftretende Krankheit getippt, vielleicht einen Herzinfarkt, dann sei er so unglücklich gestürzt, dass er sich die Kopfverletzung zugezogen habe. Holtz hatte tatsächlich auch eine scharfe Kante mit Blutspuren gefunden und deswegen gegen die Vermutung des Gerichtsmediziners nichts einzuwenden. Die Untersuchung des Maschinenraumes hatte nicht lange gedauert. Dann war dieser versiegelt worden. Holtz hatte ein eigenes Schloss mit dem Polizeiwappen an der Tür angebracht. Bevor der Gerichtsmediziner nicht mit seinem Bericht fertig war, gab es keine Veranlassung, weitere Maßnahmen zu ergreifen. Holtz hatte Ellen Brandt Bericht erstattet, und diese war nach Rücksprache mit der operativen Führung einverstanden gewesen.

Er hatte nicht die Kraft gehabt, etwas zu essen zu bestellen, sondern sich mit einer Tasse Tee begnügt. Die Einsamkeit machte ihm nicht mehr zu schaffen, ganz im Gegenteil. Er hatte erwogen, Rita Murenius in ihrer Kabine zu besuchen. Fast hätte er auch wirklich angeklopft, dann war er aber doch weitergegangen. Holtz wusste, dass er seine Unsicherheit, seine Verlegenheit nicht würde verbergen können.

Ich bin ein richtiger Idiot, dachte er. Eine Affäre mit jemandem zu beginnen, der direkt in einen aktuellen Fall verwickelt war, musste gegen alle Regeln verstoßen. Und falls es diese Regeln nicht gab, dann sollte es sie geben.

Holtz hatte sich immer für einen offenen und ehrlichen

Menschen gehalten. Falls ihn jemand nach besonderen Eigenschaften gefragt hätte, hätte er vermutlich geantwortet, er sei offen und ehrlich. Er nippte an dem kalten Tee und verzog das Gesicht. Er war sich schmerzlich bewusst, dass dies eine Lüge war. Wie oft hatte er nicht geschwiegen, als ihn seine Töchter besucht hatten. Er war vorsichtig gewesen, um sie nicht vor den Kopf zu stoßen und die wenigen Gemeinsamkeiten zu bewahren, die noch existierten. Er war Nahid gegenüber auch nicht ehrlich gewesen. Er hatte ihr nie gesagt, wie sehr er sie liebte und wie gerne er sie bei sich haben wollte. Er hatte Angst gehabt, sie zu abzuschrecken. Aber seine Strategie hatte weder bei seinen Töchtern noch bei Nahid geholfen.

Bei Rita Murenius lag die Sache ganz anders. Er wollte sie abschrecken, konnte sich aber nicht überwinden, sie aufzusuchen und ihr zu sagen, alles sei nur ein Fehler gewesen und sie sollten einfach weitermachen, als wäre nichts geschehen. Das mache ich morgen, dachte er und sah auf die orangefarbenen Lichtkegel auf dem Kai. In einigem Abstand stand ein kleiner Schuppen, in dessen Schatten Holtz eine Bewegung wahrzunehmen glaubte. Stand dort jemand? Er beugte sich näher ans Fenster, um besser sehen zu können.

»Störe ich?«

Er zuckte zusammen und stieß mit der Stirn an die Scheibe. Dann drehte er sich um. Mercedes Nunes stand neben seinem Tisch. Holtz rieb sich mit verzerrtem Gesicht die Stirn.

»Ich wollte Sie nicht erschrecken«, sagte sie und musste ein Lächeln unterdrücken.

Holtz kam sich dumm vor und musste selbst lachen.

»Sie glauben sicher, dass ich immer nur lache.« Er rieb sich ein weiteres Mal die Stirn. »Bitte setzen Sie sich.«

Mercedes Nunes zögerte.

»Ich dachte, ich ...«

»Nehmen Sie schon Platz. Darf ich Ihnen etwas anbieten?«

Sie zog einen Stuhl unter dem Tisch hervor und ließ sich ihm gegenüber nieder. Sie hielt die Hände im Schoß und den Blick auf die Tischplatte gerichtet. Holtz wartete. Er betrachtete sie schweigend. Sie konnte nicht älter als dreißig sein. Ebenso alt wie seine Töchter. Ein blasses Gesicht umrahmt von schwarzem, halblangem Haar. Gerader Pony in Höhe der Brauen. Eine etwas platte Nase. Sie sah frisch gewaschen aus und duftete leicht nach Zitrone. Sie trug eine strahlend weiße Bluse mit offenem Ausschnitt und eine dünne Halskette mit einem Kreuz, das sich im Takt ihres Herzschlags in der Halsgrube bewegte. Er hätte ihr gerne auf die Sprünge geholfen, aber es fiel ihm nichts ein.

»Sie wollten wissen, ob ich ihn kannte?«, meinte sie und sah ihn an. Dunkle Augen mit dichten, tiefschwarzen Wimpern.

Er sah sie forschend an, ohne etwas zu sagen. Wenn sie ihm etwas mitteilen wollte, dann war es besser, sie einfach reden zu lassen.

»Ich kannte ihn nicht, aber ich bin ihm oft begegnet. Ich habe seine Kabine geputzt. Er wohnte immer in der Luxuskabine.«

Holtz nickte.

Sie sah ihm mit festem Blick in die Augen, wirkte mutiger.

»Ich glaube, er war Geschäftsmann.«

»Warum glauben Sie das?«

»Seine Art. Wichtig. Er trug elegante Kleider und Goldschmuck.«

»Sonst noch etwas?«

»Er ging immer an Land, wenn wir anlegten. Das fand ich etwas seltsam.«

»Warum?«

»Wir kommen immer mitten in der Nacht an, und das Schiff liegt nur wenige Stunden im Hafen. Es ist eigentlich nicht vorgesehen, dass die Passagiere an Land gehen. Der einzige Grund, warum das Schiff überhaupt anlegt, ist der Tax-free-Verkauf.«

»Aber er ging also immer an Land?«

Sie nickte und öffnete den Mund, um noch etwas zu sagen, kam aber nicht dazu, da die unfreundliche Kellnerin an ihren Tisch trat. Sie wandte sich an Holtz und ignorierte Mercedes Nunes vollkommen.

»Wollen Sie etwas?«, fragte sie kaugummikauend.

Holtz holte tief Luft und atmete dann seufzend aus.

»Falls Sie damit meinen, ob wir gewählt haben und bestellen können, so ist das der Fall«, antwortete er.

Sie verdrehte immer noch kauend die Augen.

»Ich nehme das Steak mit der Folienkartoffel und Café-de-Paris-Sauce. Was möchten Sie?«, wandte er sich dann an Mercedes Nunes.

Sie sah ihn entsetzt an.

»Nichts. Ich ...«

»Kommen Sie, bestellen Sie etwas. Ich lade Sie ein.« Er hörte selbst, wie falsch das klang.

Sie zögerte und starrte auf die Tischplatte.

»Eine Spargelcremesuppe und ein Glas Wasser«, sagte sie, ohne den Blick zu heben.

Die Kellnerin nickte und ging.

»Hat Ihre Kollegin irgendein Problem?«, fragte Holtz.

»Ich weiß nicht. Vermutlich bedient sie nicht gerne Leute wie mich.«

»Leute wie Sie?«

»Die Reinigungskräfte stehen nicht sonderlich hoch im Kurs. Mich zu bedienen ist vermutlich mehr, als dieses Weib ertragen kann«, meinte sie lächelnd.

»Gut so. Sagen Sie das ruhig noch einmal.«

»Was?«

»Teufelsbraten. Sagen Sie es«, ermahnte er sie.

Mercedes Nunes zögerte, beugte sich dann aber zu Holtz vor und flüsterte.

»Dieses Weib, dieses Weib, dieses Weib.«

Holtz lachte laut und ausgiebig.

Sie saßen noch lange beisammen, nachdem sie gegessen hatten. Mercedes erzählte ein wenig aus ihrem Leben und Holtz von seinem. Nach und nach wandte sich ihre Unterhaltung einem anderen Thema zu. Systematisch entlockte Holtz ihr alles, was sie über Greger Minos wusste. Er hätte sich gerne Notizen gemacht, hatte aber das Gefühl, das Gespräch würde dann an Offenheit einbüßen. Stattdessen versuchte er, sich alle Einzelheiten zu merken.

Greger Minos war in den vergangenen zwei Jahren relativ häufig mit der MS Vega gereist. Obwohl er immer die teuersten Gerichte und Getränke bestellt hatte, war klar gewesen, dass er nicht zum Vergnügen reiste. Was er während seiner kurzen Landgänge unternommen hatte, wusste sie nicht.

»Aber Sie können ja den Sicherheitschef fragen, Gert. Er weiß es vielleicht.« Sie nahm einen Schluck von dem Kaffee, den ihr Holtz nach dem Essen bestellt hatte.

Holtz sah den Mann vor sich, mit dem er vor dem Maschinenraum zusammengestoßen war. Obwohl er ihm nur flüchtig begegnet war, störte ihn etwas an Gert Andersson. Er wirkte unsicher und versuchte, das mit Arroganz und Härte zu überspielen. Holtz kannte diesen Typ.

»Warum glauben Sie, dass er etwas weiß?«

»Die Wachleute haben ein Auge auf alles. Ich glaube auch, dass ich die beiden einige Male zusammen gesehen habe.«

»Wie meinen Sie das?«

»So als würden sie sich kennen. Sie wissen schon, man sieht es Leuten, die sich unterhalten, an, ob sie sich kennen oder nicht. Sie bewegen sich auf eine besondere Art. Entspannt.«

»Warum ist Ihnen das aufgefallen?«

»Die Besatzung darf mit den Passagieren keinen Umgang pflegen. Aber niemand kümmert sich um dieses Verbot.«

Holtz erstaunte ihr Scharfsinn. Eben war sie noch ausweichend und verletzlich gewesen, und jetzt schien sie sich durch eine erstaunliche Beobachtungsgabe und Direktheit auszuzeichnen. Er wurde sich seiner eigenen Vorurteile bewusst. Warum sollte sie denn nicht analytisch begabt und klug sein? Nur weil sie putzte?

»Wenn es möglich wäre, dann würde ich etwas anderes tun als putzen«, sagte sie.

Holtz' Puls beschleunigte sich, und seine Wangen wurden heiß. Hatte er laut gedacht?

»Einem Polizisten sollte ich das lieber nicht erzählen, aber wenn ich eine Aufenthaltsgenehmigung hätte, dann hätte ich studiert, und dann wäre was aus mir geworden.« Sie sah ihn zögernd an.

Holtz stellte fest, dass er wohl doch nicht laut gedacht hatte.

»Machen Sie sich keine Sorgen. Ich interessiere mich nur für Schwerverbrecher. Sich illegal im Land aufzuhalten, halte ich nicht einmal für eine Straftat«, meinte er und lächelte sie an.

»Ich muss jetzt gehen«, sagte Mercedes und begann, die Teller abzuräumen.

»Die können Sie stehen lassen, das Weib soll sich darum kümmern.« Holtz lächelte Mercedes Nunes verschwörerisch an.

Mercedes stellte die Teller mit trotziger Miene wieder auf den Tisch, nickte Holtz zu und verließ das Schiffsrestaurant. Er sah ihr hinterher. Ihre Haltung kam ihm bekannt vor. Energisch und aufrecht. Nahid.

Wie immer herrschte im Korridor des obersten Stockwerks Stille. Ellen Brandt kam sich vor wie in einem Luxushotel, obwohl ihre Erfahrungen mit diesen sehr begrenzt waren. Das Licht, die Pastellfarben, die Gemälde an den Wänden und die dicken Teppiche unterschieden sich fundamental von ihrem eigenen Korridor weiter unten im Präsidium.

Die Türen waren geschlossen und alle mit einem stabilen Codeschloss gesichert. Der Führungskorridor war bedeutend besser gesichert als die Abteilungen, in denen sie sonst zu tun hatte. Sie verstand nicht, warum das so war, hatte aber schon lange aufgehört, darüber nachzudenken, wie die Dinge in dieser zunehmend komplizierten Bürokratie und der politisch bestimmten Wirklichkeit zusammenhingen, die für die Leute im obersten Stockwerk den Alltag darstellten.

Cs Sekretärin hatte sie angerufen, als sie sich gerade auf dem Heimweg befand, nachdem sie noch spätabends gearbeitet hatte, und ihr mitgeteilt, ihre Chefin wolle sie sehen. Sie fluchte innerlich, wusste aber, dass ein Anruf von Cs Sekretärin einem Befehl gleichkam.

Ungewöhnlicherweise war der Schreibtisch der Sekretärin nicht besetzt. Brandt vernahm Stimmen aus Cs Büro und ging näher an die Tür, konnte jedoch nur ein Murmeln hören. Sie trat noch näher. Es waren mehrere Stimmen. Cs erkannte sie. Sie glaubte, außerdem noch zwei Männerstimmen auszumachen. Konnte sie es riskieren, das Ohr an die Türe zu legen?

Niemand war auf dem Korridor zu sehen. Brandt beugte sich vor und streckte dabei eine Hand zum Schreibtisch der Sekretärin aus.

Sie stieß eine Tasse mit Stiften an und sah sie herabfallen, ohne etwas unternehmen zu können. Ihre Augen registrierten, wie sie herabfielen, ohne dass ihr Gehirn reagierte. Die Tasse knallte auf den Boden, und die Stifte fielen fächerförmig heraus.

Die Tür zu Cs Büro flog auf. Brandt zuckte zusammen und merkte, wie schuldbewusst sie aussah. Der Mann in der Tür starrte sie erstaunt an.

Es dauerte einige Sekunden, ehe bei ihr der Groschen fiel. Wahrscheinlich weil er sich am vollkommen falschen Ort befand. Vor ihr stand der Mann, dem sie hinterhergerannt war und der hinter dem Präsidium verschwunden war.

Er grinste und flüsterte.

»Ihre Fahnderqualitäten lassen zu wünschen übrig.«

Brandt wurde wütend und hätte beinahe vergessen, wo sie sich befand.

»Ihre auch«, fauchte sie.

Der Mann lächelte noch breiter.

»Ellen, gut, dass du kommen konntest. Tritt doch ein«, war Cs Stimme aus ihrem Büro zu hören.

Der Mann mit dem spöttischen Lächeln trat beiseite, um sie hereinzulassen.

»Bitte schön, Frau Meisterdetektivin«, flüsterte er, als sie an ihm vorbeiging.

Sie spürte, wie ihr unter den Armen der Schweiß ausbrach. C gegenüber saß ein Mann, den sie vom Sehen kannte, dem sie jedoch nie vorgestellt worden war. Fast niemand kannte ihn persönlich.

Es war der Chef der Gruppe für Ermittlungen von übergeordnetem nationalem Interesse. Alle wussten nur, dass er Ernst hieß.

»Wie läuft die Ermittlung?«, fragte Ernst mit nasaler Stimme, die auf ein vornehmes Elternhaus schließen ließ. Seine Miene war vollkommen neutral.

»Die Ermittlung?«

Er zog eine Braue hoch.

»Setz dich«, sagte C und deutete auf einen freien Stuhl.

Brandt schielte zu dem Mann hinüber, der an der Tür Posten bezogen hatte. Er unternahm keine Anstalten, sich zu ihnen zu gesellen.

»Was du jetzt erfährst, bleibt unter uns. Du darfst niemandem von dieser Besprechung erzählen. Weder deiner Familie noch deinen Freunden oder Kollegen. Niemandem. Kommst du damit klar?«

Brandt hatte wie die meisten von der Gruppe für Ermittlungen von übergeordnetem nationalem Interesse gehört, von ihren Methoden und ihrer extremen Geheimniskrämerei, aber sie hätte es sich in ihrer wildesten Fantasie nicht ausmalen können, dass man ihr Urteilsvermögen und ihre Loyalität in Frage stellen könnte.

»Natürlich«, erwiderte sie kurz.

»Greger Minos war einer unserer Leute«, sagte Ernst.

Brandt war sofort sehr erleichtert. Das war also des Rätsels Lösung. Das war die Erklärung für die Geheimniskrämerei und dafür, dass Greger Minos nicht existierte.

»Ein Informant?«

»Ja. Er verfügte über Kontakte und lieferte uns Informationen.«

»Hieß er wirklich Greger Minos?«

Ernst lächelte nur.

»Das erklärt, warum wir ihn im Brunnen nicht finden konnten«, meinte sie.

»Er ist dort registriert, aber Ihre Analytiker haben auf diese Informationen keinen Zugriff. Diesen Zugriff haben nur wir, und so wird es auch bleiben. Jedenfalls vorläufig.«

»Und was soll ich jetzt tun? Sie haben schließlich den Überblick.«

»Geben Sie weiterhin alle Informationen in den Brunnen ein. Unsere Analytiker benötigen sie.«

»Ich brauche aber auch mehr Informationen. Worin bestand seine Aufgabe?«

»Greger Minos war nur ein kleiner Schieber. Wir waren auf einen bedeutend größeren Fang aus.«

Brandt musste über seine Wortwahl grinsen. Wie ernst er sich nahm! Musste er wirklich reden, als spielte er in einem Film mit schlechtem Drehbuch?

Sie war es langsam leid. Erzählt oder lasst mich nach Hause gehen, dachte sie.

»Lernt man diese Ausdrucksweise auf der Geheimagentenschule?«, fragte sie.

C blickte auf, ließ aber mit keiner Miene erkennen, was sie dachte. Etwas in ihren Augen gab Ellen jedoch den Mut fortzufahren. Sie ging damit ein Risiko ein, aber vielleicht fand C die Situation ja genauso bescheuert wie sie?

»Kommen Sie zur Sache, sonst gehe ich«, sagte sie.

Zum ersten Mal ließ Ernst so etwas wie Gefühle erkennen. Ein roter Fleck erschien auf einer Wange. Brandt wollte sich schon erheben, da lächelte Ernst und begann zu erzählen.

Greger Minos hatte seit fast zwei Jahren auf der Besoldungsliste der Polizei gestanden. Er verfügte über die richtigen Kontakte zu den Waffenschmugglern, für die sich die Gruppe für Ermittlungen von übergeordnetem nationalem Interesse interessierte. Da Minos selbst nicht in die Geschäfte involviert war, entsprach sein Auftrag auch den Regeln. Der Beschluss, ihn als bezahlten Informanten anzuheuern, war nicht leicht gewesen. Er war bislang unerprobt gewesen. Die Skeptiker hatten recht behalten. Greger Minos lieferte zwar Informationen, aber Kontrollen ergaben, dass seine Angaben unsicher und übertrieben waren. Er war ein kleiner Schieber, der das Jet-Set-Leben liebte. Die Polizei hatte ihm zwar nicht viel bezahlt, aber die Luxuskabine, das gute Essen und die guten Getränke gingen auf Spesen und wurden aus einem komplizierten Geheimetat der Gruppe für Ermittlungen von übergeordnetem nationalem Interesse beglichen.

Die Gruppe war einer großen Waffenlieferung aus dem Osten auf der Spur, hatte aber allmählich an einem Durchbruch zu zweifeln begonnen. Es waren immer nur kleine Lieferungen eingetroffen, und die Zeit verstrich. Nach und nach war der Verdacht aufgekommen, dass Greger Minos einen kleinen Handel mit Schusswaffen betrieb, um weiter als Informant auf Kosten des Staates arbeiten zu können.

»Da wir ihm nicht getraut haben, ergriffen wir eine zusätzliche Kontrollmaßnahme. Wir haben einen zuverlässigen Hafenmeister angeheuert, der ihn beschattete, wenn er sich während des kurzen nächtlichen Aufenthaltes auf der anderen Seite an Land begab. Er hielt sich auf Abstand, versicherte sich aber, dass Greger Minos auch wirklich seine Kontaktleute traf.«

»Sie haben also einen Zivilisten als Fahnder angeheuert?«, sagte Brandt.

»Sie wissen doch, wie das ist, wenn andere Länder beteiligt

sind. Zu viele Leute und zu viele Informationen, die durchsickern. Deswegen konnten wir auch keinen unserer eigenen Leute schicken, dafür wäre einiges an Zusammenarbeit erforderlich gewesen.«

»Aber ist es erlaubt, in einem anderen Land einen privaten Ermittler zu rekrutieren?«, fragte Brandt und wandte sich an C, die sie nur ausdruckslos ansah.

»Der Einsatz sollte vor der letzten Fahrt der MS Vega abgeschlossen werden, da sich unser Verdacht bestätigte: Greger Minos hielt sich nicht voll und ganz an seinen Teil der Abmachung«, sagte Ernst, ohne Ellen Brandts Frage zu beachten. »Vorher wurde Minos jedoch ermordet. Und da wir den ganzen Einsatz und unsere Agenten nicht aufs Spiel setzen wollten, ließen wir euch die Ermittlung aufnehmen, allerdings nur unter Aufsicht«, sagte Ernst.

Brandt nickte nur. Sie hätte allen Grund gehabt, wütend zu werden, gekränkt zu sein und sich gedemütigt zu fühlen, aber sie empfand überhaupt nichts. Ehrlich gesagt war ihr vollkommen gleichgültig, dass ein kleiner Schieber, der auf Kosten der Steuerzahler auf der Ostsee unterwegs war, mit dem Gesicht nach unten in einem Krokodilbassin gelandet war. Der Mord war wahrscheinlich eine Abrechnung in Gangsterkreisen gewesen. Vielleicht war ja eine Lieferung ausgeblieben, oder man hatte herausgefunden, dass er ein Informant war. Falls sich die Mörder auf der anderen Seite der Ostsee befanden, konnten sie die Ermittlungen genauso gut gleich einstellen.

C regte sich. Der grinsende Fahnder öffnete die Tür, und Ernst machte Anstalten, sich zu erheben.

»Entschuldigung, was haben Sie gesagt?«, fragte Ellen Brandt. Sie war einen Moment lang unkonzentriert gewesen. Eine innere Alarmglocke hatte geschrillt.

Ernst erhob sich, knöpfte sein Jackett zu und war auf dem Weg zur Tür. Verärgert sah er Ellen an.

»Ich habe gesagt, dass die Vergewaltigungen jedenfalls nicht auf sein Konto gehen. Einen guten Tag noch.« Er nickte C zu und verließ das Büro mit seinem Agenten im Schlepptau. Dieser grinste noch immer.

»Ich glaube, wir sind hier fertig«, sagte C. Es war eindeutig, dass sie allein gelassen werden wollte.

Brandt kam sich vor den Kopf gestoßen vor und fasste einen raschen Entschluss. Wenn die beiden verschwanden, würde sie keine weiteren Informationen erhalten. Sie würde ihrer auch anderweitig nicht habhaft werden. Sie verließ wortlos das Büro und lief den beiden hinterher. Die Fahrstuhltüren schlossen sich gerade, als sie dort ankam. Sie drängte sich schnell dazwischen. Die Türen protestierten ein wenig, öffneten sich und schlossen sich dann wieder.

Sie stellte sich zwischen die beiden Männer, die gleichmütig geradeaus starrten. Niemand sagte etwas.

Mit zwei Agenten im Aufzug eingeschlossen wurde sie unsicher. Sie sah auf die Knöpfe, um festzustellen, wo sie aussteigen wollten.

Natürlich.

»Wollen Sie runter in den Keller?«, fragte sie mit unschuldiger Miene.

Ernst betrachtete sie mit leerem Blick und antwortete nicht.

»Ja. Wir verlassen das Gebäude durch die Tiefgarage«, meinte der grinsende Beamte. Obwohl er nicht mehr grinste, sondern richtig nett aussah, wie sie verwirrt feststellte, während der Fahrstuhl abbremste und eine metallische Frauenstimme aus dem Lautsprecher verkündete, sie seien im Keller angelangt.

»Kommen Sie«, sagte Ernst und verließ den Fahrstuhl.

Brandt war unsicher, wen er meinte, aber der andere Beamte bedeutete ihr mit einem Nicken, ihnen zu folgen.

Zügig gingen sie an einer Reihe schwarzer und dunkelblauer Limousinen entlang. Eines der Autos, das rückwärts parkte, erwachte plötzlich zum Leben. Der Motor wurde angelassen, und das weiße Licht der Scheinwerfer durchschnitt das Halbdunkel des Kellers. Brandt versuchte in das Auto zu blicken, aber die Scheiben waren kohlschwarz. Der Motor brummte leise.

Die anderen schienen nicht zu finden, dass an dem Auto etwas besonders war.

»Können wir Ihnen vertrauen?«, fragte Ernst und blieb neben dem Auto stehen.

»Ich bin mir ziemlich sicher, dass Sie die Antwort auf diese Frage inzwischen kennen. Vermutlich wissen Sie mehr über mich als ich selbst.«

»Sie werden Ihre Informationen bekommen und können damit nach Gutdünken verfahren«, sagte Ernst. Er schien ihre Worte nicht gehört zu haben.

»Wann?«

Ernst wandte sich dem Agenten zu, der einige Meter von ihnen entfernt stand. Eine Hand steckte in seinem Mantel, und Brandt sah, wie sein Blick langsam hin und her wanderte, ohne dass er den Kopf bewegte.

»Warum nicht gleich? Brief sie«, wies Ernst den Mann an. Dieser nickte nur.

Die Pfeife brach entzwei.

Kapitän Svanberg betrachtete erstaunt das glänzende schwarze Mundstück in seiner Hand. Der Pfeifenkopf rollte über den abgetretenen Holzfußboden der Kommandobrücke.

»Sie sollten sie vielleicht nächstes Mal nicht so fest ausklopfen.« Rita Murenius bückte sich, um den Pfeifenkopf aufzuheben, der direkt vor ihren Füßen liegen geblieben war.

»Das könnte ein Zeichen sein.«

»Wofür?«

»Dass ich mich endgültig von der Pfeife trennen sollte. Ich meine, jetzt in den Zeiten der Veränderung«, erwiderte er mit einem ironischen Lächeln.

»Was haben Sie für Pläne?«, fragte sie.

Kapitän Svanberg blinzelte und sah nachdenklich aus.

»Ich weiß nicht, vielleicht sollten wir die letzte Fahrt ja doch wie geplant durchführen. Dann kann ich in Rente gehen.« Er kratzte sich mit dem Pfeifenstiel unter dem Kinn.

»Die letzte Fahrt ist in einer Woche, und die Polizei hat doch gesagt, dass ...«

»Die Polizei, ja. Was halten Sie eigentlich von diesem Holtz, dem ich meine Kabine überlassen habe?«, fragte er.

Ein leichtes Zucken seines Auges verriet, dass er mehr dachte, als er sagte.

Rita Murenius erwiderte verschmitzt: »Sie können das nicht so gut.«

»Was?«

»So tun, als wüssten Sie nicht Bescheid.«

Er lachte leise.

»Es geht mich ja nichts an.«

»Stimmt. Es geht Sie nichts an.«

Kapitän Svanberg streckte die Hand zu ihr aus.

»Kann ich den haben?«, fragte er und nickte in Richtung des Pfeifenkopfes, den Rita Murenius in der Hand hielt.

Er schob den Pfeifenstiel in den Kopf. Es quietschte, als er ihn drehte. Dann steckte er die Pfeife in die Tasche und blickte auf den menschenleeren Kai.

»Was ist Ihrer Meinung nach los?«, fragte sie.

Eine Weile schwieg er, dann drehte er sich langsam um.

»Ich glaube überhaupt nichts. Und was wissen *Sie?*«

Sie sah ihn erstaunt an.

»Wie meinen Sie das?«, erwiderte sie.

»Wissen Sie denn nicht, was für Geschäfte dieser Minos tätigte?«

»Wissen Sie es?«

»Ich habe einen Verdacht. Irgendwie glaube ich, er ist, ich meine, war in Schmuggelgeschäfte verwickelt und hat die MS Vega als Basis benutzt.«

»Und was soll er geschmuggelt haben?«

»Keine Ahnung. Menschen, Waffen, Rauschgift.«

»Warum glauben Sie das?«

»Wie viele Passagiere verlassen bei dem kurzen nächtlichen Aufenthalt schon das Schiff?«

»Fast niemand.«

»Genau. Greger Minos ging immer an Land. Ich sah ihn von der Kommandobrücke aus. Er war ungefähr eine halbe Stunde weg und kehrte kurz vor dem Ablegen zurück.«

»Haben Sie die Polizei darüber informiert?«, fragte sie.

»Nein, schließlich verstößt es gegen kein Gesetz, an Land zu gehen. Ich dachte immer, dass Sie ...«

»Was?«

»Dass Sie auf alles, was an Bord geschieht, ein Auge haben und vielleicht etwas wissen.«

»Sie glaubten, dass ich in die Sache verwickelt bin. Sind Sie nicht ganz bei Trost?«, sagte sie wütend.

»Immer mit der Ruhe.«

»Falls jemand in irgendwas verwickelt ist, dann Gert«, fügte sie unwirsch hinzu, und verstummte dann, als hätte sie zu viel gesagt.

Kapitän Svanberg sah sie fragend an.

»Ja. Ich sollte das nicht sagen, aber er ist oft zusammen mit Greger Minos gesehen worden.«

»Ich weiß nicht. Gert Andersson hat zwar auch merkwürdige Seiten, aber er ist doch harmlos. Allerdings auch recht eingebildet.«

»Wie meinen Sie das?«

»Sie wissen genauso gut wie ich, dass er den Titel Sicherheitschef nur bekommen hat, weil er derjenige unter den Wachleuten war, der mit einem solchen Titel am wenigsten Schaden anrichtet.«

Rita Murenius war etwas betreten.

»Er ist vielleicht nicht der Schlauste an Bord, aber das hat ihn sicher nicht daran gehindert, in irgendwas reingezogen zu werden.«

»Ich glaube nicht, dass er in etwas Ungesetzliches verwickelt ist.«

»Aber dass ich es sein soll ...«

»Das habe ich nicht gesagt.«

»Nein. Aber Sie haben es gemeint.«

»Nein, aber...«

Rita Murenius hob abwehrend die Hand.

»Jetzt reden wir nicht mehr darüber. Ich bin in nichts Ungesetzliches verwickelt.«

Kapitän Svanberg nickte, kletterte von seinem Stuhl und trat auf sie zu. Er legte ihr eine Hand auf die Schulter.

»Ich weiß nicht, was ich dachte. Verzeihen Sie einem alten Mann«, sagte er zwinkernd.

Er roch seinen eigenen Schweiß. Sein Körper war klebrig. Seine Zunge fühlte sich geschwollen und rau an. Ulf Holtz war hellwach und starrte an die Decke. Ein silberblaues Licht drang durch den Spalt zwischen Gardine und Unterkante des Fensters.

Sie murmelte etwas.

Nach dem Abendessen hatte er sich entschlossen, die Sache zu klären. Er hatte Rita Murenius aufsuchen und die Affäre beenden wollen. Konnte man mit jemandem Schluss machen, mit dem man nur einmal zusammen gewesen war? Ihm war jedenfalls kein besserer Ausdruck für das, was er vorgehabt hatte, eingefallen.

Als er sich ihrer Kabine genähert hatte, war seine Entschlossenheit wie weggeblasen gewesen. Er hatte mehrere Minuten lang vor ihrer Tür gestanden, ehe er den Mut aufgebracht hatte anzuklopfen. Rita Murenius hatte erst nach dem dritten Klopfen geöffnet, als er bereits gehofft hatte, sie nicht anzutreffen.

Das war einige Stunden her. Jetzt lag er da und roch nach Schweiß und dachte über Aidstests und Kondome nach. Über Kondome, die er nicht verwendet hatte, und über einen Aidstest, dessen Ergebnis noch nicht vorlag. Er sah, wie das Scheinwerferlicht eines auf dem Kai vorbeifahrenden Autos über die Wand huschte, und versuchte, eine Erklärung zu finden. Ohne Erfolg.

So vorsichtig wie möglich erhob er sich von der Koje und nahm seine Kleider, die überall auf dem Fußboden der Kabine verstreut lagen. Rasch kleidete er sich an. Rita Murenius drehte sich im Schlaf um, und die Decke glitt von ihrem Körper herab. Ihr Nachthemd war hochgerutscht, und eine Brust war zu sehen. Er überlegte, ob er versuchen sollte, das Nachthemd herunterzuziehen, ließ es dann aber bleiben und deckte sie stattdessen zu. Dann schlich er auf den Gang und hoffte, dass er niemandem begegnete.

Holtz nahm auf einem der Ledersessel in seiner Kabine Platz. Die Sonne würde gleich aufgehen, und er wollte nicht riskieren einzuschlafen. Er musste ohnehin gleich aufstehen. Die Konturen seiner Gedanken verschwammen. Sein Kopf fiel nach vorne. Er zuckte zusammen. Ein Geräusch vor der Tür. War er etwa doch eingeschlafen? Holtz trat ans Fenster und blickte auf den Kai, der im Licht der Dämmerung immer deutlicher zu sehen war. Die Straßenlaternen brannten noch, und ihr orangefarbenes Licht sickerte durch den Frühnebel. Ein Auto stand auf dem Kai. Er hatte es schon einmal gesehen. Es war dasselbe Fahrzeug, das einige Tage zuvor das Müllauto blockiert hatte. Er erinnerte sich an den Wutausbruch des Müllmannes. Der Motor brummte im Leerlauf. Der Kofferraumdeckel stand auf. Kein Mensch war zu sehen. Holtz runzelte die Stirn. Sein Polizisteninstinkt regte sich. Er machte sich bereit. Für was, wusste er nicht.

Gert Andersson sah sich in seiner Kabine um. Wehmut erfüllte ihn. Diese wenigen Quadratmeter waren einige Jahre lang sein zweites Zuhause gewesen. Er zögerte. Sollte er sich von Kapitän Svanberg verabschieden, dem Einzigen, dem er vertraute, oder sollte er einfach verschwinden? Er wusste im

Grunde, dass es zu riskant war, den Kapitän jetzt aufzusuchen.

Das Auto war gepackt. Es stand mit laufendem Motor auf dem Kai. Er wollte nur noch einmal überprüfen, dass er nichts vergessen hatte. Er sah sich ein weiteres Mal um. Tisch, Stuhl, Koje. An der Wand waren zwei Fotos mit Klebestreifen befestigt. Die Klebestreifen waren schon etwas vergilbt, und eine Ecke hatte sich von der Wand gelöst. Das eine Foto zeigte amerikanische Marineinfanteristen, die von einem Schnellboot aus ein großes Schiff enterten. Das Wasser schäumte, und einer der Soldaten erklomm eine Strickleiter am Rumpf des Tankers. Er war ganz in Schwarz gekleidet und trug eine Maschinenpistole auf dem Rücken. Auf dem anderen Bild war ein Piratenschiff mit geblähten Segeln und einer Totenkopfflagge zu sehen. Er wusste nicht mehr, wo er die Bilder herhatte. Er hatte sie an die Wand geklebt, um die Kabine etwas gemütlicher zu gestalten. Sie waren als Provisorium gedacht gewesen, aber er hatte sie dann nie ausgetauscht.

Ein letzter Blick in das Badezimmer. Eine Seife und eine halbleere Zahnpastatube lagen noch auf dem Waschbecken. Auf dem Boden stand eine Spraydose mit Tannennadelduft. Er hatte sie nur einmal benutzt. Von dem synthetischen Geruch, der sich tagelang gehalten hatte, war ihm übel geworden. Im Kleiderschrank hingen einige abgetragene Jeans und ausgeleierte Pullover.

Falls jemand nach ihm suchte, würde er nicht den Eindruck haben, dass er das Schiff für längere Zeit verlassen hatte. Es würde einige Tage dauern, bis ihn jemand vermisste. Dann war er weit weg. Er fasste in die Innentasche. Dort steckte die Pistole in ihrem Holster. Leise schloss er die Tür seiner Kabine, damit seine Nachbarn nicht aufwachten, und lehnte sich noch einmal dagegen, um sich zu versichern, dass das Schloss auch wirklich zugeschnappt war. Dann verließ er mit schnellen Schritten das Schiff. Ein Gefühl der Befreiung. Ein neuer Anfang. Die Unruhe, die er vor seinem Entschluss empfunden hatte, hatte sich in Enthusiasmus verwandelt. Er würde lange von dem Geld leben können, das er für die Waffenlieferungen erhalten hatte.

Die Gangway schepperte, als er an Land ging. Das Kopfsteinpflaster des Kais glänzte im Schein der Straßenlaternen. Des Autos würde er sich entledigen, sobald die Stadt hinter ihm lag. Er empfand ein Gefühl von Freiheit, wie er es lange nicht mehr erlebt hatte. Jetzt würde ein neues Leben beginnen. Er ging um das Auto herum, legte die blaue Stofftasche in den Kofferraum und schloss den Deckel. Er besann sich jedoch, öffnete ihn wieder und nahm die eingewickelte Flasche mit dem Modellschiff aus der Tasche.

Als das Schloss erneut zuschnappte, merkte er, dass etwas nicht in Ordnung war. Er nahm aus den Augenwinkeln eine Bewegung wahr. Unmerklich griff er in die Innentasche und umfasste den Griff seiner Waffe. Die Bewegung wurde deutlicher. Er legte das Buddelschiff auf den Kofferraumdeckel und tat so, als machte er sich an dem Schloss zu schaffen, während er sich langsam der Bewegung zuwandte. Aus dem Dunkel des Schuppens tauchte jemand auf. Er kniff die Augen zusammen. Ein Mann.

Er atmete auf, als er den Angler erkannte, der auf dem Kai zu wohnen schien. Andersson hatte einige Male versucht, ein Gespräch anzuknüpfen, aber immer nur sehr einsilbige Antworten erhalten. Der Angler schien vollkommen mit seiner Angel beschäftigt zu sein. Er hantierte an der Rolle, während er sich auf Andersson zubewegte.

Andersson entspannte sich, ließ die Pistole los und schüttelte den Kopf über seine Paranoia. Erst jetzt merkte er, wie angespannt er war. Er hatte die Schultern hochgezogen, und sein Herz pochte.

Da sah er es.

Der Angler hatte sich aufgerichtet. Die eben noch zusammengesunkene und scheinbar müde Gestalt bewegte sich rasch auf ihn zu. Die Angel hatte er beiseitegeworfen. Jetzt rannte er.

In der Hand hielt er eine Waffe. Andersson fummelte am Reißverschluss seiner Jacke, der sich verhakt hatte. Er versuchte verzweifelt, an seine eigene Pistole zu kommen.

Verdammt, dachte er, da wurde er von dem Angler überwältigt.

Der Tempowechsel überraschte Ulf Holtz. Der eben noch gebückte, schleppende Gang veränderte sich im Handumdrehen in einen rekordverdächtigen Sprint. Holtz überlegte, ob er dem überfallenen Wachmann zu Hilfe eilen oder die weitere Entwicklung abwarten sollte. Sein Polizeiinstinkt siegte. Er drehte sich so rasch um, dass er den Sessel umwarf und mit fuchtelnden Armen zu Boden ging. Ein Bein stieß an die Koje. Die Kante war aus ästhetischen Gründen mit Messing beschlagen und schnitt Holtz ins Knie.

In dem Bruchteil der Sekunde, die es dauerte, bis der Schmerz sein Gehirn erreicht hatte, dachte Holtz, dass er dem Wachmann bei dem Auto jetzt nicht würde beistehen können. Er schrie auf und biss dann krampfhaft die Zähne zusammen, so dass nur ein dumpfes Stöhnen aus seiner Kehle drang. Er zog die Knie an die Brust, umklammerte sie mit den Armen und wiegte sich auf dem Boden vor und zurück.

Das tat wirklich weh.

Der Schmerz beherrschte ihn einen Augenblick ganz und ließ dann nach. Ihm war klar, dass er sich ernsthaft verletzt hatte. Der einzige klare Gedanke, den er fassen konnte, war, dass er nun keinen Marathon würde laufen können, wie er es eigentlich vorgehabt hatte. Irgendwann in der Zukunft, wenn er Zeit zum Trainieren hatte. Jetzt würde er das nie mehr tun können.

Nach einigen Minuten zwang er sich zur Ruhe. Er atmete durch die Nase ein und durch den Mund aus, wie er es in dem Vorbereitungskurs, den er vor dreißig Jahren mit Angela besucht hatte, gelernt hatte. Das war einige Wochen vor der Geburt ihrer Tochter Eva gewesen. Vor Lindas Geburt hatte er keinen derartigen Kurs besucht, da er das Gefühl gehabt hatte, schon Bescheid zu wissen. Außerdem hatten ihm ja keine Wehen bevorgestanden.

Durch die Nase ein-, durch den Mund ausatmen. Oder war es umgekehrt gewesen?

Nach einigen weiteren Minuten schien sich sein Körper an den Schmerz gewöhnt zu haben, als wäre eine Art Höchstniveau erreicht und akzeptiert worden.

Er setzte sich auf dem Fußboden auf, und spürte den weichen, aber etwas kratzigen Teppichboden durch die Hose. Zwei tiefe Atemzüge. Dann hielt er sich an dem umgekippten Sessel fest und versuchte aufzustehen, aber der Sessel rutschte weg, und er fiel auf den weichen Teppich zurück und blieb auf dem Rücken liegen. Es roch nach Staub. An der Decke hing eine modernisierte Petroleumlampe aus Messing. Das Licht wurde von einem Messingschirm über der Lampe reflektiert und blendete ihn. Holtz drehte den Kopf zur Seite, um dieser Qual zu entgehen. Er stellte fest, dass die Decke aus Teakholz war. Dezimeterbreite, aneinandergefügte Bretter.

Er lag lange da und überlegte, wie er aus der Kabine kommen sollte. Sein Handy hatte er in der Jackentasche, und die Jacke hing an einem Haken an der Tür. Sollte er rufen? Der Schmerz war nicht mehr so durchdringend. Nachdem der Adrenalinspiegel wieder gesunken war und er sich vollkommen erschöpft fühlte, konnte er ein Gähnen nicht unterdrücken. Eine seltsame Ruhe überkam ihn. Er konnte nichts anderes tun, als dazuliegen und an die Decke zu starren.

Vor dem Schiff wurde ein Motor angelassen. Oder waren es zwei Motoren? Das Licht mehrerer Scheinwerfer huschte über die Decke. Dann wurde es still.

Mit großer Kraftanstrengung gelang es ihm, sich aufzusetzen. Es war nicht mehr ganz so schlimm, und er war sich nicht mehr ganz so sicher, dass etwas gebrochen war. Wie lange man ihn wohl krankschreiben würde? Ob er mit einer Krücke arbeiten konnte? Auf dem Schiff war das sicher zu schwierig. Er würde in seinem Büro bleiben müssen. Wahrscheinlich war das genauso gut. Diese Idee, die Kapitänskajüte zu beziehen, war ohnehin idiotisch gewesen. Was hatte er sich dabei eigentlich gedacht?

Schließlich schaffte er es, aufzustehen und schwankend ans Fenster zu gehen. Auf dem Kai stand immer noch das Auto mit dem offenen Kofferraum.

Ein blauer Lichtkegel wurde plötzlich vom Display ausgestrahlt und durchschnitt die Dunkelheit. Sie betrachtete den Lichtschein, bis er erlosch. Seltsam, dass ein Telefon so hell leuchten kann, dachte sie, als das Zimmer wieder in Dunkelheit versank.

Pia Levin lag auf der Seite auf einem Arm und starrte in die Dunkelheit. Der Arm war gefühllos. Sie überlegte, ob sie das Handy ignorieren sollte, war dann aber doch zu neugierig, wer ihr eine SMS geschickt hatte. Sie schüttelte den Arm, um den Blutkreislauf wieder in Gang zu bringen. Die Hand kribbelte, als das Blut zurückströmte.

Nach der Arbeit hatte sie eigentlich bis zu dem Spazierweg am Fluss weiterfahren wollen, aber als der Bus vor dem heruntergekommenen, etwa hundert Jahre alten fünfgeschossigen Haus gehalten hatte, in dem sie schon so viele Jahre wohnte, war sie dann doch ausgestiegen. Im Laden an der Ecke hatte sie planlos und mehr pro forma einige Lebensmittel in den Korb gelegt. Die Tüte hatte sie dann in der Diele auf den Fußboden gestellt. Sie hatte nicht einmal Licht gemacht, bevor sie zur Kochnische gegangen war, um sich ein Glas Wein aus dem fast leeren Karton einzugießen. Dann hatte sie sich auf das Sofa gesetzt.

Levin wusste nicht, wann sie sich hingelegt hatte. Sie wusste auch nicht, wie lange sie in der Dunkelheit vor sich hingestarrt hatte, ehe ihr Handy leuchtete. Die SMS war sehr kurz.

»Bist du wach?«

Sie antwortete: »Ja.«

Fast sofort blinkte das Handy erneut.

Levin schrieb die nächste SMS: »Okay. Es ist offen.«

Als sie ihr Glas wieder gefüllt und zum Sofa zurückgekehrt war, hörte sie, wie jemand die Tür öffnete, eintrat und sich die Schuhe auszog. Beata sah ins Zimmer.

»Wie geht es dir?«

Pia Levin begann zu weinen. Sie konnte die dunklen Kräfte, die in ihr aufstiegen, nicht unterdrücken. Die Tränen liefen ihr über die Wangen und tropften aufs Sofa. Der Rotz floss ihr aus der Nase, ohne dass sie das gekümmert hätte, und obwohl sie versuchte, sich zu beherrschen, schluchzte sie immer lauter.

Beata Heneland blieb gelassen. Sie nahm Pia das Glas aus der Hand, stellte es auf den Couchtisch und legte Pia aufs Sofa, nachdem sie das Plüschkrokodil beiseitegeschoben hatte, das neben der Lehne saß. Pias Weinen ging in Schluchzen über, dann schlief sie ein. Beata sah sich in der Wohnung um. Sie konnte mit Ausnahme der Diele und des Badezimmers von ihrem Platz aus die ganze Wohnung überblicken: der abgeschliffene Holzboden mit einem hochflorigen grünen Teppich, der Couchtisch aus Holz, der vom Flohmarkt zu stammen schien, und ein Sofa mit leicht verschlissenem Cordbezug. Alles wirkte alt, aber nicht schmuddelig. Die Sachen besaßen eine gewisse Patina. An einer Wand hing ein großer Flachbildfernseher. Er nahm fast die ganze Wand ein. Bilder oder Bücherregale gab es nicht

Die Wohnung war irgendwie gemütlich, als diente sie nicht der Selbstdarstellung, sondern wäre nur ein Ort, an dem man seine Zeit verbrachte.

Auf dem Tisch lag eine Fernbedienung, die zu dem Fernseher zu gehören schien. Sie griff danach, während sie mit der anderen Hand Pia, die halb auf ihrem Schoß lag, festhielt, damit sie nicht zu Boden fiel. Pia jammerte im Schlaf.

»Kleine Heulsuse«, sagte Beata zärtlich, hielt die Fernbedienung in Richtung des Fernsehers und schaltete die Nachrichten ein. Sie senkte die Lautstärke und lehnte sich auf der Couch zurück. Bilder eingestürzter Häuser, Politiker, die etwas diskutierten, Frauen mit Kopftüchern, die Polizisten davonliefen, Blumen auf einer sonnigen Lichtung vor der Wetterkarte. Sie zappte und stieß auf einen Film über den Amazonas. Ein Krokodil glitt durchs Wasser und erwischte ein Tier, das am Ufer stand. Ein Kampf entbrannte. Das Krokodil hatte das zerfleischte Tier zwischen den Zähnen und warf es mit Hilfe des ganzen Körpers hin und her. Das Tier sah aus wie ein kleiner Hirsch oder eine Gazelle. Wenig später war der Kampf vorüber, und das Krokodil ließ sich mit der Gazelle auf den Grund sinken. War es noch nicht von den Kiefern zermalmt, dann würde es jetzt ertrinken.

Beata Heneland dachte daran, wie Pia Levin im Bassin gelegen hatte, wie sie sie herausgezogen und wiederbelebt hatte, bis sie schluchzend das abgestandene Wasser ausgespuckt hatte.

Sie strich ihr über die Wange.

Pia war etwas ganz Besonderes. Sie war sowohl hart als auch weich. Obwohl sie fast ertrunken wäre, hatte sie sich bemüht, weder schwach noch verletzlich zu wirken. Zu guter Letzt hatte sie dann schlappgemacht, aber Beata hegte den Verdacht, dass der körperliche Schock nicht die alleinige Erklärung für Levins Zusammenbruch war. Nachdem sie sich Levins Akten über misshandelte Kinder durchgesehen und entdeckt hatte, was Levin selbst als Kind hatte erleiden müssen, war Beata klar gewesen, dass es mehrere Gründe dafür gab, dass es ihr so schlecht ging. Aber der Inhalt der gelben Mappen gehörte der Vergangenheit an. Es musste sich kürzlich etwas ereignet haben, das sie aus der Bahn geworfen hatte. Beata hatte vor herauszufinden, worum es sich dabei handelte.

Levin jammerte erneut. Ihre Augenlider zitterten. Beata Heneland strich ihr über die Wange. Pia öffnete die Augen und sah Beatas warmes Lächeln. Beide wussten, was geschah.

Die Nachtluft am Fluss war eisig kalt. Beata hielt sie untergefasst und wärmte sie so. Levin hatte zu guter Letzt eingesehen, dass sie frische Luft brauchte, und Beatas Drängen nachgegeben.

Sie schielte zu Beata hoch, die mindestens zwei Köpfe größer war und eine natürliche Autorität ausstrahlte.

Levin richtete ihren Blick wieder auf den Weg, um in der Dunkelheit nicht zu stolpern. Sie zog wegen des kalten Windes, der in ihre Jacke fuhr, die Schultern ein und drückte sich näher an Beata, die unbeeindruckt von der Kälte mit zielstrebigen Schritten weitertrabte. Viel schneller, als Pia es gewohnt war. Sie nahm sich für ihre Spaziergänge immer Zeit, um ihren Gedanken Gelegenheit zu geben, sich zu entfalten, und Lösungen zu finden. Manchmal zwang sie sich, besonders langsam am Meeresausläufer entlangzugehen, der ihr Rückzugspunkt im Alltag geworden war, nur damit ihre Gedanken frei fließen konnten.

»Können wir nicht etwas langsamer gehen?«, fragte Pia. Beata drosselte das Tempo und sah sie entsetzt an.

»Entschuldige!«

»Ich bin nur ein wenig müde.« Levin schenkte Beata ein mattes Lächeln.

»Ich weiß nicht, was ich mir dabei gedacht habe«, meinte Beata beschämt. Sie verweilte an einer kräftigen Birke und zog Pia in den Windschatten hinter den Stamm.

Pia Levin lachte leise.

»Was ist?«

»In deiner Gesellschaft komme ich mir ganz klein und schwach vor.«

»Ist das so? Das ist wirklich nicht meine Absicht.«

Levin lachte erneut.

»Das macht nichts. Ich habe mich schon sehr lange nicht mehr klein und schwach gefühlt. Zumindest nicht klein«, sagte sie und drehte sich zum Wasser um. Es schauderte sie. Schweigend standen sie eine Weile nebeneinander.

»Frierst du?«, fragte Beata schließlich.

»Ja. Jetzt gehen wir nach Hause.« Pia wandte sich zu Beata. »Ich meine, natürlich nur, wenn du das willst.« Beata lächelte nur, hakte sich bei Pia ein und folgte dem Pfad.

Wenig später saßen die beiden auf Pias Sofa und tranken den Tee, den Beata zubereitet hatte. Pias Tränen kehrten zurück. Sie hielt ihre Teetasse vor das Gesicht. Wasserdampf befeuchtete ihr Gesicht, und trotz der Tränen genoss sie das Aroma des Tees.

»Du ahnst nicht, wie dankbar ich dir bin, weil du dich um mich kümmerst«, sagte Pia und holte tief Luft.

Beata stand auf, holte die Teekanne und schenkte sich nach. Dann warf sie Pia einen fragenden Blick zu.

Pia schüttelte nur den Kopf.

»Willst du darüber sprechen?«

»Worüber?«

»Über das, was dich so quält.«

Pia trank noch einen Schluck und stellte dann langsam die Tasse auf den Tisch zurück. Sie biss sich auf die Unterlippe.

»Du musst nicht«, meinte Beata.

Pia ging in die Diele und kehrte mit dem Stapel gelber Mappen zurück.

»Ich vermute, dass du sie dir bereits angesehen hast.«

Beata nickte und biss sich auf die Unterlippe.

»Das macht nichts. Ich bin mir nicht sicher, ob ich es selbst verstehe, aber ich will versuchen, es dir zu erklären«, sagte Pia. »Seit ich erwachsen wurde, bin ich Polizistin. Ich habe bereits vor langer Zeit erkannt, dass dies der einzige Weg ist.«

»Der einzige Weg?«

»Ich glaube, wenn ich nicht Polizistin geworden wäre, dann hätte mich der Wunsch nach Rache vollkommen beherrscht. Alles Mögliche hätte geschehen können. Jeden Tag zur Arbeit zu gehen und zu wissen, dass ich Gutes tue, dass diese Schweine kriegen, was sie verdienen, und dass das mein Verdienst ist, hält den Hass in Schach«, erläuterte sie.

Pia Levin durchlief eine Wandlung. Sie schien mehr mit sich selbst als mit Beata zu sprechen. Aber ihre Worte drangen bis ins Mark. Sie erzählte von dem kleinen ausgesetzten Mädchen, das so schwer misshandelt worden war, dass mehrere Jahre der Therapie, der Operationen und der Reha nötig gewesen waren, ehe man es Pflegeeltern hatte überlassen können.

»Wurde dann alles gut?«

Pia Levin sah Beata an und schüttelte den Kopf.

»Ich erzähle es dir ein anderes Mal«, meinte sie mit einem traurigen Lächeln.

»Und die da?«, fragte Beata und nickte in Richtung der Mappen.

Levin schwieg lange und wählte ihre Worte.

»Die sammele ich. Erfolglose Ermittlungen, die misshandelte Kinder betreffen.«

»Aber...«

»Ich weiß, das klingt gestört und ist es vermutlich auch, aber es hält mich in Schwung.«

Beata wusste nicht, wie sie fortfahren sollte. Sie hatte das Gefühl, der Sauerstoff in der Wohnung ginge zur Neige und alles käme zum Stillstand. Sie war verängstigt, beunruhigt und betrübt. Die Frau, die sie jetzt erst wenige Tage kannte und die sich ihr anvertraut hatte, saß einfach da und starrte vor sich hin, als wäre sie in einem dunklen Loch versunken.

Plötzlich zuckte Pia Levin zusammen.

»Nein, so geht es nicht«, sagte sie streitlustig, als wäre plötzlich ein Bann gebrochen worden.

»Könntest du mir bei einer Sache helfen?« Pia ging in die Diele und kehrte mit einer Tasche in der Hand zurück. Sie nahm ein paar Fotos heraus, die sie vor sich auf den Tisch legte. Die Teetasse schob sie beiseite. Ein paar Tropfen wurden dabei verschüttet, aber das kümmerte sie nicht weiter.

Beata betrachtete schweigend die Bilder. Es handelte sich um vier Fotos. Levin reihte sie nebeneinander auf.

»Sag mir, was du siehst«, forderte sie Beata auf, die sich zögernd vorbeugte und die Fotos studierte, als enthielten sie eine verborgene Botschaft.

»Verstehe ich nicht«, sagte sie nach einer Minute.

»Beschreib einfach, was du siehst.«

»Tja, das sind vier Fotos derselben Leute in unterschiedlichen Situationen. Eines scheint im Studio aufgenommen worden zu sein, eines in einem Garten und die letzten beiden in den Ferien irgendwo im Süden.«

»Fällt dir an den Fotos irgendetwas auf?«

»Nein, eigentlich nicht.«

Beata sah Levin fragend an, und diese nahm den weißen Papierbogen aus der Tasche, in den sie die rechteckige Öffnung geschnitten hatte. Sie beugte sich vor und legte das Blatt so über das letzte Foto, dass nur noch Vilja Kramer zu sehen war.

Ein einsames, nacktes Kind mit gespreizten Beinen.

Beata zuckte zusammen.

»Jetzt sieht das ja mehr aus wie ...«

»Kinderpornografie. Das ist Kinderpornografie«, sagte Pia. »Irgendein gestörter Mensch sammelt solche Familienbilder im Internet und veröffentlicht die Fotos dann auf Kinderpornoseiten. Ein einfacher Ausschnitt liefert ein Bild, mit dem sich irgendein Pädophiler einen runterholen kann. Weißt du eigentlich, was für Schweine das Internet bevölkern?«, sagte sie aufgebracht.

»Und wer sind die Leute auf den Fotos?«, fragte Beata. »Wissen sie, dass ihre Tochter dort irgendwo nackt herumgeistert?«

Levin sah sie mit geröteten Augen an. Ihr Blick war resigniert, und sie hatte rote Flecken auf den Wangen.

»Sie sind tot. Alle sind tot, und kein Schwein kümmert das«, sagte sie hart.

Beim Gedanken an die Vorfälle der Nacht musste Rita Murenius lächeln. Sie streckte die Hand aus. Erleichtert stellte sie fest, dass niemand neben ihr in der Koje lag. In der Kabine war es vollkommen dunkel. Genau so wollte sie es haben.

Etwas hatte sie geweckt. Ihr schlaftrunkenes Hirn konzentrierte sich.

War er eben erst gegangen? War sie deswegen erwacht? So kam es ihr aber nicht vor.

Der warme Geruch von verschwitzten Leibern schlug ihr entgegen, als sie die Decke hob, um ihre Beine über den Rand der Koje zu schwingen. Sie zupfte das weiche Flanellnachthemd herab, das ihr über die Taille gerutscht war. Dann zog sie den Slip an, der auf dem Boden lag. Mit schlafwandlerischer Sicherheit tastete sie sich zum Fenster vor und zog am Rollo. Sie hielt den Faden fest, damit es nicht wie sonst immer an die Decke knallte. Wegen des Lichtes kniff sie die Augen zu.

Ein einzelnes Auto stand mit offenem Kofferraum auf dem Kai. Sie war mehrere Male darin mitgefahren und fragte sich, warum Gert Andersson es einfach auf dem Kai stehenließ. Einige Minuten lang wartete sie darauf, dass etwas geschehen und dass Gert auftauchen würde. Es zog vom Fenster, und sie bekam eine Gänsehaut an den Beinen.

Die roten Zahlen des Weckers zeigten, dass es schon früher Morgen war. Rita trat vom Fenster zurück und kleidete sich rasch an. In einer Trainingshose, über die ihr weißes Hemd herabhing, trat sie barfuß auf den Korridor. Ein schwaches, gelbes Licht brannte. Sie beschleunigte ihre Schritte und bereute sofort, dass sie keine Schuhe angezogen hatte. Der Boden war kalt, und sie spürte, wie schmutzig der Linoleumbelag des Personalkorridors war. Aber sie hatte keine Zeit, um zurückzugehen und ihre Pantoffeln zu holen. Das Schiff war still und leer. Nur das Rauschen der Lüftung war zu hören. Irgendwo sprang eine Maschine an.

Gert Anderssons Kabinentür stand sperrangelweit offen, und das Licht brannte. Sie sah hinein. Die Badezimmertür war geschlossen.

»Gert?«

Keine Antwort.

»Gert, bist du da?« Sie kam sich dumm vor. Vielleicht war er ja auf der Toilette und wollte nicht antworten. Diesen Gedanken schob sie jedoch rasch beiseite. Es war früher Morgen, die Kabinentür stand offen, und sein Auto stand verlassen auf dem Kai. Da stimmte etwas nicht. Sie betrat die Kabine und sah sich um. Es sah aus wie immer, fand sie. Die Koje war nicht gemacht, ein Pullover hing über dem Stuhl, und auf dem Schreibtisch lag das Werkzeug, das er zum Bau seines Buddelschiffs verwendete.

Oft hatte sie seine Träume und seine Versuche, Knoten und das Morse- und das Flaggenalphabet zu erlernen, belächelt. Er wollte so gerne ein richtiger Seemann sein. Nur der auf den Unterarm tätowierte Anker fehle ihm noch, hatte sie einmal gewitzelt. Aber er war sauer geworden, und sie hatte kein Wort mehr darüber verloren. Der Bau des Buddelschiffs war vermutlich das Einzige gewesen, was er je durchgezogen hatte. Das hatte ihr imponiert, und sie hatte ihn gelobt. Anschließend hatte sie das Gefühl gehabt, er behandle sie anders.

Jetzt fiel ihr auf, dass nicht nur das Buddelschiff fehlte. Die Koje war verlassen. Gert Andersson hatte die Biege gemacht, da war sie sicher. Aber wie? Sein Auto stand ja noch auf dem Kai. Sie hatte es plötzlich eilig rauszukommen.

Die Scherben funkelten im Schein der Straßenlaternen. Rita Murenius beugte sich vor und hob das kleine Holzschiff auf. Die Masten waren abgebrochen. Sie umfing das Schiff mit der Hand, als wollte sie es vor weiteren Gefahren beschützen, steckte es in die Tasche ihrer Trainingshose und schob die Scherben der zerbrochenen Flasche mit den Füßen beiseite. Ein kalter Wind fuhr ihr unter das weite Hemd. Langsam schloss sie den Kofferraumdeckel, bis das Schloss einrastete. Dann ging sie zur Fahrertür. Sie war nicht abgeschlossen. Der Schlüssel steckte im Zündschloss. Es gab nichts, was sie tun konnte.

Greger Minos hatte lange auf der Gehaltsliste der Gruppe für Ermittlungen von übergeordnetem nationalem Interesse gestanden. Sein Tod war ungelegen gekommen, weil er wahrscheinlich das Ende der Operation Schwertfisch bedeutete, deren Ziel es gewesen war, sich ein Bild vom Waffenschmuggel aus dem Osten zu machen und diesen auf lange Sicht zu unterbinden, damit die Unterwelt nicht weiter mit Waffen versorgt wurde. Die Aktion hatte enorme Summen verschlungen, und plötzlich sah es aus, als wäre alles vergebens gewesen. Weggeworfenes Geld. Einen kleinen Hoffnungsschimmer gab es allerdings noch: Vielleicht fanden die Ermittler ja heraus, wer Minos ermordet hatte, und konnte somit der GEN weiterhelfen. Aus diesem Grunde hatte diese die Ermittlungen überwacht und Informationen aus dem Brunnen bezogen. Außerdem hatte sie auch Informationen gesperrt, was Ellen Brandt sehr verblüfft hatte, da sie so etwas nicht für möglich hielt.

Nachdem der Chef der GEN das Gespräch seines Agenten mit Ellen Brandt genehmigt hatte, hatte er auf dem Rücksitz des Wagens mit den getönten Scheiben Platz genommen. Brandt hatte versucht, einen Blick auf den Fahrer zu erhaschen, aber nur ihr Spiegelbild gesehen, als der Wagen leise die Rampe der Tiefgarage hochgefahren und verschwunden war.

»Kommen Sie«, sagte der namenlose Agent und ergriff ihren Arm.

Brandt unterdrückte den Impuls, sich loszureißen. Sie ließ

sich in das Innere der Garage, durch eine Tür und einen kurzen Korridor zu einer Treppe, die sie noch nie gesehen hatte, führen. Sie überlegte, in welchem Teil des Präsidiums sie sich befand, hatte aber bereits die Orientierung verloren.

Der Agent streckte die Hand aus, um ihr zu bedeuten, sie solle vorgehen. Sie warf ihm einen reservierten Blick zu und ging dann drei Stockwerke hoch in einen Vorraum mit einer unbeschrifteten Tür.

»Wohin führt die?«

»Ich dachte, wir könnten eine Kleinigkeit essen gehen.«

»Bitte?«

»Keine Angst, ich zahle.«

»So hatte ich das nicht gemeint.«

»Bitte«, sagte er und öffnete die Tür.

Brandt trat ins Dunkel. Die Nacht war kalt.

»Na so was«, stieß sie verwundert aus.

»Kommen Sie«, sagte er und schloss unauffällig die Tür an der Rückseite des Präsidiums, vor der sie vor einigen Tagen gestanden und sich überlegt hatte, ob es möglich sei, dass sich Menschen in Luft auflösten.

Sie erstaunte gar nichts mehr.

Sie legten schweigend die wenigen hundert Meter bis zu einem Hamburgerrestaurant zurück, das rund um die Uhr geöffnet war. Ein paar junge Männer standen vor der Tür und riefen einigen jungen Frauen, die in zu dünnen Kleidchen schwankend auf hohen Absätzen in der Nähe standen und rauchten, etwas zu. Die Frauen sahen ab und zu mit gelangweilter Miene zu den Schreihälsen hinüber. Zwei Männer, die ihre Baseballkappen verkehrt herum trugen und einen muskulösen Hund an der Leine hatten, standen in der Tür und machten keine Anstalten beiseitezutreten, als sich Brandt und der namenlose Agent näherten. Dass sie Kaugummi kauten, hinderte sie nicht daran, höhnisch zu lächeln.

Brandt spürte, wie ihr Adrenalinspiegel anstieg. Sie hatte nicht übel Lust, zu ihrem Dienstausweis zu greifen und ihn den beiden grinsenden Typen vor die Nase zu halten, und hätte das vermutlich auch getan, wenn der namenlose Agent ihr nicht die Hand auf den Oberarm gelegt hätte. Sie betrachtete die Hand, sagte aber nichts. Der Agent trat direkt auf die beiden Männer zu, und diese sahen zu Boden und traten zur Seite. Nicht einmal ihr Hund protestierte.

»Danke«, sagte der Agent mit ungerührter Stimme. Widerwillig musste sich Brandt eingestehen, dass sie beeindruckt war. Sie kam sich wie ein kleines Kind vor, als sie ihm ins Restaurant folgte. Er bestellte für sie beide und wählte dann einen abgelegenen Tisch neben der Tür zur Küche.

Als sie gegessen hatten, faltete er sorgfältig seine Serviette zusammen und wischte sich den Mund ab, obwohl das gar nicht nötig zu sein schien. Sie sah zu, wie er auch die leere Pommes-frites-Verpackung und die übrigen Servietten zusammenfaltete und in die Hamburgerschachtel legte. Alles sehr ordentlich.

Brandt fiel auf, dass er stets dann gesprächiger wurde, wenn sie ihn anlächelte. Aber von dem ständigen Lächeln fühlte sich ihr Gesicht schon ganz steif an, und sie hoffte, dass sie bald das erfuhr, was sie wirklich interessierte.

»Und der Wachmann Gert Andersson, was hat er mit der Sache zu tun?«, Sie sah ihn über den Rand ihres weißen Pappbechers an.

»Ein Handlanger. Einer von vielen Kurieren. Die gibt es überall bei allen Reedereien. Abenteurer, die sich für ein Trinkgeld anheuern lassen. Oft labile Menschen, die die Hintermänner leicht austauschen können. Wir interessieren uns nicht besonders für diese Leute. Sie verrichten die Schmutzarbeit und gehen die Risiken ein. Leute wie Greger Minos und seinesgleichen fassen die Ware nie an.«

»Sie erwähnten Vergewaltigungen?«

Sie merkte, dass er zögerte, ehe er antwortete.

»Wie gesagt, beobachten wir Andersson schon lange. Wenn wir ihn für die Vergewaltigungen drankriegen, die wir ihm nachweisen können, dann ist das nur ein Bonus«, meinte er unbekümmert.

»Aber wie lange wissen Sie schon, dass er mehrere Frauen an Bord des Schiffes vergewaltigt hat?«

Er schwieg einen Moment lang und blies vorsichtig auf seinen Kaffee.

»Eine Weile«, sagte er dann und trank einen Schluck, ohne seinen Blick von ihr abzuwenden.

»Sagen Sie schon. Wie lange?«

»Seine DNA tauchte vor einem halben Jahr auf. Wir können ihm alle vier Vergewaltigungen an Bord nachweisen.«

»Und die letzte? Wann verübte er die?«

»Vor vier Monaten.«

»Wollen Sie damit sagen, dass Sie wussten, dass sich ein Serienvergewaltiger an Bord befand, und nichts unternommen haben?«, fragte sie entgeistert.

Er nahm eine weitere Serviette und legte sie auf die anderen.

»Sie müssen verstehen, dass ...«

»Sind Sie ein Polizist oder ein Idiot? Oder beides?«

»Beruhigen Sie sich. Schließlich wissen Sie auch, dass man gelegentlich eine Straftat zulassen muss, um an die Hintermänner zu kommen. Das passiert ständig.«

»Verdammt. Hier geht es um junge Frauen, deren Leben vielleicht für immer zerstört wurde.«

»Mit den Vergewaltigungen ist das auch so eine Sache. Mehrere sind freiwillig mitgegangen.«

»Das darf doch nicht wahr sein! Das höre ich mir nicht länger an. Sind Sie vollkommen verrückt? Ihnen ist doch wohl klar, dass ich das hier anzeigen muss?«

Er lächelte sie an, als hätte er genau diesen Kommentar erwartet.

»Was bitte genau?«

»Dass Sie einen Mann, den Sie der Vergewaltigung verdächtigten, nicht festgenommen haben.«

»Sie haben es immer noch nicht begriffen, stimmt's?«

»Was soll ich nicht begriffen haben?«

»Was ich Ihnen hier erzähle, ist reine Erfindung. Auch ich bin reine Erfindung«, meinte er lächelnd.

Brandt wollte etwas entgegnen, aber er hob die Hand.

»Ich werde Ihnen ein Geschenk machen.«

Sie traute ihren Ohren nicht.

»Ein Geschenk?«

»Ist Ihnen eigentlich klar, dass Sie andauernd meine Worte wiederholen? Morgen früh übergebe ich Ihnen Gert Andersson. Mit etwas Glück wird er sowohl für die Vergewaltigungen als auch für den Mord an Greger Minos verurteilt.«

»Wie bitte? Wollen Sie ihn festnehmen?«

Er schüttelte nur amüsiert den Kopf, zog sein Handy aus der Tasche, betrachtete es und sagte dann:

»Er ist bereits festgenommen worden. Vor einer halben Stunde. Mit einer Makarow in der Innentasche.«

Er hielt ihr sein Handy hin, um ihr die SMS über die Festnahme zu zeigen.

»Wo? Und wo ist er jetzt?«

»Immer mit der Ruhe. Sie kriegen ihn morgen. Jetzt muss ich gehen. Mir wäre es recht, wenn Sie ein paar Minuten hier warten würden.« Er erhob sich und nahm das Tablett mit dem Abfall mit.

Ellen Brandt brachte keine Einwände über die Lippen, sondern starrte ihm nur hinterher. Von ihrem Kaffee hatte sie kaum etwas getrunken. Sie nahm einen Schluck, verzog das Gesicht und verließ das Restaurant.

Natürlich kümmert sich jemand. Du tust es ja«, sagte Beata und hielt Pia Levin im Arm.

Levin seufzte tief. Sie hatte das Gefühl, zum ersten Mal wirklich zu verstehen, was Beata sagte. Nicht nur die Worte, sondern auch die Bedeutung. Eine Stimme in ihrem Inneren sagte ihr, dass es jetzt genug sei. Keine Tränen mehr, kein Selbstmitleid. Vilja Kramer war tot. Das ließ sich nicht ändern.

Man konnte nur versuchen herauszufinden, was ihr zugestoßen war.

Levin wischte sich über die Nase. Der Rotz war salzig und erinnerte sie an das Wasser im Bassin. Das Wasser hatte abgestanden und nach Tod geschmeckt. Sie unterdrückte einen Würgereiz.

»Willst du was trinken?«, fragte Beata, die bereits auf dem Weg in die Kochnische war.

»Da steht noch Wein.«

»Vielleicht solltest du mit einem Glas Wasser anfangen«, meinte Beata und reichte ihr ein Glas.

Pia Levin ließ sich nicht gerne bevormunden, nahm aber das Glas und trank. Noch vor einer Sekunde hatte sie großes Zutrauen empfunden, jetzt hatte sie das Gefühl, Beata dränge sich auf und ermahne sie. Ein kleiner nagender Zweifel nistete sich ein. Levin wusste, was solche Zweifel anrichten konnten, hatte aber jetzt nicht die Kraft, darüber nachzudenken. Stattdessen leerte sie das Glas in einem Zug und erzählte dann, wie sie die tote Familie aufgefunden hatte. Bereits zu Anfang hatte sie bezweifelt, dass es sich um eine Familientragödie handelte, aber niemanden davon überzeugen können. Als die Führung sich entschlossen hatte, die Ermittlungen einzustellen, noch bevor alles untersucht worden war, war sie wütend geworden, hatte aber gleichzeitig auch ein schlechtes Gewissen gehabt, weil sie den Tatort nicht gründlicher untersucht hatte. Deswegen war sie heimlich noch einmal dorthin gefahren. Sie hatte das Bettlaken aus dem Ehebett beschlagnahmt, um es auf Spuren zu untersuchen.

»Ich weiß nicht, ob das etwas ergibt, aber ich musste einfach etwas unternehmen.«

Beata starrte vor sich hin und rieb sich den Oberarm.

»Wie geht es dir?«, fragte Levin.

»Ich weiß nicht recht.«

»Du wolltest, dass ich davon erzähle.«

»Ja. Es lässt sich nur schwer nachvollziehen, was du bei deiner Arbeit so alles erlebst. Wie verkraftest du das nur?«

»Vielleicht verkrafte ich es ja nicht. Vielleicht ist gerade das das Problem.«

»Was geschieht nun?«

»Ich stelle die wenigen Erkenntnisse, die ich gewonnen habe, zusammen und bitte einen Analytiker, sich die Geschichte und die Freunde von Familie Kramer einmal näher anzusehen. Ich kenne so einige Leute, also müsste es gehen, obwohl die Ermittlung offiziell abgeschlossen ist. Mehr kann ich nicht tun«, meinte sie und seufzte. »Jedenfalls hat es gutgetan, darüber zu sprechen. Irgendwie kann ich jetzt besser damit umgehen.«

»So ist es eigentlich immer. Gibt es etwas, das ich tun kann?«

Levin schüttelte den Kopf.

»Lass es mich mal versuchen. Ich bin recht gut, was logisches Denken angeht. Allein verrennt man sich leicht und übersieht das Offensichtliche. Nimm mich zum Tatort mit, dann können wir den Fall diskutieren.«

»Du willst mich zum Tatort begleiten?«, sagte Levin. »Das geht nicht.«

»Nein, nein. So habe ich das nicht gemeint. Nur in Gedanken.«

»Wie soll das gehen?«

»Du beschreibst, was du in dem Haus gesehen und welche Schlüsse du daraus gezogen hast, und ich stelle Fragen. Dabei bekommt man meist ein klareres Bild.«

»Okay. Schaden kann es nicht.«

Pia Levin fing ganz am Anfang an, aber erst, als sie beschrieb, wie sie von Zimmer zu Zimmer gegangen war, begann Beata Fragen zu stellen.

»War es ein männliches oder weibliches Zuhause?«

»Wie meinst du das?«

»Wirkte die Einrichtung eher weiblich oder männlich?«

»Keine Ahnung. Es sah aus wie überall.«

Beata lächelte.

»Und die Kleider? Was für Kleider hingen in den Schränken?«

Levin zupfte sich am Ohrläppchen, während sie nachdachte.

»Daran erinnere ich mich nicht, aber ich habe Fotos«, sagte sie.

»Fotos?«

»Ja. Ich habe eine Menge Aufnahmen gemacht. Ich glaube, es ist auch eine Serie mit den Schränken dabei. Warte.«

Pia Levin holte ihr Notebook und öffnete die Datei mit den Bildern vom Tatort. Sie sah sie rasch durch.

»Hier sind sie.«

Beata beugte sich vor und blickte mit Pia zusammen auf den Bildschirm.

»Ist das alles?«

»Ich glaube schon.«

»Findest du nicht auch, dass da was fehlt?«

»Nein. Ich sehe nichts.«

»Es gibt keine Frauenkleider«, meinte Beata.

Levin sah sie zweifelnd an und betrachtete die Fotos von neuem.

»Erstaunlich. Und was bedeutet das?«

»Entweder war Angelica eine Frau, die gerne Männerkleider trug, oder sie wohnte gar nicht dort.«

Die Pritsche war mit grünem Kunstleder bezogen. Wie er sich auch hinsetzte, das graue Papier, das von einer riesigen Rolle am einen Ende der Pritsche stammte, rutschte ständig unter ihm weg.

Ulf Holtz hatte drei Stunden auf dem Gang gesessen, während ein Patient nach dem anderen aufgerufen worden und in dem Korridorwirrwarr des Krankenhauses verschwunden war. Schließlich hatte er seinen eigenen Namen gehört, was ihm wie ein Lottogewinn vorgekommen war. Dieses Gefühl verflog aber rasch, als ihm klar wurde, dass er nur die erste Hürde genommen hatte. Die Krankenschwester bat ihn, es sich auf der Pritsche bequem zu machen, der Arzt würde gleich kommen.

Holtz fragte sich, was die Schwester wohl unter »gleich« verstand. Er hatte mehrmals langsam bis fünfhundert gezählt und jedes Mal geglaubt, der Arzt würde kommen, ehe er fertig wäre. Erst beim vierten Mal öffnete sich bei 374 die Tür, und ein Mann mit weißem Kittel über einem lila Hemd trat ein. Der Arzt trug eine Brille mit schwarzem Gestell, über deren Rand er hinwegschaute. Zu diesem Zweck neigte er den Kopf, wodurch es aussah, als hätte er sich den Hals verrenkt.

»Was haben wir denn hier?« Der Arzt setzte sich, ohne eine Antwort abzuwarten, mit dem Rücken zu Holtz an den Computer und begann zu lesen.

»Mein Knie. Ich bin hingefallen.«

»Darf ich mir das mal ansehen? Lassen Sie bitte die Hose herunter«, sagte der Arzt, drehte sich halb um und sah Holtz über den Brillenrand hinweg an.

Holtz ließ sich von der Pritsche gleiten und tat, worum ihn der Arzt gebeten hatte. Er versuchte, wieder auf die Pritsche zu kommen, aber der Schmerz in seinem verletzten Knie hinderte ihn daran. Erst beim zweiten Versuch gelang es ihm. Seine Beine baumelten in der Luft, und die Hose landete zusammengeknüllt auf dem Fußboden. Der Arzt rollte auf einem Edelstahlhocker heran und betrachtete das Knie einige Sekunden lang, dann packte er es und schob die Kniescheibe hin und her. Holtz biss die Zähne zusammen und stöhnte.

»Jedenfalls nichts kaputt. Ich verschreibe Ihnen ein Schmerzmittel, falls es schlimmer wird, müssen Sie Ihren Hausarzt aufsuchen.« Er rollte an den Computer zurück und schrieb etwas.

Holtz verstand nicht recht. War das alles?

»Soll ich das Bein schonen, oder kann ich es normal belasten?«

»Wenn Sie meinen, dass das gut ist, können Sie das Bein schonen, aber sonst können Sie normal gehen.«

»Aber... was ist besser?«

Der Arzt drehte sich auf seinem Stuhl herum und sah ihn einen Augenblick an.

»Mit Ihrem Knie ist alles in Ordnung. Es hat einen Schlag abbekommen und tut daher etwas weh, aber es funktioniert ausgezeichnet und wird keinen bleibenden Schaden davontragen. Wenn Sie mich jetzt entschuldigen würden, ich muss weiter. Viel zu tun heute Nacht, müssen Sie wissen«, sagte er, und Holtz hätte schwören können, dass das ironisch gemeint war.

In der Hose auf dem Boden brummte es, und Holtz beeilte sich, das Handy aus der Tasche zu nehmen.

»Handys müssen im Krankenhaus ausgeschaltet werden«, sagte der Arzt und verließ das Zimmer.

Holtz nahm das Gespräch an, warf dem Rücken des Arztes einen entschuldigenden Blick zu und zog mit der freien Hand seine Hose hoch.

»Was? Bist du sicher?«

Er hörte zu, während er mit einer Hand die Hose zuknöpfte.

»Kannst du mich abholen? Gut, ich warte.« Holtz legte auf und hinkte auf den Gang. Dort folgte er den Schildern zum Ausgang. Das Knie fühlte sich schon viel besser an.

Das Telefon klingelte erneut. Sein Magen verkrampfte sich, als er sah, dass es Mortezas Nummer war. Er hob ab und hörte einen Augenblick lang zu.

»Ich verstehe nicht recht. Wollen Sie mich jetzt treffen? Um diese Tageszeit? Ja, kommen Sie vorbei. Ich bin in einer halben Stunde zu Hause«, sagte er, stellte das Telefon ab und hinkte weiter Richtung Ausgang.

Das Auto wartete mit laufendem Motor. Ellen Brandts Gesicht sah im Licht der Innenbeleuchtung blaugrün aus.

»Was soll das heißen, wir kriegen ihn morgen?«, fragte Holtz, nachdem er auf dem Beifahrersitz Platz genommen hatte.

»Er wird mir morgen im Laufe des Tages übergeben, oder genauer gesagt heute. Mit beschlagnahmter Waffe und allem.«

»Darf man das? Hat er einen Anwalt? Was sagt der Staatsanwalt?«, fragte Holtz atemlos.

Brandt wartete gelassen, bis er geendet hatte.

»Offensichtlich. Die GEN hat grünes Licht gegeben«, erwiderte sie.

Holtz sah wütend aus.

»Und das soll ein Rechtsstaat sein?«

»Reg dich nicht auf. So schlimm ist es auch wieder nicht. Er wird heute Nacht von der GEN vernommen, dann bekommen wir ihn. C ist informiert und hat keine Einwände.«

»Was hatte er für eine Waffe?«

»Eine Makarow.«

»Neun Millimeter«, konstatierte Holtz.

Ellen Brandt nickte.

»Wo die herstammt, werden wir nie herausfinden«, fuhr Holtz fort. »Im Osten gibt es Hunderttausende davon, seit das russische Militär angefangen hat, auf moderne Waffen umzustellen.«

»Das stimmt. Wir gehen die Sache heute Nachmittag mit neuer Kraft an. Ich muss jetzt unbedingt ein paar Stunden schlafen. Was hast du eigentlich auf der Notaufnahme gemacht?«, fragte Brandt.

»Nichts Ernstes. Ich wollte nur was kontrollieren lassen.«

Brandt schien sich damit zufriedenzugeben. Sie legte den ersten Gang ein und fuhr vom Parkplatz des Krankenhauses.

»Nach Hause oder zum Schiff?«

»Nach Hause.« Holtz lehnte sich mit geschlossenen Augen zurück.

Als Ellen Brandt die Einfahrt von Ulf Holtz' Haus hinauffuhr, stand jemand auf der Treppe. Sie stieß Holtz an, der eingeschlafen war, sobald sie das Krankenhaus hinter sich gelassen hatten. Dieser brummte etwas, schien aber nicht aufwachen zu wollen. Brandt rieb sich die Schläfen und spähte ins Dunkel. Sie versuchte zu erkennen, wer unter der Lampe über Holtz' Haustür stand. Sie sah, dass es sich um einen Mann handelte, als er sich zu ihrem Wagen umdrehte. Wer besucht ihn denn so früh am Morgen?, überlegte sie und stieß Holtz etwas unsanft an.

Der Mann auf der Treppe bewegte den Kopf vor und zurück, als versuchte er zu erkennen, wer im Auto saß. Dann kam er zögernd näher. Brandt wurde nervös und stieß Holtz so fest an, dass sein Kopf gegen die Seitenscheibe knallte.

»Mensch!« Holtz schlug die Augen auf und starrte sie an.

»Du hast Besuch.«

»Was? Wer?«

»Ich weiß nicht. Schau selbst.«

Der Mann war jetzt fast beim Auto angelangt. Holtz fiel es schwer, seine wirren Gedanken zu ordnen.

»Das ist Morteza, Nahids Vater. Er hat angerufen und wollte mich dringend treffen. Ich weiß nicht, warum«, erläuterte er.

»Vielleicht solltest du aussteigen und ihn fragen, was er will?«

Holtz sammelte sich, öffnete die Tür und stieg aus.

»Morteza«, sagte er und streckte dem Mann seine Hand entgegen.

Die Hand des alten Mannes war kalt und leblos. Holtz wandte sich zu Brandt, die die Szene interessiert verfolgte.

»Danke fürs Herbringen. Bis später«, sagte er.

Brandt nickte, setzte zurück und verschwand rasch Richtung Stadt.

Holtz ging wortlos die Treppe hinauf, öffnete die Tür und trat ins Haus. Der alte Mann folgte ihm. Lange Zeit wurde kein Wort gewechselt. Sie hängten ihre Jacken auf, behielten ihre Schuhe jedoch an und gingen in die Küche.

Morteza Ghadjar ließ sich schwer auf einen Küchenstuhl sinken. Im Licht der Deckenlampe waren seine Züge deutlich zu erkennen. Von dem energischen Mann, dem Holtz vor wenigen Monaten erstmals begegnet war, war nicht viel übrig. Er hatte abgenommen, seine Haut war gräulich bleich, und seine tränenden Augen waren blutunterlaufen. Holtz fühlte Besorgnis, fast Panik in sich aufsteigen. Er wollte Morteza anschreien, damit er endlich etwas sagte, ihm erzählte, was mit Nahid sei, etwas tat. Aber der alte Mann saß einfach am Tisch und starrte mit leerem Blick vor sich hin.

»Morteza, was ist passiert?«
»Könnte ich ein Glas Wasser haben?«
Holtz war so darauf fixiert, endlich zu erfahren, was Nahid zugestoßen war, dass er die Frage erst nicht verstand.
»Wie bitte?«
»Ein Glas Wasser, könnte ich ein Glas Wasser bekommen?«
»Natürlich. Entschuldigen Sie, ich ...«
»Nein, ich muss mich entschuldigen, dass ich zu so früher Stunde störe.«
Holtz goss ein Glas Wasser ein und nahm Morteza Ghadjar gegenüber Platz. Er wartete, während dieser trank. Er warf einen Blick aus dem Fenster. Die Konturen der Vorortsiedlung waren im Morgenlicht zu erkennen, aber er sah keine Menschenseele.
Morteza stellte das Glas beiseite, legte beide Hände in den Schoß und sah Holtz an.
»Ich habe schlechte Nachrichten«, sagte er.
Holtz schwieg.
»Sie haben sicher gehört, was passiert ist«, fuhr er fort.
Holtz runzelte die Stirn.
»Ich verstehe nicht. Was soll ich gehört haben?«
»Von den drei Frauen, die unter Spionageverdacht im Iran festgenommen worden sind.«

Langsam dämmerte Holtz, was Morteza Ghadjar meinte. Davon hatte er doch gehört?

»Ich weiß nicht recht. Ich habe gearbeitet und ...«

»Davon ist jeden Tag in den Nachrichten die Rede«, sagte Morteza vorwurfsvoll.

»Erzählen Sie.«

Mercedes Nunes löste vorsichtig das Klebeband über der Türritze und nahm das gelbe Schild mit rotem Rahmen ab, auf dem »Zutritt verboten« stand. Der Schlüssel, den sie an einem Bindfaden um den Hals trug, lag kalt auf der Haut. Während sie ihn ins Schloss schob, überlegte sie, ob es vielleicht ausgetauscht worden sei. Die Tür ließ sich jedoch problemlos öffnen.

Der Raum war kalt, und in dem Bassin war kein Wasser. Es roch immer noch stark nach Chlorophyll und Schimmel. Mercedes trat ein, schloss die Tür hinter sich und blieb mit dem Rücken zum Eingang stehen. Sie atmete stoßweise, als wäre sie gerannt, und sah in den Raum, in dem sich noch vor wenigen Tagen ein dichter feuchter Dschungel mit lebenden Tieren befunden hatte. Sie dachte an den Kaiman Igor. Sie hatte das Tier gemocht. Still und geduldig hatte er auf seinem winzigen Strand gelegen und sein Dasein akzeptiert. Keine Zukunft.

Genau wie sie.

Mit vorsichtigen Schritten ging Mercedes Nunes über die kleine Brücke zur Bank. Sie betrachtete diesen Platz als ihren Zufluchtsort. Als sie zum ersten Mal gehört hatte, dass der künstliche Dschungel angelegt werden würde, hatte sie nur gelacht. Aber dann, als er fertig gewesen war, hatte sie zum ersten Mal seit vielen Jahren nach Hause zurückkehren können. Oft hatte sie allein auf der Bank gesessen, hatte die

Augen geschlossen und war in Gedanken in ihr Dorf gereist. Und zu dem Pfad hinunter zum Fluss.

Sie setzte sich. Lehnte sich zurück und schloss die Augen. Atmete den Geruch ein.

Schluchzend und verängstigt war es ihr gelungen, hinunter zu dem kühlenden, klaren Wasser zu kommen, das nach Chlorophyll und vermodernden Pflanzen gerochen hatte. Das waren die Gerüche, die sie mochte. Sie hatte sich lange und gründlich gewaschen. Ihren Körper mit Sand vom Flussgrund abgeschrubbt. Immer wieder. Das Kleid oder das, was davon noch übrig gewesen war, hatte sie zusammen mit der Puppe unter einem Stein am Fluss versteckt. Die Kälte, die sie erst als befreiend empfunden hatte, hatte sie schließlich gezwungen, aus dem Wasser zu steigen. Nackt und mit angezogenen Knien war sie am Ufer sitzen geblieben. Sie hatte vor Kälte, Angst und Scham gezittert. Da hatte sie eine Stimme hinter sich gehört.

Eine Stimme, die alles veränderte.

Pia Levin hielt sich allein im Labor auf. Die tote Vilja Kramer und ihre Familie hatten sie aller Kräfte beraubt. Das erkannte sie nun. Das Gespräch mit Beata hatte ihr deutlich gemacht, dass sie darüber hinwegkommen musste. Sie waren tot. Daran würde sich nichts ändern. Sie hatte Beata von dem Versprechen erzählt, das sie dem toten Mädchen auf der kalten Bahre im Kühlraum der gerichtsmedizinischen Abteilung gegeben hatte. »Distanzier dich«, hatte Beata nur erwidert. »Lege dem Mädchen eine Blume aufs Grab, aber erlaube ihr nicht, dein Leben zu zerstören.« Sie hatte protestiert, aber allmählich eingesehen, dass sie mehr an sich selbst denken musste.

Nur noch ein letzter Versuch. Sie wollte alles ordentlich zu

Ende bringen. Die Akten so abschließen, dass es keine losen Fäden gab. Das war sie Vilja Kramer dann doch schuldig.

Levin aß geistesabwesend einen Keks, den sie im Pausenzimmer gefunden hatte. Der Tisch war mit Dokumenten übersät. Fotos, Skizzen, Gutachten der Gerichtsmedizin und die DNA-Auswertungen des GFFC.

Auf dem Weg ins Labor hatte sie bei den Analytikern vorbeigeschaut und deren Chefin aufgesucht, die sie von früher kannte. Sie hatte sie gebeten, alle Informationen über Familie Kramer zusammenzustellen.

Irgendetwas stimmte nicht. Beata hatte sie darauf aufmerksam gemacht. Angelica Kramer war ausgezogen und wohnte woanders. Er hatte sie verlassen, oder sie ihn. So muss es sein, dachte Levin. Aber trotzdem war die gesamte Familie im Haus gewesen, als sich die Tragödie abgespielt hatte. Es war nicht unwahrscheinlich, dass sich eine weitere Person im Haus befunden hatte, zumindest gelegentlich. Aber wer? Und was für eine Rolle hatte diese Person gespielt?

Sie trommelte mit den Fingern auf dem Bericht des GFFC. Dort fand sich die Antwort. Das wusste sie, seit sie die Analyseergebnisse durchgegangen war. Das Laken wies keine DNA von Angelica Kramer auf. DNA von Jon Kramer und von einer Unbekannten war hingegen gefunden worden. Das GFFC hatte diese DNA routinemäßig mit der Spurendatenbank und der Datenbank verurteilter Straftäter abgeglichen, jedoch ohne Ergebnis. Von den Milliarden Frauen dieser Welt konnte es irgendeine sein. War diese Unbekannte in die Ereignisse des Tages, an dem alle gestorben waren, verwickelt? Pia Levin war pessimistisch, aber dennoch fest entschlossen, ihr Möglichstes zu tun. Sie nahm ein weißes Blatt Papier und einen Filzstift. Sie kaute eine Weile auf dem Stift und schrieb dann »Geliebte« ganz oben auf das Blatt und dahinter ein Fragezeichen. Sie dachte eine Weile nach und fügte dann hinzu: »Keine Frauenkleidung. Folgerung: lose Beziehung.«

Eine zufällige Geliebte in einem Haus ohne eine einzige Spur der Ehefrau. Trotzdem war die ganze Familie versammelt gewesen, als der Tod zugeschlagen hatte.

Aber warum hatte Vilja sterben müssen?

Sie schrieb »Kinderpornografie« auf den Bogen und suchte die Fotos des nackten Mädchens hervor. Als ihr klar geworden war, dass sich das Foto des nackten Mädchens unter den kinderpornografischen Bildern befand, die im Internet verbreitet wurden, hatte sie gedacht, dieser Umstand hinge mit dem Mord zusammen. Jerzy Mrowka hatte ihre Vermutung nicht geteilt. Es gebe Hunderttausende von Fotos von nackten Kindern. Fotos, die auf Abwege geraten und die für die Pädophilen bearbeitet worden seien. »Zufall«, hatte er gesagt. »Fotos nackter Kinder geraten früher oder später immer in die Hände Pädophiler. Es muss deswegen noch lange keine Verbindung zu der Familie bestehen.«

Sie strich das Wort, das sie gerade geschrieben hatte, mit einem schwarzen Strich durch, der in einem wütenden Schnörkel endete. Die Streichung hatte etwas Befreiendes. Sie erleichterte es ihr, an Vilja Kramers kurze Zeit im Leben zu denken.

Das Handy vibrierte in ihrer Tasche. Ein Analytiker wollte wissen, ob sie Zeit habe, kurz nach oben zu kommen. Levin schob rasch die Papiere zusammen, brachte sie in ihr Büro, legte sie auf den Schreibtisch und eilte dann ins Stockwerk der Analytiker.

Nur wenige Tische im Großraumbüro waren besetzt. Junge Frauen saßen gebannt und mit gerunzelter Stirn an ihren Computern.

»Schön, dass du so schnell kommen konntest«, sagte die Frau, die sie bereits von früher kannte und die immer gerne half, ohne lange nach Genehmigungen zu fragen und über Prioritäten zu sprechen. Die Analytiker waren heiß begehrt und durften sich eigentlich nur mit Fällen befassen, die von der operativen Leitung abgesegnet waren, aber Loyalitäten und Freundschaften unterwanderten dieses System ständig.

»Setz dich.« Sie nickte in Richtung eines Stuhls am Nachbartisch. Levin zog ihn sich heran. Ihr stieg der Duft eines teuren Parfüms in die Nase.

»Und? Was hast du herausgefunden?«, fragte sie eifrig.

Die Analytikerin drehte ihren Stuhl herum, so dass sie sich gegenübersaßen. Sie sah Levin direkt an. Ein Lächeln schien ihre Mundwinkel zu umspielen. Sie hatte grüne Augen. Etwas zu grün, als dass die Farbe hätte echt sein können, aber sie passten perfekt zu ihrem roten Haar mit den großen Locken, das sie zu einem nachlässigen Zopf zusammengebunden trug.

Pia Levin nahm sich zusammen und versuchte, sich auf den Ordner zu konzentrieren, den die Analytikerin auf dem Schoß hatte. Sie musste jedoch immer wieder in diese grünen Augen blicken, die so intensiv ihre Aufmerksamkeit suchten.

»Ich gebe dir einen Ausdruck des Berichts mit, würde ihn aber vorher gerne mündlich zusammenfassen.«

Levin nickte.

»Es ist nicht viel, aber deine Vermutung, dass Angelica Kramer nicht mehr dort wohnte, trifft wahrscheinlich zu. Wir haben einen Untermietvertrag mit ihrem Namen ausfindig gemacht, der vor zwei Monaten unterschrieben wurde. Vermutlich ist sie also zu diesem Zeitpunkt ausgezogen. Sie ist auch einige Male auf der Psychiatrie vorstellig geworden. Die Krankenakte habe ich jedoch nicht einsehen können. Wahrscheinlich war es aber nicht allzu ernst. Soweit ich herausfinden konnte, wurde sie nie auf eine geschlossene Station eingewiesen.«

»Du weißt aber nichts über ihre Krankheit?«

»Nein. Dafür wäre eine besondere Genehmigung nötig, die du ja nicht hast, oder?«, meinte sie und blinzelte Pia zu.

»Okay. Was sonst?«

»Sie arbeitete in einer Boutique, teure Markenklamotten, allerdings nur sporadisch und mehr zum Zeitvertreib.«

»Aber geschieden waren sie nicht?«

»Nein. Jedenfalls nicht auf dem Papier.«

»Und Jon Kramer? Was hast du über ihn?«

»Teure Gewohnheiten, geringes Einkommen, viele Reisen.«

»Kriminell?«

»Wer weiß. Keine Vorstrafen, aber wenn man auf großem Fuß lebt und kein Geld verdient ...«

»Und die Reisen?«

»Einige teure Urlaubsreisen mit der Familie, sonst meist in den Osten. Immer nur kurz. Sein Name taucht auf einigen Passagierlisten auf, er hat aber nie mit Karte bezahlt. Alles bar.«

»Zwielichtige Geschäfte?«

»Schwer zu sagen. Schon möglich. Das Finanzamt kann sich nicht um alles kümmern.«

»Sonst noch was?«, fragte Levin

»Einige Kleinigkeiten. Das kannst du nachlesen. Und wie kommst du voran?«

»Weiß nicht. Ich habe eine DNA-Spur gefunden. Eine Unbekannte, die in keiner Datenbank auftaucht.«

»Hast du bei Interpol nachgefragt?«

»Nein.« Levin errötete. »Daran habe ich nicht gedacht. Könnte schwierig werden.«

Die Analytikerin sah sie erstaunt an.

»Nicht im Geringsten. Das ist Routine. Frag im Front Office nach, dann helfen sie dir«, sagte sie.

Levin ärgerte sich, weil sie nicht selbst ans Front Office gedacht hatte, die Abteilung, die alle Kontakte mit dem Ausland abwickelte und die aus irgendeinem Grund von den Ermittlern immer vergessen wurde. Jeden Tag gingen hier Informationen von Interpol und Europol ein. Hunderte von Anfragen zu gesuchten Straftätern und zu Hilfeleistungen bei Vernehmungen und Fahndungen. Aber auch gesicherte Spuren von Tätern und Tatorten wurden auf Anfrage von den Ländern ausgetauscht.

Levin dankte für die Hilfe, nahm den Ordner mit und begab sich in ihr Büro, wo sie die Mappe mit dem Bericht des GFFC holte. Auf der Schwelle hielt sie inne.

Konnte sie ohne Genehmigung beim Front Office nachfragen? Sie hatte nie mit diesen Leuten zu tun gehabt. Kannte sie jemanden, der dort arbeitete? Ihr fiel niemand ein. Vermutlich ist es zwecklos, dachte sie und ließ sich auf ihren Stuhl sinken. Vielleicht war es ja an der Zeit, den Fall Vilja Kramer endgültig zu den Akten zu legen. Alles schien schließlich der Beschreibung der Ermittler zu entsprechen. Ihre eigenen Beweise bestätigten das.

Der Mann trifft eine andere Frau. Die bisherige Frau zieht aus. Das Kind bleibt beim Vater. Das Leben der Mutter gerät aus den Fugen, sie ermordet den Mann und das Kind und tötet schließlich sich selbst.

Ein klassischer Fall.

Mit einem Unterschied. In der Regel tötete der Mann die Frau und das Kind. Die Chefin der Alphagruppe hatte darauf hingewiesen, dass es für eine Mutter zwar ungewöhnlich war, ihr Kind zu töten, aber durchaus nicht ausgeschlossen. Mit einem gewissen Unbehagen wurde Levin bewusst, dass sie sich vermutlich nicht sonderlich engagiert hätte, wenn der Mann die Frau und das Kind und schließlich sich selbst getötet hätte. Wahrscheinlich hätte auch sie dann von einer Familientragödie gesprochen und den Fall wie alle anderen auf sich beruhen lassen.

Das Telefon auf dem Tisch klingelte. Levin warf einen Blick auf das Display, bevor sie abhob. Es war die Gerichtsmedizinerin Ulla Fredén.

»Hallo, Ulla. Was kann ich für dich tun?«

»Eigentlich wollte ich mit Holtz sprechen, aber der ist wie vom Erdboden verschluckt. Weißt du, wo er steckt?«

»Nein. Aber vielleicht kann ich dir ja helfen?«

»Du weißt schon, der Tote auf dem Schiff? Wir haben die Kugel gefunden. Sie steckte im Hüftknochen.«

»Handelte es sich nicht um einen Bauchschuss?«

»Doch. Aber Kugeln ändern oft ihre Richtung im Körper, wenn sie auf das Skelett treffen.«

»Ich bin eigentlich nicht mit diesem Fall befasst, aber ich werde versuchen, Holtz ausfindig zu machen«, sagte Levin.

»Gut. Wie geht es übrigens in der Mordsache Vilja Kramer?«

Levin schwieg einige Sekunden. Ihre Gedanken überschlugen sich.

»Vorwärts«, meinte sie dann.

»Gut. Bis bald.«

Levin legte auf. Sie musste sich jetzt endlich mit den Dokumenten über das Leben der Familie Kramer befassen.

»Ein Versuch kann nicht schaden«, rief sie plötzlich und suchte die Durchwahlnummer des Front Office heraus.

Die Schachtel mit der beschlagnahmten Pistole lag wie ein Kunstobjekt mitten auf einem hohen Glastisch. Der Tisch war von unten beleuchtet und die einzige Lichtquelle des Zimmers. Holtz betrachtete die Waffe, die im Dunkel der Schachtel ruhte. Die Minuten vergingen. Er empfand große Zufriedenheit, endlich die mutmaßliche Mordwaffe vor sich zu haben, und wollte diese Freude so lange wie möglich auskosten.

Die Waffe war am Morgen geliefert worden. Gert Andersson hatte sie in einem Achselholster unter der Jacke getragen. Er hatte sie nicht schnell genug gezogen und war festgenommen worden. Holtz fiel es schwer, sich vorzustellen, dass der Angler, mit dem er sich einmal hatte unterhalten wollen und der sich immer auf dem Kai aufhielt, Polizist war. Er versuchte sich zu erinnern, wie er ausgesehen hatte, aber es gelang ihm nicht. Er hatte sich sein Aussehen nicht eingeprägt. Ein altes, zerfurchtes Gesicht. Oder auch nicht. Vermutlich würde er nie erfahren, wer dieser Mann war, er konnte also genauso gut aufhören, darüber nachzudenken.

Die Schachtel war mit einem durchsichtigen Plastikdeckel verschlossen und mit einem Klebeband mit dem Logo der GEN versiegelt. Holtz las das Beschlagnahmeprotokoll ein weiteres Mal, um sich sicher zu sein. Es war keine forensische Untersuchung durchgeführt worden. Er war derjenige, der die Waffe mit dem Mord in Verbindung bringen konnte.

Ellen Brandt hatte Holtz kurz und bündig mitgeteilt, dass er ab Entgegennahme der Waffe für die Untersuchung verantwortlich sei.

Ein Computer stand summend auf einem Schreibtisch weiter hinten im Labor. Ein bläulicher Schimmer verriet, dass er lief, aber der Bildschirm war nicht leer. Widerwillig ließ Holtz die Schachtel stehen, setzte sich an den Computer und loggte sich ein. Er klickte zur richtigen Seite weiter, und eine Vergrößerung der Kugel, die aus Greger Minos' Hüftknochen entfernt worden war, erschien auf dem Bildschirm. Kerben in Form schwarzer Striche waren deutlich zu sehen. Diese Abdrücke entstanden beim Abfeuern der Pistole im Lauf und waren bei jeder Waffe anders.

Holtz lächelte, beschloss aber, sich später um die Kugel zu kümmern. Er wollte nicht vorgreifen.

Stattdessen öffnete er eine andere Seite und gab nochmals seinen Code ein, um Zugang zu seinen verschlüsselten Mails zu erhalten. In seiner Mailbox lag die Nachricht, auf die er gewartet hatte: die Antwort der Fingerabdruckexperten. Die Vergrößerung des Abdrucks nahm den halben Monitor ein. Er gab ein paar Befehle ein. Ein ähnliches Bild tauchte auf der anderen Hälfte des Bildschirms auf. Konzentriert blickte er hin und her. Er hegte eigentlich keine Zweifel, rief dann aber doch das Programm zum Vergleich der beiden Abdrücke auf. Kleine grüne Kreise tauchten nach und nach auf den Bildern auf. Die Kreise markierten Rundungen, Wirbel und Bögen des linken Fingerabdrucks. Nach einigen Sekunden tauchten dieselben Kreise auch auf dem rechten Abdruck auf.

Fast zu einfach, dachte er, als das Programm sechs Übereinstimmungen ausgemacht hatte. Mehr waren nicht nötig. Der Computer würde noch weitere Übereinstimmungen finden, und die Fingerabdruckexperten würden die Treffer noch einmal manuell abgleichen und ein endgültiges Urteil abgeben, aber es bestand kein Zweifel. Der Fingerabdruck, den er auf der Patronenhülse sichergestellt hatte, stimmte mit einem der Abdrücke überein, die Gert Andersson bei seiner Festnahme abgenommen worden waren. Diese Abdrücke waren direkt in das automatische Fingerabdruckregister, Afis, eingescannt worden. Holtz hatte also nur einen Abgleich vornehmen müssen. Die Verbindung zwischen Gert Andersson und der Patronenhülse vom Tatort war somit erwiesen.

Holtz ließ die Schultern sinken, die er unwillkürlich angespannt hatte, während der Computer arbeitete. Seine Halsmuskeln knackten. Er lächelte, beugte den Kopf langsam nach vorne und spürte, wie die Nackenmuskeln gedehnt wurden. Der Rest war nur noch Formsache. Viel Arbeit würde es noch damit geben, alle kriminaltechnisch gesicherten Beweismittel zu sortieren und zu dokumentieren, außerdem würden die Ermittler eine Menge Vernehmungen durchführen müssen. Eigentlich stand die Ermittlung noch ganz an ihrem Anfang, aber dies war der Durchbruch. Holtz betrachtete lange das Ergebnis auf dem Bildschirm.

Dann wandte er sich der Schachtel zu. Mit einem scharfen Messer schnitt er das Klebeband durch, dann öffnete er die plastikummantelten Drähte, die die Waffe hielten, und hob die Pistole vorsichtig mit behandschuhten Händen aus der Schachtel. Konzentriert trug er mit einem Pinsel Kohlepulver auf, konnte aber keine Fingerabdrücke entdecken. Textilfasern oder Haare waren auch nicht zu finden.

Er stellte fest, dass die Waffe sorgfältig gereinigt worden war. Dann fuhr er auf der Suche nach Resten menschlichen Gewebes mit nassen Wattestäbchen über die Pistole.

Wahrscheinlich würde sich die DNA des ermordeten Greger Minos an der Mündung oder im Lauf finden, da man ihm laut gerichtsmedizinischem Bericht die Waffe direkt auf die Haut gedrückt hatte. Das Vakuum, das nach Abfeuern einer Kugel entstand, hatte vermutlich Gewebe in den Lauf gezogen. Die Wattestäbchen verpackte er einzeln in kleine Plastikumschläge, die fortlaufend nummeriert wurden. Diese DNA-Proben würden vielleicht nie benötigt werden, aber er würde auf Nummer Sicher gehen und die Proben ans GFFC schicken, falls der Staatsanwalt noch weiterer Beweise bedurfte.

Er ging mit der Waffe ins Ballistiklabor und legte zwei passende Patronen ins Magazin ein. Holtz spürte, wie die Spannung stieg. Der Stress der letzten Zeit fiel von ihm ab. Nicht einmal seine Sorge um Nahid machte sich bemerkbar. Er zwang sich zu einer langsamen und methodischen Vorgehensweise.

Er nahm den gelben Gehörschutz, setzte ihn auf und schaltete die Warnlampe ein, deren Leuchten auf Testschüsse hinwies. Holtz wog die Waffe in der Hand, entsicherte sie und lud durch. Er hielt sie mit beiden Händen, zielte auf den Wassertank und schoss. Der Rückstoß pflanzte sich in seinem Arm fort, und er spürte, wie sein untrainierter Muskel im Unterarm warm wurde. Dann schoss er ein weiteres Mal.

Bevor er die beiden abgeschossenen Kugeln aus einem Auffangbehälter auf dem Grunde des Tanks holte, überprüfte er noch, dass sich keine Patrone mehr in der Waffe befand. Dann sicherte er sie und legte sie auf einen Tisch.

Die Projektile glänzten nass. Beide lagen in seiner hohlen Hand, und er wählte eines aus. Auf dem Objektträger des Vergleichsmikroskopes konnte er jetzt nach Übereinstimmungen mit der Kugel suchen, die Greger Minos getötet hatte. Die Spuren auf beiden Projektilen würden zeigen, dass sie aus derselben Waffe abgefeuert worden waren. Holtz drehte und wendete sie, um identische Muster zu finden.

Es gab keine.

»Du machst Witze.«

Ellen Brandt schien wirklich zu glauben, dass sich Ulf Holtz einen Scherz mit ihr erlaubte. Er schüttelte den Kopf und reichte ihr ein stark vergrößertes Foto.

Sie stand neben dem Schreibtisch in seinem wie immer ordentlich aufgeräumten Büro. Holtz hatte darauf bestanden, dass sie ihn aufsuchte, da er die rote Zone nicht verlassen wollte. Kriminaltechnische Fragen sollten in der Forensischen Abteilung besprochen werden.

Brandt nahm das Foto der beiden Kugeln entgegen und betrachtete es eingehend. Holtz sah sie erblassen und überlegte, ob er einen Stuhl für sie holen sollte. Es war etwas seltsam, dass er saß, während sie wie eine Schülerin neben seinem Schreibtisch stehen musste.

»Aber ... Erklär es mir noch einmal. Sein Fingerabdruck befindet sich also auf der Patronenhülse, die du im Bassin gefunden hast, aber die Waffe, die er bei sich trug, war nicht die Mordwaffe?«

»Ja. Es sieht ganz danach aus. Ich sorge natürlich dafür, dass eventuelle DNA-Spuren auf der Waffe analysiert werden, aber so wie es jetzt aussieht, handelt es sich bei der Waffe, die er bei sich trug, als er festgenommen wurde, nicht um die Mordwaffe.«

»Warte. Ich muss nachdenken.« Sie schloss die Augen und wandte das Gesicht zur Decke.

Holtz sah, dass sich ihr Unterkiefer bewegte.

»Bist du dir ganz sicher?«, fragte sie, immer noch mit geschlossenen Augen und zurückgelehntem Kopf.

»Das tödliche Geschoss befindet sich in einem recht schlechten Zustand, aber ich bin mir trotzdem ganz sicher, dass es nicht aus der Waffe abgeschossen worden ist, die ich untersucht habe.«

»Sind die Mordwaffe und die Waffe, die er bei sich hatte, vom selben Typ?«, fragte sie.

»Schwer zu sagen. Aber es ist vorstellbar, dass es sich bei der Mordwaffe um eine Makarow gehandelt hat.«

»Es gibt also zwei Waffen, oder?«

»Ja. Oder noch mehr.«

Sie sah ihn an, Farbe kehrte in ihr Gesicht zurück.

»Warte ... so muss es gewesen sein.«

»Wie?«

»Er handelte mit Waffen, gestohlenen Makarows und anderen Sachen, die es auf dem Schwarzmarkt gibt und die sich im Osten leicht beschaffen lassen. Vielleicht hat er ja nach dem Mord die Waffe gewechselt und die Mordwaffe beseitigt. Er könnte sie beispielsweise einfach über Bord geworfen haben.«

Sie lächelte triumphierend und verließ Holtz' Büro, ohne die Tür hinter sich zu schließen.

Nach einer Weile stand Holtz von seinem Schreibtischstuhl auf und ging eine Runde durchs Zimmer. Er betrachtete die Gegenstände, die sich im Verlauf der Jahre angesammelt hatten. Kaffeebecher mit Polizeiwappen, einige Uniformmützen, ein Helm, ein paar Abzeichen. Es war ihm gelungen, trotz der vielen Umstrukturierungen sein Büro zu behalten. Ihr müsst mich hier raustragen, hatte er den Stabschef angefaucht, der begehrliche Blicke auf Holtz' Büro geworfen hatte. Es war groß genug für zwei Personen. Andere waren genötigt zusammenzurücken.

Er sah auf die Stadt hinunter und ließ seinen Blick über die Dächer schweifen. Jenseits des Innenhofs sah er die leeren, grünen Käfige auf dem Dach des Untersuchungsgefängnisses.

Er dachte wieder an Nahid, die schöne, kluge und etwas spröde Nahid Ghadjar. Er sah sie vor sich. Ihr dunkles Haar und ihre blauen Augen. Er hatte immer geglaubt, dass alle Menschen aus dem Iran dunkle Augen hatten, und hatte ihr das auch gesagt. Sie hatte die Bemerkung mit einem schiefen, etwas bitteren Lächeln erwidert. Wegen dieses Lächelns hatte er sie geliebt.

Was war ihr zugestoßen? Morteza Ghadjar hatte versprochen, ihn anzurufen, sobald er erfuhr, wo sie sich befand und ob sie in Sicherheit war. Morteza glaubte, dass die jüngsten Berichte über Hinrichtungen von angeblichen Spionen das Risiko für alle Ausländer erhöht hätten. Auch für Nahid, aber er wusste nicht, wo sie sich aufhielt.

Er hatte nicht angerufen, und Holtz war so in seine Ermittlung vertieft gewesen, dass er seine Unruhe fast vergessen hatte. Oder verdrängt hatte. Er hatte andere Dinge im Kopf gehabt.

Nahids Gesicht verschwand, und stattdessen tauchte Rita Murenius begleitet von einem Gefühl der Scham vor seinem inneren Auge auf. Konnte man jemandem untreu sein, der einen verlassen hatte? Er glaubte schon. War es Untreue, wenn die Liebe nicht erwidert wurde? Vielleicht. Holtz schüttelte über sich selbst den Kopf und kehrte an seinen Schreibtisch zurück. Er suchte eine Weile nach der Fernbedienung und fand sie schließlich an ihrem Platz in der dritten Schublade von oben. Als Chef stand ihm ein Fernseher im Büro zu.

Er schaltete ihn ein und griff gleichzeitig zum Telefon. Eine neue SMS. Sie kam von der Praxis, wo er die Proben abgegeben hatte. Zögernd öffnete er sie. »Alle Proben negativ.« Mehr stand nicht da. Es dauerte eine Sekunde, bis er verstand, was das hieß. Er hatte keine Geschlechtskrankheit. Erleichtert und froh ließ er sich in seinen Sessel sinken und wollte gerade das Handy in die Tasche stecken, als es klingelte.

»Hallo. Ich habe mir gerade überlegt, wann ich wohl von Ihnen hören würde ... wie bitte?« Holtz hörte eine Minute lang zu, nahm dann das Handy vom Ohr und betrachtete es eine Sekunde lang, als hätte er es noch nie gesehen, dann führte er es mit einer langsamen Bewegung wieder ans Ohr.

Er musste sich verhört haben. Morteza Ghadjar sprach unzusammenhängend, aber die Stimme und die Worte, die Holtz gehört hatte, verbreiteten eine solche Eiseskälte in seinem Körper, dass er, noch ehe er die Verbindung unterbrochen hatte, die Hand wieder nach der Fernbedienung ausstreckte. Er hatte über zwanzig Sender und zappte sie rasch durch.

Bilder flimmerten vor seinen Augen. Jetzt war er bei den ausländischen Nachrichtensendern angekommen. Er hielt einige Male inne, schaltete dann aber immer weiter.

Da plötzlich.

Ein großer, staubiger Platz in einer Stadt. Die Bilder verwackelt und unscharf. Zahllose Menschen in bodenlangen hellen und schwarzen Kleidern. Ein Textstreifen mit fremden Buchstaben an der Oberkante. Inmitten des Platzes standen drei Kräne.

Drei schwarzgekleidete Menschen hingen von den ausgefahrenen Kränen herab.

Drei Frauen.

Das Einzige, was ihn zum Weitermachen bewegte, war sein schmerzendes Knie. Mit jedem Schritt, den er tat, wurde der Schmerz unversöhnlicher. Genau so wünschte er es.

Ulf Holtz lief im Dauerlauf und fror. Der Schmerz schickte wütende Signale an sein Gehirn und hinderte seine Gedanken daran, ihn ganz zu beherrschen. Die drei Frauen, die an den Stricken gehangen hatten. Die flatternden, schwarzen Kleider.

Er hatte sich Nahid nie in dunklen, alles verhüllenden Kleidern vorgestellt. Nachdem sie ihn verlassen hatte, um für das Rechtswesen im Iran zu arbeiten, hatte er vermieden, sich zu überlegen, was das eigentlich bedeutete. Aus irgendeinem Grund hatte er sie in einem modernen Labor in weißem Kittel vor sich gesehen. Ihr schwarzes Haar hatte sich wie ein Vorhang im Wind hin und her bewegt, wenn sie den Kopf wandte.

Aber Nahid war gar nicht in den Iran gereist, um die Justiz zu unterstützen. Im Gegenteil. Sie war dort gewesen, um Beweise zu sammeln, dass im Iran gefoltert wurde, um ihrem Land in einer Zeit des Umbruchs beizustehen. War das seine Schuld? Er erinnerte sich an die vielen Gespräche, die sie während der ersten Zeit ihrer Zweisamkeit geführt hatten. Er hatte ihr die ungeheure Bedeutung der Forensik erläutert und ihr dargelegt, wie sie sogar den Kampf um die Menschenrechte unterstützen konnte. Man könne nachweisen, wie Menschen zu Tode gekommen seien, hatte er gesagt. Ihre Unterhaltungen hatten oft von Menschlichkeit, Humanismus und Gerechtigkeit gehandelt. Aber was wusste er schon davon? Hatte er ihr diese Flausen in den Kopf gesetzt und sie in den Tod geschickt?

Der schwarze Stoff, der viele Meter über der Erde im Wind geflattert war. Der Leichnam hatte am Kranhaken im Wind geschaukelt. Holtz bewegte sich langsamer, als der Schmerz in seinem Knie unerträglich wurde. Er konnte nicht mehr. Er blieb an einer Bushaltestelle stehen und setzte sich auf die graffitibeschmierte Bank. Der Unterstand bot kaum Schutz vor dem kalten Wind. Er fröstelte, und sein ganzes Bein tat ihm weh. Er hatte keine Kraft mehr. Zwei aufgetakelte Frauen gingen an ihm vorbei. Die eine lachte über etwas, das die andere gesagt hatte. Dann verstummten sie und warfen Holtz einen kurzen Blick zu. Ein Bus drosselte sein Tempo, aber da er keine Anstalten machte, sich zu erheben, fuhr er weiter.

Was soll ich jetzt tun?, dachte er. Wie kann ich mir das je verzeihen?

Erst jetzt bemerkte er, dass es dämmerte.

Es würde mir recht geschehen, wenn ich hier erfrieren würde, dachte er und versuchte aufzustehen, aber sein Bein gab nach, und er stürzte. Sand, der nach dem Winter noch nicht weggefegt worden war, knirschte unter ihm. Ein Mann mit einem Hund an der Leine kam an ihm vorbei. Der Mann musste fest an der Leine ziehen, da der Hund auf Holtz zustrebte.

»Komm schon«, brüllte der Mann und ging weiter.

So geht das nicht, dachte Holtz und hievte sich wieder auf die Bank.

Seine Tochter Eva nahm beim zweiten Klingeln ab.

Die Fliege strich sich systematisch mit ihren Hinterbeinen über die Flügel. Sie sah aus, als wäre sie gerade erwacht. Unberührt von allem, das um sie herum vorging.

Holtz lehnte neben der Tür des Vernehmungszimmers an der Wand. Er sah einer Fliege bei ihrer Frühlingswäsche zu und überlegte sich, wie lange sie wohl leben würde. Diejenigen, die im Frühling als Erste erwachten, wurden vermutlich bald Vogelfutter. Ihnen schien der Reflex zu fehlen, den Fliegen im Verlauf des Sommers in der Regel entwickelten. Ein kläglicher Verlauf. Im Frühling früh dran zu sein, nur um einem hungrigen Vogel als Futter zu dienen.

Peng!

Alle zuckten zusammen. Gert Andersson betrachtete erstaunt seine Handfläche. Die Fliege klebte zwischen Ring- und Mittelfinger.

»Entschuldigen Sie, das war ein Reflex. Ich habe nicht erwartet, sie wirklich zu erwischen. Sonst fliegen sie ja immer weg«, meinte er entschuldigend.

Staatsanwalt Mauritz Höög, der vor Schreck fast vom Stuhl gefallen wäre, sah Andersson wütend an, sagte aber nichts. Der Anwalt Johan Wall nickte seinem Mandanten mit einem beruhigenden Lächeln zu und suchte dann etwas in seiner Aktentasche aus Krokodilleder.

»Hier, zum Abwischen«, sagte er und reichte seinem Mandanten ein rosa Stofftaschentuch.

Gert Andersson nahm es und wischte sich die Fliegenleiche von den Fingern.

Dann wurde es im Verhörraum wieder still. Das Zimmer besaß zwei Fenster, die keine sonderlich interessante Aussicht boten. Es lag im Inneren des Gebäudekomplexes zwischen der Ermittlungsabteilung und den Analytikern. Das eine Fenster war verspiegelt, und man konnte dadurch von außen in den Raum blicken. Durch das andere Fenster sah man auf eine Mauer.

Der Sauerstoff ging zur Neige. Holtz hatte das Gefühl, sich woanders zu befinden. Er hatte unruhig geschlafen und von Nahid geträumt. Es war ungerecht. Nach so vielen Jahren hatte er endlich aufgehört, Alpträume über Angela und ihren frühen Krebstod zu haben, und nun geschah etwas noch Schlimmeres, das seinen Alpträumen neue Nahrung gab. Vielleicht war schlimmer nicht das richtige Wort. Die Hölle kennt keine Abstufungen, dachte er.

Seine Tochter Eva hatte ihn von der Bushaltestelle abgeholt. Erst hatte sie ihn für betrunken gehalten. Aber rasch war ihr klar geworden, dass es sich um etwas anderes handelte. Schweigend hatte sie ihn nach Hause gefahren und ins Bett gebracht. Holtz war sich wie ein willenloses Kind vorgekommen. Er hatte bis spät am Vormittag geschlafen. Eva hatte die ganze Zeit an seinem Bett gewacht.

Erst nach dem Frühstück hatten sie sich unterhalten. Sie hatte keine Fragen gestellt, sondern ihn von den Kränen erzählen lassen, vom Marktplatz, von der Menschenmenge und von den herabhängenden Frauen mit den flatternden, schwarzen Gewändern. Er hatte geweint, geflucht, die Schuld auf sich genommen, und sie hatte nur zugehört.

Das war nun drei Tage her.

Jetzt war er bereit, aber auch gefühllos.

Im Verhörsraum roch es muffig. Holtz hegte den Verdacht, dass sich der Verteidiger Wall am Vorabend einem Knoblauchgelage hingegeben hatte, denn er war von einer entsprechenden Duftaura umgeben. Vielleicht Rinderfilet auf provenzalische Art. Holtz fiel auf, dass er Kaugummi kaute.

Mauritz Höög wandte sich wieder seinen Papieren zu. Er murmelte ab und zu halblaut vor sich hin, ohne es selbst zu merken, und machte sich kurze Notizen am Rand. Gert Andersson starrte vor sich hin und rieb sich die Hand, mit der er auf den Tisch gehauen hatte.

Die Tür wurde geöffnet, und Ellen Brandt trat ein. Mauritz und der Anwalt nickten zur Begrüßung. Holtz sah, dass sie vor dem Gestank im Raum zurückwich und fast unmerklich die Nase rümpfte.

»Guten Tag, meine Herren. Wir können bald anfangen. Wir warten nur noch auf eine weitere Person.«

»Auf wen?«, fragte der Anwalt.

»Einen Beobachter.«

»Wie bitte? Das geht nicht. Ich muss wissen, was hier eigentlich los ist«, sagte der Anwalt und kaute – wenn möglich – noch frenetischer auf seinem Kaugummi herum.

»Wir ziehen das jetzt durch, nicht wahr?«, sagte Brandt an den Staatsanwalt gewandt.

Mauritz Höög seufzte laut.

»Ja. Ich verbitte mir jeden Streit«, sagte er scharf. Er schien Proteste des Verteidigers zu befürchten. Wall murmelte aber nur etwas und schwieg dann ganz.

Die Tür wurde erneut geöffnet, und ein großer, gut gekleideter Mann trat ein. Die Blicke aller waren auf ihn gerichtet.

»Ich will nicht stören. Machen Sie einfach weiter«, sagte er und stellte sich neben Holtz.

Das Zimmer war jetzt übervoll. Brandt nahm neben dem Staatsanwalt und gegenüber von Gert Andersson und dem Anwalt Platz. Dann drückte sie auf einen grünen Knopf in einem grauen Plastikgehäuse. Alles, was sich im Raum ereignete, wurde in Ton und Bild aufgezeichnet.

»Fortsetzung der Vernehmung Gert Anderssons. Anwesend sind der Verteidiger...«

Sie hielt inne, sah auf ihre Papiere und fuhr dann fort.

»...Johan Wall, der Staatsanwalt und Leiter des Ermittlungsverfahrens Mauritz Höög und Kriminaltechniker Ulf Holtz.«

Sie zögerte, räusperte sich, drehte sich zu dem Mann, der neben Holtz an der Wand lehnte, und zog fragend die Brauen hoch.

»Sven Svensson.«

Brandt entschlüpfte ein verächtliches Schnauben.

»Weiterhin ist Sven Svensson anwesend«, sagte sie und wandte sich an Andersson.

»Kannten Sie Greger Minos?«

Andersson hob langsam den Blick und sah Brandt in die Augen.

»Ich habe Ihnen nichts zu sagen.«

Brandt setzte sich auf ihrem Stuhl zurecht.

»Erzählen Sie, was Sie über Greger Minos wissen.«

Andersson sah durch sie hindurch, ohne eine Miene zu verziehen. Der Stuhl des Staatsanwalts schrammte über den Fußboden, als er versuchte, sich bequemer hinzusetzen. Der Verteidiger neigte den Kopf ein wenig zur Seite und lächelte Brandt zu. Sie lächelte starr zurück und wandte sich dann wieder an den Verdächtigen.

»Können Sie uns erzählen, welche Aufgaben Sie an Bord versehen?«

Brandt erkannte an seiner gewichtigen Miene, dass er sich wirklich eine Antwort überlegte. Sein Verteidiger wandte sich ihm mit ausdruckslosem Gesicht zu. Andersson verstand das Zeichen, setzte eine gleichgültige Miene auf und schüttelte nur den Kopf.

»Okay. Nur damit Sie Bescheid wissen. Ich habe alle Zeit der Welt. Ich sehe es folgendermaßen: Sie waren Kurier und haben an Bord der MS Vega Waffen transportiert. Ich weiß, dass Sie nicht selbständig tätig waren, sondern im Auftrag anderer gehandelt haben.«

Sein gewichtiger Ausdruck tauchte nochmals auf und verschwand gleich wieder. Sie sah, wie sich seine Nasenlöcher eine Spur weiteten. Sie wartete eine halbe Minute. Eine lange, stille halbe Minute.

»Sie waren nur ein Werkzeug. Ohne Wert für die anderen.«

Die Nasenlöcher weiteten sich erneut. Ein Nerv am rechten Auge zuckte. Er schluckte.

Brandt war jetzt klar, dass sie auf dem richtigen Weg war.

»Ich kann mir vorstellen, dass es kein schönes Gefühl ist, sich in der Hierarchie ganz unten zu befinden, derjenige zu sein, den man drankriegt, während alle anderen davonkommen. So austauschbar zu sein.«

Gert Andersson nagte an seiner Unterlippe. Ein Schweißtropfen tauchte unter seiner Nase auf.

»Ich glaube, wir machen jetzt eine Pause«, sagte der Anwalt. »Für meinen Mandanten ist es nicht leicht, grundlos eines so schweren Verbrechens bezichtigt zu werden.«

Brandt hörte dem Anwalt nicht zu. Sie richtete ihre Konzentration auf Andersson, nagelte ihn mit dem Blick fest.

»Wer sind Ihre Auftraggeber? Die Leute, die Sie für austauschbar halten?«, fragte sie.

»Jetzt reicht es«, sagte Anwalt Wall. »Ich fordere eine Pause.«

Andersson sah seinen Verteidiger kurz an und wandte sich dann wieder Brandt zu. Die Chance war vertan.

»Okay. Eine Viertelstunde«, sagte sie.

Der Anwalt bedeutete seinem Mandanten, ihm zu folgen. Sie erhoben sich, klopften an die Tür und wurden nach draußen gelassen.

Brandt wandte sich an den Agenten.

»Sven Svensson? Was Besseres ist Ihnen nicht eingefallen?«

Holtz sah sich im Zimmer um und überlegte, ob es Platz für einen weiteren Stuhl gab. Sein Knie schmerzte, und er spürte, dass er nicht mehr sonderlich lang würde stehen können. Außerdem fragte er sich, ob seine Anwesenheit wirklich nötig war. Ellen Brandt hatte auf seinem Erscheinen bestanden. Er habe einen einzigartigen Einblick in das Leben an Bord gewonnen, außerdem brauche sie ihn als Trumpf, hatte sie gesagt.

Nach einer guten Viertelstunde klopfte es wieder an der Tür. Brandt öffnete und ließ den Verdächtigen und seinen Anwalt eintreten. Das Verhör begann erneut.

»Haben Sie es sich anders überlegt? Wollen Sie uns weiterhelfen?«, fragte Brandt, stieß aber nur auf mürrisches Schweigen.

»Ich erzähle Ihnen jetzt, wie ich mir den Verlauf vorstelle. Sie dürfen mich gerne unterbrechen.« Sie griff zu ihren Notizen. »Sie sind von einem kriminellen Netzwerk ausgenutzt worden, das Waffen aus dem Osten nach Schweden schmuggelt. Überwiegend Handfeuerwaffen, ausgemusterte Makarows. Ich weiß, dass Sie dieses Geschäft nun schon seit gut zwei Jahren betreiben und dass Ihr Auftraggeber Greger Minos ist und vielleicht auch noch einer seiner Kumpane. Aber etwas ging schief. Sie verabredeten sich mit ihm im Tropikarium. Stimmt das so weit?«

Gert Andersson verzog keine Miene.

Der Staatsanwalt folgte etwas zerstreut der Vernehmung, er dachte offenbar an etwas anderes. Der Anwalt lächelte die meiste Zeit. Holtz wechselte aufs andere Bein, um sein Knie zu entlasten. Er wollte um einen Stuhl bitten, aber es ergab sich keine Gelegenheit. Der Agent, der im Augenblick Sven Svensson hieß, hörte aufmerksam zu, mischte sich aber nicht ein.

»Okay. Ich glaube… Nein, ich weiß, dass Sie sich mit Ihrem Auftraggeber Greger Minos verabredeten. Dann brach Streit aus, und Sie schossen ihm mit einer Makarow in den Bauch. Wollen Sie wissen, woher wir das wissen?«

Der Nerv in Anderssons Gesicht zuckte erneut, aber er starrte Brandt einfach nur unverwandt an.

»Ulf, könntest du so nett sein und es ihm erklären«, sagte Brandt, ohne Andersson aus den Augen zu lassen. Holtz zuckte zusammen, er war sich nicht ganz sicher, was sie meinte.

»Du denkst an…«

»Die Patronenhülse.«

»Genau.« Er nahm eine Mappe aus seiner Aktentasche, die er auf den Fußboden gestellt hatte. Andersson folgte seinen Bewegungen mit interessiertem Blick. Brandt ließ ihn nicht aus den Augen, wartete auf eine Reaktion.

»Am Tatort wurde eine Patronenhülse gefunden. Mit größter Wahrscheinlichkeit stammt sie aus der Waffe, mit der Greger Minos ermordet wurde. Wir haben einen Fingerabdruck auf dieser Patronenhülse sichergestellt.« Holtz legte das Protokoll vor dem Verdächtigen und dessen Anwalt auf den Tisch.

»Dieser Abdruck stimmt mit dem des Verdächtigen Gert Andersson überein«, fuhr er fort und versuchte, seiner Stimme eine unheilschwangere Note zu verleihen.

Andersson holte Luft und sah aus, als wollte er etwas sagen, aber sein Anwalt legte ihm eine Hand auf den Arm und sprach in die entstandene Pause hinein.

»Mein Mandant bestreitet, in das Verbrechen, das ihm zur Last gelegt wird, verwickelt zu sein. Es kann etliche Erklärungen dafür geben, warum eine Patrone mit seinem Fingerabdruck am Tatort gefunden worden ist. Das beweist nichts«, sagte er mit Nachdruck.

»Beweist nichts?«, erwiderte Holtz fassungslos. »Was soll das…«

»Ulf, lass mich weitermachen«, unterbrach ihn Brandt, hielt dann aber inne, weil sich der Verteidiger laut räusperte.

»Eine Patronenhülse beweist gar nichts, und das wissen Sie. Jedenfalls nicht, solange Sie nicht die Mordwaffe dazu haben«, sagte er.

Ellen wandte sich an den Staatsanwalt.

»Kann ich?«

Mauritz Höög nickte.

»Wir kommen auf die Mordwaffe zurück. Es gibt noch etwas, worüber ich mir den Kopf zerbreche.«

»Und?«, erwiderte Johan Wall.

»Ulf, kannst du mir bitte die andere Mappe reichen, die die Forensik zusammengestellt hat?«

Holtz öffnete seine Tasche erneut und nahm eine weitere Mappe heraus, die er vor Brandt auf den Tisch legte. Sie ließ sie dort liegen.

Alle sahen auf die geschlossene Mappe.

»Möglicherweise dauert es eine Weile, bis wir herausgefunden haben, wie und warum Sie Greger Minos ermordet und dann als Fischfutter zurückgelassen haben.«

Ein leises Lachen des Agenten, fast ein Kichern.

»Das war eine unnötige und dreiste Bemerkung«, meinte der Anwalt. »Ich finde, es reicht jetzt.«

Brandt klopfte auf die Mappe.

»Immer mit der Ruhe, wenn ich bitten darf. Hier liegen die Beweise dafür, dass sich Ihr Mandant an Bord der MS Vega mehrerer Vergewaltigungen schuldig gemacht hat. Daran besteht kein Zweifel. Die DNA lügt nicht, und laut den Dienstplänen war Ihr Mandant jedes Mal an Bord«, sagte sie und sah den Anwalt an. »Ich frage mich, was Ihr Mandant dazu zu sagen hat?«

Andersson richtete sich auf, riss die Augen auf und öffnete den Mund zu einem O. Dann fiel er in sich zusammen. Er ließ die Schultern sinken, und sein aufrührerischer Blick erlosch.

»Mein Mandant enthält sich jeglichen Kommentars. Dies ist eine ganz neue Information, das sind ganz neue Vorwürfe. Ich fordere eine Pause«, sagte der Anwalt.

Ellen Brandt lehnte sich mit glitzernden Augen zurück.

»Natürlich. Kein Problem. Wir fahren morgen fort«, sagte sie triumphierend.

Die Bürste war einer der wenigen Gegenstände, die ihr aus ihrem vorigen Leben geblieben waren. Sie hatte ihrer Mutter gehört und war sehr alt. Ihre Mutter hatte ihr oft erzählt, wie sie sie bekommen hatte, und obwohl Mercedes die Geschichte schon kannte, hatte sie immer mucksmäuschenstill auf dem Schoß ihrer Mutter gesessen, wenn sie von dem Mann erzählt hatte, der ins Dorf gekommen war, als sie noch sehr jung gewesen war. Der Mann hatte ihr Haar in den höchsten Tönen gelobt. Ein Geschenk für ein schönes Mädchen, hatte er gesagt. Später hatte Mercedes versucht, sich genau an die Ereignisse zu erinnern. Im Laufe der Jahre hatte sie begonnen, die Geschichte anzuzweifeln. Etwas fehlte darin.

Mercedes fuhr sich mit ausholenden, langsamen Bewegungen mit der Bürste durch das Haar, bis es glänzte. Sie betrachtete sich im Spiegel und strich noch einige Male über ihr Haar. Die Bürste hatte einen hübsch gemusterten Metallgriff. Auf der Rückseite befand sich dasselbe Muster sowie das gemalte Bild einer Frau und eines Mannes in Kleidern einer vergangenen Zeit. Die Borsten waren weich und dicht und hatten genau die richtige Festigkeit. Ihre Mutter hatte ihr immer von dem Mann erzählt, wenn sie allein gewesen waren. Ihr Vater war fast nie zu Hause im Dorf gewesen. Er hatte auf einer Plantage weit weg gearbeitet, und wenn er zu Hause gewesen war, schien ihre Mutter nie Zeit zum Erzählen zu haben.

Mercedes versuchte, sich ihren Vater vorzustellen, aber er

war ihr nicht in Erinnerung geblieben. Stattdessen tauchte das Gesicht ihrer Mutter vor ihrem inneren Auge auf und vermischte sich mit ihrem eigenen Spiegelbild. Sie hatte das Gefühl, sie würde mit ihr sprechen.

Mercedes Nunes nickte ihrem Spiegelbild zu und legte sich auf ihre schmale Koje. Sie dachte wieder an den Mann mit der Bürste. Mit zunehmendem Alter war es ihr immer wichtiger erschienen, in Erfahrung zu bringen, ob es sich wirklich so verhielt, wie sie glaubte, oder ihn vielleicht aufzusuchen. Mercedes wusste, dass es genügen würde, ihn zu treffen, um sich Gewissheit zu verschaffen. Aber die Jahre waren vergangen, und jetzt würde sich ihr Wunsch nicht mehr erfüllen lassen.

Sie war drauf und dran einzuschlafen, als die Erinnerung wieder auftauchte. Das zerrissene gelbe Kleid. Sie konnte fast seinen Geruch wahrnehmen und hatte plötzlich einen klaren Kopf. Die heisere Stimme war so deutlich, dass sie hätte wirklich sein können. Aber sie wusste, es war nur die Erinnerung.

Sitzt du hier, meine Kleine? Hast du noch nicht genug?

Sie war erstarrt. Jeder Muskel in ihrem ausgekühlten, dreizehnjährigen Körper verkrampfte sich. Sogar die Kiefermuskeln ließen sich nicht mehr bewegen. Das nasse Haar hing ihr in die Augen. Das Flusswasser tropfte davon herunter. Sie folgte jedem Tropfen mit den Augen bis zum Boden.

Eine Wandlung vollzog sich in ihr. Der Schrecken, der ihr beim Klang seiner Stimme in die Glieder gefahren war, wich der Kälte. Sie spürte seinen keuchenden Atem in ihrem Nacken, seinen stinkenden Atem auf ihrer Haut. Ihre Lähmung verschwand. Sie tastete mit der Hand über den Boden. Sand, Sand, ein Ast, ein Stein. Sie umschloss den kantigen, spitzen Stein mit der Hand.

Er fuhr ihr übers Haar und packte plötzlich ihren Arm. Ein

unsanfter Griff. Er zog sie hoch und warf sie wie eine Puppe herum. Er grinste und stank nach Alkohol und Schmutz. Ihm fehlten ein paar Zähne.

Der Stein traf ihn direkt im Auge.

Das Blut spritzte über sein Gesicht und ihres. Der Mann brüllte, warf Mercedes auf die Erde und riss reflexartig beide Hände vors Gesicht. Er wandte sich ihr wieder zu und ließ die Hände sinken. Das Blut lief aus einem Loch, in dem einmal ein Auge gewesen war.

Sie schlug erneut zu. Und dann immer wieder. Er fiel schwer auf die Erde und wand sich vor Schmerzen. Sie stand nackt neben ihm, den blutigen Stein in der Hand, und sah ihn sterben.

Mercedes wusste nicht, wie lange sie so dagestanden hatte, als ihre Mutter sie fand. Sie nahm ihr vorsichtig den Stein aus der Hand und warf ihn in den Fluss. Sie stellte keine Fragen, zwang Mercedes aber, ihr zu helfen, den Soldaten über die Uferkante zu rollen.

Dann flohen sie.

Die Maschinen sprangen beim ersten Versuch an. Die vier Dieselmotoren, die die MS Vega antrieben, hatten immer einwandfrei funktioniert. Sie waren gut gewartet und oft generalüberholt worden. Das war Kapitän Svanberg sehr wichtig gewesen. Die Maschinen eines Schiffes waren das Herz, und solange er sich an Bord befand, würden sie perfekt in Schuss gehalten werden.

So war es auch immer gewesen. Bror Karlström hatte die Maschinen wie seine eigenen Kinder umsorgt.

Die Obduktion hatte einen Herzstillstand des alten Maschinisten ergeben. Er war gestürzt und hatte sich den Kopf an einer scharfen Kante angeschlagen.

Kapitän Svanberg fand es tröstlich, dass er seine Tage an dem Ort beschlossen hatte, an dem er sich am wohlsten gefühlt hatte, und beneidete ihn irgendwie sogar darum. Er trat nun auch seine letzte Reise als Kapitän eines Schiffes an. Anschließend erwartete ihn die leere Zukunft eines Rentners. Er hätte nichts dagegen einzuwenden gehabt, auf seinem Posten zu sterben.

Der Mann auf dem Kai machte die Trossen los, die über die Kaikante rutschten und ins Wasser klatschten. Die Decksmatrosen warfen die Winschen an und holten routiniert zum letzten Mal die Trossen ein.

Kapitän Svanberg steuerte selbst. Die letzte Reise gehörte ihm und sonst niemandem.

Nach einem strahlenden Tag verschwand die Sonne genau in jenem Moment hinter den Wolken, als die MS Vega vom Kai ablegte, an dem sie die letzten Wochen vertäut gewesen war. Mit gemächlichen vier Knoten nahm sie Kurs aufs Meer. Je weiter sie hinausfuhren, desto spärlicher waren die Inseln und Landzungen besiedelt. Wolkenfetzen waren tagsüber über den Himmel gehuscht, und zum ersten Mal war die schneidende Frühlingskälte von wärmeren Winden abgelöst worden, die die Düfte des nahenden Sommers mit sich führten.

Jetzt schienen es sich die Wettergötter jedoch anders zu überlegen. Pia Levin blickte überrascht in den Himmel hinauf, als die Sonne verschwand.

»Wo kommen die auf einmal her? Ich dachte, das gute Wetter würde sich halten«, meinte sie.

Ulf Holtz empfand ein leichtes Unbehagen, als näherte sich eine Gefahr. Er erinnerte sich an das Gefühl, das er auf der Heimreise nach dem entsetzlichen Hubschraubertrip gehabt hatte. Nie mehr, hatte er sich gelobt. War das wirklich nur wenige Wochen her? Es kam ihm wie eine Ewigkeit vor. Als ihn Kapitän Svanberg gefragt hatte, ob er an der letzten Fahrt der MS Vega teilnehmen wolle, hatte er eigentlich ablehnen wollen.

»Sie können die Kabine behalten«, hatte Svanberg gesagt, und Holtz war keine überzeugende Ausrede eingefallen.

Pia Levin hatte nicht gezögert. Die Wechselbäder der letzten Zeit hatten sie ziemlich mitgenommen, und eine Schiffsreise war genau, was sie brauchte. Sie hatte das Angebot, die Luxuskabine zu beziehen, sofort angenommen und ihre bösen Ahnungen kurzerhand beiseitegewischt. Schließlich war sie Polizistin, und eine Polizistin kannte keine Angst. Warum hätte sie auch Angst haben sollen? Greger Minos war schließlich nicht in dieser Kabine ermordet worden, und im Übrigen glaubte sie nicht an Gespenster oder den Klabautermann, wie Kapitän Svanberg es ausgedrückt hätte.

Ein kalter Windstoß trug den Geruch des Meeres durch die offene Tür zur Nock. Levin betrachtete Holtz, der ein paar Schritte von ihr entfernt stand und auf den Horizont starrte. Er wirkte verbissen und hielt sich an dem Holzgeländer fest, das an den Seiten der Kommandobrücke verlief.

»Irgendwas nicht in Ordnung?«, fragte sie.

Er drehte sich um.

»Nein. Ich hoffe nur, dass der Wind nicht auffrischt.« Er heftete seinen Blick wieder auf den Horizont.

Kapitän Svanberg wirkte betrübt. Er stand mit der kalten Pfeife im Mund und einer abgegriffenen Schiffermütze auf dem Kopf am Ruder.

»Das wird schon nicht so schlimm«, sagte er und strich sich über seinen dichten, grauen Bart.

Die MS Vega korrigierte den Kurs um einige Grade, und Holtz spürte, wie sie von einer Welle in die Höhe gehoben wurde. Die Bewegung war zwar geringfügig, aber stark genug, um sein Unbehagen zu verstärken.

»Glauben Sie wirklich?« Er hörte selbst, wie verzagt seine Stimme klang.

»Sie brauchen sich keine Sorgen zu machen«, meinte Svanberg.

Levin verließ ihren Platz am Fenster.

»Ich gehe eine Runde über die Decks, kommst du mit?«, fragte sie.

»Nein, ich warte hier«, sagte Holtz, ohne den Blick vom Horizont abzuwenden. Er war davon überzeugt, dass sich Unbehagen und eventuelle Seekrankheit dadurch in Schranken halten ließen.

Levin ging die Treppe von der Kommandobrücke hinunter und gelangte wenig später nach kurzer Suche ins Foyer. Sie fand eine freie Bank am Fenster und setzte sich. Es waren nicht viele Passagiere an Bord. Sie stellte von ihrem Aussichtsposten aus fest, dass es sich vor allem um ältere Paare handelte. An Bord herrschte die Stimmung einer Abschlussfeier.

Lange saß Levin einfach nur da und sah den Leuten zu, die sich an Bord bewegten. Sie konnte nicht umhin, sich Gedanken über sie zu machen und sich Geschichten über sie auszudenken. Der einsame Mann an den blinkenden Spielautomaten. Vielleicht spielte er ja heimlich, damit seine Frau es nicht merkte. Die ältere Frau, die zu stark geschminkt war. Ihr orangefarbener Lippenstift vertrug sich nicht mit ihrem hennaroten Haar. War sie auf der Suche nach einem jüngeren Mann?

Nein. Die meisten befanden sich vermutlich an Bord, weil sie die MS Vega ein letztes Mal erleben wollten. Viele von ihnen waren sicher jahrelang regelmäßig mit dem Schiff gefahren. Vielleicht hatten sich die Paare, die sie Hand in Hand die Korridore entlanggehen sah, an Bord kennengelernt. Sie hatte schließlich gehört, wie es auf diesen Schiffen zuging. Sie hatte sich sagen lassen, dass es nach solchen Kreuzfahrten nicht selten zu Scheidungen kam. Vielleicht waren ja Verbindungen von Dauer ebenso häufig.

Ein älterer, gediegen gekleideter Mann stand an der Information. Neben sich hatte er eine Frau, die sicher nur halb so alt war wie er und ein gelangweiltes Gesicht machte. Sie blätterte zerstreut in einer Zeitung.

Der Mann sprach mit der Empfangsdame.

»Wurde er wirklich hier an Bord ermordet?«, fragte er. Die Frau hinter dem Tresen blickte betreten und antwortete kurz angebunden.

Nach einer Weile wandte sich der Mann an die gelangweilte Frau und sagte etwas, das Pia nicht verstand. Die Frau seufzte und warf die Zeitung auf den Tresen, und beide verschwanden den Korridor hinunter. Die Empfangsdame blickte ihnen mit kaum unterdrücktem Widerwillen nach.

Levin erhob sich von ihrem Platz. Eigentlich war er perfekt, aber die Neugier trieb sie zum Informationsschalter.

»Hallo. Viel zu tun?«

Die Empfangsdame, die dieselbe Uniform trug wie der Rest der Besatzung, sah mit einem eingeübten, kalten Lächeln zu Levin hoch.

»Kann ich Ihnen irgendwie behilflich sein?«

»Eigentlich nicht. Mir ist es nur etwas langweilig.«

Die Miene der Empfangsdame veränderte sich.

»Wenn Sie nur wüssten, wie langweilig mir ist«, erwiderte sie.

Levin lachte.

»Sie haben natürlich recht. Was habe ich schon für einen Grund zu klagen? Mir fiel gerade etwas ein. Lernen sich hier eigentlich viele Leute an Bord kennen? Ist das wirklich so ein Loveboat, wie es gerüchteweise heißt?«

Die Empfangsdame lächelte.

»Sind Sie auf der Jagd?«

Levin zuckte mit den Achseln und hoffte, dass man das auf verschiedene Weise deuten konnte.

»Das mit dem Loveboat stimmt durchaus. Weit weg von zu Hause, eigene Kabine, Tanzfläche und Alkohol. Ein fataler Mix.«

»Fatal?«

»Ja. Meinen Mann würde ich hier jedenfalls nicht unbeaufsichtigt lassen.«

Levin lachte verständnisvoll.

»Man hat im Laufe der Jahre so einiges gesehen. Geliebte und so«, meinte die Empfangsdame.

Das Telefon hinter dem Tresen klingelte.

»Viele ältere Männer spazieren unbekümmert Händchen haltend mit viel zu jungen Frauen herum. Die trauen sich was! Entschuldigen Sie, aber ich muss ans Telefon.« Sie drehte sich um und nahm den Hörer ab.

Levin griff zu dem Prospekt, der auf dem Tresen lag und begann, darin zu blättern. Ein Verzeichnis der Waren, die an Bord verkauft wurden.

»Wo waren wir stehengeblieben?«, fragte die Empfangsdame, nachdem sie aufgelegt hatte. Sie schien sich darüber zu freuen, sich mit jemandem unterhalten zu können.

»Ich glaube, bei den Affären an Bord.«

»Richtig, genau. Furchtbar.« Die Empfangsdame grinste.

»Und Sie selbst?«, fragte Levin. Das geht vielleicht zu weit, dachte sie, aber die Empfangsdame lachte nur.

»Es wäre sicher ein Leichtes, einen Geschäftsmann aufzugabeln, aber ich habe das nie gemacht, und außerdem ist es nicht erlaubt.«

»Nicht?«

»Es ist der Besatzung streng verboten, sich mit den Passagieren abzugeben, wenn Sie verstehen, was ich meine«, sagte sie und blinzelte.

Levin verstand nicht ganz, was das Blinzeln bedeuten sollte, nickte aber.

»Sie meinen, dass es trotzdem vorkommt?«

Statt zu antworten, fuhr sich die Empfangsdame mit dem Zeigefinger über den Mund, als würde sie einen Reißverschluss schließen. Das Telefon klingelte erneut.

»Entschuldigen Sie.« Sie drehte sich um, um den Hörer abzuheben.

Levin blätterte weiter in dem Katalog. Parfüm, Spirituosen, Süßwaren und Spielsachen. Plötzlich hielt sie inne. Rasch blätterte sie zur letzten Seite zurück.

»Was ist los? Ist Ihnen nicht gut?«, fragte die Empfangsdame, die aufgelegt und sich ihr wieder zugewandt hatte.

»Alles, was hier im Katalog steht, ist auch im Duty-free-Shop zu bekommen?«

»Ja ... ich glaube schon.«

»Und wo ist der Shop?«, fragte Levin mit schwacher Stimme.

Die Frau hinterm Tresen deutete verwirrt in die Richtung. Pia Levin eilte davon.

Noch eine Irre, dachte die Empfangsdame und setzte ihr künstliches Lächeln wieder auf.

Das Schiff bewegte sich ruhig und fügsam. Kapitän Svanberg stand immer noch am Ruder und parierte die Wogen. Er strahlte die Ruhe der letzten Reise aus. Ulf Holtz schluckte, ließ sich von seinem Hocker gleiten, nickte dem Kapitän zu und verließ die Brücke. Wenn er etwas aß, würde seine Übelkeit sicher verschwinden.

Er ging langsam den Korridor entlang und versuchte sich zu orientieren. Obwohl er so viel Zeit an Bord verbracht hatte, war er immer noch ständig unsicher, wo er sich eigentlich befand. Erleichtert erreichte er das Restaurant. Ein Schild am Eingang wies darauf hin, dass man sich vom Oberkellner einen Tisch zuweisen lassen sollte.

Es war fast voll. Der Lärm der Restaurantgäste war ausgelassen. Es herrschte eine feierliche Stimmung. Holtz betrachtete die Gäste. Die meisten waren festlich gekleidet. Er vermutete, dass es sich um die Stammgäste handelte, die sich die letzte Reise nicht hatten entgehen lassen wollen, und da war die Kleidung vielleicht wichtig. Er fragte sich, ob er vielleicht auch etwas anderes als Jeans und einen marineblauen Pullover mit V-Ausschnitt hätte anziehen sollen. Er hatte den Pullover ganz hinten in seinem Kleiderschrank gefunden und sich nicht daran erinnern können, wann er ihn zuletzt getragen hatte. Holtz fand, dass das die angemessene Kleidung für eine Schiffsreise war. Das musste genügen.

Niemand nahm von ihm Notiz. Die Bedienungen hasteten mit Tellern und Flaschen hin und her. Keine von ihnen erkannte er wieder. Vor Beginn der Reise hatte die andere Schicht die Arbeit angetreten.

Die Tür zur Küche wurde mit einem Knall geöffnet. Holtz stellte fest, dass eine Kellnerin der vorhergehenden Schicht immer noch im Dienst war. Wie hieß sie noch gleich? Marie. Genau. Das Weib. Die Tür schwang einige Male hin und her, ehe sie zum Stillstand kam. Die Scharniere quietschten. Die Kellnerin trug vier große Teller und bewegte sich mit beeindruckendem Geschick zwischen den Tischen. Holtz folgte ihr mit dem Blick durch das Restaurant. Sie sah stark aus. Fröhlich.

Als sie die Teller auf einem Tisch abgestellt hatte, drehte sie sich um und sah Holtz an. Er schaute etwas zu langsam beiseite und kam sich dumm vor, als hätte er sie angestarrt.

Die Kellnerin kam auf ihn zu. Er zog die Schultern hoch.

»Ein Tisch für eine Person?«

Holtz hatte nicht übel Lust sich umzudrehen, als spräche sie mit jemand anderem hinter ihm, besann sich dann aber.

»Eigentlich hätten wir zu zweit sein sollen, aber ich weiß nicht, wohin meine Kollegin verschwunden ist.«

»Sie haben Glück«, erwiderte die Kellnerin. »Ihr Tisch ist frei, Sie können dort auf sie warten.«

»Mein Tisch?«

»Ja, der Fenstertisch.« Sie nahm eine Speisekarte vom Stehpult und ging voraus.

Holtz folgte ihr.

»Bitte nehmen Sie Platz«, sagte sie und lächelte ihn herzlich an. »Darf ich Ihnen schon etwas zu trinken bringen?«

»Ein Glas Rotwein. Den Hauswein.«

Sie lachte.

»So was haben wir nicht. Auf Schiffen gibt es das nicht. Aber ich glaube, wir haben was, das Ihnen schmecken dürfte.« Sie ging davon.

Holtz blickte übers Meer. Es war schwarz und bewegte sich unruhig. Die Wellenkämme schäumten weiß. Er rief auf Levins Handy an, erreichte aber nur ihre Mailbox. Er hinterließ ihr eine Nachricht, wo er sich befand und dass er mit dem Bestellen auf sie warten würde.

Die Kellnerin kehrte mit einer Flasche und zwei funkelnden Weingläsern zurück. Das eine stellte sie vor Holtz hin, das andere gegenüber. Sie goss Holtz einen Schluck ein, trat einen Schritt zurück und wartete. Holtz prüfte erst das Bukett, trank dann einen kleinen Schluck und nickte.

Sie schenkte mehr ein und trat wieder vom Tisch zurück.

»Ich muss Sie etwas fragen«, sagte Holtz.

Sie zog eine Braue hoch.

»Ich verstehe nicht ... ist was passiert?«, fragte er.

»Wie meinen Sie das?«, wollte die Kellnerin wissen.

»Falls Sie keine Zwillingsschwester haben, dann muss ich sagen, dass Sie vollkommen verändert sind. Sie haben mir ja bisher nicht unbedingt freundliche Gefühle entgegengebracht ...«

Sie lachte. Eine Frau ein paar Schritte weiter winkte, um ihre Aufmerksamkeit zu erheischen.

»Gefühle?«

»So meine ich das natürlich nicht. Ich meine...«

»Ich verstehe schon«, sagte die Kellnerin. »Das ist eine lange Geschichte, aber das ist jetzt vorbei.«

»Und was genau ist vorbei?«

Die Frau ein paar Tische weiter winkte erneut. Jetzt verärgert.

»Ich komme gleich wieder«, meinte die Kellnerin und verschwand.

Holtz trank einen Schluck Wein und sah aufs Meer. Am Horizont wurde es doch heller? Oder nicht?

»Haben Sie gewählt?«, fragte die Kellnerin, als sie an seinen Tisch zurückkam.

Holtz zog die Speisekarte zu sich heran, die unberührt auf dem Tisch gelegen hatte, und begann, zerstreut darin zu blättern.

»Vermutlich habe ich das meiste gegessen, das es hier gibt. Erzählen Sie sie mir jetzt? Die lange Geschichte?«

Sie goss Holtz Wein nach.

»Das ist so eine Sache mit Polizisten. Ich habe kein sonderlich gutes Verhältnis zu ihnen. Nehmen Sie es also nicht persönlich.«

»Ich bin das gewohnt«, erwiderte Holtz. »Und warum nicht?«

»Mein Freund, genauer gesagt mein Exfreund, ist nicht gerade ein Unschuldslamm. Eigentlich ist er ganz lieb, aber er verbringt zu viel Zeit mit seinen Rockerfreunden, und da wird er manchmal in Sachen reingezogen, von denen er lieber die Finger gelassen hätte.«

»Rockerfreunde?«, fragte Holtz mit väterlichem Tonfall.

»Sie wissen schon, die in der schwarzen Ledermontur. Er stand auf so einer Liste von Ihnen, ich glaube, er hat sie als Target-Liste bezeichnet«, sagte sie.

Holtz horchte auf, ließ sich aber nichts anmerken. Falls ihr Freund zu den Kriminellen gehörte, die die Polizei im Auge behielt, dann hatte sie vermutlich häufiger unangemeldeten Besuch erhalten und war überdurchschnittlich oft im Verkehr und anderswo kontrolliert worden. Das hieß im Polizeijargon Punktmarkierung. Er nickte, damit sie fortfahren würde.

»Wie auch immer, jedenfalls kam die Polizei in regelmäßigen Abständen bei uns reingestürmt. Das, was Besuchsdienst genannt wird. Schikane nenne ich das.«

»Aber mit Ihnen hatte das doch gar nichts zu tun?«

»Sie wissen doch, wie das ist. Alle, die sich in der Nähe befinden, müssen die gleiche Behandlung über sich ergehen lassen.«

Holtz trank einen Schluck.

»Die MS Vega war der einzige Ort, an dem ich mich sicher fühlte. Und dann stürmen Sie hier rein. Das war einfach too much«, meinte sie resigniert.

Holtz betrachtete sie, während sie sprach. Sie erschien ihm plötzlich in einem ganz anderen Licht. Und ich kenne mich angeblich mit Menschen aus, dachte er.

»Und jetzt?«

»Er sitzt. Zu guter Letzt haben sie ihn drangekriegt. Wegen einer Bagatelle. Ein bisschen Rauschgift und ein paar Steuerschulden. Ich habe beschlossen, dass die Sache vorbei ist. Das hier ist die letzte Reise, dann ziehe ich ganz weit weg und fange von vorne an.« Sie schenkte Holtz nach, der gar nicht gemerkt hatte, dass er fast alles ausgetrunken hatte.

Holtz fiel jetzt auf, wie jung sie war, fast zerbrechlich. Er wusste nicht, was er sagen sollte.

»Ich glaube, ich bestelle jetzt«, meinte er.

»Klar. Was hätten Sie denn gerne?«

»Lachs mit Kaviarsauce und Kartoffelpüree.«

»Zu Rotwein?«

»Ja. Für mich spielt das keine Rolle.«

»Kommt sofort«, sagte sie und verschwand.

Die Wodkaflaschen standen dicht an dicht. Daneben Gin, Whisky und Cognac sowie Spirituosen, von denen sie noch nie gehört hatte. In der Kosmetikabteilung gab es Cremes, Rasierwasser und Parfüms, die sie nur dem Namen nach kannte. In der Süßwarenabteilung fand sich so ziemlich alles.

Ganz hinten im Laden standen zwei Regale, eines mit Reiseandenken, das andere mit Spielsachen. Levin ließ den Blick über Teller, Becher, Käppis und Puppen gleiten. Hier wurde sie nicht fündig. In dem anderen Regal lagen Plastikschiffe, Spielzeug für den Strand und Spiele.

»Entschuldigen Sie, können Sie mir helfen?«, fragte sie einen Mann, von dem sie annahm, dass er im Duty-free-Shop arbeitete.

»Natürlich«, antwortete er mit einem Akzent, der verriet, dass er auf der anderen Seite des Meeres zur Welt gekommen war.

Sie hielt ihm den Katalog hin und deutete auf den gesuchten Gegenstand.

»Wo finde ich das? Ich würde gerne so eines für meine Nichte kaufen.«

Er runzelte die Stirn.

»Ich weiß nicht, ob wir noch welche haben.«

»Nicht?«, sagte sie enttäuscht.

»Ich glaube, die wurden wegen des Dschungels eingekauft, den es früher an Bord gab.« Er verdrehte ein wenig die Augen.

»Und Sie haben es im Sortiment gehabt, da sind Sie sich ganz sicher?«

»Ja, ich kann im Lager nachschauen. Das geht schnell. Warten Sie bitte einen Moment«, meinte er und verschwand hinter einem Vorhang.

Sie wartete mit dem Katalog in der Hand und blätterte zerstreut darin, ohne eigentlich etwas anzusehen. Gedankenfetzen fügten sich in ihrem Kopf aneinander, Einzelheiten aus verschiedenen Zusammenhängen fanden zueinander und bildeten ein einem Kaleidoskop ähnliches Muster, das das Gehirn analysierte, verwarf und neu vermischte.

»Sie haben Glück. Eines haben wir noch.«

Pia Levin zuckte zusammen und drehte sich rasch zu dem Verkäufer um. In der Hand hielt er ein Krokodil. Es sah genau aus wie das Stofftier von Vilja Kramer, das jetzt zu Hause bei Levin auf dem Sofa saß und sie an eine missglückte Ermittlung erinnerte.

Sie streckte die Hand aus, um das Krokodil entgegenzunehmen. Die Zeit verging plötzlich langsamer, und sie hatte das Gefühl, ihr Arm würde sich in Zeitlupe bewegen. Alles um sie herum verschwand, sie sah nur noch das Krokodil. Dieselben Augen, dasselbe verschmitzte Lächeln. Dieselbe Latzhose.

»Geht es Ihnen gut?«

Ihr Gesichtsfeld erweiterte sich eine Spur. Levin holte tief Luft und bemerkte, dass sie eine ganze Weile den Atem angehalten hatte. Sie drückte das Krokodil an die Nase und atmete seinen Geruch ein. Es roch nach Staub und synthetisch. Natürlich.

»Ja... Was hatten Sie eben noch über den Dschungel gesagt?«

Der Mann warf ihr einen seltsamen Blick zu und sah sich dann suchend nach seinen Kollegen um. Er schien mit dieser Frau, die sich so merkwürdig benahm, nicht allein sein zu wollen.

»Wir bestellten die Krokodile zur Einweihung des künstlichen Dschungels, den sich irgendein Genie für dieses Schiff ausgedacht hatte.«

»Ich kenne den Dschungel«, fiel ihm Levin ins Wort. »Gibt es noch irgendwelche Unterlagen zu diesem Einkauf?«

Derselbe merkwürdige Blick.

»Entschuldigen Sie, aber warum wollen Sie das wissen?«

»Ich bin Polizistin. Es könnte für eine Ermittlung, mit der ich gerade beschäftigt bin, wichtig sein.«

»Polizistin?«, erwiderte er zweifelnd. »Haben Sie einen Ausweis?«

Sie zog ihren Dienstausweis aus der Tasche und hielt ihn ihm vor die Nase. Er zuckte mit den Achseln.

»Kommen Sie mit«, sagte er und verschwand hinter dem Vorhang. Levin folgte ihm. In dem sogenannten Lager standen viele aufeinandergestapelte Kartons herum. Es war eng und roch nach Essen. Auf dem unordentlichen Schreibtisch standen ein Teller mit Essensresten sowie drei halbvolle Kaffeetassen.

»Entschuldigen Sie die Unordnung.«

Levin machte eine abwehrende Geste.

»Kein Problem.« Sie stolperte über einen Teppich und riss einen Karton mit Plastikschiffen vom Tisch, die sich über den ganzen Fußboden verteilten. Sie beugte sich hinab, um sie aufzuheben.

»Lassen Sie die einfach liegen«, meinte der Mann und nahm einen Ordner von einem Bord über dem Schreibtisch. Er blätterte darin. Levin überließ die Schiffe ihrem Schicksal. Sie hielt das Krokodil fest umklammert und hatte sich einen der Hosenträger um den Finger gewickelt.

»Brauchen Sie nicht eine Genehmigung für solche Nachforschungen?«, fragte der Mann, reichte ihr dann aber, ohne die Antwort abzuwarten, den Ordner.

»Sie schauen zuviel fern.« Levin befreite ihren Finger aus dem Hosenträger und legte das Krokodil auf den Tisch. Rasch überflog sie die aufgeschlagene Seite.

»Ich bräuchte eine Kopie.«

»Kein Problem, ich frage mich allerdings ...«

»Keine Sorge. Alles unterliegt der Geheimhaltung«, erwiderte Levin und gab ihm den Ordner zurück.

Er zuckte wieder mit den Achseln.

Als Levin wenig später den Duty-free-Shop mit einer Kopie der Bestellung verließ, begann sie zu zweifeln. Was ihr eben noch wie eine ganz eindeutige Verbindung zu Vilja Kramer vorgekommen war, fiel plötzlich in sich zusammen. Ein Zufall. Vielleicht gab es diese Krokodile ja überall zu kaufen.

Auf einmal hatte sie Hunger. Wo Holtz wohl steckt?, fragte sie sich und nahm ihr Handy aus der Tasche, um ihn anzurufen. Sie hatte den Klingelton abgestellt, und ihr waren drei Anrufe entgangen, zwei von Holtz und einer von Beata.

Sie wünschte sich, dass Beata jetzt bei ihr gewesen wäre. Diese hatte jedoch nur gelacht, als sie sie gefragt hatte, ob sie mitkommen wolle. Sie habe keine Zeit für Dampferfahrten. Sie habe sehr viel zu tun und könne ihre Tiere nicht im Stich lassen. Der Kaiman Igor sei unpässlich und müsse zum Tierarzt, außerdem habe sie Schiffen noch nie viel abgewinnen können.

Pia war enttäuscht gewesen, hatte aber eingesehen, dass sie Beata nicht beeinflussen konnte, und es lieber erst gar nicht versucht. Ihr Verhältnis war noch so neu und zerbrechlich. Aber sie hatte bereits herausgefunden, dass Beata Zwang und Kontrolle verabscheute. Pia Levin empfand eine gewisse Eifersucht. Worauf und mit welchem Recht, wusste sie nicht.

Sie hätte fast Beatas Nummer gewählt, die sie nur wenige Tage nach ihrer ersten Begegnung in ihrem Telefonverzeichnis gespeichert hatte, rief dann aber Holtz an. Er saß im Restaurant. Auf dem Weg dorthin wählte sie die Nummer auf der Kopie des Bestellzettels.

Ulf Holtz legte sein Besteck parallel auf den Dessertteller, lehnte sich zurück und seufzte tief.

»Schön, dass es sich nicht verschlimmert«, meinte er.

Pia Levin hatte ihr Essen kaum angerührt. Sie hatte Holtz an einem Fenstertisch ganz hinten im Restaurant gefunden. Bei ihrem Eintreffen hatte er gerade den Hauptgang beendet. Sie hatte genickt, als er sie gefragt hatte, ob sie dasselbe wolle.

»Was sollte sich verschlimmern?«

»Das Wetter. Kapitän Svanberg glaubt, dass der Wind nachlässt.«

Levin legte ihr Besteck beiseite und wartete die richtige Gelegenheit ab.

Holtz sprach weiter über das Wetter, als wäre er ein examinierter Meteorologe. Von Hochdruck und Abendbrise war die Rede. Nach einer Weile merkte er, dass Levin ihm nicht zuhörte.

»Langweile ich dich?«, fragte er. »Ich war nur etwas in

Sorge, dass es anfangen könnte zu stürmen. Ich muss zugeben, dass ich an Seekrankheit leide. Das ist mir neuerdings aufgefallen.«

»Wolltest du nicht zur See fahren? Alles verkaufen und dich auf die sieben Meere begeben?«

Holtz lächelte versonnen.

»Das ist vielleicht doch keine so gute Idee«, meinte er.

»Wie geht es dir sonst so?«, fragte sie.

»Ich lebe von einem Tag zum nächsten. Ich kann es immer noch nicht so recht fassen. Aber es wird bestimmt bald besser, oder?«

Levin zögerte.

»Bist du dir auch sicher, dass sie das war? Dass es Nahid war?«

Holtz nahm das Messer von seinem Teller und betrachtete eingehend die Klinge.

»Willst du nicht darüber sprechen?«

Er legte das Messer beiseite, hob den Blick und sah sie an.

»Manchmal denke ich, dass es sich um eine Verwechslung handelt. Dass sie jeden Moment anruft und sagt, dass sie heimkommt.«

Seine Stimme klang angestrengt.

»Sie hat sich vielleicht nur an einem entlegenen Ort aufgehalten und...«

Levin legte ihre Hand auf die seine. Er verstummte und wandte den Blick ab. Sie strich ihm über die Hand, ohne etwas zu sagen.

»Morteza ist sich sicher. Er sagt, er weiß, dass Nahid an diesem Kran auf dem Marktplatz hing. Er ist sich sicher.«

Sie hätte gerne etwas gesagt, brachte aber kein Wort über die Lippen.

»Ich glaube, ich werde nie an einer Baustelle vorbeigehen können, ohne daran zu denken«, sagte Holtz. Er hielt seinen Blick immer noch auf das Meer gerichtet. »Dass sie dafür Kräne verwenden ... Einfach, effektiv und modern. Einfach die Schlinge um den Hals und einen Hebel umgelegt.«

Seine Stimme versagte.

Levin wusste immer noch nicht, was sie sagen sollte. Sie folgte seinem Blick. Die Wellen waren weniger hoch, wiesen aber immer noch Schaumkronen auf. Die MS Vega bebte, als eine große Woge ihren Rumpf traf.

Holtz atmete einige Male durch und seufzte tief. Seine Tränen waren versiegt. Er wandte sich zu Levin.

»Und wie geht es dir? Nach allem, was geschehen ist?«

Levin zögerte.

»Ich habe heute etwas Seltsames herausgefunden.«

Diesen Tonfall kannte er. Sein Interesse erwachte.

»Und zwar?«

Sie zog etwas aus ihrer Tasche, die sie unter ihren Stuhl gestellt hatte.

»Ich habe entdeckt, dass sie die hier im Duty-free-Shop verkaufen.«

Holtz betrachtete das Krokodil. Wollte sie ihn auf den Arm nehmen?

»Die werden nur hier an Bord dieses Schiffes verkauft.«

»Ich verstehe nicht ganz.«

»Ich habe beim Großhändler angerufen. Eine kleinere Partie. Sie wurden nur hierher geliefert.«

»Und?«

»Vilja Kramer hatte so eines. Genau so ein Krokodil. Wie kann es sein, dass ein Krokodil, das nur auf diesem Schiff verkauft wird, zu Hause bei einer ermordeten Familie auftaucht?«

»Es handelte sich doch um einen erweiterten Suizid?«

»Diesen Ausdruck hasse ich allmählich! Sie wurden ermordet. Basta«, sagte sie.

»Immer mit der Ruhe. Erkläre es mir. Ich höre zu.«

Pia Levin holte tief Luft. Niemand war auf ihre Forderung eingegangen, die Ermittlung fortzusetzen. Allen war es egal gewesen. Sie versuchte, sich zu sammeln. Sie musste es von Anfang bis Ende richtig erzählen.

Es wurde ein langer Bericht, Holtz fiel es schwer, sich zu konzentrieren. Die MS Vega bewegte sich rhythmisch durch die Wellen und hielt eine recht hohe Geschwindigkeit. Ab und zu verschwand der Bug in einem Wellental, das tiefer war als die anderen. Ulf Holtz zählte mit. Gab es wirklich einen göttlichen Rhythmus? Er hatte einmal gehört, jede siebte Welle sei größer als die vorherigen sechs, fand jedoch nicht, dass das zutraf. Vielleicht verzählte er sich aber auch immer. Er erinnerte sich an einen Film, in dem Gefangene von einer Gefängnisinsel geflohen waren, indem sie mit einem Floß von einem Felsen gesprungen waren. Sie hatten auf der siebten Welle auftreffen müssen, weil sie sonst gegen die Klippen geschleudert worden wären. Er sah die blutigen Leichen auf den spitzen Felsen vor sich. Weißer Schaum, der sich rot färbte.

»Woran denkst du?«, fragte Levin. »Hörst du mir überhaupt zu?«

»Ja. Mir fiel nur gerade die siebte Welle ein.«

»Die siebte Welle?«, wiederholte Levin mit gerunzelter Stirn.

»Vergiss es. Und was hat diese Sache mit der MS Vega zu tun?«

»Ich weiß, dass das Krokodil nicht gerade eine überzeugende Verbindung darstellt, aber wir könnten ja etwas laut nachdenken. Brainstorming.«

Holtz verzog das Gesicht.

»Gibt es dafür kein besseres Wort?«

»Sei still, und hör mir zu. Eine Familie wird ausgelöscht. Wir wissen, dass der Mann mit einem kräftigen Schlag auf den Kopf getötet wird. Vilja Kramer wird getötet, indem man ihren Kopf in eine Folie wickelt. Ihre Mutter wird erhängt aufgefunden. Vermuteter Selbstmord. Weiter wird nichts unternommen.«

»Das weiß ich alles.«

»Warte. Lass mich fertig erzählen. Stell dir vor, sie hätte ihn getötet und dann ihr Kind. Und wenn sie sich nicht das Leben genommen hat? Laut Ulla ließe sich das durchaus anzweifeln. Angelica hat sich vielleicht nicht selbst erhängt.«

»Hm.«

»Dann müsste jemand anderes ihren Tod verschuldet haben, nicht wahr?«

»Natürlich. Jon Kramer kann sie ja wohl kaum erdrosselt, das Kind getötet und sich dann selbst einen Stein auf den Kopf gehauen haben.«

»Es war ein Aschenbecher.«

»Meinetwegen ein Aschenbecher. Aber aus Stein.«

Sie verdrehte die Augen.

»Wie auch immer. Vilja Kramer ist ermordet worden, und wir wissen nicht, warum. Schon allein dieser Umstand erfordert eine eingehendere Untersuchung Nicht wahr?«

Er nickte langsam und versuchte auszusehen, als hätte sie etwas Wichtiges gesagt.

Levin fuhr unbeirrt fort.

»Im Haus lag ein Plüschkrokodil, das nur an Bord der MS Vega erhältlich ist. Wie ist es dorthin gekommen?«

»Ein Familienmitglied hat es gekauft, oder jemand, der mal hier an Bord war, hat es ihr geschenkt. Aber kein Familienmitglied hatte eine Verbindung zu diesem Schiff.«

»Wie will man das wissen?«

»Du sagtest doch, dass es im Brunnen nichts über irgendwelche Fahrten mit der MS Vega gibt. Auf den Passagierlisten taucht kein Kramer auf. Oder?«

»Ein Familienmitglied könnte aber trotzdem mit der MS Vega gefahren sein.«

»Wie kommst du darauf?«

»Jon Kramer pflegte einen aufwändigen Lebensstil, hatte aber eigentlich keine Einnahmen, sagen die Analytiker. Auf welche Art von Leuten passt diese Beschreibung?«

»Auf Kriminelle?«

»Genau. Leute wie Greger Minos. Vielleicht haben sich die Wege Jon Kramers und Greger Minos' an Bord gekreuzt. Vielleicht arbeiteten sie ja sogar zusammen«, meinte Levin.

»Und was hat das Krokodil mit der Sache zu tun?«

»Weiß ich nicht. Das ist vielleicht auch nicht so wichtig. Das Wichtige ist, dass eine Verbindung besteht.«

»Aber selbst wenn Minos und Kramer zusammengearbeitet haben sollten, würden wir das nie erfahren, weil ihre Kontakte von der GEN geheim gehalten wurden, oder? Diese Tür ist verschlossen. Wir werden von dort keine weiteren Informationen erhalten.«

»Die Besatzung wird uns aber doch wohl sagen können, ob Greger Minos mit jemandem zusammen zu reisen pflegte. Du kannst dich doch noch einmal mit dieser Hausdame unterhalten. Weiß die nicht über alles Bescheid, was an Bord vorgeht?«

Holtz wurde verlegen.

»Vielleicht. Aber wir brauchen ein Foto, und wir haben keins.«

»Kein Problem.« Levin nahm ihr kleines silbernes Notebook aus der Tasche. »Ich habe Zugriff auf die gesamten Ermittlungsakten.«

Sie klappte den Computer auf und schaltete ihn ein. Holtz zählte Wellen. Er gelangte nun doch zu der Überzeugung, dass die siebte Welle höher war als die anderen. Das verhieß nichts Gutes.

»Hier ist ein Bild von ihm«, sagte sie und reichte Holtz den Computer. Er betrachtete einen Augenblick das Foto.

»Das lässt sich zur Identifizierung verwenden«, murmelte er. »Du, es blinkt. Du hast eine Mail bekommen.«

Rita Murenius nahm ein Kleidungsstück nach dem anderen aus dem Kleiderschrank und faltete es ordentlich zusammen. Das meiste waren weiße Blusen und dunkle Röcke, es gab aber auch ein paar bunte Tops und einige Hosen. Sie hatte sie nie angezogen und wusste eigentlich nicht, warum sie sie überhaupt gekauft hatte. Vielleicht sollte ich sie einfach hängen lassen, überlegte sie, aber dann faltete sie auch diese zusammen und legte sie zu den anderen Kleidern in die Tasche. Schließlich war nur eine silbrig glänzende, tief ausgeschnittene Bluse übrig. Sie hielt sie sich vor die Brust.

Die bleibt hier, dachte sie und hängte sie zurück.

Die Affäre mit Ulf Holtz hatte sie aufgemuntert. Sie wusste, dass sie eine attraktive Frau war, war aber immer wieder überrascht, wie leicht es ging. Männer waren wirklich sehr simple Wesen.

Als sie alles gepackt hatte, setzte sie sich auf ihre Koje und sah sich in der Kabine um. Die letzte Fahrt. Was würde nur aus ihr werden? Vermutlich konnte es nicht schaden. Ein Neubeginn. Die Dinge waren komplizierter geworden, und sie wusste nicht, wie sie sich aus der Sache herausreden sollte. Eine gewisse Schuld traf sie wohl, aber selbst wenn sie es versuchte, konnte sie sich nicht schuldig fühlen. Greger Minos hatte bekommen, was er verdient hatte. Warum hatte sich Gert Andersson auch nur mit ihm eingelassen? Ihr war klar gewesen, dass diesem schmierigen Typen nicht zu trauen war, und sie hatte Gert vor ihm gewarnt. Jetzt war Minos tot, und die Polizei hatte Gert abgeholt. Sie wusste nicht genau, was er dieses Mal wieder falsch gemacht hatte, aber ihr war klar, dass man ihn des Mordes an Greger Minos verdächtigte. Rita bedauerte dies nicht, aber leise Gewissensbisse regten sich durchaus.

Sie wusste, dass Gert Andersson ein schwacher und unzuverlässiger Mensch war. Er würde der Polizei alles Mögliche erzählen, nur um seine Haut zu retten. Es gab nur einen Ausweg, sie musste alle Verbindungen beseitigen.

Sie kniete sich hin und tastete mit der Hand die Kante der Koje ab. Sie folgte mit dem Finger einem Spalt und drückte dann. Ein Teil der Verblendung klappte nach hinten weg. Sie schob die Hand in den Hohlraum und tastete den Fußboden ab. Er war staubig und schmutzig, und ein muffiger Geruch schlug ihr entgegen, als sie unter die Koje spähte. Hektisch fuhr sie mit der Hand im Dunkeln herum.

Vielleicht hat jemand sie gefunden, dachte sie noch, da berührten ihre Finger etwas Weiches. Rita Murenius zog es heraus. Sie setzte sich im Schneidersitz hin, lehnte sich mit dem Rücken an die Koje und nahm das Päckchen auf den Schoß. Langsam rollte sie das Segeltuch auseinander, in das der Gegenstand eingewickelt war. Der Anblick der schwarzen Pistole beeindruckte sie nicht besonders. Sie hatte keine Erfahrung mit Waffen, und es fiel ihr schwer zu begreifen, dass ein so kleiner Gegenstand aus Metall so viel Unordnung und Tod verursachen konnte.

Rita Murenius konnte nicht umhin, ein wenig zu lächeln, als sie daran dachte, wie sie nur wenige Zentimeter von der Pistole entfernt in Ulf Holtz' Armen gelegen hatte, aber ihr Lächeln verschwand rasch, als sie an Greger Minos dachte. Es schauderte sie bei der Erinnerung daran, wie das Wasser von ihm herabgetrieft war, als Gert ihn aus dem Bassin gezogen hatte. Die teuren ruinierten Anzughosen hatten seine starren Beine umschlottert. Das weiße, übel zugerichtete Gesicht hatte aus dem rosa Hemdkragen geragt und sie angegrinst.

Sie schüttelte ihr Unbehagen ab.

Es geschieht ihm ganz recht, redete sie sich ein und wickelte die Waffe langsam wieder in den Stoff ein. Dann saß sie lange mit dem Paket auf den ausgestreckten Beinen da und dachte darüber nach, was geschehen war und noch geschehen würde.

Auf dem Korridor vor ihrer Kabine war es still. Einzig das gleichmäßige Dröhnen der Schiffsmaschine war zu hören, wie immer, wenn das Schiff Fahrt machte. Sie war es gewohnt, und es fehlte ihr, wenn sie es nicht hörte. Immerhin habe ich jetzt alles gepackt und vorbereitet und muss mir darüber keine Gedanken mehr machen, dachte sie, drehte sich auf den Bauch und schob das Paket wieder unter die Koje. Dann schob sie die Verkleidung wieder an ihren Platz, wo sie mit einem Klicken einrastete.

Das muss warten, dachte sie.

Levin nahm den Computer wieder an sich und klickte auf ihr Postfach.

»Das ist eine Mail des Front Office«, sagte sie erstaunt.

»Front Office?«

»Ich hatte ihnen DNA-Material der Kramer-Morde geschickt, das ich im Bett des Paares fand. Das hatte ich schon fast vergessen«, meinte Pia Levin und gab den Code ein, mit dem sich die verschlüsselte Mail öffnen ließ.

»Hattest du eine entsprechende Genehmigung?«

Sie antwortete nicht, sondern drehte den Computer in Holtz' Richtung.

»Du kennst sie doch, nicht wahr?«

Ulf Holtz betrachtete das Foto, das das Front Office zusammen mit der Antwort geschickt hatte.

»Unglaublich!«, rief er. »Ihre DNA in Jon Kramers Bett... Und gesucht wird sie auch.«

Die MS Vega tauchte in ein Wellental. Seine Übelkeit, die er bisher in Schach gehalten hatte, brachte sich wieder in Erinnerung. Er verspürte plötzlich einen bitter-sauren Geschmack im Mund und schluckte. Ein Kribbeln breitete sich von den Schläfen auf seinen ganzen Körper aus.

Levin überflog die Mitteilung.

»Was machen wir jetzt?«, fragte Holtz angestrengt.

»Wir suchen nach ihr«, erwiderte Levin und erhob sich.

Holtz zog sein Handy aus der Tasche, während sie durch die Gänge eilten. Er hatte sowohl den Staatsanwalt als auch Ellen Brandt erreicht, bevor sie an ihrem zweiten Stopp angelangt waren.

Dem Klopfen nach zu urteilen, war es etwas Wichtiges. Rita Murenius war es gewohnt, dass zu allen Tages- und Nachtzeiten an ihre Tür geklopft wurde. Oft war es ein Besatzungsmitglied, das ihre Hilfe benötigte. Normalerweise machte es ihr nichts aus, gestört zu werden, aber jetzt überkam sie plötzlich eine große Müdigkeit. Nicht einmal auf ihrer letzten Fahrt hatte sie ihre Ruhe. Es klopfte erneut, ungewöhnlich laut. Ich komm ja schon, dachte sie, betätigte die Spülung, wusch sich die Hände und ging den Meter zu ihrer Kabinentür.

»Hallo, Ulf. Nett, dass du vorbeikommst«, sagte sie mit einem schwer zu deutenden Lächeln auf den Lippen.

Holtz spürte, dass er errötete und wandte seinen Kopf von Levin ab, damit sie es nicht bemerkte. Pia Levin sah erst Holtz und dann Rita Murenius an. Es gab nur sehr wenige Leute, die Holtz mit Ulf ansprachen. Levins Blick wanderte zwischen den beiden hin und her. Eine Weile lang wurde geschwiegen, und Holtz begriff, dass Levin die richtigen Schlüsse gezogen hatte.

Schließlich brach Rita Murenius das peinliche Schweigen.

»Hallo«, sagte sie und hielt Levin die Hand hin. Die beiden begrüßten sich.

»Wir müssten ein paar Fragen stellen«, sagte Holtz.

»Klar, treten Sie ein«, sagte Rita Murenius im gleichen formellen Ton, den Holtz angeschlagen hatte.

Die beiden Forensiker betraten die Kabine.

»Ich kann Ihnen leider nichts anbieten. Ich erhalte sonst keinen so hohen Besuch.«

»Kein Problem«, erwiderte Holtz.

»Nehmen Sie bitte Platz.«

Holtz setzte sich auf die Koje, und Levin blieb mit dem Rücken zur Tür stehen.

Rita Murenius nahm abwartend, die Hände auf dem Schoß, auf dem einzigen Stuhl der Kabine Platz.

»Gibt es ein Problem?«, fragte sie.

Holtz räusperte sich und schluckte.

»Wir haben noch ein paar ergänzende Fragen anlässlich

der Straftat. Sie wissen ja, dass wir mit der Ermittlung beauftragt sind.«

Rita Murenius sah erstaunt aus.

»Ist denn diese Ermittlung nicht abgeschlossen? Ich dachte, Gert Andersson sei der ...«

»Ja. Aber es gibt noch ein paar offene Fragen. Das verstehen Sie sicher.«

Eine Falte tauchte zwischen ihren Augen auf.

»Nein, das verstehe ich nicht. Bedenken Sie, wie traumatisch das alles war. Und jetzt, wo es vorbei ist, kommen Sie einfach her und wühlen alles wieder auf. Das hätte ich von dir nicht gedacht, Ulf.«

Levin holte tief Luft.

»Könnten wir nicht versuchen, bei der Sache zu bleiben?«, fauchte sie. »Entweder Sie beantworten die Fragen, oder wir nehmen Sie mit auf die Wache, wenn wir wieder im Hafen sind. Oder, Ulf?«, sagte sie und betonte seinen Namen.

Die Frage war Holtz unangenehm. Er sah Levin nicht an, sondern nickte nur.

»Würden Sie uns einen Augenblick entschuldigen?« Levin riss die Tür auf und trat auf den Korridor.

Holtz folgte ihr.

»Warte kurz. Wir sind gleich zurück«, sagte er und schloss die Tür sorgfältig hinter sich.

»Was soll das denn? Was denkst du dir eigentlich?«, pfiff Levin ihn an.

»Was?«

»Glaubst du, ich bin vollkommen beschränkt? Du hast mir ihr geschlafen! Das ist wirklich nicht zu übersehen.«

»Könntest du dich bitte beruhigen. Man hört dich auf dem ganzen Schiff.«

Levin nahm erneut Anlauf, biss sich dann aber auf die Unterlippe. Ihre Augen waren schwarz.

»Okay. Ich weiß nicht genau, gegen welche Regeln du verstoßen hast, als du mit einer in den Fall verwickelten Frau ins Bett gegangen bist, aber dass es nicht erlaubt ist, darauf kannst du Gift nehmen.«

»Hör schon auf«, sagte Holtz. »Ich gestehe, ich hatte eine Affäre mit ihr. Das war ein Fehler. Es ist aber vorbei. Können wir das zu einem anderen Zeitpunkt diskutieren?«

»Ich weiß nicht.«

»Willst du herausfinden, was Vilja Kramer zugestoßen ist oder nicht?«

»Wage es nicht, ihren Namen auszusprechen«, sagte Levin wütend.

Die Luft um sie herum schien sich zu verdichten. Levins Halsschlagader schwoll an. Sie atmete tief durch. Dann noch einmal. Holtz wandte sich ab und blickte den Korridor entlang.

»Okay. Ab jetzt stelle ich die Fragen«, sagte Levin mit Nachdruck.

Holtz nickte nur und folgte Levin in die Kabine. Rita Murenius saß mit ausdruckslosem Gesicht auf ihrem Stuhl.

»Entschuldigen Sie, wir mussten nur rasch eine Frage klären«, sagte Levin und nahm auf der Koje Platz, dort, wo Holtz gesessen hatte. Sie beugte sich zu Rita Murenius vor.

»Ich hätte gerne gewusst, wie gut Sie Mercedes Nunes kennen?«

»Warum wollen Sie das wissen?«

»Ist sie an Bord? Wir müssten mit ihr sprechen. Wir wollten sie in ihrer Kabine aufsuchen, haben sie dort aber nicht angetroffen.«

Rita Murenius schien nachzudenken.

»Sie wohnt hier an Bord. Jedenfalls einstweilen noch. Was sie dann für Pläne hat, weiß ich nicht.«

»Was wissen Sie über sie?«

»Nichts eigentlich. Auch nicht mehr als über alle anderen, die hier auf dem Schiff arbeiten.«

Holtz sah sich in der Kabine um. Sein Blick fiel auf die Koje, und Bilder von Rita Murenius und ihm selbst tauchten in seinem Kopf auf.

»Und was wissen Sie über Greger Minos? Kannten Sie ihn?«, fragte Levin.

»Diese Frage habe ich bereits beantwortet. Nein, ich kannte ihn nicht. Ich wusste natürlich, wer er war. Er war ein regelmäßiger Passagier und wohnte immer in der Luxuskabine.«

»Und wie war er?«

»Wie die meisten Passagiere. Ich kann mich an nichts Besonderes erinnern.«

»Fuhr er immer allein?«

»Ja. Oder nein. Er hatte in der Tat manchmal Begleitung.«

»Von wem?«

»Ich bin mir nicht sicher, aber das lässt sich wohl mit Hilfe der Reederei überprüfen.«

»Beschreiben Sie die Personen in seiner Begleitung.«

»Sie waren sich ziemlich ähnlich. Immer gut gekleidet. Geschäftsleute.«

»Können Sie sich sonst noch an etwas erinnern?«

Rita Murenius erhob sich von ihrem Stuhl, wandte ihnen den Rücken zu und blickte übers Meer.

»Das klingt vielleicht etwas von oben herab, aber ...«

»Was?«

»Sie wirkten irgendwie neureich. Etwas zu adrette Kleider,

zu breite Goldketten. Ich weiß nicht recht«, meinte sie und nahm wieder Platz.

Pia Levin zog ihren Laptop aus der Tasche, öffnete ihn, betätigte ein paar Tasten. Das Gebläse surrte. Dann drehte sie den Monitor in Rita Murenius' Richtung und ließ diese dabei nicht aus den Augen.

»War er dabei?«

Die Antwort erübrigte sich. Die Veränderung in Rita Murenius' Gesicht genügte als Bestätigung. Levin stockte der Atem.

»Er war dabei, nicht wahr?«

Rita Murenius nickte nur.

»Er heißt Jon Kramer. Sagt Ihnen der Name etwas?«

»Ich weiß nicht. Vielleicht.« Sie wirkte etwas betreten.

»Gibt es irgendetwas, das Sie uns erzählen möchten?«

»Nein. Ich ... ich muss nur ...«, sagte sie und nickte in Richtung der Badezimmertür.

»Natürlich«, erwiderte Pia Levin.

Holtz ergriff das Notebook, das Levin auf die Koje gelegt hatte, und klickte auf das Dokument des Front Office. Sie mussten weiter, mussten Mercedes Nunes ausfindig machen. Jon Kramer konnte warten.

Das Foto von Mercedes Nunes war vor vielen Jahren aufgenommen worden. Daran, dass sie es war, konnte jedoch kein Zweifel bestehen. Sie lächelte unschuldig. Er las die Übersetzung des Fahndungstextes am Ende des Dokuments.

»Was steht da?«, fragte Levin säuerlich.

»Nicht viel. Sie wird des Mordes verdächtigt. Die Fahndung gilt weltweit.«

»Wen soll sie ermordet haben?«

»Es scheint etliche Anklagepunkte zu geben, wenn ich die Sache recht verstehe.«

»Wie lange liegt die Sache zurück?«

»Fünfzehn Jahre. Seither wird nach ihr gefahndet.«

»Wie ist es ihr nur gelungen, so lange unterzutauchen?«

»Sie hat seither keine weiteren Straftaten begangen und ist auch in keine Verkehrskontrolle geraten... Falls sie sich einer anderen Identität bedient hat, war sie vollkommen unsichtbar. Wie du weißt, sucht niemand aktiv nach Leuten, die auf der Fahndungsliste stehen.«

Levin nickte.

»Aber sie muss doch hier an Bord ihre DNA abgegeben haben? Die DNA vom Laken bei den Kramer-Morden muss sich doch im Register des GFFC finden. Warum haben wir dann keinen Treffer erhalten?«

»Das ist vermutlich meine Schuld«, meinte Holtz. »Die Proben, die wir hier an Bord gesammelt haben, dienten ja nur dazu, Verdächtige auszuschließen. Ich hatte nicht darum gebeten, die Proben vorrangig zu bearbeiten. Die liegen wahrscheinlich immer noch ganz zuunterst im Probenstapel beim GFFC, und niemand hat sie angeschaut.«

Levin seufzte laut.

Als Teenager hatte Mercedes einen Soldaten der Regierungstruppen ermordet, las Holtz. Gemeinsam mit den Guerillas, die sich in ihrem Dorf versteckten, hatte sie ihn in den Fluss geworfen. Dafür gab es etliche Zeugen. Das Mädchen, das einen Indianernamen trug, galt als gefährlich und sollte sofort festgenommen werden. Sämtliche Dorfbewohner waren damals wegen Kollaboration mit den Guerillas verhaftet worden.

In einem viel neueren Dokument tauchte ihre DNA auf. Zu jenem Zeitpunkt hatte das Regime die Jagd nach den Landesverrätern wiederaufgenommen und war die alten Akten durchgegangen. Es gab ein Foto eines gelben Stofffetzens, auf dem etwas mit einem roten Kreis markiert war. Zu dem Foto gab es keine Erklärung, aber Holtz vermutete, dass es sich um das Stück Stoff handelte, auf dem die DNA sichergestellt worden war. Vielleicht war es bei der Ermittlung nach dem Mord an dem Soldaten aufgefunden worden. Holtz war sich bewusst, dass die Kriminaltechnik überall genutzt wurde, auch brutale Regimes verwendeten die moderne forensische Wissenschaft bei der Jagd auf ihre Feinde.

Das Schiff krängte, und Holtz glaubte einen Augenblick, dass er es war, der zitterte, dass sich seine Muskeln als Reaktion auf das Gelesene kontrahiert hatten. Einige Dinge waren ihm klarer geworden. Andere Fragen, die er als geklärt erachtet hatte, waren nun wieder offen.

Der Mord an Greger Minos war gelöst, obwohl noch einige Fragen offen waren. Es gab kaum Zweifel daran, dass sich Gert Andersson dieses Mordes und einiger Vergewaltigungen schuldig gemacht hatte. Es war nur ein weiteres Verhör nötig gewesen, nachdem man ihn mit den Erkenntnissen über die Vergewaltigungen konfrontiert hatte, und er hatte diese Taten gestanden. Den Mord hatte er jedoch stur abgestritten, obwohl es überzeugende Indizien gab. Es war alles nur eine Frage der Zeit. Er war der Schuldige. Darin waren sich alle einig.

Und nun gab es plötzlich eine Verbindung zwischen dem Mord an Bord des Schiffes und den Morden an der Familie Kramer. Nichts war mehr offensichtlich. Holtz war sich schmerzlich bewusst, dass der Zusammenhang nie deutlich geworden wäre, wenn Levin sich nicht über die Anweisung ihrer Chefin hinweggesetzt und weitergemacht hätte.

Dass Jon Kramer mit Greger Minos zusammengearbeitet hatte, musste nichts heißen. Ebenso wenig, dass die DNA in seinem Bett eine Verbindung zwischen Jon Kramer und Mercedes Nunes bewies. Es konnte sich um Zufälle handeln. Aber alle Polizisten wussten, dass etwas, das wie ein Zufall aussah, in der Regel kein Zufall war.

Es bebte erneut, und Holtz erkannte, dass dies nicht an den sich verselbständigenden Reaktionen seines Körpers lag, sondern an den Bewegungen des Schiffes.

Die Badezimmertür ging auf, und Rita Murenius erschien mit erstaunter Miene.

»Was ist los?«, fragte Levin.

»Die Maschine stoppt, und das Schiff dreht hart an«, sagte Rita Murenius.

»Ist das ungewöhnlich?«

»Ja. Zumindest hier draußen.«

»Kommt«, sagte Holtz, und die drei sprinteten los.

Kapitän Svanberg stand am Ruder und spähte über die unruhigen Wogen, die den Rumpf trafen, erst von der Seite, dann schräg von achtern. Er bediente das Ruder mit ausholenden Bewegungen in die entgegengesetzte Richtung, um das Schiff wieder auszurichten.

»Was ist eigentlich los?«, fragte Ulf Holtz, als er die Kommandobrücke erreichte.

»Eines der Rettungsboote ist weg. Wir müssen beidrehen«, sagte Svanberg.

»Weg?«

»Einer der Matrosen hat es gerade entdeckt. Jemand hat es herabgelassen. Die Plombierung ist verschwunden.«

»Mercedes«, rief Rita Murenius. Alle drehten sich zu ihr um, aber sie eilte bereits die Treppe hinunter.

Holtz rannte ihr nach, aber sein lädiertes Knie behinderte

ihn. Pia Levin drängte sich auf der Treppe an ihm vorbei und verschwand außer Sicht.

»Warte!«

Es fühlte sich an, als stächen Messer in sein Knie, aber er eilte trotzdem weiter. Er versuchte, sich daran zu erinnern, wie man am schnellsten zu Mercedes Nunes' Kabine kam, da er annahm, dass Rita und Levin auf dem Weg dorthin waren. Gerade eben war er ja selbst noch dort unten gewesen und hatte nach ihr gesucht. Es war sehr weit unten, das wusste er. Aber in welchem Teil des Schiffes? Am Bug oder achtern?

Er kam nicht voran. Sein Knie zwang ihn innezuhalten. Er konnte keinen Schritt mehr gehen. Schwer atmend lehnte er sich an die Wand. Als die schlimmsten Schmerzen nachgelassen hatten, setzte er seinen Weg mit steifen Schritten schnellstmöglich fort. Ein Mann in Kochkleidung stand ihm im Weg und sprang beiseite, als er angehinkt kam. Der Koch roch nach gebratenem Essen.

»Haben Sie die Hausdame gesehen?«, fragte Holtz atemlos.

Der Mann schüttelte den Kopf. Holtz ging weiter, obwohl ihm übel war und er Blut im Mund schmeckte. Plötzlich wusste er wieder, wo er sich befand. Die Personalmesse war links, und der Korridor machte eine Wende um 180 Grad. Da. Er wurde langsamer und öffnete, ohne anzuklopfen. Die Kabine war leer. Holtz trat ein. Er bewegte sich vorsichtig und sah in das winzige Bad. Die Kabine duftete frisch geputzt und sah fast unbewohnt aus. Auf dem Waschbecken lag eine Zahnbürste. Nur ein Buch auf dem Nachttisch. Ein Glas Wasser. Halbvoll. Er öffnete den Kleiderschrank. Die Kleider hingen ordentlich auf Bügeln und waren nach Farben sortiert. Das meiste waren Putzkittel, aber einige Kleider und Blusen gab es auch.

An der Wand war mit Klebestreifen ein Foto befestigt. Eine Luftaufnahme einer Flussmündung, die sich wie eine fette Schlange durch den üppigen Dschungel schlängelte. Holtz verließ die Kabine und hinkte weiter.

Levin stand in der Tür von Rita Murenius' Kabine, als er dort ankam. Rita saß mit den Händen vor dem Gesicht vor ihrer Koje. Unter der Koje fehlte ein Brett, das achtlos beiseitegeworfen worden war. Neben dem Brett lag ein in ein Stück Stoff eingewickelter Gegenstand. Rita schluchzte. Holtz wollte in die Kabine gehen und sie trösten, aber Levin stand ihm im Weg.

»Was ist los?«, fragte er, erhielt aber keine Antwort.

Holtz schob sich an Levin vorbei und ging vor der Frau auf dem Fußboden in die Hocke.

»Was weißt du über Mercedes?«

»Die Kleine, die Kleine. Ich hatte ihr doch gesagt …«

»Meinst du Mercedes? Was hast du ihr gesagt?«

Sie sah ihn an. Ihr Gesicht war rotfleckig, die Wimperntusche war ihr über die Wangen gelaufen. Hatte er sie einmal für eine Schönheit gehalten? Es war ihm unbegreiflich. Diese schluchzende Frau, der die Schminke übers Gesicht lief. Hatte er sie begehrt? Holtz schüttelte dieses unbegreifliche Gefühl ab, packte Rita an der Schulter und rüttelte sie.

»Was hast du ihr gesagt?«, fragte er barsch.

Ihre Augen verengten sich.

»Er hat es nicht anders verdient, nur dass du das weißt.«

»Wer hat was nicht anders verdient?«

»Dieses Schwein. Er hatte das Gefühl, ihm würden alle Frauen gehören und er könne alles mit ihnen machen. Er hat bekommen, was er verdient. Vergewaltiger haben den Tod verdient«, rief sie.

Holtz wandte sich erst Levin und dann wieder Rita Murenius zu.

»Greger Minos? Hatte er jemanden vergewaltigt?«

»Das müsste euch doch klar sein! Wer hätte es sonst sein sollen? Alle wussten, dass er ein Schwein war. Er hat nur bekommen, was er verdient!«

»Meinst du die Vergewaltigungen hier an Bord?«

Sie riss die Augen mit fragender Miene auf.

»Ja, natürlich«, erwiderte sie und schluckte. Sie tastete nach dem Paket, nahm es in die Hand und betrachtete es schweigend.

Holtz wagte es nicht, sich zu bewegen. Levin stand angespannt hinter ihm. Nur die Schiffsmaschinen waren zu hören. Man konnte die Vibrationen durch den Fußboden spüren.

Wie eine Schlafwandlerin reichte Rita Murenius Holtz das Paket.

»Warte.« Er sah sich in der Kabine um. Eine Zeitschrift musste genügen, eine Illustrierte aus Hochglanzpapier. Er schlug die Zeitschrift auf und hielt sie ihr hin.

»Leg es hier rein.«

Er fasste das Segeltuch mit zwei spitzen Fingern und zog es beiseite. Die Waffe lag vor ihnen. Von Levin war ein tiefer Seufzer zu hören.

»Ist das die Waffe, mit der Greger Minos getötet wurde?«, fragte Holtz.

Rita Murenius nickte.

»Nur zu Ihrer Information. Sie haben den Falschen bestraft«, sagte Levin.

»Bestraft? Ich verstehe nicht ganz.«

Holtz schlug die Zeitschrift zu, reichte sie Levin und stand vom Fußboden auf. Er verzog das Gesicht und streckte das Bein aus. Das Knie würde vermutlich nie verheilen.

»Sie kommen besser mit. Ich nehme Sie wegen des Verdachts der Beteiligung am Mord an Greger Minos fest«, sagte Levin.

Rita Murenius sah aufrichtig erstaunt aus.

»Ich soll was? Jetzt verstehe ich gar nichts mehr.«

Holtz zögerte. Da war etwas in ihrer Stimme. Er holte ihr im Badezimmer ein Glas Wasser und riss ein großes Stück Toilettenpapier ab und reichte es ihr. Sie trocknete sich die Augen und trank. Holtz kämpfte mit seinen Gefühlen.

»Ich glaube, es ist Zeit«, sagte Levin.

»Warte einen Augenblick«, sagte Holtz.

»Hör schon auf. Komm, wir gehen.«

»Warte, habe ich gesagt.«

Holtz gelang es, etwas von seinem verlorenen Selbstvertrauen zurückzugewinnen. Er wandte sich wieder an Rita Murenius.

»Erzähl von Anfang an«, sagte er.

Sie erzählte schluchzend und unzusammenhängend. Die Vergewaltigungen hatten natürlich für Unruhe auf der MS Vega gesorgt, obwohl die Opfer nie Besatzungsmitglieder, sondern immer Passagiere gewesen waren, waren alle immer misstrauischer geworden. Trotz zusätzlicher Sicherheitskräfte und Ermahnungen an die weiblichen Passagiere, auf der Hut zu sein und nie Unbekannte in die Kabine mitzunehmen, hörten die Vergewaltigungen nicht auf. Die Polizei beteuerte, ihr Möglichstes zu tun, aber niemand glaubte daran.

Eines Abends klopfte Mercedes Nunes an Ritas Tür. Sie kannte die Putzfrau eigentlich nicht, da diese nicht sonderlich gesellig war, obwohl sie an Bord wohnte. Das war zwar merkwürdig, aber es gab keine Vorschriften, die verboten, dass das Personal an Bord des Schiffes wohnte, solange es Platz gab. Mercedes Nunes begnügte sich mit der allerkleinsten Kabine, die sonst niemand haben wollte. Die Vergewaltigungen riefen bei der Reinemachefrau schreckliche Erinnerungen wach, und Rita Murenius wurde ihre Vertraute. Im Nachhinein wurde ihr klar, dass Mercedes in jungen Jahren von Männern missbraucht und im Stich gelassen worden war und jetzt Angst hatte.

»Und was hast du getan, um ihr zu helfen?«

»Ich habe ihr einfach zugehört, aber ...«

»Aber was?«

»Vor einigen Wochen bat sie wieder um ein Gespräch.«

»Und?«

»Ihre Angst ließ nicht nach. Sie wuchs und begann, ihr Leben zu dominieren. Sie hat es nicht so ausgedrückt, aber ich habe sie trotzdem verstanden. Ich beschloss, ihr zu helfen. Jetzt sehe ich ein, dass ich das nicht hätte tun dürfen.«

»Wie hast du ihr geholfen?«

»Ich fragte Gert, ob er eine Idee hätte.«

»Das ist, als würde man den Wolf bitten, das Lamm zu beschützen«, murmelte Levin, die schweigend am Computer gesessen und sich Notizen gemacht hatte, nachdem Holtz die Vernehmung übernommen hatte.

»Und hatte er eine?«

»Er besorgte ihr eine Waffe. Zum Selbstschutz.«

»Was hielt Mercedes Nunes davon?«

»Sie weigerte sich erst, sie anzunehmen, ich versteckte sie daraufhin unter meiner Koje. Aber dann überlegte sie es sich anders und holte sie bei mir ab.«

»Wann war das?«

»An dem Tag, an dem er starb.«

»Bist du dir sicher?«

»Ja. Als sich all diese Dinge ereigneten, habe ich rasch meine Schlüsse gezogen und ...«

»Und die wären gewesen?«

Sie sah ihn erstaunt an.

»Ich dachte, ihr wüsstet, was passiert ist.«

»Gib uns einen Hinweis«, meinte Holtz.

»Sie traf Greger Minos, der sie zu vergewaltigen versuchte, woraufhin sie ihn aus Notwehr erschoss.«

»Hat sie das gesagt?«

»Nein. Sie hat nach dieser Nacht, in der sie mich geholt hat, nicht viel gesagt. Damals, als wir Greger Minos im Tropikarium fanden. Aber das versteht sich doch von selbst.«

»Und die Waffe?«

»Die bekam ich zurück. Ich habe sie dann wieder unter dem Bett versteckt. Was hätte ich sonst tun sollen?«

»Sie hätten beispielsweise die Polizei benachrichtigen können«, meinte Levin.

»Ich wusste, was Mercedes durchgemacht hatte und was das für ein Schwein war.«

»Sie hatten nicht den leisesten Schimmer, das steht schon mal fest«, erwiderte Levin. »Und jetzt kommen Sie mit.«

Rita Murenius ließ sich ohne Einwände in dem Arrest unterbringen. Schweigend betrat sie die enge Kabine mit verstärkten Wänden und doppelten Schlössern und setzte sich auf die Pritsche.

Holtz begab sich auf die Kommandobrücke, um sich nach dem verschwundenen Rettungsboot zu erkundigen. Svanberg stand vor dem Radargerät und beobachtete den kreisenden grünen Strich. Im Mund hatte er seine kalte Pfeife.

»Gut, dass Sie kommen. Wir müssen die Seenotrettung verständigen. Von dem Boot ist nirgends eine Spur. Aber ich glaube auch nicht, dass es auf dem Radarschirm zu sehen wäre. Es ist zu klein«, sagte er.

Holtz erzählte, dass Rita Murenius eingesperrt und Mercedes Nunes verschwunden war. Er erwähnte auch, dass die Hausdame glaubte, Mercedes sei mit dem Rettungsboot geflüchtet. Kapitän Svanberg nickte nur.

»Ich habe die Küstenwache alarmiert. Vermutlich ist es ratsam, wieder Kurs auf den Heimathafen zu nehmen?«

»Ja, das ist wohl das Beste. Das Empfangskomitee ist bereits unterwegs«, erwiderte Holtz und verließ Svanberg. An der Tür traf er Levin. Zusammen gingen sie zur Kapitänskabine.

Vielleicht sollte ich mir ja doch ein Boot zulegen, dachte Holtz, als er dort eintrat. In diesem Augenblick prallte eine große Woge gegen den Rumpf der MS Vega, was ihn auf andere Gedanken brachte.

Der Geruch von Teak und muffigem Teppichboden, den er bislang nur beruhigend gefunden hatte, war ihm nun unangenehm. Er fühlte sich gestresst, weil er nicht alles im Griff hatte. Und das nicht ohne Grund: Ein Schiff voller Passagiere und eine verlorengegangene und zur Fahndung ausgeschriebenen Mörderin, die sich entweder an Bord oder auf See befand.

»Ich habe das Wachpersonal angewiesen, das Schiff zu durchsuchen, es aber gebeten, vorsichtig zu sein«, sagte Levin.

»Wir gehen alles noch einmal durch«, meinte Holtz und deutete auf den stabilen, gut eingesessenen Kapitänssessel. Er selbst blieb stehen.

»Es gibt eine Verbindung zwischen der Familie Kramer

und der MS Vega: Mercedes Nunes, die jetzt verschwunden ist«, sagte Levin.

»Was wissen wir über sie?«

»Sie wird in ihrem Heimatland wegen Mordes gesucht, aber das will eigentlich nicht so viel heißen. Es ist nicht ungewöhnlich, dass Regimes, die es nicht so genau nehmen, bei der Jagd auf Kritiker die schlimmsten Bezichtigungen vorbringen.«

»Sie hält sich schon seit vielen Jahren illegal in Schweden auf. Im Augenblick ist sie verschwunden. Vielleicht ist sie ja irgendwo dort draußen.« Holtz nickte Richtung Fenster und Meer.

»Ja, schrecklich«, sagte Levin. »Und Jon Kramer?«

»Ein Geschäftsfreund von Greger Minos. Beschäftigte sich möglicherweise mit Waffenschmuggel. Aber das ist eine Frage für die GEN. Jedenfalls schließe ich das aus den Andeutungen, die Ellen Brandt gemacht hat.«

»Und wie sah deiner Meinung nach das Verhältnis von Mercedes Nunes und Jon Kramer aus?«

»Das ist doch eindeutig, oder? Ihre DNA wurde schließlich in seinem Bett gefunden.«

»Okay. Aber was hat Greger Minos damit zu tun? Und Gert Andersson?«

»Anderssons Beteiligung ist erwiesen. Er transportierte Waffen für Greger Minos. Aber wenn wir jetzt einmal davon ausgehen, dass die Waffe im Besitz der Hausdame wirklich die Mordwaffe ist, dann deutet das doch darauf hin, dass Mercedes Nunes den Mord begangen hat. Nicht wahr?«

»Oder Rita Murenius. Sie hatte nachweislich Zugang zu der Waffe, die durchaus die Mordwaffe gewesen sein könnte. Sie war überzeugt davon, dass Minos der Vergewaltiger war. Sie besaß einen Schlüssel zum Tropikarium. Mittel, Gelegenheit und Motiv«, sagte Levin.

»Ich glaube, wir müssen Ellen verständigen«, meinte Holtz.

Pia Levin nickte zerstreut. Sie dachte an Vilja Kramer. Wahrscheinlich würde sie nie vollständige Klarheit darüber gewinnen, wie das kleine Mädchen gestorben war. Plötzlich fielen ihr Birgitta Severins Worte ein.

Suche nicht nach einem ungewöhnlichen Motiv, bloß weil eine Mutter ihr Kind getötet hat. Die Motive sind immer die gleichen. Psychische Störungen, Wut oder Eifersucht.

Eifersucht, dachte Levin. Kann es wirklich so einfach sein? Oder so fürchterlich tragisch?

Sie hatte oft an Rettungsübungen teilgenommen und immer die Verantwortung für das kleinste Rettungsboot gehabt, jenes ganz achtern. Mühelos entfernte sie den Sicherungsbolzen und ließ das Boot hinab. Das Manöver wäre jedoch beinahe schiefgelaufen, als das Boot auf der Wasseroberfläche aufschlug, weil sich das Schiff wegen des Wellenganges auf und ab bewegte. Das Boot knallte einige Male gegen den Rumpf, und sie befürchtete, dass jemand etwas merken würde. Aber niemand erschien. Schließlich lag das Rettungsboot neben der MS Vega, und es gelang ihr, an einer Leiter, die an der Schiffsseite festgeschweißt war, hinunterzuklettern. Etliche Male wurde sie beinahe eingeklemmt, aber schließlich schnitt sie die Leine durch, mit der das Rettungsboot vertäut war. Sie saß reglos im Boot, bis sie die MS Vega am Horizont verschwinden sah.

Keine anderen Schiffe waren zu sehen. Das kleine Rettungsboot krängte, als sie ihre Beine über die Seite schwang. Sie zog etwas an dem Seil und kontrollierte, ob der Knoten auch ordentlich angezogen war. Die Schlinge um ihre Taille war gerade fest genug angezogen, um ihr nicht über den Kopf rutschen zu können.

Am anderen Ende der Leine war ein Anker aus Zement, aus dessen rauer Oberseite eine Eisenstange mit Öse ragte. Die Unterseite hingegen war glatt wie der Plastikeimer, der als Gussform verwendet worden war.

Das Rettungsboot krängte erneut. Beinahe hätte sie das Gleichgewicht verloren. Adrenalin schoss durch ihren Körper. Das war knapp, dachte sie und hielt sich an der Reling fest, ließ ihre Beine aber weiter über die Kante hängen. Durch die Krängung gerieten ihre Füße ins Wasser, das ihr kalt in die Schuhe lief.

Sie fröstelte.

Wie sehr sie es auch versucht hatte, es war ihr nicht gelungen zu vergessen. Die aufgedunsene Leiche des Soldaten war angeschwemmt worden. Sie hätte versinken und den Alligatoren als Futter dienen sollen, aber sie war wieder an die Oberfläche getrieben, und das hatte katastrophale Folgen gehabt. Sie war geflohen. Ihre Mutter hatte ihr ihr ganzes Geld gegeben und ihr gesagt, was sie tun sollte. Fahr so weit weg wie möglich. Sie hatte ihre Familie niemals wiedergesehen. Auf Umwegen hatte sie erfahren, dass die Soldaten ins Dorf gekommen waren und die Bewohner verhört hatten. Das war das Letzte gewesen, was sie von ihnen gehört hatte. Sie konnte nur hoffen, dass sie davongekommen waren, aber in ihrem Innersten wusste sie, dass niemand überlebt hatte. Ihretwegen. Wenn sie nicht verbotenerweise das gelbe Kleid genommen hätte, wenn sie nicht auf dem Pfad sitzen geblieben wäre, wenn sie nicht …

Sie atmete genüsslich die kalte Meeresluft ein. Der Duft von Tang und Meer weckte andere Erinnerungen. An einem Tag wie diesem hatte sie sich zum ersten Mal voller Sehnsucht zu einem anderen Menschen hingezogen gefühlt. Sie hatte nie geglaubt, dass sie jemals einen Mann schön und warmherzig finden könnte, dass sie jemals ein solches Zutrauen empfinden würde.

Es war nach Schichtende geschehen. Sie war vollkommen

verblüfft gewesen. Sie hatte ausnahmsweise einmal ihren Kittel gegen normale Kleidung vertauscht und war an Deck gegangen. Dort hatte sie ihn getroffen. Jon Kramer.

Die erste Zeit war aufregend und überwältigend gewesen. Ihr Leben, das bis dahin so inhaltslos und unfassbar gewesen war, war plötzlich begreiflich geworden.

Auch Jon war von seinem Begehren überwältigt worden. Er hatte immer wieder Schluss gemacht und gesagt, dass es nicht weitergehen könne. Es sei unmöglich, er verstünde es nicht, er sei verheiratet und habe ein Kind.

Aber Jon war immer zur MS Vega und zu ihr zurückgekehrt. Er hatte sie sogar zu sich nach Hause eingeladen, wenn sie frei gehabt hatte. Sie hatte sich überreden lassen, obwohl sie Angst gehabt hatte. Er hatte ihr gesagt, er würde sich scheiden lassen, er wolle nur sie. Seine Frau, Angelica, war verständnisvoll gewesen. Er hatte ihr eine Wohnung besorgt. Das kleine Mädchen war bei ihm geblieben.

Das Boot krängte erneut.

Warum ist er mir geraubt worden, als ich ihn gerade bekommen hatte?, dachte sie.

Sie hasste Greger Minos so intensiv, dass ihre Augen brannten, wenn sie nur an ihn dachte. Er war genauso wie die anderen gewesen, er hatte sie als Lustobjekt betrachtet. Wie hatte er nur glauben können, dass sie mit ihm zusammen sein wollte? Minos rief sie zu sich, bot ihr Champagner an. Sie goss ihn aus. Sie hatte geglaubt, er würde ihr erzählen, warum Jon nicht wie versprochen gekommen war. Sie waren schließlich Geschäftsfreunde. Minos musste es wissen.

Er packte sie am Arm und sagte, sie brauche Trost. Er wirkte vollkommen irre, und sie stieß ihn von sich. Gleichzeitig dämmerte ihr eine ungeheuerliche Erkenntnis.

»Wo ist er?«, schrie sie. »Ist etwas passiert?«

Er nannte sie »meine Kleine« und »Schiffsnutte«. Er wolle sie. Sie brauche nicht auf Jon zu warten. Er würde nie mehr kommen.

Minos lachte.

Sie empfand jetzt noch die grenzenlose Wut, die sich zu einem Schrei auswuchs, als sie begriff, dass er etwas getan hatte. Sein Lachen verfolgte sie, als sie durch den Korridor flüchtete.

Lange lag sie in ihrer Koje wach. Die Erinnerungen vom Flussufer vermischten sich mit dem neuen Zorn. Sie ballte die Hände immer wieder zu Fäusten und wurde schließlich ruhig und eiskalt.

Minos glaubte ihr, als sie ihn in seiner Kabine anrief und sagte, sie könnten sich im Tropikarium treffen. Dort könnten sie allein sein, sie habe einen Schlüssel. Die Waffe, die sie bei Rita geholt hatte, lag neben ihr in einem Stück Segeltuch auf der Bank. Sie überredete ihn, ihr alles zu erzählen. Jon war tot. Er habe ihn allerdings nicht ermordet. Er sei schließlich sein bester Freund gewesen. Warum hätte er ihn ermorden sollen?

Er habe Jon in der Badewanne gefunden, versucht, ihn zu wecken, und begriffen, dass es dafür zu spät war, als Angelica in der Tür auftauchte. Sie habe mit toten Augen dagestanden und zugeschaut, wie er versuchte, seinen Freund zu retten. Dann sei sie auf ihn zugeeilt und habe auf ihn eingeschlagen. Er habe sich verteidigt. Angelica sei gestorben. Anschließend habe er ordentlich geputzt und alles in einen schwarzen Sack geworfen, der auf dem Boden stand.

Während Greger Minos sprach, wickelte sie vorsichtig die Pistole aus. Sie glaubte ihm kein Wort.

Minos stand auf, stellte sich ans Bassin und streckte die Arme nach ihr aus. »Jetzt hast du nur noch mich«, sagte er.

Langsam erhob sie sich und trat auf ihn zu. In seine offenen Arme.

Minos sah sie erstaunt an, dann blickte er auf die Waffe in ihrer Hand und auf seinen Bauch, wo ihn die Kugel traf. Er wirkte immer noch vollkommen verblüfft, als er rückwärts in das Becken fiel.

Erst glaubte sie, sie würde davonkommen, und unternahm alles, um die Polizei in die Irre zu führen. Sie war schon früher geflüchtet und würde es jetzt eben wieder tun. Aber die Tage vergingen, und sämtliche Kraft verließ sie. Der jahrelange Kampf hatte sie ermüdet, und die Wut war von übergroßer Trauer abgelöst worden.

Die Flucht war vorüber.

Mercedes Nunes kontrollierte noch einmal die Knoten, dann hob sie den Ankerstein mühsam auf die Knie und strich mit der Hand über die ungleichmäßige Zementoberfläche. Sie gab dem schweren Stein einen Stoß, und er glitt von ihren Knien hinab. Langsam verlagerte sich sein Schwerpunkt. Platschend schlug er auf der Wasseroberfläche auf. Sie sah, wie es geschah, konnte es aber nicht hören. Vielleicht hat das Gehirn das Gehör ausgeschaltet, dachte sie.

Der Stein verschwand in der Tiefe, und das Seil eilte wie eine flüchtende Schlange hinterher.

Jetzt gab es kein Zurück mehr. Eine vollkommene Ruhe ergriff von ihr Besitz. Jetzt würde sie Frieden finden. Der Ruck konnte jeden Moment kommen, aber die Zeit schien langsamer zu vergehen. Das Seil verschwand weiter in der Tiefe, und die ordentlich aufgeschichteten Schlingen auf dem Deck wurden weniger.

Hoffentlich verletze ich mich nicht, dachte sie unlogisch, als sich das Seil spannte. Die Kraft überraschte sie. Sie wurde ins Meer gezogen, öffnete den Mund und ließ das Wasser hineinströmen.

Das Boot legte sich etwas auf die Seite und richtete sich dann wieder auf. Wenig später war auch das Gekräusel verschwunden.

Dank

Maj Sjöwall, der legendären Krimiautorin, die mich immer inspiriert hat, dafür, dass ich eine ihrer Figuren ausleihen durfte.

Lotta Lundquist, meiner Kollegin bei der Polizei, die bereits recht früh das Manuskript gelesen hat, dafür, dass sie mir einen entscheidenden Hinweis gegeben hat.

Monika, der Mutter meiner Kinder, für ihre sorgfältige Arbeit am Manuskript.

btb

Varg Gyllander

Der lächelnde Mörder
Roman. 384 Seiten
ISBN 978-3-442-74146-5

Du denkst, du hinterlässt keine Spuren, aber die Toten verraten dich ...

Eine junge Frau treibt tot in einem Stadtbrunnen, offenbar wurde sie aus einiger Entfernung erschossen. Kurz darauf gibt es einen nächsten Toten, nach demselben Muster regelrecht hingerichtet. Der Mörder geht kaltblütig und mit äußerster Präzision vor. Für Ulf Holtz, Forensiker bei der Stockholmer Kriminalpolizei, beginnt ein Wettlauf mit der Zeit ...

www.btb-verlag.de